CLASSIC

當代大師

文學經典

羅安娜女王的神秘火焰

UMBERTO ECO

LA MISTERIOSA FIAMMA DELLA REGINA LOANA

安伯托·艾可／著
楊孟哲／譯

【導讀】

越痛苦越快樂

美國康乃迪克大學外文系駐校助理教授／紀大偉

越痛苦越快樂的人，是耽溺的追求者。這種人追求的目標，可能是沒有回饋的單戀，不被祝福的外遇，不符社會主流價值的縱欲，或是謎團的答案。在這幾種耽溺行徑之中，在小說中追索謎團的樂趣多而代價低（至少讀者不必掏心挖肺），難怪推理、偵探小說廣受青睞——例如，長銷二十年的《玫瑰的名字》。這部奇書的作者艾可，身兼文學研究界耆老以及文壇巨星，最新的小說是《羅安娜女王的神秘火焰》。

但，在進一步討論《神秘火焰》之前，我不得不先面對兩個路障：（一）艾可的小說「像」甚麼？（二）艾可的小說內容「是」甚麼？這兩個看似理直氣壯的問題，其實有礙閱讀《神秘火焰》。然而，我們又不能假裝這兩個問題不存在，因為它們擋在讀者面前。

（一）艾可的小說「像」甚麼？——這個問題要放進大環境來看：如今，許多人（如，在美國書市）都說艾可的小說「像」丹・布朗的《達文西密碼》。艾可本人是義大利名校的「符號學」教授；丹・布朗的主人翁是美國哈佛大學的「宗教符號學」教授——兩者都是解謎高手。艾可和丹・布朗的小說都被認為是「書呆子」的偵探小說，小說主人翁——連同書的讀者——都被捲入充滿謎團的古老歐洲。把艾可類比丹・布朗，可能讓熟悉艾可的忠實老讀者難以接受；但血淋淋的事實是：美國的主流書市的確已經用《達文西密碼》之名順水推舟，推銷艾可的書。

（二）艾可的小說內容「是」甚麼？——這個問題是上一個問題的延續。很多人說丹・布朗就是通俗版的艾可；也就是說，艾可比丹・布朗更有頭腦。但這樣的說法未必是在褒獎艾可，反而暗示閱讀艾可是比較難的。如，美國書評家和讀者在品評《神秘火焰》時，最在乎的問題就是此書「難不難」。丹・布朗的小說固然密集裝設了一道又一道的玄奧謎題，但是這些源源不絕的謎題終究都會有明確的答案，讀者總會知道答案「是」甚麼；但艾可的小說不然，書中學貫古今的謎題未必有答案，讀者不見得會知道答案是甚麼、艾可的小說內容是甚麼。

把這兩個問題搞清楚，似乎可以安定讀者、書評家，以及書商的軍心，讓大家安心選購、享受《神秘火焰》。但，丹・布朗和艾可的最大不同點就在這裡：丹・布朗小說看似不按牌理出牌，可是卻很守推理小說的遊戲規則，很能安定各界軍心；老頑童艾可卻真的是「難以捉摸」（elusive），不讓讀者安然確定他的小說像甚麼、內容在說甚麼。畢竟，艾可是符號學大師，他天女散花撒下的繁多符號怎可以簡單被人看出來是甚麼、像甚麼呢？符號，本來就是難以捉摸的。如果讀者太死板地在乎艾可的小說像甚麼、是甚麼，就會有見樹不見林之憾。

讀丹・布朗，就像玩數獨遊戲；讀「博物學家」似的艾可，卻不是讓讀者玩數獨，而是讓讀者陷入符號天花亂墜的電音派對。

讀者不必太在意剛才那兩大路障：「像甚麼」、「是甚麼」。直接跟著《神秘火焰》的主人翁上路即可。主人翁是個看起來很像艾可本人的珍本書書商，因為年邁生病而失憶，便試圖回顧過往的時間、空間（他的童年記憶和童年老家），以便拾回失去的記憶。老書商在追尋之旅中，近鄉情怯，卻又充滿好奇心。如，他欣賞自己在葡萄園裡拉出來的糞便——他的大便就是陳年舊事的象徵（symbol）：臭、醜，卻又讓他驚豔、難捨。

追索記憶的過程，就是沒有回饋的單戀，不被祝福的外遇，不符社會主流價值的縱欲。這種越快樂越痛苦的感覺，在丹・布朗的「數獨式小說」中並不存在；艾可的小說才會如此多情。老書商翻扯出年少紀念品的時候，就縱欲了：他回想起自己的多種性幻想物件，如衣索比亞的女體——衣索比亞曾是義大利的殖民地；讓他第一次自慰的女人照片——他是歐洲白人，而照片中的裸女是黑人明星 Josephine Baker——這是白男對黑女的跨種族的性慾流動（值得留意的是，此書從頭到尾都很留意多種黑人——原來，黑人在義大利文化記憶中扮演重要腳色）。他外遇，因為他把自己鎖在性啟蒙、愛啟蒙的另一個世界，而他的髮妻和家人都被關在這個世界的門外。他單戀，因為他耽戀記憶中的人事物，但是那些已經淡出的人影、物影並不會回過頭來愛他。

挖掘往事，類似單戀、外遇、縱欲——這些行為，都把當事人推到「臨界點」。「我的往事是大便」／「沒人愛我」／「我是畜牲」／「我陷進去了，找不回自我」——人被推到臨界點的時候，良心，就是隨即浮現的難題。《神秘火焰》通常被人認為是「記憶之書」，但我認為也是「良心之書」。舊日的真相固然讓老書商覺得甜在心頭，但他的良心也馬上滑落出來，跌到鐵板上，隨即被煎熬：他的童年教育，是墨索里尼法西斯政權下的軍國主義產物；他當時的課本、迪士尼漫畫的義大利文版、流行音樂，以及學校的軍訓課，都是意識型態的洗腦工具（老實說，很像解嚴前的臺灣）。他被迫扛下歷史共業，但他只能「旁觀他人的痛苦」（蘇珊・桑塔語）。此書受苦的他人，包括被大屠殺的猶太人、被殖民的非洲人、義大利國內的政治異議人士，以及書商生命中來來去去的女人們。

記憶之書常常就是讖悔錄、讖情錄。但我在讀畢全書之前，並沒有料到這部記憶之書竟然大膽承認小說主人翁是帝國主義（法西斯）、殖民主義（義大利殖民非洲）、東方主義的共犯。主人翁小時候玩具和漫畫中的壞人往往是蒙古人（其實泛指東亞人）和明朝皇帝（別忘了，《杜蘭朵公主》是義大利人寫的歌劇），蕩婦是穿旗袍的東方女子（所謂「龍女」）——這種對東方人的歪斜想像就是東方主義（Orientalism）。此書真是良心之書。但，我更沒有意料到的是，《神秘火焰》的讖悔風格卻是歡樂的——並不是恬不知恥缺乏反省，而是，全書四處飛舞的符號實在讓主人翁以及讀者不得不HIGH。

很多人覺得艾可小說很難，但我要說，書中所謂的難處，其實就是HIGH處。此書像艾可的其他小說一樣，在多種歐洲語言之間來回穿梭（義大利文、法文、拉丁文等等）；嵌入文字遊戲（玩諧音字等等）；書中幾乎每一頁都有文學、藝術典故如（「大國民」〔Citizen Kane〕的「玫瑰蓓蕾」〔Rosebud〕）；向文壇前輩致敬（羅蘭巴特《戀人絮語》及《明室》；普魯斯特《追憶似水年華》——瑪德蓮小蛋糕在書中出現四次）；當然，此書刊登大量的圖畫以及老歌叫人側目。此書的符號滂湃地撲向讀者，可是，別怕，書中的符號不是一連串數獨考試，而是舞池中撫摸人體的光點和音符。

那麼，書名「神秘火焰」究竟是甚麼？像甚麼？書中已經暗示：就是「大國民」的「玫瑰蓓蕾」。不過我還是明說好了：那就是腸胃深處的騷動，又快樂又痛苦的那回事。

目錄

第一部 L'INCIDENTE
意外

1.
最殘酷的一個月

「您叫什麼名字？」

「等一等，快要想起來了。」

一切就是這麼開始。

我就像從一段漫長的睡眠中醒過來，然而，我依舊懸浮在一片乳白色的灰濛當中。還是說，我根本就沒有醒過來，還在作著一場夢。這是一場奇怪的夢，沒有任何影像，但是充滿了聲音。就好像我自己看不到，但是有一些聲音告訴我應該看到什麼東西一樣。這些聲音對我說話，但我還是什麼都看不見，只看得見讓風景沿著運河溶解的那片蒸氣。布魯日，我告訴自己，我在布魯日。我真的去過死城布魯日嗎？❶我去過這個飄浮塔樓間的霧氣如裊裊夢幻煙塵的地方嗎？一座酷似長滿菊花的墳墓，散佈的花穗如地毯般鋪陳表面，在灰色哀傷的城市……

我的靈魂洗滌著電車的玻璃，讓自己淹沒在車燈前移動的霧氣中。霧氣，我未曾受過污染的兄弟……厚重濃密包裹著聲音，無形的幽靈得以浮現其中的霧氣……最後，我走到一處巨大的深淵，看到一個體型非常高大，覆蓋在一塊裹屍布裡，臉孔如白雪般潔淨的輪廓。我的名字叫亞瑟・戈登・皮姆❷。

我咀嚼著霧氣。幽靈來來去去，和我擦身而過，消失無蹤。遠處的油燈就像墳場的鬼火一樣閃爍……

有個人在我身旁無聲無息地走動，就像光著腳，聽不到鞋跟的聲音。他沒穿靴子，也沒有套上任何便鞋。一片霧氣爬上他的臉頰，而一群酒鬼在渡輪的一角叫嚷。渡輪？不是我說的，是那些聲音。

霧氣以小貓般的細碎步伐挪近……濃霧給人一種這個世界遭到劫持的印象。

不過有的時候，就好像我已經睜開眼睛，能夠瞥見一些閃光一樣。我聽到一些聲音：「嚴格說，夫人，這並不能算是一種昏迷……不要去管那些沒有動靜的大腦攝影圖……他還是有反應……」

有人朝我的眼睛投射一道光線，但是光線移開之後，四周又恢復一片昏暗。我身上的某個地方感覺到一陣針頭的刺痛。「您看，還是看得到運動機能……」

馬戈探長鑽進濃密到看不見腳踏何處的霧中……霧裡面充斥著人影，一股神秘的生命力強烈地竄動。馬戈探長❸？簡單的問題，我親愛的華生，總共有十個小印第安人，而巴斯克維爾的獵犬就是消失在濃霧當中❹。

陰鬱的煙幕逐漸失去灰階的深淺。水溫滾燙炙熱，乳白色的濃淡色層變得十分明顯……接著，我們被捲進一道瀑布後面的峽谷，寬敞的巨大山洞將我們吞噬。

我聽到有人在我周圍說話，我想要張口吶喊，告訴他們我在這裡。我聽到持續不斷地嗡鳴聲，就好像遭到某種齒輪尖銳的單身機器❺吞食一樣。我身處一間感化院內，我感覺頭頂上十分沉重，就好像被戴上一副鐵面具。我覺得自己好像看得到一些藍色的光線。

「瞳孔的直徑並不對稱。」

我出現了一些片段的思緒，我肯定正在甦醒當中，但是我動彈不得。如果我能夠保持清醒就好了。我又睡著了嗎？睡了幾個鐘頭？幾天？幾世紀？

濃霧又重新出現。濃霧裡的聲音，濃霧上面的聲音。*Seltsam, im Nebel zu wandern!*❻那是什麼語言？我就像在海中游泳，可以感覺到海灘離我不遠，卻始終上不了岸。沒有人看到我，而我被潮水越沖越遠。

拜託，對我說幾句話，拜託你們，碰碰我。我感覺額頭上出現一隻手。我鬆了一口氣。另外一個聲音表示：「夫人，曾經有一些病人突然自己醒過來，然後走出病房。」

有人以閃爍的光線，還有音叉來騷擾我。就像拿一罐芥末湊到我的鼻子下面，接著又換成一瓣大蒜一樣。泥土裡有一種香菇的氣味。

又出現了其他的聲音，但是這些聲音來自我的內部——蒸氣火車頭拖曳的嗚泣，教士在霧中不成形地走向波斯柯聖米榭修道院❼。

天空就像灰燼。高掛在河面上的霧氣、低壓在河面上的霧氣、啃蝕著賣火柴小女孩纖纖小手的霧氣。路人在「狗島」❽的橋上看著霧濛濛的卑微天際，而他們自己就像身處在懸掛於棕色霧氣中的氣球一樣，也被包裹在濃霧當中。我無法相信死神居然摧殘無數❾。車站和炭煙的味道。

又出現了一道光線，微弱了一些。我似乎聽見霧裡面傳來荒原上重複吹奏的蘇格蘭風笛。

或許又是一次漫長的睡眠，然後清醒，就像待在一杯和著清水的茴香酒裡……

他站在我前面，儘管在我眼中，他看起來只是一個影子。我的腦海一片混亂，宛如宿醉。我覺得自己吃力地嘀咕了幾句話，彷彿此時首度開口說話：「*Posco, reposco, flagrio*⑩主宰著無盡的未來？*Cujus regio ejus religio*⑪……是奧格斯堡的和平協議，還是『布拉格拋窗事件』⑫？」接著「濃霧也出現在亞平寧山脈，朗柯比納丘和巴貝里諾德慕潔羅之間的陽光公路上面……」

他體諒地對我笑了笑：「您可以睜開眼睛，試著看看四周。您知道我們在什麼地方嗎？」此刻我看得比較清楚了。他身上穿著一件袍子——怎麼說？——一件白袍。我環顧一下，甚至移得動頭。房間非常儉樸乾淨，擺設了一些顏色清朗的金屬家具，而我躺在床上，手臂上插了一根點滴管。一道陽光從放下簾幕的窗子投進室內，春光閃耀在周遭的大地裡，放逐在原野之間⑬。「我們在……在一間醫院，而您是……您是一位醫生。我生病了嗎？」我喃喃說道。

「沒錯，您生病了，我稍後再向您解釋。但是您現在已經恢復意識。加油！我是加塔洛羅醫生。很抱歉，我必須先問您幾個問題。我這裡有幾根手指頭？」

「這是一隻手，這是手指。四根。總共有四根嗎？」

「沒錯。再來，六乘六是多少？」

「當然是三十六。」思緒在我的腦中迴響，但是幾乎是自然而然地湧現。「直角三角形斜邊的平方等於……另外兩邊的平方……加在一起。」

「非常好。我想那是畢氏定理，但是我高中的數學只有六十分……」

「畢達哥拉斯•沙摩斯，歐幾里德幾何學的原理。永不交會的平行線，孤獨而絕望。」

「看起來您的記憶處於相當好的狀態。既然如此，您叫什麼名字？」

這個問題讓我猶豫了一下。

然而，答案幾乎已經來到我的嘴邊。經過一會兒之後，我用一種理所當然的態度回答。

「我叫做亞瑟・戈登・皮姆。」

「您的名字不是這個。」

戈登・皮姆肯定是另外一個人，而他並沒有死而復生。我試著和醫生一起解決這個問題。

「叫我……伊斯麥[14]？」

「不對，您不叫伊斯麥，再努力想一想。」

說太快了，就像直接撞向一面牆一樣。

回答歐幾里德和伊斯麥對我來說非常簡單，就像隨便報個張三李四一樣。相反地，回答自己是什麼人，就像轉身遇到一面牆一樣。不，不是一面牆，我試著為自己辯解：「我感覺不到任何扎實的東西，就像走進濃霧當中一樣。」

「那是什麼樣的濃霧？」他問我。

「令人毛髮豎立的霧氣，在濛濛細雨中冉冉上升，而西北狂風下，大海白沫四濺地吶喊……那是什麼樣的濃霧？」

「不要為難我，我只是醫生。況且，目前是四月，沒有濃霧可以給您看。今天是四月二十五日。」

「四月是最殘酷的一個月[15]。」

「我不是很有學問，但我想那是引述而來的句子。您可以把今天視為自由的日子。您知道今年是哪一年嗎？」

「肯定是發現美洲之後的年份……」

「您不記得任何日期，任何一個……您醒來之前的任何一個日子？」

「任何一個？一九四五年，二次世界大戰結束。」

「勉勉強強。不對，今天是一九九一年的四月二十五日。我想想看，您出生於一九三一年的年底，所以您馬上就要六十歲了。」

「不到五十九歲半。」

「很好，算數的能力一點都沒問題。您知道吧，怎麼說，您發生了一件意外，而您死裡逃生，恭喜您。但是顯然有一些事情還是不太正常，是輕微的逆行性失憶症。不用擔心，這種情況有時不會持續太久。請容許我再問您幾個問題，您結過婚嗎？」

「您來告訴我吧。」

「是的，您已經結婚了，妻子是名叫寶拉的親切女士。她夜以繼日照顧您，一直到昨天晚上我才堅持要她回家，否則她一定會崩潰。這下子您恢復意識了，我會打電話通知她，但是必須先讓她有心理準備，而且我們必須先進行一些檢查。」

「我可以把她當成一頂帽子嗎？」

「您說什麼？」

「曾經有個男人把他的妻子當成一頂帽子。」

「啊，您指的是奧立佛．薩克斯的書⑯。典型的案例，看得出您是一個追求新知的愛書人。但是這個案例和您的情況不一樣，否則您早就把我當成一只煎鍋了。不用擔心，您或許認不得她，但您不會把她當成一頂帽子。我們再回到您身上。您的名字是強巴提斯塔．波多尼，您記得嗎？」

這時候，我的記憶開始展翅翱翔，就像在無垠的地平面上，遨遊山谷間的滑翔翼一樣。

「強巴提斯塔・波多尼是著名的印刷專家，我很確定不是我。如果我是波多尼的話，我也可以是拿破崙。」

「您為什麼會提到拿破崙呢？」

「因為波多尼和拿破崙是差不多同一個時代的人。拿破倫・波拿帕，生於科西嘉，首席執政官，妻子為約瑟芬，後來成了皇帝，征服了大半個歐洲，敗北於滑鐵盧，一八二一年五月五日卒於聖海倫島，去世的時候非常平靜。」

「我下次和您見面的時候，應該隨身攜帶一本百科全書。根據我的記憶，這些事情您都沒記錯，但您卻想不起自己是什麼人。」

「嚴重嗎，醫生？」

「老實說，並不太好，但是您並不是這種情況的第一個案例，所以我們會找到解決的辦法。」

他叫我舉起右手，摸摸自己的鼻子。我完全理解右邊和我的鼻子所代表的意義。我成功地達成任務，但是那種感覺非常陌生。觸摸自己的鼻子，就像用眼睛去盯著食指的末端一樣。我有一個鼻子。加塔洛羅用一根鎚子類的東西，敲了一下我的膝蓋，然後敲敲這裡、敲敲那裡；敲敲我的腿、敲敲我的腳。幾個醫生為我進行了反應測試，據說我的反射動作十分正常。最後，我覺得筋疲力盡，我想我又再次昏睡過去。

我醒過來的時候身處某地，我喃喃地表示，感覺上就像電影裡的太空艙（加塔洛羅問我是哪些電影，我回答差不多每部電影都是，接著我告訴他「星艦迷航記」）。他們用一些我從來沒見過的機器，對我做了一些我看不懂的檢驗。我猜想他們是在觀察我的頭部，不過我腦袋空空地任憑他們擺佈，並在輕微的隆隆聲當中，再次昏沉入睡。

過了一會兒（還是隔了一天？），加塔洛羅再次出現的時候，我正在勘探我這張病床。我試了試輕柔光滑，摸起來很舒服的床單，不過棉被倒是讓我的手指有點刺痛。我轉過身，拍了拍枕頭，很高興地讓手陷進裡面，一邊開心地製造出一些啪啪聲。加塔洛羅問我是不是能夠從床上站起來。一名護士幫了我一把，我成功地起身，站直，不過我還是覺得頭暈。我可以感覺自己的腳壓在亞麻油地氈上，我的腦袋挺直在上方。站起來的感覺原來是這樣，就像站在繃索上，就像美人魚。

「加油，試著走到浴室刷刷牙，您太太的牙刷應該在裡面。」我告訴他，絕對不可以用陌生人的牙刷來刷牙，而他表示，妻子不能算是陌生人。我在浴室裡看到了自己。至少，我可以確定那是我，因為大家都知道，鏡子會反映面前的東西。一張瘦削蒼白的面孔，長長的鬍鬚，偌大的黑眼圈。太好了，我不知道自己是什麼人，卻發現自己是一個怪物。連我自己都不願意在暗夜無人的街道上遇見自己，海德先生⑰。我認出了兩樣東西，其中一樣肯定是被稱為牙膏的管子，另一樣則是牙刷。首先必須從牙膏開始，壓下管子。非常舒服的感覺，我應該經常做這件事，但是到了某個時候必須鬆手，因為管子裡的白色膏狀物一開始會發出一聲「啵」，然後就像《跳舞的蛇》⑱一樣跑出來。不要再按了，不然你就會像拿著史塔奇尼乳酪的布洛葛里歐。誰是布洛葛里歐？

這些白色膏狀物的味道好極了。太棒了，公爵這麼表示。Wellerism⑲。原來這就是美味，某種撫觸你的舌頭和上顎的東西，不過感覺美味的地方似乎在舌頭上面。

薄荷的味道——*y la hierbabuena, a las cinco de la tarde*[20]……我下定決心，很快地動手進行所有的人在這種情況之下都會做的事，我先刷了上面和下面，再從左邊刷到右邊，然後牙齦。感覺那些絲綢般的東西滲進牙齒之間真是有趣極了，我想，我從此會每天都刷牙，太舒服了。我讓絲綢也滑過舌頭，只要不壓得太用力的話，我可以感覺到一股寒顫，不過那是到了最後才出現的感覺。這樣最好，因為我的嘴巴十分黏糊。現在，我告訴自己，是漱口的時候了。我把水龍頭的水裝進一個杯子，倒進口中，因為發出的聲音而驚喜不已，腦袋往後仰的話更好，發出的聲音會是……咕嚕、咕嚕？咕嚕、咕嚕的聲音真好聽，我把腮幫子鼓起來，然後全數盡出。全部吐出來，啪啪啪……像瀑布一樣。我們可以用嘴唇做許多事，因為它們可以任憑我們擺佈。我轉過身，加塔洛羅站在後面觀察我，彷彿我是遊樂園展出的畸形人。我問他這樣可不可以。

很好，他對我說。我的自律運動一切正常，他對我解釋。

看起來這裡有一個幾乎完全正常的人，我告訴自己，除非這個人根本不是我。

「精神狀況非常好，這也是一個很好的徵兆。請您再躺回床上，來，我扶您一把。告訴我，您剛剛做了什麼事？」

「我剛剛刷了牙，是您叫我這麼做的。」

「沒錯，刷牙之前呢？」

「我躺在床上，而您對我說話。您告訴我，目前是一九九一年的四月。」

「確實如此。短期的記憶運作正常。告訴我，您記得牙膏的牌子嗎？」

「不記得。我應該記得嗎？」

「不需要。您將牙膏拿在手上的時候，肯定瞥見了牌子，但是如果我們必須保留所有接收到的刺激，我們的記憶力肯定受盡折磨，所以我們才會選擇、過濾。您的行為和所有的人一樣。不過，試著回想一下您在刷牙的時候，讓您印象最深刻的事情。」

「當我用牙刷滑過舌頭的時候。」

「為什麼？」

「因為我的嘴巴十分黏糊，刷過之後我覺得舒服多了。」

「您注意到了嗎？您選擇了和您的情緒、您的慾望、您的目的關聯最直接的細節。您又重新開始擁有情緒了。」

「這種情緒還真是奇特，刷舌頭。但是我不記得自己從前這麼做過。」

「提到重點了。聽我說，波多尼先生，我盡量試著用一些不複雜的字眼來解釋給您聽。發生在您身上的意外，肯定已經影響到您腦部的某些部位。不過，儘管每天都會出現一些新的研究報告，我們對於腦部區域定位的認識，還是比不上我們的期待，特別在關於不同類別的記憶上面。我敢說，發生在您身上的情況如果晚個十年，我們就會比較清楚應該如何處理。不要打斷我，我知道，如果這樣的事發生在一百年前，您可能什麼話都不用說，就已經被關進瘋人院。我們今日擁有較多的認知，但是依然不夠。例如說，如果您無法說話，我馬上就會知道受到影響的是哪一個區域……」

「布洛卡區㉑。」

「很好！但是布洛卡區已經是一百年前的發現。相反地，腦部保存記憶的地方仍是一個備受爭議的主題，這些記憶肯定不只依賴一個單獨的區域。我不想用這些科學名詞來煩您，因為只會增加您腦部目前面對的困惑——就像牙醫對您的一顆牙齒進行一些治療後，接下來的幾天，您都會持續用舌頭撥弄那顆牙齒。舉例來說，我告訴您，我比較不擔心您的『海馬趾』，懷疑問題出在腦前葉，或是右大腦半球的前額葉皮質，您將會試著摸索那個部位，而這和用舌頭探索口腔內部不一樣。所以忘記我剛剛對您所說的話。此外，我們找不到兩顆一模一樣的腦，我們的腦部有著驚人的可塑性，很可能在經過一段時間之後，某個受傷的區域會將無法執行的工作交給其他區域。您明白我的意思嗎？我說得夠清楚嗎？」

「非常清楚，請繼續說下去。但是，如果您直接說我是馬丹・蓋赫㉒，速度不是快多了嗎？」

「您看看，連蒙田提出的典型案例當中的這位馬丹・蓋赫您都記得，不是嗎？肯定是因為您自己並非典型，所以您才會不記得。」

「我寧可忘記馬丹・蓋赫，而記得自己出生在什麼地方。」

「您可能是一個罕見的案例。您瞧，您立刻認得一管牙刷，卻不記得自己結過婚——這樣的事實指出，記得自己的婚姻和認得牙膏這兩件事，依賴的是兩個不同的腦部網絡。我們擁有不同種類的記憶，其中一個被稱為內化，讓我們可以不費工夫地進行一系列曾經學過的事情，例如刷牙、開收音機或繫領帶。經過刷牙的經驗之後，我打賭您也會寫字，或甚至開車。內化的記憶對我們伸出援手的時候，我們甚至沒有回憶的意識，我們只是自動地反應。還有一種外顯的記憶，我們透過這樣的記憶來進行回憶，並知道我們正在進行回憶。這種外顯的記憶分成兩種，其中一個現在被稱為語義學上的記憶，是一種公共的記憶，透過這樣的記憶，我們知道燕子是一種鳥類，而鳥類可以飛翔，長了羽毛，也知道拿破崙死於……死於您剛才說的日期。這方面的記憶您似乎完整無缺，我的天啊！這一點毫無疑問，甚至有過之而無不及，因為我發現，只要有輸入，您就會開始連接一些我可以定義為學術上的記憶，或是直接引用一些既成的句子。這種記憶也是兒童身上第一個成形的記憶，兒童很快就學會辨識一輛汽車、一條狗，並組織成整體的題綱。只要他看過一條狼犬，下一次他看到一條拉布拉多獵犬，他也會認出那是一條狗。相反地，兒童需要較多的時間來製作第二種類型的外顯記憶，我們稱之為插曲記憶，或自傳記憶。例如看到一條狗這件事，他不能馬上記得他是上個月在祖母的花園裡看到一條狗，而這兩件事情都是他自己的經驗。我們是透過插曲記憶，來為今日的自己和過去的自己建立關聯，否則當我們表示我的時候，只會以當下的感覺做為參考，而不是過去的經歷，這正是在濃霧中迷路的感覺。您沒有遺失語義學上的記憶，您遺失的是插曲記憶，也就是說，您生命當中的插曲。總而言之，我覺得您知道其他人也知道的事，而我可以想像，如果我問您日本的首都在什麼地方……」

「東京。原子彈在廣島爆炸，麥克阿瑟將軍……」

「夠了，夠了。您記得我們曾經在某個地方讀過、聽過的事情，卻不記得和您自己相關的經驗。您知道拿破崙是在滑鐵盧吃了敗仗，但是試著告訴我，您是否記得自己的母親。」

「我們只有一個母親，一個母親永遠都是一個母親……但是我自己的母親，我並不記得。我可以想像我也有一個母親，因為那是物種的法則，但是……就是這樣……濃霧再次出現。我覺得不舒服，醫生，太可怕了。給我一些可以讓我再次昏睡的藥吧。」

「我會拿一些藥給您，我問您太多問題了。好好躺一會兒吧，對，就像這樣……我再對您重複一遍，這樣的事情可能發生，但是也可能痊癒，需要無比的耐心。我請人端點東西給您喝，像茶之類的。您喜歡喝茶嗎？」

「可能喜歡，也可能不喜歡。」

有人端了茶給我。護士讓我坐起來靠著枕頭，推了一張活動桌子到我面前。她把冒煙的熱水倒進放了茶包的杯子裡。慢慢喝，很燙，她這麼說。怎麼慢慢喝？我嗅了嗅杯子，聞到一股味道，我想說的是一股煙氣的味道。我想嚐嚐茶水的味道，抓起杯子吞了一口。好可怕。一道火焰，嘴巴上挨了一巴掌。滾燙的茶水原來就是這麼回事，大家常常提到的咖啡或甘菊茶肯定也是同樣的情況。現在，我已經知道燙傷是怎麼一回事了。大家都知道火不能碰，但是我不知道什麼時候不能碰熱水。我必須學會界限在什麼地方，也就是之前不行，而之後可以的時機。我機械化地對著那杯液體吹氣，用小湯匙攪了攪，我決定再試一遍。這下子茶水已經變溫了，真好喝。我不確定自己能夠分辨茶水和糖的味道，其中一個應該是苦澀味，另一個應該是甜味，但是哪一個是甜味，哪一個是苦澀味？無論如何，我很喜歡混在一起的味道。我以後都會享用加了糖的茶，但是千萬不能滾燙。

茶水讓我得到一種平靜舒坦的感覺，我陷入昏睡。

我又醒了過來。

或許是因為我在睡眠中抓了自己的腹股溝和陰囊，棉被下的我淌著汗水。是褥瘡嗎？我的腹股溝潮濕不已，經過我的手狠狠一抓，強烈的快感緊接著出現一種不舒服的擦痛。我從陰囊得到的感覺好多了，手指滑過來滑過去，我想只能輕輕抓，不能用力擠壓睪丸，我可以摸到粗糙的表面和稀疏的毛髮。抓抓陰囊的感覺還真是舒服，那種癢的感覺並不會立刻消失，相反地，越抓越癢之後，繼續抓下去的感覺也就越強烈。快感總是出現在痛楚停止的時候，但是那股癢的感覺並不是一種痛楚，而是邀請你去追尋那股快感。肉體上的刺激。只要讓了步就會犯下原罪，深思熟慮的年輕男子會讓自己仰臥，雙手交叉放在胸前，睡覺的時候才不會做出不淨的舉止。人們圍繞著這種癢所作出來的文章還真有趣，更不用提「鳥蛋」這個詞了！你真是個鳥蛋！他那一對鳥蛋有這麼大！

我睜開眼睛。

我面前有一個女人，不算年輕，從眼睛周圍的皺紋來看，我想大概有五十多歲，但是她臉上有種依然鮮活的光彩。她頭上有幾綹白髮，幾乎難以察覺，就好像她為了呈現某種風情，而刻意畫上去的一樣，就像是在說：我不希望被當成年輕的女孩，我對自己的年紀非常自在。她很美麗；年輕的時候肯定非常漂亮。她摸了摸我的額頭。

「亞姆柏。」她對我說。

「誰是楊波？夫人。」

「你。你是亞姆柏，所有人都這麼叫你。我是寶拉，是你妻子。你認得我嗎？」

「不認得，夫人。對不起，不認得，寶拉，我非常抱歉，醫生應該對妳解釋過了。」

「他對我解釋過了。你忘了發生在你身上的一切，發生在別人身上的事卻記得非常清楚。既然我是你私生活的一部分，你應該不會記得我們結婚三十多年了，我的亞姆柏。我們有兩個女兒，卡拉和妮可蕾塔，還有三個漂亮的孫子。卡拉結婚得較早，已經有兩個小孩，五歲的亞歷山卓和三歲的路卡。吉昂基歐是妮可蕾塔的兒子，也三歲了。你常說這對表兄弟就像雙胞胎。你曾經是……你現在是……你將來也會是一個很好的外公。你也一直都是一個好爸爸。」

「嗯……我是好丈夫嗎？」

寶拉抬起眼：「我們一直都在一起，不是嗎？三十年的生活總是起起落落。每個人都覺得你是一個俊美的男人……」

「今天早上、昨天，或十年前，我在鏡子裡面看到的自己有一張可怕的臉孔。」

「歷經發生在你身上的事情後，你也只能期待自己仍有最低的外表標準。你過去一直都是，現在也還是一個俊美的男人，而你的微笑總是讓人無法抗拒，有幾個女人根本就沒有抗拒。你也沒有抗拒。你經常表示，我們什麼事情都能夠抗拒，除了誘惑之外……」

「我很抱歉。」

「就像那些朝巴格達發射智慧型飛彈，殺了幾個平民就道歉了事的人一樣。」

「朝巴格達發射飛彈？《一千零一夜》沒有提到這種事啊。」

「前陣子發生了一場戰爭，波灣戰爭。不過戰爭現在已經結束了，也可能還沒有。伊拉克侵略了科威特，西方國家動手干預。你不記得嗎？」

「醫生告訴我，插曲記憶──那些發生在我身上，會在我腦袋裡面叮叮噹噹的東西──和情緒有關。發射到巴格達的飛彈或許是一件曾讓我激動的事件。」

「當然！你一直都是堅定的和平主義者，而這場戰爭讓你痛苦不堪。兩百年前，曼恩・德畢杭㉓區分了三種不同的記憶：想法、感覺，和習慣。你記得你的想法和習慣，卻不記得和你最切身的感覺。」

「妳為什麼知道這麼多事？」

「我的職業是心理學家。但是，等一等，你剛剛提到你的插曲記憶會在你的腦袋裡叮叮噹噹。你為什麼用這樣的表達方式？」

「大家都這麼說。」

「沒錯，但是，這是打彈子台的時候會出現的聲音，而你……你一直都非常迷戀彈子台，像個小孩子一樣。」

「我知道什麼是彈子台，但我不知道自己是什麼人，妳了解吧？波河平原起了霧。對了，我們在什麼地方？」

「我們就在波河平原。我們住在米蘭，冬季的月份，從我們家可以看到公園的濃霧。你住在米蘭，是一名古書商人，你有一間事務所。」

「法老王的詛咒。如果我的姓氏是波多尼，我的名字叫做強巴提斯塔，這肯定是必然的結果。」

「結果證明很不錯。你在這一行被視為行家，我們雖然不是億萬富翁，但生活過得很好。我會幫助你，你會一點一點地恢復。我的天啊！很難想像你差一點就永遠昏迷不醒，這些醫生真是醫術高超，他們及時把你救了回來。我的愛人，讓我好好歡迎你，好嗎？你看起來和我們第一次邂逅時一樣。很好，如果我現在才遇到你，我還是會嫁給你，這樣好不好？」

「妳真可愛。我需要妳，妳是唯一能夠為我描述過去三十年的人。」

「是三十五年。我們在杜林大學認識，你當時正在準備碩士學位，而我是在坎帕尼亞宮的走廊上迷了路的新生。我向你詢問某間教室的位置，你立刻向我搭訕，誘惑了毫無戒心的高中畢業生。後來經過了一些風風雨雨，我當時還太年輕，你在國外度過三年的時間。我們試著在一起，我最後懷了孕，於是我們結了婚，因為你是一個紳士。不對，抱歉，也因為我們彼此相愛，真的，你也很高興自己當了父親。加油，爸爸，我會幫助你回想這一切，你等著瞧吧。」

「除非這一切都是陰謀。事實上，我的名字叫做菲利西諾·羅辛尼歐利，我是一名竊賊，妳和加塔洛羅對我扯了一堆鬼話，我怎麼知道，你們或許都是情報人員，你們需要為我製造一個新的身分，然後派我到柏林圍牆後面蒐集情報，就像「倫敦間諜戰」這部電影，然後……」

「柏林圍牆不存在，已經被拆掉了，蘇聯的帝國也瓦解了……」

「我的天啊，回頭想想，看看他們對妳捏造了什麼事。好吧，好吧，我在開玩笑，我相信妳。但是，什麼是拿著史塔奇尼乳酪的布洛葛里歐？」

「什麼？史塔奇尼是一種軟乳酪，只有皮埃蒙特一帶的人才這麼稱呼，在米蘭稱為『克萊鮮薩』（crescenza）。你為什麼會想到史塔奇尼乳酪？」

「在擠牙膏的時候。等一等，有一個叫布洛葛里歐的畫家，他沒有辦法靠畫作生存，又不願意去工作，因為他說自己有精神官能症。據說，那是他為了靠胞姊生活找出來的藉口。最後，他的朋友為他在一家製造或販賣乳酪的公司找到一份工作。他經過一堆用半透明蠟紙包裝起來的史塔奇尼乳酪前，因為精神官能症而抵抗不了誘惑（據他自己表示），他將乳酪一個一個拿起來用力擠壓，讓乳酪噴出包裝紙。破壞了一百多塊史塔奇尼後，他遭到革職。一切都是精神官能症的錯，他說用力擠壓史塔奇尼有一種淫蕩的感覺。老天，寶拉，這是一段童年的記憶！我沒有失去過去那些經歷的記憶！」

寶拉笑了起來：「抱歉，我想起來了。你說得沒錯，這件事你從小就知道，但是你太常描述這個故事——可說變成了你的招牌故事。你用餐的時候，經常對同桌的人描述畫家的史塔奇尼乳酪，他們再轉述給別人聽。很遺憾，你不是在回憶一段自己的記憶，你只是想起了這個你描述過許多次的故事。對你來說，我應該怎麼說呢？這段故事已經成了一項公共財產，就像小紅帽的故事。」

「我無法沒有妳，很高興有妳這個妻子。感謝妳的存在，寶拉。」

「我的天啊，一個月前，你會認為這種庸俗的表達方式只會在電視連續劇出現……」

「妳一定要原諒我。我沒辦法不說出心裡想到的話。我沒有任何感覺，我只記得一些難忘的故事。」

「可憐的寶貝。」

「這句話聽起來也像是陳腔濫調。」

「你這個傻瓜。」

這個寶拉，她真的愛我。

我安穩地睡了一夜，不知道加塔洛羅在我的血管裡注射了什麼東西。我從睡眠中慢慢醒過來，但是我還是閉著眼睛，因為我聽見寶拉擔心吵到我而低聲說話：「但是，不可能是心理因素的失憶症吧？」

「我們不能排除這種可能性。」

加塔洛羅表示，「這些意外的起因，可能存在著一些無法計量的壓力，您也看過病歷了，確實有一些病變發生。」

我睜開眼睛，向他們問好。現場還有兩名女子及三個小孩，我猜得到他們是什麼人。真糟糕，見到自己的妻子就算了，但是我的女兒，我的天啊，那是我的骨肉，還有我的孫子。這兩名年輕女子的眼中閃爍著喜悅，幾個小孩想要爬到我床上，他們抓著我的手對我說早安，外公，而我什麼都說不出來。

眼前不是一片濃霧，而是完全麻木。還是該說無動於衷？就像盯著動物園的動物，他們和狨猴或長頸鹿並無二致。當然，我還是說了幾句和藹可親的話，但是我的內心一片空洞。我突然想到sgurato這個形容詞，但我不知道那是什麼意思。我問了寶拉，她說那是皮埃蒙特地區的用語，形容你將平底鍋洗得乾乾淨淨，再用鐵刷一刷再刷，讓鍋子像新的一樣亮晶晶，就算要你的命也不會更乾淨。沒錯，我就是覺得自己完全sgurato了，刷得乾乾淨淨。加塔洛羅、寶拉和我的兩個女兒朝我的腦袋塞進了上千個關於我生命的細節，但卻像搖動平底鍋裡的乾扁四季豆，豆子在鍋中滑來滑去，卻還是一樣炒不熟，也無法溶入任何高湯或奶油，沒有東西可以引起我的胃口，沒有東西讓我想要再嚐一口。我聽到的關於自己的事情，就像發生在其他人身上的故事。

我摸了摸幾個小孩，聞了聞他們的氣味，但是除了溫柔二字，我無法進行任何詮釋。我只想到孩童肉體一般的清新芳香[24]這句話。由於我腦中並非一片空洞，一些不屬於我的記憶開始盤旋紛飛——侯爵夫人五點鐘從我們這段走了一半的生命之路離去，我想是阿根廷作家薩巴多，亞伯拉罕生下以撒，以撒生下雅各，雅各生下猶大和他的兄弟[25]，對他來說，鐘聲敲響了午夜聖鐘，而我在這時候看到了鐘擺，寇姆湖的港灣上面，準備前往祕魯終結生命的鳥兒打著盹兒，各位來自英國的先生，長久以來我一直很早上床，我們在這裡除了征服義大利，就只有殺人，*tu quoque alea*[26]，一刀斃命，一刀刺入他的心臟，義大利的弟兄們再加把勁兒吧，一隻白老鼠在我們的頭上吹著口哨，價值並不會在等候的時候增加，義大利雖然被征服，但是並不投降，這一群將領，他們為什麼登上那一架波音客機，意識不曾經歷過春天，火車大聲鳴叫，你們在金黃色的翅膀上面見到米莎女歌伶嗎，但是過去那些皚皚白雪都到哪兒去了，喔，時光暫緩了妳的飛翔，小姑娘，讓我們去看看玫瑰，絲綢工人是我們這些人，每個人都是明星，拿起你的琴，為我奏出這段苦難，米諾的女兒和她那幾個披著獸皮的孩子，喔，公元二年的戰士，說得好，季諾接著說下去，越過阿爾卑斯山和萊茵河，我是個無名小卒，然而地球確實正在轉動，校長走進來的時候，我們正在自習，這樣的幻想和這樣的理性，喔，季節，喔，城堡，一個人倒下來的時候，他的名氣反而增長，大西洋的上空發現一團低氣壓，一隻癩蛤蟆盯著天空，眼睛含著淚水！一個人，還是一個人也沒有，白鴿漫步的地方樂聲響起，不過沒有任何損失，面對行刑隊，我還是可以撲向一名弱女子，每一天都是被視為月光浴的謀殺，狼啊，你在不在現場？我們在桔樹開花的地方全身赤裸，阿基里德的經歷就從這個地方開始，烏鴉先生，一個惡魔居住的天堂，*Licht mehr Licht über alles*㉗，各位先生，祝你們胃口大開，小貓已經死了，生命有什麼價值？名字、名字，一堆名字，義大利畫家安潔羅・達洛卡・比昂卡、布魯梅閣下㉘、品達㉙、福婁拜、十九世紀英國首相狄斯雷里、義大利作家雷米基歐・曾納、侏羅紀、法托里㉚、超現實主義和那些精美的殘骸、路易十五的情婦龐巴度夫人、槍械製造商史密斯與威森㉛、德國社會主義領袖羅莎・盧森堡、季諾・寇西尼㉜、畫家老帕姆、侏羅紀、拉丁詩人奧維德、馬太、馬可、路加、約翰、皮諾丘、查斯丁、義大利修女瑪莉亞・葛萊蒂、泰伊德那個指甲髒兮兮的妓女㉝、骨質疏鬆症、聖昂諾黑㉞、亞歷山大與哥帝安的結㉟。

百科全書一頁一頁散落在我頭上，而我就像身處蜂群，伸手四處拍打。幾個小孩這時候不停地叫我外公。我早知道應該比愛自己更愛他們，但是我不知道哪一個叫吉昂基歐，哪一個叫亞歷山卓，哪一個叫路卡。我對亞歷山大大帝的事蹟一清二楚，對我的亞歷山卓小孫子卻一無所知。

我告訴他們覺得虛弱，想要睡一會兒。他們走出房間，我黯然落淚。淚水是鹹的，我還是擁有七情六慾。沒錯，不過是今天剛剛出爐的情緒，過去的感覺已經不屬於我。不知道我是否虔誠過，無論如何，我都失去了我的靈魂。

隔天早上，寶拉還是在我身邊。加塔洛羅讓我坐在一張桌子旁，給我看了一系列的彩色方塊。他拿給我其中一塊，嚴肅地問我是什麼顏色。籃子、籃子，只是一個綠色和黃色的籃子，是不是紅色？是不是棕色？是不是藍色？不對，只是一個黃色的小籃子。我非常肯定地認出前面五、六種顏色，紅色、黃色、綠色等等。我很自然地唸出A黑色，E白色，I紅色，U綠色，O藍色，母音啊，有一天我會講述你們祕密的誕生㊱，但是我發現這位詩人或是他這一類的人都說了謊。A是黑色，代表著什麼意思？就像我第一次發現顏色一樣，紅色充滿了喜氣，熱辣的火紅造成的喜氣甚至過於強烈——不對，黃色肯定更加強烈，就像眼前突然亮起來的燈光。綠色為我帶來一種祥和的感覺。我在其他的方塊上開始遇到困難。這塊是什麼顏色？綠色，我回答，但是加塔洛羅堅持要我說出是什麼樣的綠色，和另一種綠色有什麼差別？我聳聳肩。寶拉向我解釋，其中一個是錦葵綠，另一個則是豌豆綠。錦葵是一種草本的植物，我答道，而豌豆是可以食用的蔬菜類植物，圓圓的豆子凹凹凸凸地包裹在長長的豆莢內，但是我從來沒見過錦葵和豌豆。別擔心，加塔洛羅告訴我，英文裡面總共有超過三千個用來形容顏色的詞彙，但是一般人最多只能說出八種，一般來說，我們都認得彩虹的紅橙黃綠藍靛紫，但是一般人光是靛和紫就已經不太能分辨得出來。我們需要許多經驗才能夠區分各種色彩，而一名畫家會比只認得交通號誌三種顏色的計程車司機來得更清楚。

加塔洛羅拿給我一支原子筆，他要我動筆寫字。「我應該寫些什麼鬼東西？」我寫下這句話，覺得自己好像只知道做這件事。原子筆非常輕柔，在紙張上面滑動得非常順暢。「寫下你心裡出現的任何東西。」加塔洛羅告訴我。

心裡？我寫下——心裡的愛對我說，愛推動了太陽和其他的星星；星星藏起了你的火焰，假如我是火，我會燃燒這世界，我得到繩上的世界，人類心裡有繩子，心不會照秩序來，在天使的秩序之下聽到我的人，傻子在天使恐懼踩踏的地方，卻擠成一團，她在附近輕輕踩踏，輕輕躺著，一個美麗的謊言，受到凡俗之美的驚奇，驚奇是詩人的目的。

「寫一些關於你的東西。」寶拉說，「你二十歲的時候在做什麼？」我寫道：「我當時二十歲，讓所有人都不敢表示二十歲是人生最美好的歲月。」加塔洛羅問我，我醒過來的時候，首先想到什麼事？我寫道：「喬治・薩姆沙某個早上醒過來的時候，發現躺在床上的自己變成了一隻巨大的昆蟲[37]。」

「這樣應該夠了吧，醫生。」寶拉表示，「不要讓自由聯想的韁繩一直套在他脖子上，否則最後回到我身邊的人會變成一個瘋子。」

「喔，原來你們覺得我今天早上心智健全？」

突然間，加塔洛羅囑咐我：「現在，就像簽支票一樣，簽下你的名字。」

我不假思索地簽下「ＧＢ波多尼」，結尾拖出花綴，並在ｉ上面點上圓圓的一點。

「您看到了吧？您的心不知道自己是誰，但是您的手知道，這種事完全在預料中。我們再嘗試一下。您對我提起過拿破崙，他長什麼樣子？」

「我想不起他的模樣，拿破崙這個名字就道盡一切。」

加塔洛羅問寶拉我會不會畫圖。聽起來，我似乎不是藝術家，不過可以塗鴉一些東西。他叫我畫出拿破崙的模樣，我畫出這樣的東西。

「不錯。」加塔洛羅評論道，「您畫出了您心中的拿破崙圖樣，兩角帽、插在外套裡的手。現在，我讓您看看一系列的圖像，第一個系列是藝術作品。」

我的反應很好：「蒙娜麗莎的微笑」、馬奈的「奧林匹亞」，這一張是畢卡索的作品，那一張是仿得很好的作品。

「您瞧，這些您都認得，對不對？現在我們來看當代的人物。」

第二個系列是照片，除了幾張我毫無印象的面孔，我的回答也一樣令人滿意——葛麗泰・嘉寶、愛因斯坦、托托[38]、甘迺迪、莫拉維亞[39]，也說出他們的職業。加塔洛羅問我他們有什麼共同點。他們都是名人？不是，這答案還不夠，還有其他的東西。我猶豫不決。

「他們都已不在人間。」加塔洛羅說。

「什麼？甘迺迪？還有莫拉維亞？」

「莫拉維亞死於去年底，甘迺迪則是在一九六三年，於達拉斯遭到暗殺。」

「喔，真可憐，我很遺憾。」

「您不記得莫拉維亞的死訊算正常，因為他才剛去世不久，這件事明顯仍未鞏固在您語義學上的記憶。不過，甘迺迪我就不太明白了，那是列入百科全書的老故事。」

「甘迺迪的事件讓他非常激動，」寶拉表示，「所以甘迺迪肯定混雜到他的個人記憶裡了。」

加塔洛羅又展示了其他的照片。其中一張裡面有兩個人，第一個肯定是我，梳整的頭髮和服裝都非常體面，臉上還掛著寶拉曾經提到的迷人笑容；另一個人看起來也十分友善，但是我不知道那是誰。

「那是吉阿尼．拉維里，你最好的朋友。」寶拉說，「從小學一直到中學的同窗。」

「這些是什麼人？」加塔洛羅又推過來另一張照片。那是一張老舊的照片，女人梳著三〇年代的髮型，身穿領口保守的洋裝，小鼻子就像細嫩的小馬鈴薯，男人梳著完美的中分頭，肯定上了一些髮油，鼻子輪廓明顯，笑容開朗。我認不出他們（是藝術家嗎？背景並不華麗，也沒經過佈置，或許是一對新婚夫婦），但是我感覺自己的胃出現一股收縮——我不知道怎麼說——一種細微的暈眩。

寶拉注意到了：「亞姆柏，那是你父母結婚當天拍的照片。」

「他們還活著嗎？」

「他們已經去世很久了，死於車禍意外。」

「您看到這張照片的時候有點不安。」

加塔洛羅告訴我，「某些影像喚醒了您心中的一些事情，這是一個方向。」

「我連從這個該死的黑洞都找不到父母，還算什麼方向？」我大叫，「你們告訴我這兩個人是我的父母，所以現在我知道了，但這是你們給我的記憶，從此我只記得這張照片，而不是他們。」

「過去這三十年當中，誰知道有多少次您想起他們的時候，也只是因為您一直想起這張照片。不要把記憶當成您存放回憶的倉庫，以為領取的時候會找到和第一次存放時一模一樣的東西。」加塔洛羅表示，「我不想使用太多術語，但是回憶是針對神經受到的刺激所建構的新輪廓。假設您曾經在某個地方遭遇一次不愉快的經驗，稍後您想起這個地方的時候，您再次啟動了這種神經刺激的最初模式，刺激出來的形態雖然相似，和原始引發的輪廓卻不盡相同。所以您在回憶的時候，會出現一種不愉快的感覺。簡單地說，回憶是一種重建，就算建構的基礎建立在很久之後才知道或闡述的事情上。這樣的事情很正常，我們就是用這種方式來進行回憶。我告訴您這些事情，是為了鼓勵您重新建構這種刺激的輪廓，而不是像個頑固的人，每一次都去挖掘似乎已經存在，而您以為和第一次存放時一模一樣的東西。您的親人在這張照片上面的影像是由我們呈現在您面前，也是我們大家見到的影像。您應該從這個影像開始，重新建構出其他東西，而這些東西才會成為您的回憶。回憶是一項工作，不是享受。」

「悲痛而揮之不去的記憶，」我引述，「這些我們任其鮮活的死亡足跡……」

「回憶也是一件美好的事情。」加塔洛羅說，「有人曾經寫，回憶就像暗房的聚光鏡，匯集了一切，呈現出來的影像比原始的影像要美麗許多。」

「我想要抽菸。」我說。

「這是您的器官開始恢復正常運作的跡象，但是您不抽菸比較好。還有回家後，飲酒要適量，每餐不要超過一杯，您有一些血壓的問題，否則明天我不讓您出院。」

「您讓他出院？」寶拉有點驚慌地問。

「已經到下結論的時候了。夫人，您先生的身體狀況對我來說足以自律。如果我們讓他出院，他不會從樓梯上摔下去；如果我們把他留在這裡，一連串的測試和人工的實驗會讓他筋疲力盡，而且我們現在已經知道結果了。我想，回到生活的環境對他只有好處。有的時候，重新嚐嚐家常菜，聞一聞味道，幫助可能很大。這方面，我們從文學學到的比精神病學還多……」

並不是我想賣弄學問，但是，如果我只剩下這些語義學上的記憶，為什麼不搬出來用一用：「普魯斯特的瑪德蓮蛋糕，」我說，「菩提花茶和瑪德蓮蛋糕的味道讓他全身顫抖，他感受到一股強烈的喜悅。和雷歐妮嬸嬸在坎伯雷度過的週日，一幕幕又重新浮現……肢體似乎擁有一種不自主的記憶，而腿和臂全都充滿了令人遲鈍的回憶……這個人又是誰？任何事情都不能限制記憶以味道和火花的形態呈現。」

「您知道我在說什麼。有時候，某些科學家相信作家的程度，甚至超過自己的儀器。夫人，您也稱得上內行人，您雖然不是精神學家，但您是心理醫生。我會拿兩、三本書給您看看，一些著名的臨床觀察報告，您馬上就能夠了解您先生的問題。我想，讓他待在您和你們的女兒身邊，重新開始工作，都比待在這裡來得有幫助。您只需要每週回來我這裡一次，我們會追蹤你們的進展。回去家裡吧，波多尼先生。看看你的四周，摸一摸、嗅一嗅，讀點報紙、看點電視，挖掘一些影像。」

「我會盡力嘗試，但我不記得任何影像、味道或滋味。我只記得一些文字。」

「一切都尚未定論。記下您每一天的反應，我們可以從這上面著手。」

我開始動手記錄。

隔天我整理行囊，和寶拉一起下樓。醫院很明顯裝了空調，因為我突然明白什麼是太陽的溫度。依然青澀而溫和的春日陽光。還有光線，我不得不瞇著眼睛。我們無法直視太陽：太陽，太陽，璀璨的錯誤㊵……

找到我們的汽車後（從來沒見過），寶拉叫我試試看。「上車，很快地放空檔，發動，點火，繼續維持空檔，然後踩油門。」感覺就像我除了這件事，從未做過其他事，我立刻知道手腳應該擺在哪裡。寶拉坐在我旁邊的位子，告訴我上一檔，放開腳下的離合器，輕輕地踩油門，讓車子移動一、兩公尺，接著踩煞車，關掉引擎。無論如何，如果我出錯的話，頂多只會撞上花園裡的灌木叢。一切都非常順利，我覺得非常驕傲。為了接受挑戰，我又讓車子倒退了一公尺。我下車，把方向盤交給寶拉，然後上路！

「你對外面的世界有什麼感覺？」寶拉問我。

「我不知道。據說一隻貓如果從窗子跌下來，撞到鼻子後聞不到味道，由於牠們依靠味道生存，從此無法辨識任何東西。我就是一隻撞到鼻子的貓。我看得到，也知道是什麼東西，當然，前面是幾家商店，旁邊經過的是一台機車，那些是樹木，但是，我……我無法在自己身上感受到這些東西，彷彿我試著穿著別人的外套。」

「一隻試著用鼻子穿上外套的貓。你比喻的能力肯定還有些問題，必須讓加塔洛羅知道這件事。不過一切都會得到改善。」

車子向前行駛，我四處環顧，慢慢發掘一座陌生城市的顏色和形狀。

註釋

❶譯註：Bruges-la-Morte，由羅登巴赫在十九世紀末以布魯日為背景所著的法文小說。

❷譯註：愛倫坡的科幻小說《南塔克的亞瑟・戈登・皮姆的故事》（The Narrative of Arthur Gordon Pym of Nantucket）當中的主要角色。

❸譯註：比利時法語作家喬治・西默農筆下的人物。

❹譯註：出自福爾摩斯偵探系列小說《巴斯克維爾的獵犬》（The Hound of the Baskervilles）一書。

❺譯註：Machines Célibataires，二十世紀超現實主義用語，泛指機器的自我中心、冷酷和殺傷力。

❻譯註：此句意為「漫遊霧中真是奇異！」出生在德國，後來歸化為瑞士公民的諾貝爾文學獎作家，源自赫曼・赫塞的詩作《在霧中》（Im Nebel）內容。

❼譯註：位於義大利波隆納。

❽譯註：Isle of Dogs，位於東倫敦的小島。

❾譯註：出自但丁的《神曲：煉獄篇》。

❿譯註：拉丁文，意為「一問，再問，堅持地問」。

⓫譯註：拉丁文，意為「臣民追隨君主的宗教信仰」。

⓬譯註：一六一八年五月二十三日，波希米亞貴族將兩名羅馬帝國官員丟出窗外的事件，引發了歐洲歷時三十年的宗教戰爭。

⓭譯註：出自義大利詩人萊奧帕爾迪（Giacomo Leopardi）的詩作〈寂寞的麻雀〉（Il passero solitario）。

⓮譯註：美國作家梅爾維爾所著《白鯨記》一開始的對白。

⓯譯註：英國詩人、劇作家艾略特著名詩作《荒原》第一行。

⓰譯註：指的是《錯把太太當帽子的人》。

⓱譯註：《化身博士》中的邪惡變身人物。

⓲譯註：波特萊爾的詩作。

⓳譯註：韋勒表達法，韋勒（Sam Weller）是狄更斯的著作《匹克威克外傳》的人物，喜歡在引述某句名言之後，加上一句「由某某人所說」來增加喜感。

⓴譯註：意為「下午五點鐘，來杯薄荷茶吧」。這兩句話都出自西班牙詩人羅卡的詩作。

㉑譯註：法國人保羅・布洛卡發現了腦部言語中樞部位。

㉒譯註：《馬丹・蓋赫返鄉記》一書的主人翁。
㉓編註：Maine de Biran，一七六六～一八二四年，法國哲學家。
㉔譯註：波特萊爾《惡之華》的詩句。
㉕譯註：《聖經》馬太福音第一章第二篇。
㉖譯註：拉丁文，意為「命運，你也一樣」。
㉗譯註：周遭的光線越來越多。
㉘譯註：Lord Brummell，英國著名男裝設計師。
㉙譯註：Pindare，希臘抒情詩人。
㉚譯註：Giovanni Fattori，十九世紀義大利畫家。
㉛譯註：Smith & Wesson，一八五二年由Horace Smith與Daniel B. Wesson合夥創業，現已是美國最大機械製造商。
㉜譯註：《季諾的告白》一書的主人翁。
㉝譯註：引述自但丁的《神曲：煉獄篇》當中，對亞歷山大大帝情婦泰伊德的描述。
㉞譯註：Saint Honoré，碾磨工和糕點師的守護神。
㉟編註：出於希臘神話，比喻為難題。
㊱譯註：法國詩人韓波的詩作《母音》（Voyelles）。
㊲譯註：卡夫卡的《變形記》。
㊳譯註：Antonio de Curtis，二十世紀初義大利著名演員。
㊴譯註：二十世紀義大利著名作家。
㊵譯註：引自保羅・梵樂希的詩作《出洞的蛇》（Ébauche d'un serpent）。

2.

樹葉發出的颯颯聲響

「我們現在準備去哪裡，寶拉？」

「回家，我們的家。」

「然後呢？」

「然後我們進屋，你可以讓自己放輕鬆。」

「然後呢？」

「然後你好好沖個澡，刮鬍子，換上整潔的衣服，然後我們吃飯，然後……你想做些什麼？」

「我就是不知道。我記得醒過來之後發生的所有事情，我知道凱撒大帝的一切，但是對於接下來的事，我完全無法想像。今天早上之前，我並不煩惱接下來會發生的事，當然還有那些我想不起來的往事。但是現在，我們正前往……朝向某種東西，而不僅僅在我的身後，我在我的面前也看到同樣一片濃霧。不對，我面前並不是一片濃霧，就好像我有兩條棉花做成的腿，我沒有辦法移動，和跳躍一樣。」

「跳躍？」

「對，跳躍的時候，妳必須向前彈出去，但是為了聚集這股力道，妳必須先往回走。如果沒有先回到後面的話，妳就沒有辦法往前跳躍。就是這樣，我覺得如果要說出自己接下來準備做的事，就必須先對自己過去所做的事情有許多了解。妳準備進行的事情，是為了改變過去已經存在的某種東西。現在，如果妳告訴我必須刮鬍子，我知道為什麼，我用手摸摸自己的下巴，可以感覺得到蓬亂的鬍碴。同樣地，如果妳告訴我必須吃飯，我也記得上次吃飯是昨天晚上，有濃湯、火腿和烤過的梨子。我了解為自己刮鬍子或吃飯是一回事，但接下來的時間準備做什麼，又是另外一回事。我弄不清楚延續的時間代表什麼意義，因為我少了過去那段延續的光陰。這樣夠清楚嗎？」

「你的意思是說，你不再活在時間裡，而我們就相當於我們生活的時間。你一直都非常喜歡聖奧古斯汀關於時間的撰述，你總說曾經活在這世上的人類中，他是最有智慧的一個。甚至今日的心理學家都可以從他身上學到許多東西。我們生活在等待、注意，和回憶的三種時刻當中，彼此都不可或缺。你沒辦法走向未來，因為你遺失了你的過去。知道凱撒大帝做過的一切，也沒辦法幫助你知道自己接下來應該做的事。」寶拉注意到我繃緊了下顎。

她改變話題：「你認得米蘭嗎？」

「從來沒看過。」但是當我們來到一個路面拓展的地方時，我說：「史佛薩城堡，還有多摩大教堂。『最後的晚餐』、布雷拉美術館。」

「威尼斯有什麼呢？」

「威尼斯有大運河、里亞托橋，還有聖馬克和貢多拉平底船。我知道旅遊指南描述的一切。我可能沒去過威尼斯，三十年來一直住在米蘭，但是對我來說，米蘭就像威尼斯，或像維也納。藝術史博物館、電影『黑獄亡魂』，哈利・萊姆㊶在普拉特的摩天輪上表示，布穀鳥鐘是瑞士人的發明。他說了謊，布穀鳥鐘是巴伐利亞的產物。」

我們進入房子。一間漂亮的公寓，有面對公園的陽台。我真的親眼看到了一大片的樹木。大自然真是漂亮，所有的人都這麼說。顯而易見，家具非常古老，我是一個頗為富裕的人。我不知道應該往什麼地方去，客廳在什麼地方？廚房在哪個角落？寶拉向我介紹了安妮塔，在我們家幫傭的祕魯女子。可憐的女人，她不知道應該祝賀我的歸來，還是當我像訪客一樣地招呼。她跑過來、跑過去，為我指出浴室的門，接著說：「可憐的亞姆柏先生，耶穌瑪利亞，那些是乾淨的毛巾，亞姆柏先生。」

經過出院的騷動、和陽光的第一次接觸，還有車程之後，我覺得自己身上流了汗。我想聞一聞自己的腋窩，自己的汗味並不會讓我覺得不適，我不覺得體味過重，不過可以讓我感受到自己動物性的生命力。歸返巴黎的前三天，拿破崙捎了信給約瑟芬，交代她千萬不要洗澡。我做愛之前是不是從不洗澡？我不敢向寶拉提出這個問題，誰知道，或許和她在一起的時候會洗，和其他的人則不洗——或者完全相反。我痛快地沖了個澡，在臉上塗上肥皂，慢慢地刮掉鬍子，浴室裡有一瓶清爽的刮鬍水，然後我梳理了頭髮。我看起來已經比較體面了。寶拉帶我到更衣室，很明顯地，我很喜歡絲絨的褲子、帶一點粗獷的外套、顏色淺淡的羊毛領帶（錦葵色、豌豆色、翡翠綠？我認得這些名稱，但是還不知道如何應用），還有方格襯衫。我似乎還有一整套參加婚禮或喪禮專用的黑色禮服。「你就像以前一樣俊美。」我換上一套休閒服之後，寶拉對我說。

她帶我走過一條排滿了書架，架上盡是書本的長走廊。我看了一眼書背，絕大部分的書我都認得。我的意思是說，我認得書名。《約婚夫婦》[42]、《瘋狂奧蘭多》[43]、《麥田捕手》。

我覺得自己好像一直到現在，才第一次來到一個讓我覺得自在的場所。我抽出一本書，但是又一次，我連封面都沒看一眼，就以右手抓住書背，以左手的拇指迅速地反向撥動書頁。我喜歡這個聲音，我重複撥弄幾次後問寶拉，我不是應該可以看到一名射門的足球員。寶拉笑了起來，那似乎是我們孩提時代非常流行的小書刊，某種窮人的電影。足球員每一頁都會改變姿勢，迅速撥動書頁的時候，我們可以看到他動來動去。發現大家都知道這件事讓我寬了心，我希望清楚地界定這不是一個回憶，而是一種基本常識。

那本書是巴爾札克的《高老頭》。

我在沒有翻開書的情況下說出：「高老頭為他的幾個女兒犧牲奉獻，其中一個好像叫做黛芬，而登場的是沃特林——又名柯林，和野心勃勃的拉斯提良，巴黎就等著我們兩個人了。我是不是讀過很多書？」

「你是一個啃書啃不倦的讀書人，記憶力像大象一般龐大。你可以背出一堆詩詞。」

「我寫作嗎？」

「沒有個人的作品。你常常表示自己是一個不孕的天才，而世間的人不是讀書，就是寫作。作家都是因為鄙視同儕才動手寫作，這樣才會偶爾有些好東西可以讀一讀。」

「我真的有許多書。抱歉，我們有許多書。」

「這裡有五千本。但總是會出現一個同樣的白癡，問你這些藏書的數量，還有是不是全部讀過。」

「我怎麼回答？」

「通常你會表示：一本都沒讀過，要不然為什麼要把這些書收藏在這個地方。吃光的肉罐頭，你難道還會刻意收藏嗎？我已經讀過五萬本，然後全都送給了監獄和醫院。對方那個白癡聽到之後都會踉蹌一下。」

「我看到許多外國的著作，我想我應該會說好幾種語言吧，幾句詩詞自然而然地來到嘴邊：『*Le brouillard indolent de l'automne est épars*……（秋天懶洋洋的霧氣分散開來……）*Unreal City, – under the brown fog of a winter dawn, – a crowd flowed over London Bridge, so many, – I had not thought death had undone so many*……（虛構的城市——在冬日破曉的棕色霧氣之下——群眾蜂擁至倫敦大橋，這麼多——我沒想過死亡會使這麼多人不安……）*Spätherbstnebel, kalte Träume, – überfloren Berg und Tal, – Sturm entblättert schon die Bäume, – und sie schaun gespenstig kahl*……（晚秋的霧，冷冷的夢——山與溪谷——暴風雨襲向樹木——讓它們看來不可思議……）*Pero el doctor no sabía,” ho concluso, “que hoy es siempre todavía*……（但醫生不知道，「他做出結論」，今天會永遠持續下去……）』」

「妳很清楚，我現在覺得自己就像身處濃霧，儘管我看不到這片霧。我知道其他人看到的霧是什麼樣子——短暫的陽光在剎那間閃耀，白濛濛的霧中乍現一束含羞草。」

「濃霧向來讓你著迷，你曾經表示自己誕生在其中。多年來，只要在書裡看到對濃霧的描述，你就會抄寫在空白處，然後在辦公室裡逐頁複印。我想，你會在辦公室找到那份關於濃霧的檔案。只要耐心等候，濃霧就會再次出現。雖然和過去不一樣，因為米蘭的光害太多，就算夜間，櫥窗也是燈火通明，所以濃霧只會沿著牆面滑開。」

「黃色的霧讓背滑過窗面，黃色的煙讓臉孔在玻璃上磨拭、用舌頭舔舐夜晚的角落，逗留停滯在排水溝的積水上，等待煙囪的煤灰落在自己的背脊，蜷縮在房子的周圍，昏沉地陷入睡眠。」

「我也知道這一首。你抱怨你童年時代的濃霧已不復見。」
「我的童年。這裡是不是有讓我收藏童年書籍的地方？」
「不在這裡，而是在索拉臘，鄉下那棟大宅裡。」

我於是獲悉索拉臘大宅和我家人的事。我出於偶然，在一九三二年像個小耶穌般，於聖誕節當天在那裡出生。我的外公和外婆在我生下來之前就過世了，奶奶在我五歲的時候離開人間，剩下的只有我父親的父親，還有我們，而我們是他僅剩的一切。爺爺是一個奇怪的人物，他在我成長的那座城市裡經營一個店面，一間可以稱得上是舊書店的舖子。他賣的不像我經手的那些價值不菲的古書，只是一些二手舊書，還有一些十九世紀的舊貨。此外，他也喜歡旅行，所以經常前往他鄉。當時，前往他鄉的意思就是到盧加諾，最遠到巴黎或慕尼黑。他會到那些地方進行採購，但是他採購的並不單是書本，還包括了電影海報、小型雕像、明信片、舊雜誌。當時沒有現在這種懷舊的收藏家，但是寶拉告訴我，爺爺有幾名忠實，或因為個人愛好而進行收藏的顧客。他賺的錢不多，不過他過得很開心。此外，他在一九二〇年繼承了這棟一個伯父留給他的索拉臘大宅。那是一棟巨大無比的房子，你等著瞧吧，亞姆柏，光是閣樓就有波斯圖米亞岩洞那麼大。房子的周遭有許多土地，租給佃農之後，我爺爺的收益用來生活綽綽有餘，所以並不需要辛苦地賣太多書。

據說，我童年的每一個夏天、聖誕節、復活節，還有許多假日和一九四三年到一九四五年間，城市開始遭到轟炸那兩年，全都在那個地方度過。所以那裡應該還找得到我爺爺的所有遺物，以及我童年的課本和玩具。

「我不知道你收在什麼地方，你好像不太願意再見到這些東西。你和這棟房子的關係一直都非常奇怪。你的父母在車禍中喪命之後，你爺爺也因為傷心過度而離開人間，當時你差不多剛剛完成高中的學業……」

「我父母從事什麼工作？」

「你父親在一家進口貿易公司工作，最後成了那家公司的總經理。你的母親留在家中料理家務，當時的女人都是這麼做。你父親好不容易買了一輛車，一輛蘭吉雅，那可不是隨便就買得到的便宜貨，但是意外就這麼發生了。對於這件事，你的態度一直都不怎麼明朗。你當時正準備進大學，你和你妹妹阿妲突然就失去了所有的家人。」

「我有妹妹？」

「一個小妹妹。她被你媽媽的兄嫂收留，你舅舅和舅媽變成了你們法律上的監護人。但是阿妲很早就結婚了，十八歲時和一個馬上把她帶到澳洲的男人結婚。你們不常見面，她很少回義大利。你們的舅舅賣了你們城裡的房子，以及索拉臘絕大部分的土地。獲得的款項，讓你得以支付學費，但是你因為獲得一筆大學獎學金，立刻脫離你舅舅和舅媽，獨立自主遷往杜林。從那時開始，你就把索拉臘拋到腦後。是我在卡拉和妮可蕾塔誕生之後，才強迫你在夏天前往避暑，因為那邊的空氣對小孩比較好，我花了好大的工夫，才把我們住的那一側整理像樣。你不太喜歡去那裡，而女兒們非常喜歡，那是她們的童年，她們現在也盡可能帶孩子去。你是為了她們才去，你會待個兩、三天，卻從不踏進你稱為聖殿的空間，也就是你的祖父母、父母，和你自己過去的房間，還有閣樓……此外，大宅房間太多了，就算住進三個家庭，彼此也可能碰不到面。你會到山丘上散步，總是會出現一些急事，讓你不得不趕回米蘭。我可以了解，家人的過世讓你的生活分裂成前後兩個部分，索拉臘的大宅肯定會讓你想起一個永遠消失的世界，所以你劃上了句點。我一直試著尊重你的難處，雖然有的時候，嫉妒心會讓我認為這些只是一個藉口，而你趕回米蘭只是為了其他的事。不過，這些事就不提了。」

「令人難以抗拒的微笑。妳為什麼嫁給一個面帶微笑的男人？」

「因為你笑得很迷人，而且你也讓我發笑。小時候，我嘴巴上一直掛著一個同學的名字，東也路易吉諾、西也路易吉諾，每天回家都會說路易吉諾做了些什麼事。我媽一直懷疑我們之間有曖昧，有一天，她問我為什麼這麼喜歡路易吉諾。我回答：『因為他讓我發笑。』」

我很快就拾回一些經驗。我嘗試了一些食物的滋味——醫院的食物吃起來都一樣。水煮肉沾上芥末可以增加食慾，但是肉類有許多纖維，會卡進牙縫。我學會了（還是想起來？）用牙籤，可以在齒面上搜尋，剔除殘渣……寶拉讓我品嘗了兩種葡萄酒，我說第二種的味道無與倫比地美味。她告訴我，第一種是料理用的葡萄酒，頂多用來燉肉。第二種則是「布魯內羅」[44]。很好，我說，不管我的腦袋是什麼樣子，但是我品嘗的功能仍正常運作。

我花了整個下午的時間四處摸索，感受手放在一只白蘭地酒杯上的壓力，然後試著把咖啡裝進咖啡機，用舌頭品嘗品質不同的兩種蜂蜜和三種果醬（我最喜歡杏子），揉一揉客廳的窗簾，榨一顆檸檬，把手插進一袋粗麵粉。接著，寶拉帶我到公園繞了一圈，我摸了摸樹皮，聽到了樹葉在採葉人手中發出颯颯的聲響[45]。（是桑樹樹葉嗎？）走到凱羅里的廣場時，寶拉訂了一把五顏六色的花束，花匠告訴她，沒看過任何人這麼做。回到家後，我試著分辨不同的花草散發出來的香味。上帝看著一切所造的都甚好[46]，我寬慰地表示。寶拉問我是不是能感覺到上帝，我回答，我是為了引述而引述，但我肯定是一個剛剛發現伊甸園的亞當。不過，我似乎是一個學得很快的亞當，因為我看到架子上擺著瓶瓶罐罐的清潔劑，立刻明白不該碰這些善惡樹上的物品。

晚餐後我坐在客廳。我看到一張搖椅，本能地讓自己在上面晃來晃去。「你總是這麼做，」寶拉告訴我，「這時候你會喝一杯晚上的威士忌。我想，加塔洛羅不會反對的。」她拿給我一個瓶子，「拉佛格」，倒給我一大份，而且沒加冰塊。我嚥下去之前，先讓那些液體在口中轉動。「非常好，不過有一點汽油的味道。」寶拉非常興奮：「你知道我們是在戰後，也就是五〇年代初期才開始飲用威士忌。好吧，或許瑞吉歐那些法西斯當權者也會喝，不過一般人不喝。我們大約是在二十歲開始喝威士忌，只是機會非常難得，因為當時非常昂貴，倒像是一種過渡的儀式。那些老傢伙總是盯著我們，納悶地說我們怎麼嚥得下這種嚐起來有汽油味的東西。」

「值得注意的是，味道沒有讓我想起任何貢布雷[47]。」

「必須看是什麼味道。繼續生活，你會找到正確的味道。」

小桌上擺著一包茨岡牌[48]玉米菸紙的香菸。我點燃一根，貪婪地吸了一口，然後咳了起來。我又吸了幾口，才把菸熄掉。

我讓自己慢慢搖晃，直到昏昏欲睡。一座掛鐘迴響的鐘聲把我吵醒，我弄翻了一點威士忌。掛鐘就在我身後，但是辨別出時間之前，鐘聲已經停了，我說：「九點了。」接著，我對寶拉說：「妳知道我發生了什麼事嗎？我剛剛睡著了，鐘聲把我吵醒。前幾聲我並沒有聽清楚，我的意思是說，我沒有仔細計數，但是我一決定計算後，立刻就發現已經響了三次，讓我得以從第四聲、第五聲接著算下去。我知道如果我可以數第四聲，並等候第五聲，是因為前面已經響了三聲，我在某種情況下知道了這件事。如果第四聲是我意識到的第一響，我就會以為現在是六點鐘。我想，我們的生命就是這樣運行的，唯有在意識中追溯過去，才有辦法知道接下去會發生的事。我沒辦法計算我生命的鐘聲，因為我不知道前面已經敲了幾聲。另外，我睡著是因為椅子晃了許久。我在某一刻昏睡過去，是因為前面已經過了一段時間，而我在等候接下來時刻的那段時間，讓自己完全鬆懈。如果沒有前面第一段讓我自己就位的時間，如果我隨便挑一個時間開始，我就無法等待接下來發生的事，那麼我就會繼續維持清醒。就算為了睡覺，也必須先回溯，不是嗎？」

「和滾雪球的效應一樣。崩雪朝下滑落，卻在越滾越大、重量持續倍增的同時越滾越快。要不然就不會有雪崩，只有一顆永遠掉不下去的小雪球。」

「昨天晚上……我在醫院覺得無聊，所以哼了一首小調。那首歌就像刷牙一樣，自然而然地從我嘴裡唱出來……我試著了解自己為什麼知道這首歌。我重新開始唱，但是一思索，我就沒辦法自然地唱出來，只好停頓在一個音符上。我停頓了許久，至少有五秒鐘，就像警笛或古希臘的朗誦一樣。我再也無法接著唱，而我無法接唱的原因，是因為我已經忘了前面唱過的部分。這就是我現在的情況。我停頓在一個長音符上，就像一張刮傷的唱片。既然我無法想起一開始的音符，我就無法完成這首歌。我很納悶到底有什麼東西無法完成，為什麼無法完成。我不假思索哼唱時，我確實就是記憶中的自己，在這種情況下，怎麼說……我咽喉的記憶，過去和後來銜接在一起，而我就是那首完整的歌，每一回我開始哼唱的時候，我的音弦就準備好讓接下來的音符震盪。我想，一個鋼琴家也是這麼表演的，他彈下一個音符的時候，手指已經準備敲擊接下來的琴鍵。沒有開始的音符，就沒有辦法彈到最後面的音符。我們會走調，唯有完整的歌曲以某種形式存在我們心中，我們才有辦法從最開始的音符彈到最後。我已經無法完整記得這首歌了。我就像……燃燒中的木柴。木柴燃燒，但是對於自己仍為完整樹幹的時代不具意識，也無法知道自己曾經是一節樹幹，又從何時開始著火，所以只能乖乖燃燒。我現在的生活就像一種單純的耗費。」

「不要用哲學來誇大其詞。」寶拉喃喃說道。

「要，讓我們誇張一些。我把聖奧古斯汀的《懺悔錄》收到什麼地方了？」

「在那個書架，上面有百科全書、《聖經》、《可蘭經》、《老子》，和一些哲學書籍。」

我走過去把《懺悔錄》找出來，在目錄當中尋找關於記憶的篇幅。我應該讀過這個部分，因為頁面上劃了許多線。我進入記憶寬廣的轄區和領域，我進到裡面的時候，可以隨心所欲地喚起所有的影像，有一些會立刻湧現，有一些則需較長時間的醞釀，就像從最機密的儲藏室重新搬出來一樣……這一切，記憶把它們全都收放在寬廣的洞穴裡，藏在難以形容的祕密摺紋之間，在我記憶力的巨大宮殿裡，我同時擁有蒼天、大地、汪洋，我也在裡面遇見了自己……記憶的能力非常雄偉，我的天啊，無盡的繁複和深度幾乎令人覺得害怕，而這一部分是心靈，這一部分是我自己……在記憶不可勝數的原野、洞穴當中，無可勝數地充滿了無可勝數的東西，我穿越這些地方，此時此刻的我雖然四處翱翔，卻找不到邊界……「妳瞧，寶拉。」我說，「妳對我提到我爺爺、鄉下的大宅，你們試圖為我重建音訊，但是為了以這種方式來匯集，為了確實填滿這些山洞，我必須把過去六十年至今的經歷全部往裡塞。不行，我們不能用這種方式。我必須獨自進入山洞，就像《湯姆歷險記》。」

我不知道寶拉怎麼回答的，我繼續在搖椅上晃來晃去，重新打起了盹兒。

我想，我只睡了一會兒，因為我聽見了門鈴的聲音。是我的同學吉阿尼・拉維里。我的同學和我就像雙胞胎兄弟。他激動得像個兄弟一樣擁抱我，他也知道應該如何對待我。別擔心，他告訴我，你這一生我比你自己還要清楚，我可以詳細地描述給你聽。我跟他說，不用了，謝謝，寶拉這時候先為我解釋了我們的故事。我們從小學到高中一直都在一起，接著我前往杜林繼續學業，他則前來米蘭攻讀經濟學。我們似乎從未失去聯絡，我販賣古書，他協助人們納稅，或逃稅，我們原可能各走各的路，但是剛好相反，我們就像一家人，他的兩個孫子和我的孫子們玩在一起，而我們的聖誕節和除夕一向都一起度過。

我雖然對他說不用了，謝謝，但是吉阿尼還是忍不住開口。由於他記得我的點點滴滴，所以他似乎無法了解為什麼我自己不記得。「你記不記得，我們帶一隻死老鼠到課堂上嚇數學老師那一天，還有我們到亞士提去看維多里歐・阿爾菲耶里㊾的戲劇，在歸途上得知杜林球隊搭乘的飛機墜落的消息，還有那一次……」

「不，我不記得，吉阿尼，但是你描述得很好，就像我自己想起來一樣。我們兩個人在學校的時候，誰的成績比較好？」

「你的義大利文和哲學成績當然比較好，我比較強的是數學。你也看到我們後來的發展了啊。」

「啊，對了，寶拉，我的大學文憑是什麼學系？」

「文學院，研究主題是針對《尋愛綺夢》㊿這本書，內容艱深難懂，至少對我來說是這樣。接著，你前往德國專研古書的歷史。你曾說，你已經被貼上標籤，所以你別無選擇；而且還有你祖父一輩子都和破舊的書本一起度過的先例。你回來後用僅剩的金錢，先在一個小房間成立了屬於你的事務所，發展得非常順利。」

「你知不知道，你販賣的書籍，價格比一輛保時捷還要昂貴？」吉阿尼說，「那些書真是太美了！拿在手上的時候，雖然知道它們已經有五百年的歷史，紙張卻像剛剛離開印刷廠一樣地劈啪作響……」

「慢慢來、慢慢來。」寶拉說，「接下來幾天我們再談工作的事。現在先讓他熟悉一下屋子。要不要來一杯嚐起來有汽油味的威士忌？」

「汽油味？那是什麼東西？」

「那是亞姆柏和我的故事，吉阿尼。我們又開始了彼此的祕密。」

我送吉阿尼到門口的時候，他握住我的手臂，用一種共謀的語氣低聲對我說：「你還沒跟美麗的希比菈見到面？」

誰是希比菈？

昨天，卡拉、妮可蕾塔和她們的家人都來了，甚至包括她們的丈夫。真是客氣。我整個下午都和小孩一起度過。他們非常稚嫩，而我開始投入感情。但是，說起來有一些尷尬，因為我發現自己抱著他們親吻，讓他們靠在我的脖子上，當我聞到他們身上那股乾淨、奶水、爽身粉的氣味時，居然納悶自己為什麼會和這些陌生的小孩在一起。我應該不是戀童的變態吧？我和他們保持距離，和他們玩在一起，他們叫我扮演大熊，扮演一頭該死的爺爺大熊。我趴在地上，一邊發出吼叫聲，他們全都撲到我身上。冷靜點，我已經有點歲數，我背痛啊。路卡用水槍對著我快速射擊，我覺得最好往後倒下去裝死。我冒著閃到腰的風險，但是效果非常成功。你不該這麼做，妮可蕾塔對我說，你知道自己有起坐性低血壓。她接著改口：「對不起，你已經忘記了，好吧，你現在又知道了。」

我生命的新章節由她來撰述，不對，應該說由他們來撰述。

我繼續活得像百科全書。我說話的時候，就像被緊緊壓在牆上，永遠無法轉過身。我的記憶只有短短幾個星期的深度，其他人的記憶卻深達好幾個世紀。幾天前的晚上，我嚐了一種核桃酒，然後說：「苦澀杏仁稜角鮮明的味道[51]。」在公園看到兩名騎在馬上的警察時，我說：「如果願望是馬，乞丐也會有馬騎[52]！」我的手撞到了尖角，我吮吸小小的傷口，希望嚐嚐自己的鮮血，而我說：「我一再遭遇生活的邪惡[53]。」一陣驟雨之後，我欣喜若狂地表示：「瞧，暴風雨已經過去[54]。」我通常很早上床睡覺，而我做出評論：「長久以來我一直很早上床[55]。」

交通號誌對我並不構成問題，但是有一天，我在一處平靜的街道穿越馬路，寶拉因為一輛車子駛近而適時抓住我的手臂。

「我算過距離，」我說，「我來得及穿越。」

「你會來不及，那輛車子開太快了。」

「少來，我又不是雞。」我回應，「我知道汽車會撞倒路人，也會撞向雞群，為了避開，他們會踩煞車，冒出一道黑煙；他們不得不下車，用手柄重新發動汽車。兩個男人身穿防塵外套，戴著寬大黑眼鏡，而我長長的耳朵伸向天際。」我到底在哪裡見到這一幕？

寶拉看著我：「但是，你知不知道汽車的最大時速？」

「嗯……」我說，「時速高達八十公里……」但是，現在的車子速度似乎快了許多。我的觀念明顯地仍停留在我考駕照的時代。

經過凱羅里廣場時，我覺得非常驚訝，因為每兩步就會遇到一個向我兜售打火機的黑鬼。寶拉帶我到公園騎腳踏車（腳踏車對我並不構成問題），我訝異地發現一座小湖周圍聚集了許多打鼓的黑鬼。

「我們到底在什麼地方？」我說，「紐約嗎？米蘭從什麼時候開始聚集了這麼多黑鬼？」

「已經很久了。」寶拉回答，「此外，我們現在已經不用黑鬼這個名詞了，應該說黑人。」

「有什麼不同？他們兜售打火機，來這裡打鼓，因為他們身上大概沒有半毛里拉可以上酒吧，也可能是酒吧不讓他們進去。我覺得這些黑人看起來就像黑鬼一樣絕望。」

「無論如何，現在大家都這麼說。你過去也一樣。」

寶拉注意到，我試著用英文說話的時候會犯錯，但是德文和法文就沒有問題。「這種情況我覺得理所當然，」她說，「你童年的時候就已經把法文融會貫通，就像貼在你腳下的腳踏車一樣地貼在你的舌頭上。至於德文，你是在大學時代學自課本，既然是課本，所以你記得一切。相反地，英文是你在旅行中學得，成了你三十年來的個人經驗，所以才會只保留了一部分在你的舌頭上。」

我只是覺得自己仍然虛弱，我只能花上半個鐘頭去做一件事，頂多一個鐘頭，接著就得躺下來休息一會兒。寶拉每天晚上都會帶我去藥房測量血壓。飲食也必須注意，不能吃太多鹽。

我開始看起了電視，這是最不會讓我疲倦的事。我看到一些陌生的面孔——議長、外交部長、西班牙國王（佛朗哥不見了嗎？）、改過自新的前任恐怖分子（恐怖分子？），我聽不懂他們在說什麼，卻學會了一堆事情。莫洛[56]，我記得這個人，以及他所提出的政治平行整合。到底是什麼人殺了他？還是他和飛機一起墜落在烏斯提卡的農業銀行上？有些歌手在耳垂上掛了個鐵環，而這些歌手都是男人。我喜歡描述德州家庭悲劇的連續劇，還有約翰・韋恩的老電影。動作片讓我覺得不舒服，因為裡面都是機關槍，一陣掃射後，引爆了大樓的一個房間，讓一輛汽車爆炸翻覆，身穿泳裝的傢伙拳打腳踢，另一個人則衝向一面玻璃窗，掉進海中。這一切全都在幾秒鐘內同時發生，房間、汽車、玻璃窗。進行的速度太快了，我的眼睛也跟著起舞。還有，為什麼需要配上這麼多聲音？

另一個晚上，寶拉帶我到一家餐廳。「不要擔心，他們全都認識你，你只要說『照舊』就行了。」店家說真是太令人高興了，您最近好不好，波多尼博士？您好久沒出現了，您今天晚上打算用點什麼？「照舊。」沒問題，先生，您是個內行人。餐廳老闆唱歌般地表示。蛤蜊麵、烤魚、蘇維儂白酒，還有我們的蘋果派。

我準備再點一份烤魚的時候，寶拉阻止了我。「為什麼？反正我很喜歡。」我問她，「我們付得起，這裡的消費也不會太貴吧。」寶拉憂心忡忡地看著我，她握著我的手對我說：「聽我說，亞姆柏，你的自律機能都保持下來了，你知道如何使用刀叉，也知道如何倒酒，但是有些事情，我們是隨著長大成人的過程，透過個人的經驗而獲得。一個小孩冒著肚子痛的風險，也想吃他喜歡的每樣東西，他媽媽一點一點地告訴他，必須控制自己的衝動，就像他想尿尿的時候，應該先忍一忍。如果小孩可以依照自己的意願，繼續在尿布裡便便，或大吃特吃巧克力醬，結果進了醫院，他最終會得到教訓。就算沒有吃飽，應該停下來的時候，還是必須停止。變成大人後，我們學會了什麼叫做停止，例如喝了兩、三杯酒後，我們會想起上次喝了整瓶酒，結果睡不著覺的事。你應該重新學習和食物建立起一種正確的關係。運用你的理智，你只要兩、三天就可以學會。無論如何，不要再點了。」

「我想您還要一杯卡勒瓦多蘋果白蘭地。」老闆端來蘋果派，做出這個結論。我等寶拉表示同意，才說「卡勒瓦多還用說」57。他顯然知道我的文字遊戲，所以重複了一遍「卡勒瓦多還用說」。寶拉問我記不記得卡勒瓦多。我回答，好喝，但是僅止於此。

「我們去諾曼第旅行的時候，你就像酒精中毒一樣……耐心點，別想太多了……無論如何，『照舊』是一個很有用的公式，我們周遭有許多地方可以讓你走進去，說『照舊』就好，這樣你就不會覺得彆扭了。」

「從現在開始，你知道如何面對紅綠燈。」寶拉說，「你也知道車子的速度可以有多快。你必須試著自己到城堡周圍，還有凱羅里廣場散步。這一帶有一家咖啡店，你非常喜歡他們的冰淇淋，他們幾乎靠你在過日子。試著搬出『照舊』來用用。」

我甚至不需要表示「照舊」，老闆就立刻在蛋捲內填滿巧克力碎片冰淇淋。這是您的冰淇淋，博士。如果我過去喜歡巧克力碎片冰淇淋，我喜歡得一點都沒錯，因為真的非常美味。在六十歲時發現巧克力碎片冰淇淋真是令人開心。吉阿尼那個老年癡呆症的笑話是怎麼說的？最棒的是你每天都可以遇到一堆不認識的人……

一堆不認識的人。我吃完了冰淇淋，但是沒有吃到最後，丟掉了蛋捲的末端——為什麼？寶拉後來向我解釋，那是我過去的潔癖，因為小時候媽媽告訴我不要吃蛋捲的末端，冰淇淋小販會用不乾淨的手握住蛋捲末端，而當時的冰淇淋都是用三輪車推著叫賣。這時候，我注意到一名高雅、小臉蛋、態度有一點放肆，絕對有四十多歲的女人朝我走近。她讓我想起了「擁抱白鼬的女子」[58]。她從很遠的地方就開始對我微笑，而我也準備回她一個迷人的微笑，因為寶拉表示我的微笑令人無法抗拒。

她走到我面前，抓住我的兩隻手臂：「亞姆柏，真是意外！」

但是她肯定從我的眼神中看到一些茫然，微笑並不足夠，「亞姆柏，你不認得我了，我老了這麼多嗎？我是娃娜、娃娜……」

「娃娜！妳還是這麼漂亮。我剛剛從眼科醫生的診所出來，他在我眼睛裡點了一些放大瞳孔的藥水，我的視線會模糊幾小時。妳好不好，抱白鼬的女子？」我肯定對她這麼說過，我覺得她的眼眶好像濕了。

「亞姆柏、亞姆柏。」

她一邊撫摸我的面孔，一邊低聲對我說。我可以聞到她的香水味。

「亞姆柏，我們錯過了彼此。我一直都希望再和你見面。我想告訴你，我們之間或許非常短暫，或許是我的錯，但是對我來說，你一直都是一段甜蜜的回憶。一段……美麗的記憶。」

「非常美麗。」我說，並加上一些感情，一邊表現出再次想起那片樂園的模樣。真是出色的表演。她親吻了我的臉頰，低聲告訴我，她的電話號碼沒有變，然後才離去。娃娜，這肯定是一段我不知如何抗拒的誘惑。正如狄西嘉所主演的電影「男人，真是混球！」（*Gli uomini chemascalzoni*）。真是該死，一段情史如果不能對朋友描述，或至少在暴風雨之夜，慵懶地躺在棉被下時再次品味，那還有什麼樂趣可言？

從第一個晚上開始，寶拉就會撫摸我的頭，讓蓋著棉被的我得以沉沉入睡。我很喜歡她在我身邊的感覺。這是一種慾望嗎？我最後終於克服羞恥心，問她我們是不是還會做愛。「適度地做，或者應該說成了一種習慣。」她告訴我，「你想嗎？」

「我不清楚，妳知道我的慾望還不是很多。但是我很納悶……」

「別納悶了，試著睡覺，你的身體還很虛弱。此外，我再怎麼樣也不會讓你和剛剛認識的女人做愛。」

「東方快車上的豔遇。」

「可怕，我們又不是在德寇布拉㊾的小說裡。」

41 譯註：「黑獄亡魂」的角色。

42 譯註：義大利作家亞歷山卓・孟佐尼的作品。

43 譯註：義大利作家亞力奧斯托的作品。

44 譯註：Brunello，義大利Montalcino一帶所產的紅酒。

45 譯註：義大利詩人鄧南遮的詩集《翠鳥》（Alcyone）。

46 譯註：《聖經創世紀》第一章第三十一篇。

47 編註：普魯斯特《追憶似水年華》中，因主角味覺而想起的童年小鎮。

48 譯註：Gitanes，法國香菸品牌。

49 譯註：十八世紀義大利悲劇詩人。

50 譯註：十五世紀的古書Hypnerotomachia Poliphili，也是英文暢銷書《四的法則》提及的十五世紀義大利神秘手稿。

51 譯註：出自哥倫比亞諾貝爾文學獎得主賈西亞・馬奎斯的《愛在瘟疫蔓延時》。

52 譯註：諺語，假如空想都能成真，世上就不會有窮人之意。

53 譯註：義大利象徵主義詩人蒙塔萊的詩。

54 譯註：出自童妮・莫里森的《所羅門之歌》。

55 譯註：出自普魯斯特的《追憶似水年華》。

56 譯註：一九七八年遭「紅色軍旅」左翼武裝分子綁架、撕票的前義大利總理。

57 譯註：Calva sans dire，以法文的Ça va sans dire（還用說）玩文字遊戲。

58 譯註：Dama con l'Ermellino，達文西的畫。

59 編註：Maurice Dekobra，一八八五～一九七三年，法國知名作家。

3. 某個人將會摘下妳這朵花

我已經學會了到屋子外面繞一繞，也學會了如何和那些向我打招呼的人對應。根據對方的微笑、舉止和禮貌的程度，來斟酌自己微笑、驚訝的舉止、和善或禮貌的程度。我將這一套應用在電梯裡遇見的同樓鄰居身上。這一切都顯示，社交生活原來只是虛偽的表面工夫，我對稱讚我的卡拉這麼表示。她告訴我，這件事讓我變成了一個喜歡嘲諷別人的傢伙。當然，如果你不開始將這一切都當成一齣戲，你就只好舉槍自殺。

「好吧，」寶拉對我說，「是你去一趟辦公室的時候了。你一個人去；看看希比菈，看看你工作的地方會為你帶來什麼啟發。」我突然想起吉阿尼低聲對我提起這位美麗的希比菈。

「希比菈是什麼人？」

「你的助理、你的總管。她能力很強，在這幾個星期內，一直讓事務所保持運作。我今天打了電話給她，不知道她因為讓哪一筆交易順利進行而驕傲無比。希比菈，不要問我她的姓，沒有人知道怎麼唸。她是一個年輕的波蘭女子，曾在華沙專攻圖書管理學。柏林圍牆倒塌之前，當地政權開始動盪的時候，她成功取得前往羅馬留學的許可。她非常漂亮，太漂亮了，而且她應該也學會感動大人物的方法。事實上，她到了這裡就沒再離開，也找到了一份工作。她找到了你，或者是你找到了她，她幫你做事整整四個年頭。今天她等著和你碰面，她知道發生在你身上的事，也知道如何和你應對。」

她把事務所的地址和電話號碼交給我。過了凱羅里廣場之後，我們走進但丁街，在羅吉迴廊前面向左轉，然後就到了。「如果你遇到麻煩，就走進一家酒吧，打電話給她，或打電話給我，我們會找一組消防隊員過去，不過我不覺得我們需要這麼做。啊，別忘了，你和希比菈一開始是用法文溝通，因為她當時還不太會說義大利文。你們從此不曾中斷，那是你們兩個人的一種遊戲。」

但丁街上人滿為患，和絡繹不絕的陌生人擦身而過，卻不需要認得他們，真是一件美妙的事，這會讓人充滿信心，讓你了解大約有百分之七十的人處境和你一模一樣。事實上，我也像是一個剛剛抵達這座城市的人，有些孤獨，卻能夠適應環境。而且，我也是一個剛剛抵達這個地球的人。有個人從一間酒吧的門口向我問好，看起來並沒有戲劇化地打招呼的必要，所以我揮手示意。而這麼做確實行得通，非常順利。

我就像個尋寶的童子軍，找到了那條街和事務所，一張灰暗的招牌掛在下面，「圖書事務所」。我這個人大概沒什麼想像力，不過這樣看起來比較嚴肅。不然我還能用什麼名稱？「美麗的拿坡里」嗎？我按了門鈴上樓，二樓的一扇門已經開啟，希比菈站在門檻上。

「你好，亞姆柏先生……抱歉，是波多尼先生……」

聽起來就像失去記憶力的人是她一樣。她確實是一個大美人，光滑的金色長髮框著她那張橢圓、純淨的臉蛋，她脂粉未施，或許只畫了非常清淡的眼妝。我唯一想得到的形容詞就是甜美（我知道這麼說非常老套，但是經由這些老套，我才能進入其他領域）。她穿著一件牛仔褲，和一件寫著Smile這類字眼的、靦腆地在她那對發育不全的乳房上造成起伏效果的上衣。

我們親吻了彼此的臉頰。「希比菈小姐？」我問。

「對。」她說，接著加快速度表示，「對、對，請進。」

就像一種細微的哽咽，她先用幾乎正常的方式回答了第一個對，緊接的第二聲就像吸氣，短暫地從喉嚨迸出來，接下來的第三聲又再次吸氣，並帶著難以察覺的詢問語氣。這一切讓人聯想到一種孩子氣的困窘，同時又有一種性感的靦腆。她往一旁站開，讓我進到屋內，我可以聞到她精心挑選的香水。

如果我必須描述一間圖書事務所，我描述的內容和我眼前所見一定非常相似。古老的書冊從深色的木製書架一直排放到沉重的方桌上，一張擺著電腦的小桌子縮在角落，毛玻璃的窗子兩側各掛著一張彩色地圖。篩濾過的光線、綠色的大檯燈。一扇門後面有一間長長的小房間，看起來似乎是包裝和寄送書本的工作室。

「您就是希比菈？或者我應該稱呼您某某小姐，有人告訴我您的姓氏很難發音……」

「希比菈．亞斯諾哲瓦斯卡。沒錯，我的姓氏在義大利會造成一些問題，但是您一向都叫我希比菈。」

我第一次看到她微微一笑。我告訴她，我想要先適應一下，我想看看價值最昂貴的藏書。「最裡面那道牆。」她對我說。她走在我前面，為我指出一個書架。她安靜地走動，她的網球鞋輕輕掠過地面，地面上鋪陳的地毯應該緩衝了腳步。「妳的身上，青春的處子，就像覆蓋著一片聖潔的光影⑥⓪。」我幾乎大聲唸出這段話，但我卻問：「誰是卡達雷利？」

「什麼？」她轉頭問我，她的秀髮飄動。「沒事。」我回答，「我看看。」

破舊而芬芳的美麗書冊，並不是全都有自我介紹的書背。我從書架上抽出一本，本能地翻開尋找書名頁，但是沒找到。「印刷術剛發明的時代，所以是十六世紀的豬皮裝訂，低溫印刷。」我用手滑過封面，感受那一股令人愉快的觸感。「書背有一些鬆動。」我翻了幾頁，看看書頁是不是會在指間發出劈啪的聲響。它們確實發出劈啪聲。「清爽和寬大的書緣留白。啊，最後幾頁有橙黃色霉斑，簽名造成一些斑點，不過沒有影響到內文。漂亮的一本書。」我翻到了版權頁，找到書名，拆開音節地唸：「*Venetiis mense Septembri*……一千四百……九十七。這可能是……」我翻回第一頁：「*Iamblichus de mysteriis Aegyptiorum*[61]……這是費奇諾[62]所譯，第一個版本的楊布里科斯，對不對？」

「這是第一……波多尼先生，您認得這本書？」

「沒有，我什麼都不認得，您必須知道這一點，希比菈。我只知道楊布里科斯第一本由費西諾翻譯的書，出版於一四九七年。」

「很抱歉，我應該習慣這件事，因為這本出色的書曾經讓您非常驕傲。您告訴我現在不要出售這本書，市場上的數量十分稀少，等它在拍賣會上現身，或出現在美國人的目錄裡，價格就會節節攀升，屆時再把我們這本放進目錄。」

「所以我是一個精明的商人。」

「我認為這是藉口，因為您希望這本書多留在身邊一會兒，讓您可以偶爾翻閱。但是，由於您決定出讓『奧特利烏斯』[63]，所以我有個好消息要告訴您。」

「『奧特利烏斯』……哪一個版本……？」

「一六〇六年的『普朗汀尼亞納』[64]，一百六十六幅彩圖和附圖，以當時的工法裝訂。您當時還因為是在從待職教士甘比手上低價購入的那批藏書中發現這一冊地圖而雀躍不已，您最後決定把這本書放進目錄。而這段……您生病的這段期間，我成功地將這本書賣給一個顧客，一個新的客戶，他看起來不像真正的愛書人，倒像是因為聽說現在古書價格漲得很快，所以買下來當作投資的人。」

「可惜，真是糟蹋了那本書。嗯……賣了多少錢？」

她似乎害怕說出那個數字，所以拿了一張卡片給我看。「我們在目錄註明了『意者洽詢』，您也準備好處理這項交易。我一開始就開出最高的價碼，對方甚至沒有要求折扣，非常乾脆地簽了支票，分文不差。」

「我們現在已經到達這種水準……」我沒有行情的概念了。「非常好，希比菈。至於我們這邊，那本書花了我們多少錢？」

「應該可以說成本是零。整體來說，甘比的藏書讓我們一點一點地賺回了整批包下來的花費，我把支票存入銀行了。由於我們的目錄上沒有標價，我相信在拉維里博士的幫助下，我們的稅務應該可以處理得很好。」

「我會逃稅？」

「不是，波多尼先生，您只是做一些同業都在做的事。一般來說，您應該全數繳納，但是某些幸運的交易，怎麼說，我們會設法推一把。您是一位誠實度百分之九十五的納稅人。」

「經過這件交易後，只剩下百分之五十。我在某個地方讀過，一個公民應該繳清每一分毫的稅金。」她看起來似乎受到了羞辱。「無論如何，不要再想這件事了。」我像個慈祥的父親一樣告訴她，「我會親自和拉維里談一談。」像個慈祥的父親？我用一種近乎突兀的態度表示：「現在，請讓我一個人看看這些書。」她往後退開，默默地在電腦前坐下來。

我看了看那些書，翻了翻：一本貝爾納迪諾・貝納里的《喜劇》（*Commedia*），一四九一年；一本史高圖斯的《面相學之書》（*Liber Phisionomiae*），一四七七年；一本普庻雷梅的《四分法》（*Quadripartitum*），一四八四年；一本雷格蒙塔努斯，一四八四年的《曆法》（*Calendarium*）——接下去的幾個世紀我也沒有真的放棄，這裡就有一本宗卡《新戲劇》（*Nouvo Teatro*）的第一個版本，還有一本出色的拉梅利㊏……我認得這裡的每一本著作，就像每個古董商會將重要的目錄背誦得一清二楚，但是我並不知道自己擁有這些著作。

像個慈祥的父親？我取下一本又一本的書，然後歸還原位，事實上我心裡想的是希比菈。吉阿尼給我的暗示狡黠得毫無疑問，而寶拉一直等到最後一刻才提到她，還用了些近乎挖苦的字眼。儘管她的口氣平淡：她太漂亮了、你們之間的遊戲——也沒有特別懷恨的味道。但是，我覺得她差一點就要告訴我，那只是狂風暴雨之前，一片暫時沉睡、風平浪靜的海面。

我和希比菈之間可能有一段故事嗎？一名來自東歐、不知所措、對一切都感到好奇的年輕女孩，遇到了一個成熟的紳士——不過她抵達的時候，我比現在年輕了四歲——她感受到那股威嚴，畢竟他是老闆，他對圖書的認識也超過她所知道的一切，她，一字不漏地跟著他學習，崇拜他；而他，找到了一個理想的學生，美麗、聰明，抽噎顫抖地回答是、是、是。他們開始一起工作，每一天從早到晚，在事務所獨處，在大大小小的發現中找到默契。一天，他們在門口撞在一起，短短的一瞬間，一段故事於是有了開端。但是，我已經一大把年紀，妳是一個年輕的女孩，找一個和妳同為花樣年華的男孩吧，不要對我認真；而她說，不是這樣，這是我第一次出現這樣的感受，亞姆柏。我是不是正在說大家都知道的電影情節？於是，這件事就像電影或小說一樣地繼續下去：亞姆柏，我愛你，但是我再也沒有辦法直視你的妻子，她是如此親切、和善，你有兩個女兒，也當了祖父——謝謝妳讓我知道自己身上發出屍臭。不，不要這樣說，你是我認識的男人當中，最……最……最……你是我認識的男人中最好的，而和我同齡的男孩只會讓我覺得可笑，但我最好還是離開。等一等，我們可以繼續當好朋友，只要我們能夠天天見面。但是你難道不了解，我們就是因為天天見面，才沒有辦法維持朋友關係——希比菈，不要這麼說，讓我們談一談。她，從某一天開始，不再踏進事務所；我，打電話告訴她自己打算自殺的企圖。她告訴我不要孩子氣，一切都會過去，但是最後回來的人是她，因為她再也撐不下去。所以，這件事才拖了四年之久。還是早就結束了？

聽起來像是我完全清楚這些老套情節，卻不知道如何安排得具說服力一點。還是說，這些故事如此了不起的原因，是因為將這些老套情節用一種不太真實，而且難分難解的方式編湊在一起。但是，當你親身經歷這種老套的時候，就好像是第一次，而且你不會感到不好意思。

這是真實的故事嗎？這幾天，我似乎已經沒有慾望，但是，一看到她，我立刻就知道什麼叫做慾望。我的意思是說，面對一個第一次見面的女孩尚且如此，更不用說常常和她見面、跟隨她、看著她像行走在水面上一樣，在你的周圍滑動。當然，我說這些話，意思是以我目前的情況，我不會再開始一段這樣的故事，此外，寶拉也會把我當成一個最卑鄙的人。對我來說，這個女孩就像純潔的聖母，想都不要想。很好，但是她呢？

她可能仍深深地糾結在我們的故事裡，或許她希望以你或我的名字直接招呼我。還好，在法文裡，就算我們有了床上關係，還是可以以您互稱。誰知道她是不是希望撲上來擁抱我，誰知道這幾天她是不是痛苦不堪，而此時此刻，她看到我像陽光一樣地出現，「您好嗎，希比菈小姐」、「請讓我一個人看看這些書」、「謝謝，您真是體貼」。而她知道，再也沒有辦法對我提起真相。或許這樣最好，是她為自己找一個男朋友的時候了。而我呢？

我的情況真的不太好，病歷表上是這麼記載的。我到底在胡思亂想些什麼？一個年輕漂亮的女孩待在我的辦公室，而寶拉明顯扮演了嫉妒的妻子這種角色，這只是老夫老妻的一種遊戲。吉阿尼呢？吉阿尼提到了美麗的希比菈，或許昏了頭的人是他。他經常用稅務的藉口來這裡，假裝對這些劈啪作響的古書著迷而賴著不走。迷上她的人是他，跟我一點關係都沒有。是同樣到了發出屍臭這把年紀的吉阿尼，他想要誘拐我……誘拐我今生今世的女人。我們又繞回來了，「我今生今世的女人」？

我原以為自己可以和這些我認不得的人在一起生活，但這卻是一塊最堅硬的礁石，至少，從我開始將這些老套的想像塞進腦袋開始。讓我感到痛苦的是，我可能會造成她的痛苦。所以，你瞧……不，不希望讓自己收養的女兒痛苦是一件正常的事。女兒？前幾天我覺得自己像個戀童癖，而這下子我又發現自己亂倫？

好了，老天，誰說我們做過愛了？肯定只是接過吻，只有一次，肯定是一種柏拉圖式的吸引力，彼此可以感覺對方的感受，但是兩個人都不曾開口提起。圓桌情人，我們讓寶劍放在我們之間沉睡了四個年頭。

啊，我還擁有一本《愚人船》（*Stultifera Navis*）。看起來並不是第一個版本，而且保存得不怎麼樣。這本巴塞羅繆所著的《萬物性理大典》呢？編排全屬古法，可惜裝訂卻是現代的手法。來談一談工作吧，「希比菈，這本《愚人船》並不是第一個版本，對不對？」

「可惜並不是，波多尼先生，是一四九七年，由出版商歐勒普（Bergmann d'Olpe）所出版。第一個版本也是巴塞爾的歐勒普，但是出版的年份是一四九四年，而且是德文版《*Das Narren Shyff*》。和我們一樣的拉丁文版本，第一版出版於一四九七年，但是在三月，如果您看一眼版權頁，我們這本的出版日期為八月，兩者之間還有四月和六月兩版。不過日期的影響不算太大，問題在於這一冊，您可以看得出來它並不太吸引人。算不上是可以用來研究的範本，不值得大肆宣傳。」

「您知道的事情真多，希比菈，如果沒有您，我還真不知道怎麼辦。」

「這些都是您教我的。離開華沙的時候，我被視為好學生，但是如果沒有遇到您，我會一直像剛剛抵達這裡時一樣愚笨。」

崇拜、愛慕。她試著告訴我一些事情嗎？我低聲唸道：「熱情的情人，嚴肅的學者……」我搶在她之前表示：「沒什麼、沒什麼，我只是突然想到一首詩。希比菈，我們最好先把話說清楚。如果我們這樣繼續下去，或許您會覺得我完全正常，但是實際上的情況並非如此。我過去經歷的所有事情，全部，您了解吧，真的是全部，就像一幅被抹得一乾二淨的黑色圖畫。如果您可以原諒我用矛盾的說法，我就像一片純淨的烏黑。您應該能夠明白，不要絕望……待在我身邊。」我表達得夠不夠清楚？我覺得這種說法應該非常理想，因為可以從兩個方向進行詮釋。

「您不需要擔心，波多尼先生，我完全了解。我會留在這裡，哪裡都不去，我會等待……」

妳真的是一片沉睡的海面嗎？妳是說妳會等我恢復健康，就像其他人一樣，還是說妳會等我想起那件事？如果真的是這樣，接下來的日子，妳打算用什麼方法來提醒我？還是說，妳只會全心全意地期盼我回想起來，卻不會採取任何行動——因為妳是一片沉睡的海面，一個墜入愛河，但是為了不干擾我而選擇閉上嘴巴的女人？妳滿心苦楚，卻不露痕跡，因為妳是一名令人讚嘆的女子，還是妳也覺得這是讓妳和我恢復清醒的機會？妳自我犧牲，不採取任何喚起我記憶的行動，不會為了讓我嚐一嚐我的瑪德蓮甜糕，而在某個晚上，利用近乎巧合的機會碰碰我的手——透過情人的自負，妳知道其他人或許沒有辦法讓我想起芝麻開門的味道；而妳，如果妳願意的話，只需要在彎腰遞給我一份文件的時候，讓妳的秀髮拂過我的臉頰。或是不經意地再度說出我們花了四年渲染，只有我們知道含意及力量，封在我們祕密之中的那句平凡陳腐的話？就像是：那我的辦公室呢？不過這一句是韓波寫的。

至少讓我釐清一件事。「希比菈，或許您是因為我今天就像第一次見到您，所以稱呼我『波多尼先生』，但是我們一起工作，人們在這種情況下會直接以『你』互稱。您通常都如何稱呼我？」

她的臉頰泛起一片紅暈，再次發出那股溫柔和緩的哽咽聲。「對、對、對，其實我都叫你『亞姆柏』，你從一開始就試著讓我覺得自在。」

她的眼睛因為快樂而閃爍著光芒，就像心中釋下重擔。不過，以「你」互稱並不代表任何事情，就連吉阿尼和他的祕書——我前幾天和寶拉去了他的辦公室——彼此也以「你」互稱。

「那麼，」我興高采烈地表示，「讓我們回到從前吧。妳知道像從前一樣重新開始，對我很有幫助。」

她會做何詮釋？

對她來說，像從前一樣重新開始代表著什麼意思？

回到家後，我整夜都睡不著覺，寶拉一直撫摸我的頭。我覺得自己出了軌，然而我什麼都沒做。此外，我擔心的並不是寶拉，而是我自己。我告訴自己，曾經愛過之美，存在於曾經愛過的記憶中。有些人活在唯一的記憶裡，例如歐琴妮·葛倫德[66]。但是知道自己曾經愛過，卻無法回想呢？更糟糕的是，或許曾經愛過，卻完全想不起來，而且驅不散自己是否不曾愛過的疑慮。或者，我在虛榮心作祟之下，沒有將另一個情節列入考慮：我因為瘋狂地墜入愛河而主動接近，而她用一種溫柔、和善、堅定的態度讓我安分下來。後來她待了下來，因為我是一個誠實的男人，從那一天開始，我表現得就像什麼事情都沒發生，而事實上，她在辦公室相當自在，當然她也不願意丟掉一份好工作，或許她甚至因為我的舉動而受寵若驚，雖然她自己並不知道，但是她的女性虛榮心已經被打動，她甚至沒有對自己承認，卻可以感覺自己擁有一些支配我的力量。一個懂得賣弄風騷的女人。或者更糟，這一片沉睡的海面吞噬了我一大筆金錢，她予取予求，很明顯地，我把一切都交到她手上，包括收納、轉帳，甚至提款，我則像「垃圾教授」[67]一樣，雄赳赳地啼叫。我這個男人已經完蛋了，從此再也無法脫身——或許可以帶著快樂的不幸脫身，並不是所有的不幸都會造成傷害。我真是個可憐蟲，我怎麼可以玷污碰過的一切，她甚至可能仍是處女，我卻把她當成了妓女。無論如何，就算唯一的懷疑遭到否認，整幅畫作還是遭到污染：如果你不記得曾經愛過，你就無法知道你愛過的人是否值得你愛。幾天前早上遇見的娃娜是一個非常明顯的案例，一次調情、一夜情、二夜情，接著肯定經歷了幾天的幻滅，然後告一段落。但是這裡攸關的是我四年的生命。亞姆柏，或許你是現在才墜入愛河，而你現在卻急著讓自己毀於一旦？只因為你想像自己不久之前受過苦，所以希望找回自己的樂園？真想不到有一些瘋子竟然會透過喝酒或服藥來忘掉一切，喔，如果可以的話，我真希望忘掉一切，他們這麼表示。但是只有我明白真相：遺忘是一件可怕的事。到底有沒有助人回憶的藥物？

或許希比菈……

我又開始了。如果見到妳從遙遠的距離經過，整個人和散落的髮絲都匆匆似箭，暈眩也會展翅載我離去……

隔天早上，我攔了一輛計程車，前往吉阿尼的辦公室。我直截了當地要他告訴我，他知道的關於我和希比菈的一切。我想他似乎大吃一驚。

「亞姆柏，我們都有點迷戀希比菈。我、你那些同行、你的許多顧客，有人純粹是為了看她一眼而登門造訪。但這只是一個玩笑，一個中學生的遊戲。我們輪流吹牛，經常拿你做為開玩笑的對象，我們常說，用肚臍想也知道你和希比菈有一腿。你會笑一笑，有時候裝出一臉驚愕，表現出累得想睡的模樣，有時候會說少來了，她都可以當你女兒了。這只是遊戲，所以那天晚上我才會提到希比菈，我以為你已經見到她了，我想知道她帶給你什麼印象。」

「我沒跟你說過我和希比菈的任何事？」

「為什麼？你們發生了什麼事嗎？」

「不要耍嘴皮子，你很清楚我是一個沒有記憶的人。我來這裡是為了問你，我過去從未告訴你任何事嗎？」

「沒有，儘管你經常提到你那些情史來讓我流口水。卡娃西、娃娜、倫敦書展那名美國女子、那個漂亮到讓你三度往返阿姆斯特丹的荷蘭小女孩、席瓦娜……」

「好吧，好吧，我總共有幾段豔遇？」

「難以計數。對我這個奉行一夫一妻制的人來說，真的是太多了。但是關於希比菈這個女孩，我發誓你從沒告訴我任何事情。你往自己的腦袋塞了些什麼念頭？你昨天見到了她，她對你笑了笑，你就覺得讓她待在你身邊，卻沒發生任何事是不可能的嗎？這是人性，我當然不會期待你說，誰是這個醜八怪……此外，我們一直都弄不清楚希比菈是否擁有自己的生活。她永遠都那麼開朗，彷彿隨時都準備提供服務般幫助任何人，她真的是不需故作媚態也可以風情萬種。她簡直就是冰雕的獅身人面女神。」吉阿尼說的話可能非常誠懇，但是不代表任何東西。如果我和希比菈之間滋生了最重要的東西，也就是那件「大事」，很明顯地，我連吉阿尼也不會說，讓這件事繼續做為我和希比菈的甜蜜默契。

也可能根本不是這麼一回事。冰雕的獅身人面女神下班後也有她自己的生活。她可能和某個人在一起，那是她的私事，她這個人非常完美，所以不會把工作和私生活混為一談。我因為一個陌生的對手而受到嫉妒心的啃蝕。然而，某個人將會摘下妳這朵花，甘泉之唇，某個不知情的人、某個採集海綿的人將會擁有這顆稀有的珍珠。

「我幫你找到了一個寡婦，亞姆柏。」希比菈告訴我，一邊對我眨了一下眼睛。太好了，她變得不拘小節了。「什麼？寡婦？」我問。她為我解釋，我這個等級的古書商都有一些取得藏書的方法。有些人會來到事務所，詢問某本書可以賣多少錢。但是，到底值多少錢，全仰仗你誠實的程度，你當然會試圖從中尋求利潤。對方也可能是一名落魄的收藏家，他非常清楚求售的東西值多少錢，所以你頂多只能議一點價。另外一個方法是在國際性的拍賣會上搶標，如果只有你一個人了解這本書的價值，你就做得成一筆划算的交易，但是千萬不要期盼你的競爭對象會幹這種傻事。利潤在這種情況下變得非常有限，除非這本書的價值真的非常高。你也可以向同業購買，因為他們當中可能持有客戶不感興趣的藏書，導致價錢一直壓得很低；而你相反，剛好認識一個瘋狂的收藏家。最後，還有禿鷹手法。你會注意家道中落、擁有大宅和一櫃破舊藏書的大家族。你會等候家族的父親、丈夫、伯伯去世，為了變賣家具、珠寶而忙得不可開交的繼承人，根本不知道如何估價這堆不曾翻閱的舊書。寡婦只是一種通稱，也可能是想要馬上撈一點錢的孫子，他們最好還有一些女人或毒品的問題。你會去看看那些書，在那些陰暗的房間花兩、三天的時間，然後決定你的策略。

這一次的對象真的是一名寡婦，有人向希比菈通報了小道消息（這是我的小祕密，她狡黠而心滿意足地說），而據說，我很會應付這些寡婦。我要希比菈和我同行，因為我一個人可能認不出那本書。真是一棟漂亮的房子，夫人，謝謝，來一杯白蘭地好了。接著，我們東翻翻、西看看……希比菈低聲告訴我遊戲的規則。正常的情況下，你會找出兩、三百本沒什麼價值的書，你立刻就認出最後將出現於聖昂柏茲市集舊書架上的各種判例彙編和神學論述，或是十八世紀那些十二開本的《特勒馬庫斯冒險故事》（*The Adventures of Telemachus*）和烏托邦式的遊記，這些書的裝訂方式都一模一樣，非常適合那些大量蒐購，用書當作佈置的室內設計師。然後，還有一些十六世紀的小開本書冊、西賽羅和赫倫紐斯的修辭學，以及最後將結束於羅馬波格斯噴泉廣場舊貨攤上那些毫無價值的東西，只有會拿來吹噓自己擁有十六世紀出版品的人會花上一倍的價錢購買。不過，仔細翻看之後，我瞥見了另一本西賽羅，不過是阿爾汀[68]斜體印刷的版本，價值不下於一本完整的《紐倫堡記事》[69]。另外我還找到了一本羅勒文克[70]的著作、一本基爾旭[71]的《光明與黑暗的偉大藝術》（*Ars Magna Lucis et Umbrae*）——出色的刻版、數量非常有限的泛黃頁面，對於那個時代的紙張來說是件罕見的事情。我甚至還看到一本精緻，由尚恩・腓特烈・貝爾納在一七四一年出版的拉伯雷[72]。三冊貼著皮卡特[73]藏書籤的四開本，漂亮的紅色皮革裝訂、封面以金色字體刻印、肋線書脊和金色的裝飾，封面內頁為綠色的絲布和金色花飾——死者細心地用一張天藍色的紙張包裹起來，所以看起來並不顯眼。當然，這不是《紐倫堡記事》，希比菈低聲對我說，裝訂的方式非常現代，不過卻是收藏家的手法，出自黎維耶父子[74]之手。佛薩提馬上就會買下來——我以後再告訴你那是什麼人，他專門收藏各種不同的裝訂。

我們最後看上了十本書，保守估計，我們大概可以賣個一億里拉，最低限度也會有五千萬。誰知道這幾本書為什麼會出現在這個地方，死者生前是一名公證人，他的藏書只是一種象徵，他應該是一個守財奴，只在不需花太多錢的時候才會蒐購。這些好書大概是四十年前有人拋售，才會在無意中落在他手上。希比菈向我解釋這種情況下應該如何進行。我把那名寡婦找過來，表現得就像一輩子都幹這一行。我告訴她，這裡的東西很多，但是都沒有什麼價值。我把情況最糟糕，頁面充滿紅點、潮斑、黏合鬆動、皮革封面就像遭沙紙磨損、蟲蛀得像鑲了花邊一樣的幾本書丟到桌上。看看這幾本書，希比菈表示，翹曲得就算用熨斗燙過也無法恢復正常的模樣，大概只能送到聖昂柏茲市集。「我不知道自己是否能推銷完這些書，夫人，您也知道倉儲的固定支出爬升得驚人。我出價五千萬里拉，整批包下來。」

「您以批來買這些書？」喔，不行，五千萬里拉包下一整櫃的藏書！她的丈夫可是花了一輩子的時間來收集，這麼做對他的記憶是一種污辱。換成第二階段的策略：「那麼，夫人，您聽我說，我們頂多只對這十本有興趣。我試著讓您滿意，就開價三千萬來買這幾本吧。」寡婦算了算，五千萬買一整櫃的藏書對死者神聖的記憶是一種污辱，三千萬只買十本則是一筆划算的交易。剩下的書，她還可以找一個不會扭扭捏捏，出手較慷慨的書商。成交。

我們就像剛剛幹了淘氣勾當的孩子，興高采烈地回到事務所。

「這麼做不太誠實吧？」我問。

「才不會，亞姆柏，大家都這麼做，*cosi fan tutti*[75]。」她也像我一樣，喜歡引經據典。「如果落到你同業手中，她拿到的錢更少。此外，你也看到那些家具、畫作、銀器了，手上有許多錢的人，一點都不會在乎這些書。而我們，我們是為了那些真的愛書的人工作。」

沒有希比菈的話，我該怎麼辦？又狠又溫柔，像隻白鴿一樣機靈。我又開始幻想起來，重新陷入前幾天那個該死的漩渦裡。

還好造訪那名寡婦讓我筋疲力盡，我很快就回家了。寶拉覺得我這幾天的精神似乎比正常的情況還糟糕。我太勞累了，最好兩天去一趟辦公室就好。

我努力把思緒放在其他的事情上：「希比菈，我太太告訴我，我收集過一些關於濃霧的文章。這些文章放在什麼地方？」

「那些影印本非常可怕，所以我一點一點地全輸入電腦了。不用謝我，這件工作非常有趣，我把檔案找出來給你。」

我知道電腦這種東西（就像我知道飛機），但是，可想而知，這是我第一次碰電腦。就像騎腳踏車一樣，我一把手放在上面，我的手指就什麼都想起來了。

關於濃霧這個主題，我至少收集了一百五十頁的文章。我肯定非常在意。下面是引述自亞伯特76的《平坦世界》（*Flatland*）。一個二度空間的國度，只住著平面的東西——三角形、四方形和多邊形。如果無法從高處看到彼此，只瞥得見線條，它們如何互相辨識？這就要感謝濃霧了。只要出現厚厚的濃霧，距離一公尺的東西，就會非常敏感地比九十五公分外的東西更為模糊；經過細心且堅持地觀察最清晰與最模糊的經驗之後，我們可以精確地歸納出觀察對象的輪廓。最快樂的就是那些在濃霧中四處遊蕩，而頗有斬獲的三角形：這裡有一個六角形，那裡有一個平行四邊形。雖然這一切只是在二度空間裡，但是它們卻比我幸運多了。

我覺得絕大部分的引述內容，我都想得起來。

「如果我已經遺忘和自己相關的事情，為什麼會出現這種情形？」我問寶拉，「我投資了時間和精神，去收集這些文章。」

「你不是因為收集了這些文章而記得內容，你是因為記得這些文章，所以才進行收集。這些文章屬於百科全書的一部分，就像你第一天在家裡背給我聽的那些詩。」

無論如何，我一眼就認出了這些文章的內容，從但丁的作品開始：

濃霧開始消散的時候
掩藏於飽脹蒸氣後面的東西
也一點一點地揭露眼前
濃郁的晦澀也得以穿破

鄧南遮在《夜色》（*Notturno*）當中，也針對濃霧寫下幾頁美麗的詩篇：「有人宛如赤裸著雙腳，無聲無息地走在我身邊……濃霧鑽進口中，填塞了肺腑，在接近大運河的地方飄動、囤積。陌生人變得暗淡、變得稀薄；它讓自己成了陰影……在古董商的屋子下面，突然消失無蹤。」所以，古董商就像黑洞，掉進裡面的東西永遠都無法重見天日。

還有狄更斯的《荒涼山莊》（*Bleak House*）：「到處都是濃霧。河流上游的濃霧竄動在小島和綠色草原之間；河流下游的濃霧，在成排的船舶和大城市堆在河岸邊的垃圾之間流動並遭到污染……」我找到了艾蜜莉・狄金生的作品：「我們進去吧，濃霧已經升起。」

「我不認識帕斯科利[77]。」希比菈表示，「你聽，真是優美……」這下子，為了看到電腦螢幕，她整個人貼近我身邊。她大可用秀髮觸碰我的臉頰，但是她沒有這麼做。她用一種柔美的斯拉夫腔調唸道：

靜止於輕薄
霧氣間的林木：長長的
呻吟發自一輛蒸氣火車頭

你掩藏了遠方的一切
你這片伸手不及的蒼蒼白霧
你這道清晨湧現的繚繞煙霧……

她停在第三段：「霧氣……淌？」

「淌流。」

「啊。」她似乎因為學了一個新的字彙而興奮不已。

霧氣淌流，一陣刻骨風吹
讓溝中填滿樹葉
乾燥的樹籬中
輕盈地鑽進紅喉雀
蘆葦在濃霧下發出
哆嗦的聲音，近乎焦躁的顫抖
而遙遙遠方
霧氣的上方冒出了鐘樓……

皮藍德婁⑱的濃霧也寫得好，雖然他是西西里人：「伸手不見五指的濃霧……每盞街燈的四周都圍繞著一圈光暈。」沙維尼歐⑲描寫米蘭描寫得最好：「濃霧是隨和的，它把城市轉變成一個巨大的糖果盒，市民則像眾多的冰糖蜜餞……頭戴風帽的婦人和女孩從霧中走過，鼻尖和微張的小嘴飄浮著一股淡淡的煙霧……在一間沙龍延伸出來的鏡子裡看到自己……外面那片隱密、沉默、籠罩著昏暗的濃霧擠壓著窗戶，而互相擁抱的時候仍聞得到那股霧氣的味道……」

維多里歐・賽雷尼（Vittorio Sereni）描寫的米蘭濃霧：

門窗對著霧濛濛的夜晚敞開
除了霧氣和報販的叫賣聲之外
沒有人上下車
——矛盾——米蘭的天氣
濃霧的藉口和收益
神秘的東西隱密地走向我
就像往事
就像記憶一樣離我而去：二十年、十三年、三十三年
就像電車的號碼……

我什麼東西都收集。接下來是《李爾王》：「沼澤地的強烈陽光所吸吮的霧氣！」還有坎帕納⑳：「漫長的街道在備受濃霧啃蝕的紅色堡壘間沉默地展開。陰沉的霧氣追逐於建築物之間，遮掩了塔樓的屋頂，以及猶如遭到洗劫，不見人煙的寂靜街道。」希比菈醉心於福婁拜：「蒼茫的白晝滲進了無簾的窗，我們可以瞥見樹頂以及遠方的草原，沿著河流淹沒在月光下冉冉升空的霧氣中。」還有波特萊爾：「建築物悠遊在霧海之間，而垂死的人沉沒在收容所的深處。」

她唸著其他人的詩，但是對我來說，這些詩就像湧自一道清泉。某個人將會摘下妳這朵花，甘泉之唇……

是她在這裡，而不是濃霧。其他見到濃霧的人，全將其轉換成抑揚頓挫的音調。或許有一天，我真的能進入濃霧，如果希比菈伸手引導我。

我已經讓加塔洛羅檢查了好幾次，但是整體來說，他非常贊同寶拉的作法。他因為我幾乎能夠自律，並排解了一開始的挫折感而感到欣慰。

我花了好幾個晚上和吉阿尼、寶拉，還有我的女兒一起玩排字遊戲。他們告訴我，這是我最喜歡的遊戲。我覺得拼字非常容易，特別是艱澀的字彙。我的成績是二十分乘九倍，因為七個字母全派上用場，額外再加上五十分，一下就得了兩百三十九分。還說你是個失去記憶的人，吉阿尼叫道。他這麼說是為了讓我得到自信。

我不僅失去記憶，我還活在偽造的記憶裡。加塔洛羅注意到，像我這種病例的患者會編造一些不曾經歷的記憶片段，假裝自己在回憶。

或許我也把希比菈當成一種藉口吧？

我必須讓自己抽身，待在辦公室變成了一種折磨。我告訴寶拉：「工作讓我疲倦。我一直只能看看米蘭的周遭，或許旅行會為我帶來一些好處。事務所運行順利，希比菈已經著手準備新的目錄。我們或許可以去一趟像巴黎這樣的地方。」

「旅途勞頓，巴黎會讓你過於疲累，讓我想一想。」

「妳說得沒錯，不要去巴黎。去莫斯科、去莫斯科[81]……」

「去莫斯科？」

「是契訶夫。妳知道引述別人的文章是我目前在霧中唯一的燈籠。」

60 譯註：義大利詩人卡達雷利（Vincenzo Cardarelli）的詩作《少女》。

61 譯註：意指楊布里科斯的神秘埃及人。

62 譯註：Marsile Ficin，十五世紀的義大利哲學家、翻譯家。

63 譯註：Abraham Ortelius，現代地圖學之父。

64 譯註：Plantiniana，十六世紀的比利時印刷廠。

65 譯註：法國國王亨利三世的工程師，著作《各式各樣的人工機組》（Le Diverse et Artificiose Machine）被視為文藝復興時期最重要的機械論述。

66 譯註：巴爾扎克《歐琴妮．葛倫德》（Eugénie Grandet）一書的主角。

67 譯註：Professor Unrath，德國作家海因希．曼劇作《藍天使》（Der Blaue Engel）當中的主角。

68 譯註：十五世紀義大利印刷廠。

69 譯註：The Nuremberg Chronicle，一四九三年出版的圖文巨著。

70 譯註：一名十五世紀科隆的加爾都西會僧侶。

71 譯註：十七世紀德國耶穌會教士。

72 譯註：Rabelais，法國文藝復興時期作家，也是方濟會教士、人類學家、醫生。

73 譯註：十八世紀刻版家族。

74 譯註：十九世紀倫敦裝訂師。

75 譯註：書名《大家都一樣》。

76 譯註：Edwin Abbott Abbott，十九世紀英國教師、神學家。

77 譯註：Giovanni Pascoli，十九世紀義大利詩人。

78 譯註：Luigi Pirandello，義大利作家，一九三四年諾貝爾獎文學獎得主。

79 譯註：Alberto Savinio，二十世紀義大利作家、編曲家、畫家。

80 譯註：Dino Campana，晚年在精神病院度過餘生的二十世紀義大利詩人。

81 譯註：出自十九世紀俄國劇作家安東．契訶夫的作品《三姊妹》。

4. 孤獨地走過城市，我將離去

他們拿了許多家庭相簿給我看，而我當然毫無印象。此外，只有我認識寶拉之後的照片。我童年的照片，如果存在的話，應該都收在索拉臘的某個地方。

我和身在雪梨的妹妹通了電話。她知道我受傷後，原本打算立刻動身來看我，但是她剛剛動了一次複雜的手術，醫生不准她長途跋涉。

阿妲試著提起一些事情，但是她還沒說，就開始放聲哭泣。不知道為什麼，我告訴她，等她來的時候，帶一隻鴨嘴獸給我當禮物，讓我擺在客廳。根據我對澳洲的認識，我也可以要求她帶一隻袋鼠，但我顯然知道袋鼠會把公寓弄得髒兮兮。

我每天只在辦公室待幾小時。希比菈動手準備目錄，她得心應手地朝著簡介的方向進行準備。我很快看了一眼，表示一切都非常完美，然後告訴她我和醫生有約。她有點擔心地看著我走出去。她知道我生了病，這有什麼不對嗎？還是說，她覺得我在躲她？我總不能對她說「我不能拿妳當藉口來為自己重新製造一段編撰的記憶，我可憐的心肝寶貝」吧？

我問寶拉自己過去的政治立場：「我不想發現自己是一個……誰知道，一個納粹。」

「你是別人口中的優良民主人士。」她說，「不過你是出自本能，而不是因為意識形態。

我常說政治讓你覺得乏味——而你，為了和我爭辯，就叫我『西番蓮』[82]。你就像是因為害怕或藐視這個世界，而躲進你那些古書裡。不對，我這麼說並不公平，因為那些重大的道德問題總是讓你激情澎湃。你會響應非暴力的和平活動，對種族歧視感到憤慨。你甚至加入反對活體解剖的聯盟。」

「動物的活體解剖吧，我猜。」

「當然。人類的活體解剖叫做戰爭。」

「那麼我……我認識妳之前，都是這個樣子嗎？」

「關於你的童年跟青春期的事，你一律跳過不談，我始終不清楚你小時候的事。你這個人向來混合了憐憫和犬儒。如果某個地方有人被判死刑，你會簽署抗爭，你也會捐錢給反毒品團體，但是如果有人告訴你，像是中非的部落戰爭讓一萬個小孩喪了命，你卻只會聳聳肩，就像表示這個世界就是亂七八糟，我們無能為力。你一直都是樂觀的人，喜歡漂亮的女人、好酒、優美的音樂，但是你讓我覺得這些都只是一層表面，一種讓你隱藏自己的方式。你一旦打開話匣子，就會說歷史是一個血腥的謎語，而這個世界根本就是一個錯誤。」

「我認為世界是黑暗之神的傑作，而我延伸了祂的陰影，任誰都不能改變我這種信念。」

「這句話是誰說的？」

「我忘了。」

「一定是一件和你息息相關的事情。然而，每一回有人需要幫助的時候，你總是竭心盡力。佛羅倫斯淹大水的時候，你志願幫忙把國家圖書館的藏書搬離淤泥。就是這樣，你對微小的事情總是充滿憐憫之心，對重大的事件卻犬儒不已。」

「我覺得這樣沒有錯。我們辦得到的事才做，剩下的全是上帝的錯，葛諾拉就是這麼說的。」

「誰是葛諾拉？」

「這我也忘了，顯然我從前知道他是什麼人。」

我過去到底還知道些什麼事？

某個早上，我醒來之後為自己沖了杯咖啡（無咖啡因），我接著哼唱起了〈羅馬，今晚別亂了好事〉（*Roma non far la stupida stasera*）。為什麼是這首歌？什麼原因讓我想到這首歌？很好的徵兆，寶拉表示，你重新開始了。據說，我每天早上沖咖啡的時候，都會一邊唱歌。找不到任何讓我唱這首歌，而不是另外一首的原因。任何嘗試（你昨天晚上作了什麼夢？我們昨天晚上談了些什麼？你昨天晚上睡覺之前說了什麼話？）都沒有找到合理的解釋。可能是我穿襪子的方式，我說，也可能是我襯衫的顏色、眼角瞥見的一個罐子，為我喚醒了一段關於聲音的記憶。

「不過呢，」寶拉指出，「你只會哼五〇年代以後的歌謠，最多回溯到聖雷蒙音樂節（Festival di San Remo）初期的幾首歌，〈飛吧，白鴿，飛吧〉（*Vola colomba bianca vola*）或〈罌粟和鵝〉（*Papaveri e papere*），但是你不會再往前，你不會哼唱任何四〇年代、三〇年代，或二〇年代的歌。」寶拉為我哼了一段戰後的名曲〈孤獨地走過城市，我將離去〉（*Sola me ne vo per la città*），她自己當時也只是一個小女孩，但是因為收音機不停播放，旋律一直停留在她耳中。沒錯，我應該認得這首歌，但是並沒有表現出熱中。就好像有人對我唱出〈聖潔的女神〉（*Casta Diva*），而事實上我對歌劇一點都不感興趣一樣，根本無法和〈艾蓮雅諾・黎畢〉（*Eleanor Rigby*），或〈隨遇而安〉（*Que serà serà, whatever will be will be*），或〈我是女人，不是聖人〉（*Sono una donna non sono una santa*）相提並論。至於那些年代更久遠的歌曲，寶拉把我的漠不關心稱為對童年的壓抑。

她也注意到，過去幾年我一直都是古典音樂和爵士樂細膩的鑑賞家，我非常樂意出席音樂會、聽唱片，卻始終不願意打開收音機，頂多在有人打開的時候，當成背景音樂聆聽。顯然收音機和鄉下的大宅一樣，都屬於往昔舊日。

不過隔天早上，我醒過來沖咖啡的時候，口中哼唱的卻是：

孤獨地走過城市，我將離去
穿越毫不知情的人群
以及對我視而不見的痛苦
尋找我已經不再擁有的妳，夢想著妳……

我徒然嘗試擺脫束縛
擺脫那令人難忘的初戀
一個名字已經永遠刻畫在我內心深處
與妳相識，我立刻知道妳是我的愛
唯一的愛，至上的愛。

旋律自然而然吟唱出口，我的雙眼一片濕潤。
「為什麼剛好唱這首歌？」寶拉問我。
「沒特別的理由，或許是因為這首歌提到了『尋找』。至於尋找什麼，我就不知道了。」
「你已經穿越了四〇年代的關卡。」寶拉好奇地思索了一下。
「並不是這樣，」我回答，「而是我在這首歌感覺到一些東西，就像某種戰慄。不對，不像戰慄，而是……妳知道《平坦世界》這本書，妳也讀過了吧？很好，那些三角形和四方形生活在不同的空間裡，它們不知道什麼是厚度。現在，妳試著想像我們這些生活在三度空間的人，由上而下去觸摸它們。它們會經歷一種陌生的感受，它們無法描述那是什麼樣的感覺。就好像一個來自四度空間的人，從身體裡面，例如在幽門上，輕輕地碰了我們一下。如果有人在妳的幽門上面搔癢，妳會有什麼感受？我覺得……就像一種神秘的火焰。」
「什麼是神秘的火焰？」
「我也不知道，我是順口說出來。」
「你看到你父母的照片時，是不是出現同樣的感受？」
「差不多。並不盡相同，但事實上，說一樣又有何不可？差不多一樣。」
「這是很有趣的徵兆，亞姆柏，我們必須記錄下來。」
她一直希望進一步對我伸出援手，但是或許我是因為想到希比菈，才感受到這股神秘之焰。
星期天。「出去走一走吧，」寶拉對我說，「對你有好處。不要離開你熟悉的街巷。凱羅里廣場上應該找得到假日也營業的花店，讓他們幫你準備一束春天的花吧，要不然玫瑰也可以，屋裡的氣氛太憂鬱了。」

我下樓來到凱羅里廣場，但是花店沒有營業。我在但丁街閒逛，一直來到寇杜希歐街，然後右轉，前往證券交易所，我看到米蘭所有的收藏家星期天都聚在這個地方。寇杜希歐街上盡是一些郵票攤，而整條亞莫拉利街上賣的都是舊明信片、小雕像，接下去的中央幹道交叉口，則被銅錢、鉛製玩具兵、宗教圖像、手錶，甚至電話卡的商販占據。我早該知道，收藏這種行為就像將一切都匯集在一起的肛門一樣，人們什麼都收集，甚至可口可樂的瓶蓋，不過電話卡確實是比我那些印刷術剛發明時所出版的古書廉價。艾迪森廣場的左邊是販賣舊書、報紙、廣告海報的商販，對面則是各類雜貨的舊貨攤，專賣一些肯定為仿造品的花式罩燈、黑底鑲花的托盤，和素坯的芭蕾舞孃雕像。

一個舊貨商的攤子擺著四個密封的圓筒容器，液態的溶劑（甲醛嗎？）中懸掛著象牙色的輪廓，有的是圓形，有的如豆莢，全都用非常蒼白的絲線綁在一起。那些東西全都像海洋生物，海參、章魚的碎片、褪色的珊瑚，說是藝術家對畸形兒的想像所創造出來的病態作品也不為過。是伊夫・湯吉[83]嗎？

老闆向我解釋，這些東西全都是睪丸——狗的、貓的、公雞的，還有一些其他的動物，然後和腎臟混在一起。「瞧，這些都是十九世紀科學實驗室所使用的材料。一件四萬里拉。光是這些容器就有兩倍的價值了，這些器材至少有一百五十年的歷史。四個加起來十六萬，我收您十二萬就好，很划算吧。」

這些睪丸讓我著迷。總算找到一些我不需透過語義學上的記憶來辨識——就像加塔洛羅的用語——也不屬於我個人經驗的東西。有誰看過狗的睪丸？我的意思是說單獨的狀態，而不是連在狗的身軀上面。我翻了翻口袋，只有四萬里拉，而舊貨攤不接受支票。

「我就買裝狗睪丸那一支好了。」

「放棄其他三支不是明智之舉，因為這是獨一無二的機會。」

我們無法想要什麼就有什麼。我帶著我的狗蛋回到家，寶拉一臉慘白。「真有趣，看起來真像一件藝術作品，但是我們要擺在什麼地方？擺在客廳，每回拿出腰果或阿斯科利的橄欖來招待客人的時候，讓他們都吐在地毯上嗎？很抱歉，不行。你把這東西拿到你的事務所去，可能的話，就擺在幾本十七世紀的自然科學著作旁邊吧。」

「我以為自己買了一件好東西。」

「你知不知道你是世上唯一，而且是亞當出現在地球上以來，唯一一個他太太叫他去買玫瑰花，他卻帶了一對狗睪丸回來的男人？」

「至少這件事情會記錄在金氏紀錄上，而且妳也知道我生了病。」

「藉口，你從以前就是這麼瘋狂，你叫你妹妹幫你帶一隻鴨嘴獸絕對不是順口胡說。有一次，你甚至想在家裡擺一台和馬諦斯的畫作同等價值，卻會發出可怕聲響的六〇年代彈子台。」

不過，寶拉早就認識那名舊貨攤的女老闆；她說我應該也知道這個人。有一回，我花了一萬里拉，在她的攤子上找到了一本巴比尼[84]第一版的《苟格先生》（Gog）。原版的封面，沒有破損。於是，她在接下去的那個星期天決定和我同行。她說，誰知道你可能會帶回一對恐龍的睪丸，害我們不得不找工匠把門鑽大一點，才有辦法搬得進來。

我對郵票或電話卡沒興趣，她對舊書報倒是興致勃勃。那些是我們童年時代的東西，寶拉說。我說：「算了。」但是我突然瞥見一本米老鼠的畫冊，我本能地取了過來。這本冊子應該

不會太老舊，從封面、背面和價格推算，應該是七〇年代的重印本。我將冊子翻開，「不是原版書，因為原版書是磚紅色和棕褐色雙色印刷，這一本卻是白色和藍色。」

「你怎麼知道這些事？」

「我不知道，但是我就是知道。」

「不過封面倒是複製了原來的版本。看看日期和價格，一九三七年，一．五里拉。」

五顏六色的封面上寫著《克拉貝母牛的寶藏》。

「他們把樹弄錯了。」

「什麼意思？」

我匆匆翻閱畫冊，十分有把握地找到了那一格插畫。但是，就好像我不願意閱讀對話框內填寫的文字，好像裡面的對話是外國語言，或全部塗抹在一起一樣，我透過背誦的方式唸出來。

「妳瞧，米老鼠和賀拉斯馬（Horace Horsecollar）拿著老舊藏寶圖，和壞蛋艾利及奸詐的派特爭著尋找克拉貝母牛的祖父跟叔公埋起來的寶藏。他們到達藏寶地點後，依據地圖，應該從一株大樹，朝一株較小的樹木畫一條直線，然後進行三角測量。挖呀挖，什麼都沒有，米老鼠突然靈機一動

——地圖繪製於一八六三年，已經過了七十年了，當時這株小樹不可能還在，目前非常高大的那棵樹木，應該是過去的小樹，而過去的大樹已經倒塌，四周可能還留下一些殘餘的蛛絲馬跡。根據這種情況，找呀找，找到了一段樹幹，他們重新進行三角測量、重新進行挖掘，就在這時候，寶藏出土了。」

「你為什麼知道這些事？」

「大家都知道，不是嗎？」

「當然不對，不是每個人都知道這些事。」寶拉興奮地說，「這些並不是語義學上的記憶，而是自傳式的記憶。你正在回想孩提時期讓你印象深刻的一些事！這個封面喚醒了你的記憶。」

「不對，不是圖像。真要說的話，應該是克拉貝母牛這個名字。」

「玫瑰花蕾[85]。」

我們當然買了那本畫冊。我花了一整個晚上閱讀那篇故事，但是沒有再找到任何線索。我過去讀過這本畫冊，就這樣，沒有任何神秘的火焰。

「我脫離不了困境，寶拉。我永遠都進不去這座地窖。」

「但是你一下子就想起了兩棵樹的故事。」

「普魯斯特至少記得三棵。紙張、紙張，就和這座公寓和事務所的每一冊書一樣。我的記憶就像這些紙張。」

「既然瑪德蓮蛋糕喚不起你任何回憶，那就從這些紙張著手吧。你並不是普魯斯特，沒錯，但是查斯特斯基也不是。」

「那是什麼人？」

「我都快忘了這個人，加塔洛羅讓我想起了他。我所從事的職業，讓我不得不看《破碎的人》（*L'homme dont le monde volait en éclats*）這本書，那是一個典型的案例。只是，那是很久以前的事了，而且是為了學業上的需要。我現在又再一次以體會的心情閱讀了這本兩個鐘頭就可以看完的精緻作品。偉大的俄國神經心理學家路里亞（Alexandre Luria）追蹤了查斯特斯基的案例，這個人在第二次世界大戰期間遭到碎彈擊傷，左腦枕葉皮質受到傷害。他後來甦醒，卻一片混亂，他甚至沒辦法為自己的身軀定位。有的時候，他會覺得身體的某個部分出現變化，頭顱變得巨大無比，身軀變得非常渺小，兩條腿跑到了腦袋上。」

「我不覺得我像這樣。兩條腿跑到腦袋上面？陰莖取代了鼻子？」

「等一等，覺得兩條腿跑到腦袋上這種情況偶爾才會出現，最糟糕的是他的記憶。四分五裂，就像粉碎了，和你的情況不同。他也不記得自己在什麼地方出生，或他母親的名字，他甚至忘記如何寫字、閱讀。路里亞開始治療他，查斯特斯基有鋼鐵般的意志，他重新學會了閱讀，不停地寫、寫、寫。二十五年的時間內，他不僅記錄了從記憶損毀的地窖裡挖掘出來的一切，也日復一日地記錄了發生在他身上的事。就好像他的手，透過自律運動，成功地將腦袋辦不到的事情一一整理出來。就好像動手寫字的那個人，比他自己還要聰明。於是，他從這些筆記當中，一點一點找回自己。你不是他，但是令我讚嘆的是他為自己重新整理出紙張的記憶。他花了二十五年的時間。而你，這些紙張你已經有了，只是顯然不在這個地方。你的地窖在鄉間那棟大宅。你知道嗎？我這幾天想了很多，你雖然固執地將你童年和青少年時期的那些紙張封鎖起來，但是那裡頭或許有一些深深觸動你的東西。現在，聽我的話，你自己去一趟索拉臘。首先，因為我不能離開我的工作；第二，因為你必須獨自重建一切。你和你遙遠的過去。你要在那裡待多久就待多久，看會發生什麼事。最壞的情況，你頂多浪費了一個星期，或兩個星期，但是你會呼吸到一些新鮮空氣，對你有益而無害。我已經打電話給阿瑪莉雅了。」

「誰是阿瑪莉雅？查斯特斯基的妻子嗎？」

「沒錯，是他的祖母。關於索拉臘，我還有很多事沒告訴你。從你祖父那個時代開始，那一帶住著幾個佃農——瑪莉亞以及人稱瑪蘇魯的托瑪索，因為大宅周圍有許多土地，特別是葡萄園，還有許多牲口。瑪莉亞看著你長大，她全心全意地愛著你。她的女兒阿瑪莉雅也一樣，她大概大你十歲，而對你來說，她就像一個大姊、一個保姆；你則是她的偶像。你舅舅賣掉土地和農莊的一切之後，只剩下一小塊葡萄園，還有一片果園、菜園，以及一座養兔場和養雞場。這時候再提佃租沒有意義，所以你全交給瑪蘇魯，就像那是他的財產一樣，條件是他的家人必須好好看管大宅。然後，瑪蘇魯和瑪莉亞也過世了，阿瑪莉雅一直都沒有結婚——她並不是美女——她繼續住在那個地方，靠著到村中販賣雞蛋和雞隻維生，屠夫會在適當的時候過來幫她宰豬，親戚會幫她在葡萄園噴灑農藥，採收葡萄。整體來說，她過得十分快樂，除了有一點寂寞，所以我們的女兒帶孩子過去時，她總是非常開心。我們吃掉的雞蛋、雞隻和香腸，都會付她一些錢，水果和蔬菜則免費——這一切都屬於你們，她這麼表示。一個金不換的女人，一個廚師，你肯定會再告訴我關於她的其他優點。一聽到你要過去，她已經高興得說不出話，東一句年輕的亞姆柏先生，西一句年輕的亞姆柏先生，說得真是開心，等著看看她如何用你最喜歡的沙拉為你治病……」

「年輕的亞姆柏先生！真是不敢當。對了，你們為什麼叫我亞姆柏？」

「對阿瑪莉雅來說，就算你已經八十歲，你永遠都是年輕的先生。至於亞姆柏，這件事正好也是瑪莉亞解釋給我聽的。那是你小時候自己做的決定，你宣稱自己叫做亞姆柏，一綹頭髮的亞姆柏。於是對所有人來說，你成了亞姆柏。」

「一綹頭髮？」

「證明你當時擁有一綹漂亮的頭髮。你不喜歡強巴提斯塔這個名字，這一點我可以了解。但是關於身分的問題我們還是暫時擺一邊。你動身吧！你不能搭火車，因為去一趟必須換四次車。妮可蕾塔會和你一起去，她在聖誕節期間忘了一些東西在那邊。她往返一趟，然後把你交給會好好照顧你的阿瑪莉雅，她很有分寸，你需要她的時候，她就會出現在你身邊；你希望獨處的時候，她就會消失不見。五年前大宅裡裝了電話，我們隨時都可以通話。試試看吧，我求你。」

我要她讓我考慮幾天。是我自己為了逃避下午去辦公室，所以才先提到旅行，但是我真的希望逃避下午的辦公室嗎？

我發現自己進入了一個迷宮，無論我選擇哪個方向都會走錯路。此外，我希望找到什麼樣的出口？「芝麻開門，讓我出去！」這句話是誰說的？我想要進到裡面，就像阿里巴巴一樣，進到記憶的地窖裡面。

希比菈幫我解決了困境。某個下午，她發出了難以抗拒的抽噎，全身微微泛紅（讓妳臉龐延燒的鮮血當中，宇宙發出了笑聲[86]）。她翻弄面前的資料卡，幾秒鐘後，她對我說：「亞姆柏，你必須是第一個知道這件事的人……我要結婚了。」

「結婚？什麼意思？」我回答，就像表示：「妳怎麼可以這麼做？」

「我要結婚了。你知道吧？一個男人和一個女人交換戒指，讓別人對他們撒白米這件事。」

「不，我的意思是……妳要離開我了嗎？」

「我為什麼要離開你？他在一家建築師事務所工作，但他還沒賺什麼錢，所以我們兩個人都必須工作。此外，我，我離得開你嗎？」

對方用刀子插進他的心臟，然後轉動兩圈。案情已經告一段落，很好，案情已經告一段落。

「嗯……這件事持續多久了？」

「沒很久。我們幾個星期前才認識對方，你很清楚這種事怎麼發生的。他是一個好男孩，我會介紹你認識。」

這種事怎麼發生的。或許過去也有幾個好男孩，或許她利用我發生意外的期間來結束這段令人難以忍受的關係。她很可能投入第一個遇到的人懷裡，貿然接受一個陌生人。如果是這種情況，我對她造成了兩次傷害。但是誰傷害她了，白癡？這一切都很正常，她很年輕，她認識了一個和她年紀相當的男人，第一次墜入愛河……第一次墜入愛河，好嗎？

某個人將會摘下妳這朵花，甘泉之唇，而對他來說，不費任何工夫就遇見妳，真可說是一種恩典和幸運……

「我得為妳準備一份好禮物。」

「不急。我們昨天晚上才做了決定，但是我希望等到你完全恢復健康，這樣我才能夠請一個星期的假而不會自責。」

不會自責。真是溫柔。

我上次在那篇關於濃霧的紀錄中看到了些什麼呢？

我們抵達羅馬車站那一天是耶穌受難日，她在濃霧中駕車離去，而我覺得自己已經無法挽回地失去她了。

這段故事自動告一段落，過去發生的所有故事一筆勾銷。黑漆漆的一幅畫，　片漆黑。從今以後，就像撕下來的紀錄一樣孤獨。

現在，我可以離去了。

應該說，我必須離去。我告訴寶拉我準備前往索拉臘，她非常高興。

「你等著瞧吧，你在那個地方會覺得非常自在。」

「比目魚啊，大海裡的比目魚，求你來到我身邊，我的妻子，我的伊莎貝，她的願望並不如我所願[87]。」

「你這個人真是壞。到鄉下去、到鄉下去。」

這一天晚上，寶拉在床上給我出發前的最後交代時，我撫摸了她的乳房。她發出一些溫柔的呻吟，我感覺到一些類似慾望的東西，另外還混合了一些甜蜜和感激。我們做了愛。就跟手持牙刷的時候一樣，我的身體顯然也記得進行這件事的方法。事情進行得非常平靜，步調緩慢。她先得到高潮（她告訴我，一向都是如此），不久之後，我也跟著來了。實際上，這對我來說是第一次，正如大家所說，真的非常美麗。我一點都不感到驚訝——雖然我的腦袋好像早就知道這件事，但是我剛剛才透過我的身體發現這件事確實如此。

「真不錯。」我躺回去的時候表示，「現在我終於了解為什麼人們這般熱中。」

「親愛的耶穌啊！」寶拉表示，「我居然在六十歲的時候姦污了自己的丈夫。」

「總比來得更遲好。」

我牽著寶拉的手睡著時，還是忍不住自問，如果是和希比菈的話，是不是也會出現同樣的感受。白癡，我一邊對自己說，一邊以一種你們永遠無法了解的舒暢，慢慢地失去意識。

我出發了。妮可蕾塔駕車，我在一旁打量她的輪廓。從我結婚那個時代的照片來判斷，她的鼻子和我長得很像，還有嘴巴。她真的是我的女兒，他們沒有隨便塞一個孽種到我手上。（她的領口微微敞開，我突然在她的乳房上面瞥見一個金墜鍊，上面精緻地刻了一個Y字。我的天啊，他說，這是什麼人給妳的？我一直都戴在身上，大爺，我孩提時期被遺棄在聖奧邦克萊里絲修道院階梯上的時候，就一直戴在身上，她說。你母親公爵夫人的紀念章，我驚呼！妳的左肩上面是不是有四個排成十字狀的美人痣？沒錯，大爺，但是您怎麼會知道這件事？那麼、那麼，妳是我的女兒，我是妳的父親！父親，我的父親！不，妳這純潔無辜的女子，現在不要失去理智，我們就要駛離馬路了！）

我們什麼話都沒說，我已經知道妮可蕾塔天生話少，此時此刻，她肯定非常尷尬，她害怕提到我遺忘的東西，而她不願讓我困擾。我只有問她，我們朝哪個方向走，她說：「索拉臘位於藍科和蒙特費拉的邊界上，是一個非常漂亮的地方，你待會兒就會看到了，爸爸。」我很喜歡聽到有人叫我爸爸。

一開始的時候，一下高速公路，我看到的是一些標示著陌生地名的路標。杜林、亞士堤、亞歷山卓、卡薩雷。接著我們開上次要道路，而路標上盡是一些從來沒聽過的村子。在平原上開了幾公里之後，我遠遠瞥見幾座泛藍的丘陵。突然之間，丘陵的輪廓消失不見，因為我們面前出現了一片樹林，我們的車子朝樹林裡鑽，行駛在讓我想起熱帶雨林的綠葉之間。你的綠蔭和你的湖泊到底對我做了什麼事？88

不過，穿過這條走道後，雖然感覺上仍然像身處平原，但事實上我們已經爬到了盆地的上方，我們兩側和身後都是起伏的丘陵——顯然我們已經不知不覺地爬升到蒙特費拉山區裡，在無意間讓高地環繞四周。

此刻，我進入了另一個世界，進入了葡萄剛開始收成的季節。朝遠處望過去，那是一片高高低低的山巒，有些僅在較低的丘壑之間冒出一點頭角，有些較為險峻。好幾座山峰錦上添花地搭蓋著建築物，有教堂、農莊，還有各式各樣的城堡——這些建築物顯得有些突兀不搭調，與其說是溫柔地妝點了山峰，不如說是胡亂地朝天空推擠。

我們在丘陵當中開了一個小時的車，每轉一個彎都會出現不同的景致，就像突然從一個地區進入另一個地區。

這時候，我看到一個標示了蒙嘎岱羅的路牌。我開口說：「蒙嘎岱羅，然後是柯賽吉里歐、蒙泰瓦斯科、卡斯泰勒托、維奇歐、羅維索洛，然後我們就到了。」

「你怎麼會這麼清楚？」

「大家都知道。」我說。

但顯然這件事不是大家都知道，哪一本百科全書提到了羅維索洛？難道我就要進入地窖了嗎？

註釋

㉜譯註：La Pasionaria，西班牙內戰期間，忠貞共和黨激進支持者伊巴露麗為人熟知的筆名。
㉝譯註：Yves Tanguy，二十世紀初，法國超現實主義畫家。
㉞譯註：Giovanni Papini，二十世紀初義大利記者、詩人、小說家。
㉟譯註：電影「大國民」裡回溯報業大亨記憶的關鍵。
㊱譯註：出自義大利詩人卡達雷利（Vincenzo Cardarelli）的詩作《少女》。
㊲譯註：格林童話《漁夫和他的妻子》，故事中的妻子是一名壞妻子。
㊳譯註：出自十九世紀法國作家傑哈・德內瓦的《希薇》（Sylvie）。

第二部 UNA MEMORIA DI CARTA

紙張的回憶

5. 克拉貝母牛的寶藏

為什麼長大成人後，我不願意前往索拉臘呢？此時此刻，我正一步步接近我童年成長的地方，但是我依然無法回答這個問題。索拉臘不大，頂多稱得上是大村子。我們從村子旁邊經過，繼續往上爬行，把村子留在丘陵下的一片葡萄園之間。我們繞過來又繞過去，妮可蕾塔從某處鑽進了一條僅能勉強會車的小路，沿著山脊又開了兩公里。這時候，兩旁呈現著兩種完全不同的景致。右邊，蒙特費拉山在遍野葡萄的裝飾下平緩起伏，而滿山翠綠在正午豔陽的蹂躪下，緊緊地倚著初夏清澈湛藍的天空。左邊則是藍科山的支脈，輪廓較為陡峭而鮮少變化，就像一條長長的鍊條，環環漸層排列，直到消失在遠方的泛藍中。

我第一次看到這一片景色，感覺卻非常親切，就像我在山谷狂奔，知道每個腳步應該踩在什麼地方。從某個角度來看，就像我剛離開醫院時——雖然不曾看過那輛汽車，卻知道如何駕駛。我感覺回到了自己的家，心裡湧現一股難以定義的喜悅，一種沒有記憶的快樂。

山脊在一片突然高聳凸起的丘陵坡面繼續爬升，經過一排栗子樹之後，我們抵達了大宅。我們在一片百花綻放的花圃間停了車，在房子後面，可以在隆起的丘陵坡地上瞥見一片大概是阿瑪莉雅的葡萄園。光憑第一眼，很難描述這棟建築物，還有二樓那些大窗子的特色——龐大的建築物居中，露台下方的半圓體嵌了一扇直接面對走廊的華麗橡木大門；兩翼較為短小的建築體，入口則較為儉樸，但是看不清楚大宅後方的占地如何朝坡地延伸。我身後的前院朝著我剛剛細細品味的兩種景致一百八十度地展開，因為我們抵達的時候，路徑是一點一點地爬升，所以走過的那段路，從大宅看過去會沒入下方，不會擋住視野。

這些感想出現得非常短暫，因為在一陣興高采烈地叫聲中，立刻冒出了一個女人。根據其他人告訴我的，這個女人肯定就是阿瑪莉雅。她奔跑的兩條腿看起來頗為強壯，不過難以確定她的年紀（就像妮可蕾塔所說，大約在二十歲到九十歲之間），一張乾栗子般的臉孔，因為克制不住的喜悅而容光煥發。總之，接下來是一場歡迎的儀式，親吻和擁抱，靦腆地說了蠢話後，她壓低聲音發出叫聲，趕緊用手遮住嘴巴（我年輕的亞姆柏先生記得這個、記得那個，他都認得對不對……她就這樣一直說下去，我身後的妮可蕾塔肯定對她瞪著大眼）。

接下來是一陣混亂，我沒什麼時間整理思緒、提出問題。我們忙著將行李搬到左側的房間，也就是寶拉和女兒們安頓下來，我可以睡覺的地方，除非我希望住在正中的廂房，也就是我的祖父母和我小時候住的地方。這部分一直像聖殿般關著。（我經常去清掃灰塵，偶爾通通風，但只是偶爾，以免臭味囤滯，因為對我來說，這個地方就像教堂。）不過，一樓寬敞而空盪的廳房卻大敞著，因為他們會將蘋果、番茄，和其他的好東西鋪放在地上，讓蔬果在蔭涼中成熟、保存。事實上，走進這些廳房幾步後，我們就能聞到那些香料、水果、蔬菜的濃郁香味，一張厚重的桌子上擺了一些剛摘下來的無花果，真的是剛剛才摘的。我忍不住嚐了一個，順口表示這棵樹長出來的果實向來如此不可思議——阿瑪莉雅大叫：「什麼這棵樹？這些樹才對，它們總共有五棵，您知道的，而且一棵比一棵長得漂亮！」很抱歉，阿瑪莉雅，我心不在焉——用您的腦袋想一想這些對您非常重要的東西吧，年輕的亞姆柏先生——謝謝妳，阿瑪莉雅，不幸的是，這些事情在四月底的一個早晨全都四散紛飛了，所以一棵無花果樹或五棵無花果樹，對我沒有什麼差別。

「葡萄園長出葡萄了嗎？」我問，試著積極地表現出體諒和情感。

「這時候的葡萄都還是小小一串，瘦小得就像母親肚子裡的種子，儘管今年的高溫讓果實比往年提早成熟，希望老天會下點雨。您到時候就會看到這些葡萄了，您會留到九月吧？您生了一場小病，寶拉夫人交代我為您提提精神，為您準備一些健康營養的東西。今天晚上，我為您準備了您從小時候就非常喜歡的餐點，泡在油裡的漂亮沙拉、番茄汁、切成小塊的芹菜、搗得細碎的洋蔥，以及看老天臉色長出來的蔬菜，我還準備了您喜歡的麵包，那種我們撕成長條來沾醬的圓麵包。還有一隻雞，我自己養的雞，可不是店裡那種餵髒東西長大的雞，還是您比較喜歡迷迭香煮兔子？要的話我馬上就去扯斷一隻兔子的頸子，可憐的畜生，也算是一條命。我的天啊，妮可蕾塔，您真的馬上就離開嗎？真是可惜。沒關係，我們留在這裡，我們兩個人，您儘管忙您的事，我不會來打擾您。您只有在早上，我為您端來牛奶咖啡的時候，還有吃飯的時間才會看到我。其他的時間您隨意來去，做您自己的事。」

妮可蕾塔一邊把她忘在這裡的東西裝上車，一邊對我說：「好了，爸爸，索拉臘看起來雖然與世隔絕，但是房子後面有一條小路，直走不要轉彎，就可以讓你下山前往市鎮。下坡有點陡，但是有階梯，你很快就會走到平地。下山需要十五分鐘，上山二十分鐘，但是你過去常說這麼做有益降低你的膽固醇。你可以在市鎮買到報紙和香菸，不過如果你告訴阿瑪莉雅，她早上八點就會幫你跑一趟。無論如何，她自己也會下山去辦一些她自己的事，還有做彌撒。不過你最好把你要的報紙寫在一張紙上交給她，要不然她會連續七天為你帶回來同一期的女性雜誌。你真的不需要其他的東西了嗎？我很希望留下來陪你，但是媽媽認為讓你單獨待在過去的環境，對你有好處。」

妮可蕾塔離開了。阿瑪莉雅帶我到我的房間，也是寶拉的房間（房間裡充滿了薰衣草的香味）。我換上隨手找到的舒適舊衣裳，還有一雙至少已經有二十年歷史的舊鞋，讓自己看起來就像是個貨真價實的鄉下地主，然後倚著窗戶，望著藍科山脈的坡地發了半個鐘頭的呆。

廚房的桌子上擺著一份聖誕節那段時間的報紙（我們上一個聖誕節在這裡度過），我為自己倒了一杯浸在一桶冰冷井水裡的慕司卡托甜酒，開始讀起那份報紙。從十一月底開始，聯合國已經通過以武力從伊拉克手中解放科威特的決議，美國第一批的裝備已經出發，運往沙烏地阿拉伯，報上提到美國正在日內瓦嘗試和伊拉克的部長進行交涉，說服他們撤離科威特。這份報紙幫助我重新發掘一些事件，我就當作是最新的消息一樣閱讀。

突然間，我想起出發的緊張情緒，竟然讓我今天早上忘了上廁所。我走到浴室，這是讓我看完這份報紙的好機會，我從窗戶看到了外面的葡萄園。我這時候冒出一個念頭，這樣更好，一個古老的願望——在葡萄樹間解決我的需求。我將報紙塞進口袋。不知道是因為偶然，或者是我內部的雷達發揮了功能，我打開了通往房子後面的窄門，穿過一片整理得非常好的菜園。農場的那一邊有一道木製柵欄，從咯咯和呼嚕的叫聲判斷，那應該是雞棚、兔窩和豬圈。菜園的盡頭有一條通向葡萄園的小路。

阿瑪莉雅說得沒錯，葡萄樹的葉子仍然細小，而葡萄的果粒看起來就像漿果。但是鞋底下刺痛的泥塊、排排樹間叢生的雜草，讓身在葡萄園的我很有感覺。我本能地四處環顧，尋找桃子樹，卻始終找不到。奇怪了，我在一本小說曾經讀到——應該是從孩提時期，腳下還沒長什麼繭的時候就開始赤腳走路——有一些黃色的桃子只長在葡萄園裡，這些桃子只要用拇指輕輕一壓，馬上就會裂開，果核就像經過化學處理，幾乎自動分離，除了果肉間那點點白色的肥胖小蟲。吃下去的時候，幾乎感覺不到果皮上，那些讓你從舌頭一路哆嗦到腹股溝的絨毛[89]。

我蹲了下來，在正午只聽得到鳥叫蟲鳴的寂靜中排了便。

「愚蠢的季節，他繼續閱讀，平靜地坐在自己冉冉上升的氣味上面[90]。」人類一向喜歡自己糞便所散發出來的味道，但是別人的就不行。事實上，這些糞便也是我們身體的一部分。

我享受著一種古老的滿足。在這片翠綠間，緩慢蠕動的括約肌讓我回想到過去一些令人困惑的經驗，或許這只是一種生物的本能。我沒有什麼私人的東西（我擁有人類的記憶，卻沒有個人的記憶），我只是感受到一種從尼安德塔人時代就存在的快感。這些原始人的記憶肯定比我還少，他們甚至不知道拿破崙是誰。

結束的時候，我突然想到可以用葉子擦拭，這應該是一種本能的反應，因為我肯定不曾在任何百科全書裡學到這件事。我有一份報紙，順手撕下了電視節目那一頁（反正索拉臘沒有電視機）。

我站起來，仔細端詳自己的糞便。很漂亮的蝸殼狀，而且還冒著煙。很有博羅米尼[91]的風格。我的腸胃應該很健康，大家都知道，只有在糞便太柔軟或更稀爛的時候才需要擔心。

我第一次看到自己的便便（城市裡的人都坐在馬桶上，看都不看一眼立刻沖水）。我接下來都會用「便便」這個詞，我想一般人都是這麼稱呼吧。便便是我們最私人，也最保留的東西。其他的部分別人可以看得到——臉部的表情、眼神、動作；就連赤裸的身體——在海邊、醫生面前、做愛的時候；甚至你的思緒，因為你會將這些想法表達出來，要不然，透過你的眼神、尷尬的模樣，其他人也可以猜得出來。沒錯，祕密的思緒也應該存在（例如希比菈，但是這件事的一部分已經透露給吉阿尼，而她肯定也直覺地感受到一些事，或許她就是因為這樣才決定結婚），但是整體上，就算祕密的思緒也會流露出來。

不過便便就不一樣了。人生除了非常短暫的時期，也就是你媽媽幫你更換尿布的時候，接下來就完全屬於你自己一個人。由於我此刻排出的便便應該和這輩子其他時期的排泄沒什麼差別，我在那一刻於是和我遺忘的過去結合在一起，而我第一次感受到這是可以和過去無以計數的經歷聯繫在一起的經驗，甚至是我孩提時期在葡萄園間解決需求的經驗。如果我仔細觀察，透過三角測量，我或許還找得到過去排出來的便便，以及克拉貝母牛的寶藏。

但是我就此打住。

我的便便不能被我當成喚醒記憶的菩提花茶——我倒想看看我如何用我的括約肌來尋根？為了尋找失落的時光，我需要的並不是腹瀉，而是哮喘——哮喘是一種氣，那是靈魂的氣息（雖然很痛苦）——那是一種富人病，有能力在房間鋪上軟木地板的人才能生的病。至於窮人，哮喘困擾的不是他們的靈魂，而是他們的身體。

不過，我不覺得自己不幸，相反地，我相當開心。自從甦醒後，我還沒這麼開心過。上帝的道路沒有止盡，我告訴自己，這些道路甚至也會通過你的屁眼。

這一天就這麼過去了。我在左側的廳房晃了一會兒，看到大概是小孩睡覺的房間（一個擺了三張小床，玩偶和三輪車散落在各個角落的大房間）。我睡覺的那個房間，床頭櫃上擺著我過去留下的幾本書，但是沒有特別值得注意的地方。我沒有進入塵封的那一側。慢慢來，我必須先熟悉這個地方。

我在阿瑪莉雅的廚房裡，在她父母親留下來的老舊桌椅、麵粉缸，以及掛在樑上的大蒜所散發出來的味道之間用了餐。兔肉非常美味，不過光是沙拉，這一趟旅行就值回票價。我開心地用麵包沾食浮有油花的粉紅色醬汁，不過那是一種發掘而來的愉悅，不是一種回憶。我早就知道我不應該期待和神經觸覺相關的東西能夠為我提供任何幫助。我喝了很多酒——這一帶的葡萄酒勝過所有的法國紅酒。

我認識了家裡豢養的幾隻動物——一條脫了毛的狗，皮波——阿瑪莉雅口中的優秀看門狗，看起來卻又老又遲鈍，而且還瞎了一隻眼睛。還有三隻貓，其中兩隻脾氣不好，又長了癬，第三隻是全身長了柔軟長毛，知道以優雅的方式要求食物的安哥拉黑貓——牠一邊抓我的褲子，一邊發出迷人的呼嚕聲。我想我喜歡所有的動物（我是不是加入過反對活體解剖的聯盟？），但是本能的善意無法勉強。我比較喜歡第三隻貓，所以把最好的食物留給牠。我問阿瑪莉雅這些貓的名字，她回答這些貓沒有名字，因為牠們並不像狗一樣是天主教徒。我問她是不是可以叫那隻黑貓為「瑪圖」。她說如果我覺得光叫貓咪不夠的話，我可以幫牠取名字。但是她看起來似乎認為城裡的人，就連年輕的亞姆柏先生也一樣，腦袋裡全都有隻蟋蟀[92]。

外面的蟋蟀（貨真價實的蟋蟀）發出吵嚷的聲音，我走進院子聆聽。我望著天空，希望找到熟悉的輪廓。星座，只有天文圖上的星座。我找到了大熊座，但是那跟我經常聽到別人提起的事情沒有兩樣。我只是來到這裡證實百科全書的內容沒有錯誤。回歸到內心那個人，找到的卻是一本《樂如斯辭典》[93]。

我告訴自己——亞姆柏，你擁有的是紙張的記憶。不是神經元，而是一些紙張。或許有一天，他們會發明一種魔法，可以在創世至今寫了字的紙張之間旅行，讓人們可以在目錄間跳來跳去，再也不知道身在何方，自己又是什麼人。屆時，所有的人都會跟你一樣。

等待這些不幸的同伴出現之前，我先去睡了一個覺。

我才剛睡著，就聽到有人叫我。窗外有人輕聲嘀咕，不死心地發出噓噓聲。什麼人會隔著百葉窗，在外面叫我呢？我驟然打開窗，在夜色中看到一個竄逃的白影。隔天早上，阿瑪莉雅向我解釋，那是倉鴞——這些畜生喜歡跑到閣樓或簷溝築巢，一旦牠們發現附近出現人影，就會另尋巢穴。可惜。因為這隻逃跑的倉鴞，讓我再次感覺到我對寶拉提過的那道神秘之燄。這隻倉鴞，或是同類的一隻鳥，顯然屬意於我，因為牠又在其他夜晚吵醒了我幾次，而那幾個晚上，牠又像幽靈一樣，笨拙、愚蠢地躲進陰影裡面。愚蠢這種形容詞我肯定也在百科全書上讀過，所以一定是發自內心，或是來自過去。

我睡得極不安穩，到達一個程度的時候，我因為胸部強烈疼痛而醒過來。我當場以為自己心肌梗塞——大家都知道這是一開始的症狀——我起床找出寶拉為我準備的藥包，吞了一顆制酸錠。制酸錠是用來治療胃炎的藥物。我們吃了不該吃的東西，胃部就會發炎。事實上，我只是吃得太飽。寶拉已經交代我要節制。她在我身邊的時候，就像一隻看門狗，一點都不鬆懈。現在是我學習好好照顧自己的時候了，阿瑪莉雅不會在這方面提供我任何幫助。對於傳統的鄉下人來說，吃得越多越好，沒有東西吃的時候才會生病。

我要學習的東西還真多。

註釋

89 譯註：艾可引述的是自己的小說《傅科擺》的內容。

90 譯註：出自喬伊斯的《尤利西斯》。

91 譯註：Francesco Borromini，十七世紀義大利巴洛克風格建築師，作品包括羅馬的「四噴泉聖卡羅教堂」。

92 譯註：瘋狂之意。

93 譯註：Larousse，法國出版的百科全書辭典。

6.《新梅茲百科全書》

我下山前往市鎮。回程的上坡有些吃力，不過那是一趟美好且讓人神清氣爽的出遊。還好我帶了幾條茨岡牌香菸，因為這裡只找得到萬寶路淡菸。真是一些鄉巴佬！

我告訴阿瑪莉雅倉鴞的事。當我告訴她，我以為那是幽靈的時候，她沒有笑，反而變得非常嚴肅：「不會是倉鴞，這些善良的動物不會害人，但是另一邊，」她暗示的是藍科的山坡，「那一帶有一些壞東西。什麼是壞東西？我幾乎不敢說出口，但是您應該知道，我可憐的老爸經常告訴您這些故事。這裡沒有關係，她們不會過來，但是她們會去嚇那些無知的鄉下人，不識字的人，嚇到他們回來的時候頭髮直豎。所謂的壞東西是一些夜間出沒的壞女人，如果出現濃霧或暴風雨，她們更是如魚得水。」

她不願意進一步說明，但是她提到了濃霧。我問她這一帶的霧多不多。

「多不多？聖母瑪利亞，根本就是太多了。有些日子，我從門邊就看不到走廊邊緣，我到底在說什麼啊？應該說我從這裡就看不到大宅，如果晚上有人在房子裡，我們只看得到窗子裡的光線，但是就像點了蠟燭一樣微弱。就算這裡沒有濃霧，您也應該看看丘陵那一邊出現的景況。我們幾乎什麼都看不到，有時會有一些東西冒出來，像是驢子、教堂，但是背後還是一片白茫茫的，彷彿被倒了一桶牛奶。如果您九月還在這裡，您很可能會看到，因為我們這一帶，除了六月到八月，隨時都會出現濃霧。下面的村子有一個名叫薩爾瓦托的傢伙，那個拿不勒斯仔來這裡工作了二十年，您知道，他們家鄉非常貧困，他到現在都還沒有辦法習慣。他告訴我們，他們那邊連主顯節都是好天氣。您無法想像他在田裡迷了多少次路，他很容易就會掉進湍流，別人只好在晚上帶著手電筒去找他。是啊，他們或許都是些善良的人，我不想說，但是他們和我們完全不同。」

我默默地對自己唸著：

我望著山谷——一切都消失了
一切！全部遭到淹沒！那是一片油膩的汪洋，一望無際
灰濛濛、無波無浪、無灘頭、單調
這裡和那邊幾乎沒有差異
細碎狂野的嘈雜聲
迷失在虛幻世界裡的鳥兒
那上頭，在天空裡，枯木的殘骸
就像凌空懸掛一般，還有斷垣殘壁的夢境
以及寂靜的隱居地

但是，如果我此刻尋找的斷垣殘壁和隱居地的確存在，會在大太陽底下找到它們，而非無影無蹤，因為濃霧存在於我的內心。或許我應該到影子裡面尋找？

是時候了，我想我應該進入正樓的廳房。

我告訴阿瑪莉雅，我希望一個人進去，她搖了搖頭，然後把鑰匙交給我。那裡面的房間似乎不少，阿瑪莉雅一律上了鎖，誰知道會不會有不懷好意的惡徒闖進來。她交給我一大包大小鑰匙，其中幾把已經生了銹，她告訴我她對這些鑰匙一清二楚，如果我真的希望一個人上去，就得每扇門一把一把嘗試。這像在對我說：「活該，誰叫你像小時候一樣任性。」

阿瑪莉雅應該一大早就上去過了，因為前天晚上百葉窗還是關著的，現在拉開了一半，有充分的光線投射到走廊和房間裡，讓我看得到應該踩在什麼地方。雖然阿瑪莉雅偶爾會來通通風，這裡還是有股塵封的氣味。這氣味並不難聞，就像是從老舊的家具、天花板的橫樑，或蓋在沙發上的白布裡滲出來一樣。（列寧是不是應該在這個地方坐過？）

探險這種事就甭提了，因為一把一把地試過鑰匙後，讓我覺得自己反倒像惡魔島的典獄長。通道的樓梯通往一個大廳，是某種家具齊全的客廳，擺的剛好是列寧式的沙發，牆上還掛了幾張十九世紀風格的醜陋風景油畫。我還不知道我祖父的品味，但是根據寶拉的描述，他是一個奇特的收藏家——他應該不會喜歡這些陳腐的東西。這些應該是家族的遺物，肯定是某個曾祖父或曾祖母的練習畫作。此外，在陰暗當中，我隱隱約約可以看到牆上有一片污漬，這裡很可能就是他們作畫的地方。

大廳的一邊通向房子正面唯一的露台，另一邊則是兩條寬敞、陰暗的走廊，通往房子後方，兩側的牆上幾乎掛滿彩色版畫。右手邊的走廊上，一開始掛的是一系列呈現歷史事件的艾皮納[94]版畫，「轟炸亞歷山卓」、「普魯士人圍攻、轟炸巴黎」、「法國革命重要紀事」、「同盟國攻占北京」；另外一排來自西班牙，是一系列的怪物畫像，「歐雷利」、「費拉莫利可猴子」、「相反的世界」，還有比喻生命中不同年齡的階梯，一個屬於男人、一個屬於女人，精緻美麗的人像站在奧林匹克式的頒獎台上，襁褓的嬰兒和小孩在最下面，成人在頂端；接著，越來越老的人像慢慢走下坡，直到最後一階，就像獅面人身怪獸司芬克斯[95]說的一樣，變成了三條腿的人類，兩根曲折的火柴棒加上一根枴杖，旁邊則是等候的死神肖像。

第一扇門通往一間老式的大廚房，有一個大火爐和一個仍掛著一只鍋子的巨大壁爐。廚房內盡是一些舊時代的用具，或許傳承自我祖父的曾祖父，現在足以變成古董商的收藏品。透過餐具櫃的透明玻璃，我可以看到一些飾花的餐盤、咖啡壺，和咖啡牛奶的杯子。我本能地尋找報架，我知道這裡肯定有。的確有，掛在靠近窗子的角落上，烙印的木板，黃底上印著火紅的麗春花。戰爭期間，如果木柴和煤炭匱乏，廚房應該就是唯一能夠取暖的地方，天曉得我在這個地方度過了多少夜晚……

接著是浴室，同樣是舊時代的式樣，有一個金屬製的大浴缸，以及可以當成小型噴泉的彎曲水龍頭，就連洗臉盆看起來也像聖水缸。我試著打開水龍頭，水龍頭發出一連串的嗝聲，流出的是經過兩分鐘才完全淨化的黃色物質。馬桶和水箱則讓

我想起十九世紀末的一些皇家澡堂。

走過浴室，最後一扇門通向一間臥房，房裡擺著一些飾有蝴蝶的淡綠色可愛家具，小床上擺枕頭的地方坐著一個藍奇娃娃，矯飾的程度盡可能地發揮了三〇年代的布娃娃風格。這裡肯定是我妹妹的房間，牆角櫃裡的女孩洋裝也證實了這一點，但是房間看起來似乎在有人清空東西後從此封閉。房內只聞得到一股濕氣。

阿妲的房間之後，走廊的盡頭有一個櫥子——我打開櫥門，一股強烈的樟腦味流洩出來，裡面整齊排列著繡了花的床單、棉被、毯子。

我原路走回客廳，走進左邊的走廊。這邊的牆上掛的是德國的版畫，是表達手法非常精細的「服裝的歷史」——華麗的婆羅洲女子和漂亮的爪哇女人、中國的官吏、菸斗和八字鬍一樣長的史賓尼克斯拉夫人、拿不勒斯的漁民和拿著喇叭口徑長槍的羅馬強盜、塞哥維亞和亞利坎特的西班牙人，還有一些歷史古裝，拜占庭的皇帝、封建時代的教皇和騎士、聖殿騎士、十四世紀的仕女、猶太商販、法國國王的火槍手、普魯士騎兵、拿破崙的精兵。這些德國的版畫完美地抓住了每個角色在重要場合的裝扮，而且不僅是那些披戴累贅的珠寶、佩槍手柄

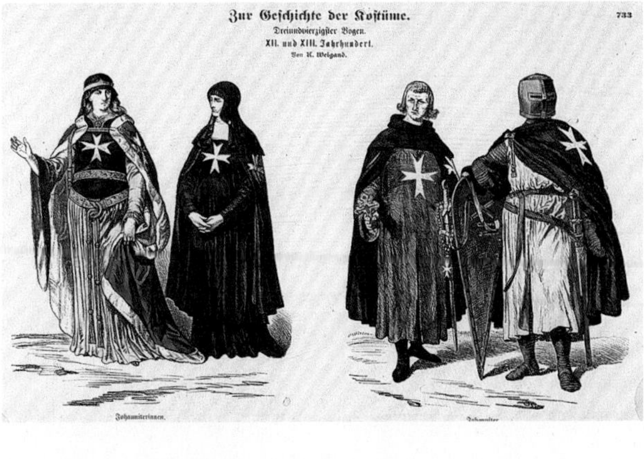

上飾有阿拉伯圖樣，身穿誇炫用的盔甲、華麗長袍的權貴，還包括了最窮苦的非洲人，最不幸的族裔——五顏六色的纏腰布、變形的外套和羽飾帽、雜色的頭巾。

或許在我埋首於大量冒險小說之前，就已經透過這些在我眼中充滿異國領悟的版畫，探索世上多彩多姿的多元種族與民族，而這些版畫在陽光經年累月照射後，許多幅都褪了色。「地球上的種族和民族」，我高聲重複，我突然想到毛茸茸的陰戶。為什麼？

第一扇門通往一間餐廳，而餐廳的盡頭又通向客廳。餐廳擺著兩座櫃門上裝有圓形和菱形彩繪玻璃的仿十五世紀餐具櫃、幾張令人連想起調侃式悲劇的薩佛納羅拉[96]風格座椅，大餐桌上方掛著鍛鐵吊燈。我告訴自己：「醃雞和皇家麵糰」，但是我不知道為什麼。稍後我問了阿瑪莉雅，為什麼餐廳應該有醃雞和皇家麵糰，皇家麵糰又是什麼東西？她向我解釋，每年聖誕節的時候，上帝送下凡間的聖誕大餐中，包括了用甜辣芥末烹調的醃雞，而皇家麵糰就是浸在醃雞湯裡，入口即溶的黃色麵糰。

「皇家麵糰真是美味。這種原罪已經沒有人再犯了，或許是因為他們把國王拉下台了，可憐的傢伙，我真想去找領袖[97]抱怨兩句。」

「阿瑪莉雅，領袖已經不在了，這件事就連失去記憶的人都知道……」

「政治這東西我不懂，但是我知道他被趕走之後又跑回來。我敢說，我在這裡，而他正在某處等待，誰知道哪一天他又會跑回來……無論如何，您的祖父，願上帝榮耀他，他堅持一定要準備醃雞和皇家麵糰，要不然就稱不上聖誕節。」

醃雞和皇家麵糰。是餐桌的形狀以及在十二月底照亮這些菜餚的吊燈讓我想起這件事嗎？

我想不起皇家麵糰的味道，我只記得名字。就像聯想遊戲——桌子應該聯想到椅子或鍋墊或湯。至於我，桌子讓我想起了皇家麵糰，而且依然是透過文字的聯想。

我打開另一個房間的門。那是一間夫婦的臥房，我走進去的時候，稍微猶豫了一下，彷彿闖入禁地。陰暗中，家具的輪廓看起來非常巨大，天蓋床看起來宛如一座祭壇。難道這是祖父的房間，我們不准踏進一步？他是不是在這裡飽嚐痛楚地過世？我呢？我當時有沒有進來見他最後一面？

接下去還是一間臥房，但是裡面的家飾無法定義時代，一種仿造的巴洛克風格，沒有角度，只有曲線，尤其是裝了鏡子那座衣櫥的側門和五斗櫃的抽屜。這時候，我突然覺得幽門打了個結，和我在醫院看到我父母的結婚照一樣。神秘的火焰。我將這種現象描述給加塔洛羅醫生聽的時候，他問我是不是像心臟的期外收縮。可能，我回答，但是伴隨著一股湧上喉嚨的溫熱感——那就不是了，加塔洛羅說，期外收縮不是這樣。

這時候，我在右邊的床頭櫃上看到一本裝訂了棕色書皮的小書。我立刻走過去翻開那本書，一邊唸道「*Riva la filotea*」。*Riva la filotea*，聽起來就像用方言表示某種東西已經抵達……什麼東西已經抵達？我感覺伴隨我多年的神秘和這個用方言表達、和抵達相關的問題有關聯（我會說方言嗎？）。已經抵達這句話代表什麼意思？什麼東西已經抵達了？是電車、無軌電車、夜間運轉的電車，還是有軌電車？

我翻開那本書的時候，感覺好像褻瀆了聖物。那是米蘭的教士吉歐塞普・里瓦於一八八八年所著的禱告書，一本祈禱文選，虔信的沉思錄，並附有宗教節慶和聖人曆。這本書的裝訂幾

乎已經鬆散，手指輕輕一碰，紙張就紛紛脫落。我虔誠地裝回去（其實我的工作就是細心整理古書），看到了書背上印著褪了色的燙金字體「*Riva La Filotea*」。這應該是某人的祈禱書，我一直不敢動手翻閱，但是這個作者的名字和書名混在一起的標題，就像連上了電線，為我帶來了一種急促的不安。

我轉過身，看到了五斗櫃彎曲的側面上有兩個小小的門片。我急忙走過去，心跳不已地打開右邊那一片，一邊環顧四周，彷彿擔心有人窺伺。櫃子裡面以切面同樣彎曲的隔板隔成了三個架子，但是沒有收藏任何東西。我覺得不安，好像自己偷了東西。或許是和過去的一件偷竊事件有關——我曾經來翻過這些架子，裡面擺著一些我不准碰或看的東西，而我偷偷摸摸地進行這件事。透過警探式的推論，我現在幾乎可以確定這是我父母的房間，那本祈禱書的主人是我的母親，而我在這個五斗櫃的某個角落取得了某樣私人物品，誰知道，或許是一封陳舊的信、一個錢包，或是不能放在家庭相簿裡面的一疊照片……

如果這裡真的是我父母的房間，那我就是在這個地方出生的，寶拉告訴過我，我是在鄉下出生的。想不起來自己在哪個房間出生很正常；但是如果多年來，別人一再對你重複你就是在這裡出生，在這張大床呱呱墜地，或是有幾個晚上，你要求睡在父母中間，或甚至在斷奶後還希望埋頭嗅一嗅曾經哺育你的乳房，那你至少應該在幾片該死的腦葉上留下這個房間的痕跡。但是沒有，如果真的如我猜想，我的身體沒有對這些一再重複的動作留下任何記憶，就這樣。假如我願意，我可以重新模仿嘴巴含住乳頭吸吮的本能動作，但是僅此而已，因為接下去，我說不出那是什麼人的乳房，也描述不出乳汁的味道。

如果出生後什麼都不記得，那麼你值得被生下來嗎？從技術上來說，我真的被生了下來嗎？這件事和其他的事情一樣，不過是別人的說法。根據我的了解，我是在四月底，以六十歲的年紀出生在醫院的病房裡。

皮皮諾先生稚齡過世。這是哪個故事？皮皮諾先生以六十歲的高齡，長著一臉的漂亮白鬍，誕生在一顆甘藍菜裡。他開始一系列的冒險，他每天都會年輕一些，直到他變成一個小男孩，最後變成嬰兒。他在發出第一聲啼哭（或是最後一聲）的時候斷了氣。我應該是在孩提時期的一本書上看過這個故事。不對，不可能，否則我應該會像其他的事情一樣忘得一乾二淨。我大概是在四十歲的時候，從談論兒童文學的歷史中看過引述——我不就是對維多里歐・阿爾菲耶里[98]的童年一清二楚，卻對自己的童年一無所知嗎？

無論如何，我必須在這個地方，在這些走廊的陰影中重新找回我的身分，至少讓我最後能夠在襁褓中看著母親的臉孔斷氣。喔，上帝啊，萬一我看到的是接生婆的肥胖臉孔，臉上還長著獨裁女校長的八字鬍呢？饒了我吧，妳這頭妖怪！

走過走廊末端，擺在最後一扇窗下的長椅後，出現了兩扇門，一扇在最盡頭，一扇在左邊。我推開了盡頭的那扇門，進入一間浸淫在一股熟悉和嚴肅氣氛裡的寬敞書房。這個房間面對著大概是大宅中最安靜、最隱密的左翼後院，窗外景色絕佳的彩繪玻璃窗，為一張擺著圖書館式綠色檯燈的桃花心木書桌帶進光線。兩扇窗子中間掛著一幅蓄著白色八字鬍的老人畫像，他擺出來的姿勢，就像面對的是田野攝影師納達⑲一樣。祖父仍在世的時候，這張畫不可能掛在這裡，一個正常人不會把自己的畫像掛在眼前。也不可能是我的父母親掛了這張畫，因為我祖父去世的時候，他們早已不在人間，實際上，他是因為他們的喪生而傷心至死。或許我舅舅在變賣市鎮的房子和周遭的土地時，曾將這棟房子整理成衣冠塚。因此，這個原本用來工作的場所，還有這整個地方，完全都看不出來有人居住的跡象，反倒是帶著一股往生的樸素。

牆上掛著另一個艾皮納的版畫系列，上面盡是一大群身穿皇家藍和紅色制服的小兵、步兵團、重騎兵、龍騎兵、輕步兵。（見125頁附圖。）

書櫃同樣以桃花心木製成，遮住三面牆卻空盪盪的，讓我非常訝異——每排架子上頂多擺了兩、三本用來裝飾的書冊，就像蹩腳的室內設計師為顧客安排的廉價文化背景，剩餘的空間則擺了萊儷花瓶、非洲吉祥物、銀盤、水晶長頸大肚瓶一樣。但是這裡甚至看不到這些昂貴的擺飾，只有一些老舊的地圖、一系列亮面的法國雜誌、一九○五年的《新梅茲百科全書》，還有法文、英文、德文、西班牙文字典。我這位身為書商和收藏家的祖父，不可能活著面對空盪盪的書櫃。事實上，書架上的一個銀質相框裡，可以看到一張在這個房間裡面取景的照片，而窗外投射進來的陽光照亮了整個書房——祖父坐著，表情有些驚訝，他身上沒穿外套（但是穿著他的背心），他幾乎被埋沒在堆滿桌面的兩疊文件之間。他身後的書架上擺滿了書籍，書本之間也亂七八糟地堆著一疊一疊的報紙。房間的角落、地面上，也可以瞥見其他紙堆，很可能是雜誌，還有幾個裝了東西的盒子——也是紙張，看起來像是為了不要丟掉而塞在那裡。我祖父還住在這裡的時候，這個房間應該就是這個樣子，他是別人早就扔進垃圾桶的各類印刷製品的救星，而這裡是堆存蒐集品的倉庫，一艘從各大汪洋載運失落文件的幽靈船上，用來堆放貨品的貨艙，也是一個在成綑混亂中搜尋後，會令人昏頭轉向的地方。這些寶藏都到哪裡去了？那些令人敬重的文物破壞者，顯然刻意地讓那些看起來亂七八糟的東西全部從眼前消失。動手，快！全部都賣給了一個可悲的舊貨商嗎？或許就是因為這一場掠奪，所以我不願意再進入這些房間。這麼多年來，我肯定在祖父的陪伴下，花了許多時間去發掘各式各樣的奇蹟。就連關於我過去的最後一點收穫也遭到竊取了嗎？

我走出書房，進到走廊盡頭的另一個房間，這房間小了許多，氣氛也不那麼莊嚴，家具顏色比較清爽，肯定是這一帶的木匠，用鐮刀專為某個小孩量身訂製——一張擺在角落的小床，書架上除了一排裝訂著漂亮紅色書皮的書籍，幾乎空無一物。黑色的墊板置中且整齊地放在狹窄的學生書桌上，擺的又是綠色檯燈，還擺了一本陳舊的拉丁字典。釘在牆上的一張圖像，為我點燃了另一把神秘的火焰。那是一本樂譜的封面，或是一張唱片的廣告，「It's in the air」，但是我知道那和一部電影有關。我認得喬治・馮比[100]，以及他那張如馬般的笑臉。我知道他唱歌的時候會用尤克里里琴伴奏，我記得他騎著失控的機車撞進一堆乾草，從另一邊衝出來的時候，置身驚狂振翅的雞群當中，坐在旁邊那台車上的上校則看著一顆雞蛋掉進自己手中——我可以看到駕駛著無意間爬進老飛機，卻開始盤旋墜落的馮比，他仰頭爬升，然後又重新俯衝——喔，好好笑，笑死我了，「我看了三次、我看了三次。」我大叫。「我看過最好笑的一部

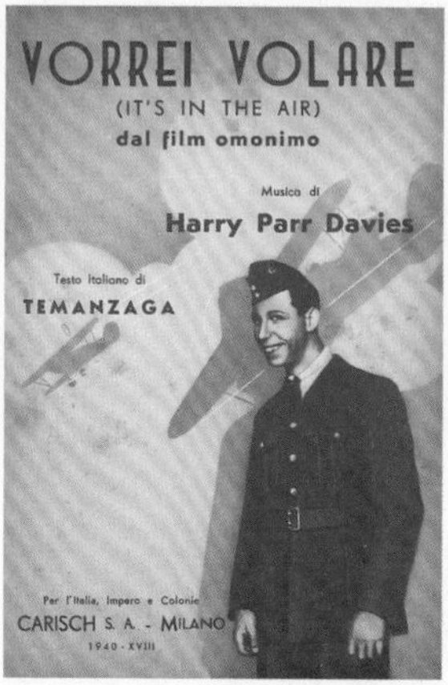

電影。」我一再重複這一點，我提到*cinèma*[101]這個字眼的時候，會加重e的口音，就像那個時代的人一樣，至少，在鄉下的人確實還是這麼說。

這裡肯定是我的房間，我的床和我的小書桌，不過除了這一點，房裡空盪盪的，就像那位大詩人誕生的房間一樣，入口擺著祭品，並以一種讓人嗅得到永恆芳香的方式佈置。〈八月之歌〉、〈泰摩皮里的頌歌〉、〈垂死水手的哀歌〉就是在這個房間創作出來……就是他，那位偉大的音樂家嗎？他已不在人世，二十三歲因為胸部的病痛而辭世，沒錯，就在這張床上，而鋼琴的琴蓋就像他撒手離去時，就像他在這個世上最後一個日子一樣打開，看到了嗎？房間的中央仍留著從他蒼白嘴唇滴下的血漬，而他當時彈奏著〈水滴〉的前奏曲。這個房間只會讓人想起他在世間的短暫逗留，想起趴在沾滿汗珠的樂譜上面的他。但是那些樂譜呢？全都收藏在羅馬中學的圖書館，沒有大主教的同意，任何人都不能借閱。大主教呢？他已經死了[102]。

我憤怒地回到走廊，靠著面對院子的窗戶叫喚阿瑪莉雅。我問她，為什麼這些房間裡沒有書本或任何東西，而我的房間又為什麼沒有玩具？

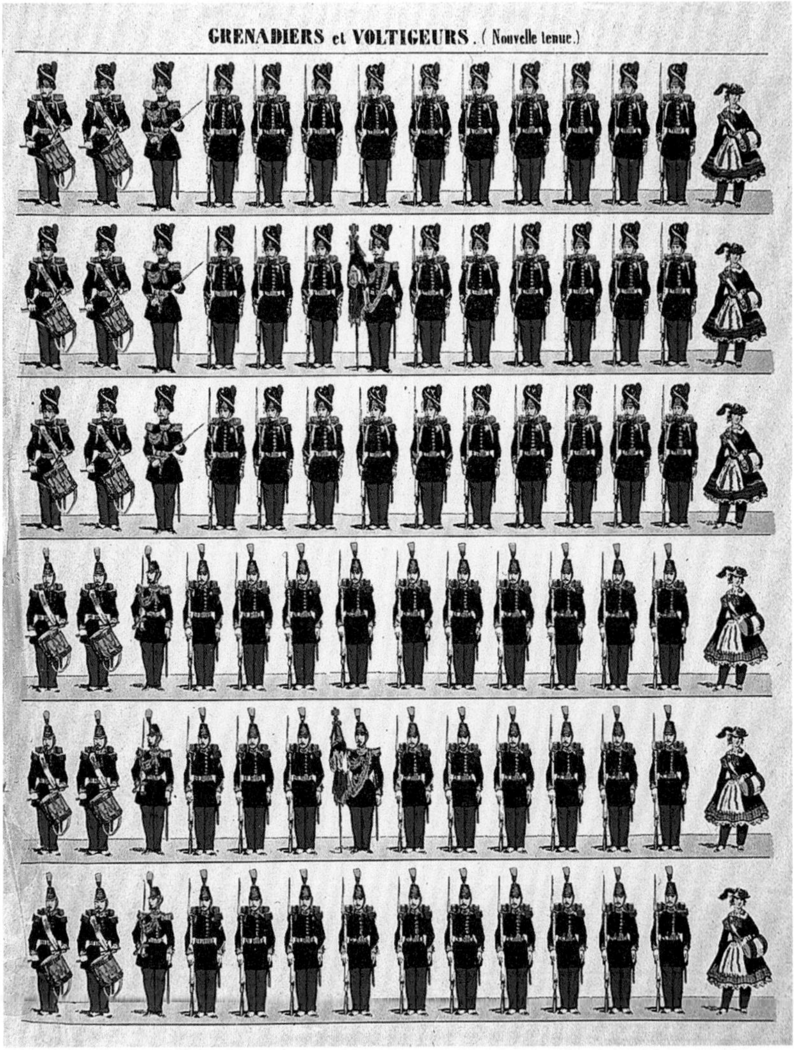
GRENADIERS et VOLTIGEURS. (Nouvelle tenue.)

「年輕的亞姆柏先生，您十六、七歲的學生時代還住在這個房間，怎麼可能把玩具收藏在這裡呢？為什麼您會在五十年後又想起這些事？」

「算了。但是我祖父的書房呢？裡面應該有許多東西，都到哪裡去了？」

「在上面，在閣樓裡，所有東西都收在閣樓。您還記得閣樓吧？那個地方就像墳場，每回上去都讓我毛骨悚然，我只有在擺牛奶碟的時候才會上去。為什麼？是為了拿牛奶誘惑家裡那三隻貓到上面去嗎？牠們上去過一次，玩起了抓老鼠的遊戲。那是您祖父的主意——閣樓上收藏許多紙張，必須趕走老鼠，您知道，在鄉下這個地方，雖然我們……您漸漸長大後，過去的東西都收到閣樓上了，就像您妹妹的洋娃娃。後來您舅舅插手後，算了，我不想批評，但是他們至少可以留點東西在房裡。沒有，就像準備節慶的時候一樣，快一點，全都搬到閣樓上去。難怪這層樓現在會變得像沒有麵包的日子一樣悲哀。您和寶拉夫人回到這裡的時候，誰都不願意去管這檔事，所以你們才會搬到另一邊，那裡雖然比較小家子氣，但是容易整理，寶拉夫人也整理得非常體面……」

如果我期待像進入阿里巴巴的洞穴，在正房的房間找到一些裝滿大如榛子的鑽石和金幣的甕子，以及隨時準備起飛的飛毯，寶拉和我可能完全搞錯方向了。這幾個藏寶的房間空無一物。我得爬到閣樓，把找到的東西都搬下來，擺回原本的位置嗎？當然，但是我首先必須想起原貌，儘管我這一趟就是為了想起這些事。

我回到祖父的書房，看到角落的一張小桌子擺著一部電唱機。

並不是舊時代的留聲機，而是收在箱子裡的電唱機。根據外型的設計來看，應該是五〇年代僅能以七十轉運作的機種。我祖父也聽唱片嗎？他也像收集其他東西一樣收集唱片嗎？這些唱片都到哪裡去了？也收在閣樓上嗎？

我翻閱那些法國雜誌。那是一些高級雜誌，有花月般的品味，頁面有著像中世紀宗教書籍的華麗裝飾、前拉斐爾派風格的頁緣和彩色圖案，以及和聖杯騎士對話的蒼白仕女。報導和文章也以百合花環的框架呈現，還有一些出現裝飾藝術風格的時尚頁面，苗條的女士、男孩般的髮型、繡花絲綢的漂亮衣飾，低腰、露頸、露背、受了傷一樣的血紅香唇、細長的香菸濾嘴、慵懶地吐出來的泛藍煙圈、垂下面紗的小帽。這些二流的藝術家很懂得描寫香粉的氣味。

這些雜誌交替運用了懷舊的復古，剛過氣的新藝術以及當代流行，並找來一些算得上古典的美女，企圖用貴族的光澤創造出未來的夏娃。但是翻到其中一個不起眼的夏娃——不算特別時髦——的時候，我心跳不已地停了下來。不是神秘的火焰，而是單純的心跳過速，一種因為此刻的懷舊情緒而造成的震動。

那是一個女性的輪廓，長長的金髮，有一點墮落天使的模樣。我內心暗自唸道：

修長而聖潔的百合
如冷卻的燭光在妳手中逝去
冉冉的香味從妳指間流露
混入令人暈眩而無比的焦慮
明淨的衣著於是一步步散發
那股垂暮和那股愛慕

CANDEE
GALOCHES-SNOW BOOTS

MODE-BALL
1928

VOGUE

我的天啊，我還是幼兒、小孩、青少年，或剛剛成年的時候，一定看過這個女性的樣子，從此深深地刻畫在我的內心。那是希比菈的輪廓。所以，我從無法追憶的時光開始，就已經認識了希比菈，我一個月前在辦公室只是又認出了她。但是知道這件事，與其感到心滿意足，再度滿懷溫馨，我此時的靈魂反倒僵硬無比。因為我在這一刻突然發現，見到希比菈的時候，我只是為童年的一幅畫像注入了生命。或許我們第一次見面的時候，我就這麼做了——我立刻將她視為愛慕的對象，因為我愛慕著這幅畫像。我醒過來再次看到她的時候，我為我們兩個人編了一段故事，而這段故事其實只是我小時候的一個憧憬。我和希比菈之間，除了這個女性形象，什麼事都沒發生嗎？

如果我和其他的女人之間，除了這張面孔之外，什麼都不曾存在呢？如果我只是盯著在我祖父的書房裡看過的面孔，什麼事都沒做呢？突然間，我打算在這些房間進行的搜尋進入了另一個範疇。不只是試圖喚回我離開索拉臘之前的一切，而是試圖去了解我離開索拉臘之後，為什麼會去做那些我做過的事情。不過，事情真的是這麼一回事嗎？不要太誇張了，你只不過是看到一幅讓你想起不久之前遇到的女人的畫像。這個模樣讓你想起了希比菈，肯定是因為她苗條又長著一頭金髮，要是另外一個人來看，這幅畫像說不定會讓他想起葛麗泰・嘉寶，或是鄰家的女孩。是你自己邪念纏身，就像那個笑話中的傢伙（我向吉阿尼提到我在醫院所做的測驗時，他告訴我的笑話），無論醫生讓你看什麼墨漬圖案，你都會想到同樣的東西。

但是，你來這裡是為了再次認識你的祖父，而你卻想到希比菈？

先別管這些雜誌了，我稍後再來翻閱。我的注意力立刻被一九〇五年出版的那本《新梅茲百科全書》吸引過去，四千兩百六十幅版畫、七十八幅分類圖表、一千零五十幅人像、十二幅套色印刷，安東尼歐•瓦拉迪出版社，米蘭。我一翻開這本字典，一看到這些八號字體，和最重要的段落前面加上小圖案的泛黃頁面，立刻翻閱我知道可以在裡面找到的東西。酷刑，那些殘忍的酷刑。找到了，介紹各類不同刑罰的那一頁。生人活煮；十字架刑；針刑——將受害人高高吊起，臀部對準一塊插滿細長鐵針的墊子拋下；火刑——用火燒燙腳掌；烤刑——橫躺或直立在柴堆中；輪刑；剝皮；烙刑；鋸刑——就像在可怕地模仿一場魔術表演，犯人躺在箱子裡，兩名劊子手拉動巨大的鋸齒刀，只不過在這裡，受害人真的被切成兩段；分屍刑——和前一項差不多，不過這裡的刀子就像槓桿一樣活動，試圖將受害人的軀體等分；接著還有將犯人綁在馬尾巴上，跟碾腳的栓子，令人印象最為深刻的則是尖樁刑——我當時應該還沒聽說過德古拉伯爵那片用烈燄來照明的樁林。一個比一個可怕的酷刑，就這樣介紹了三十種。

酷刑……翻到這一頁之後，我閉上眼睛，幾乎可以將這些酷刑一一背出來。我微微感受到的那股恐懼、那股平緩的激動，是針對此時此刻的自己，而不是圖中那些我不認識的人。

我在這一頁肯定停留了許多次。其他頁也一樣，其中包括了一些彩色頁（我甚至不需要查看字母索引就可以直接翻到正確的頁面，彷彿我跟隨的是手指的記憶）——蘑菇，肥美的菇肉，最漂亮的幾朵，也是最毒的幾朵，金色的鵝膏蕈有著點點白斑的紅色菇帽，血紅的傘蕈泛著瘟疫般的黃澄，白色的傘蕈、撒旦饅頭蕈，而催吐紅菇就像咧嘴奸笑的肥厚嘴唇；接著還有化石，大懶獸、乳齒象、恐鳥；古時候的樂器（印度號角、象牙號角、螺角、魯特琴、三絃琴、風鳴琴、所羅門豎琴）；全世界的國旗（包括稱為中國、交趾支那、馬拉巴、剛果、馬拉塔、新格瑞納達、撒哈拉、薩摩亞、三明治群島、瓦拉幾亞、摩達維亞等國家）；公共馬車、

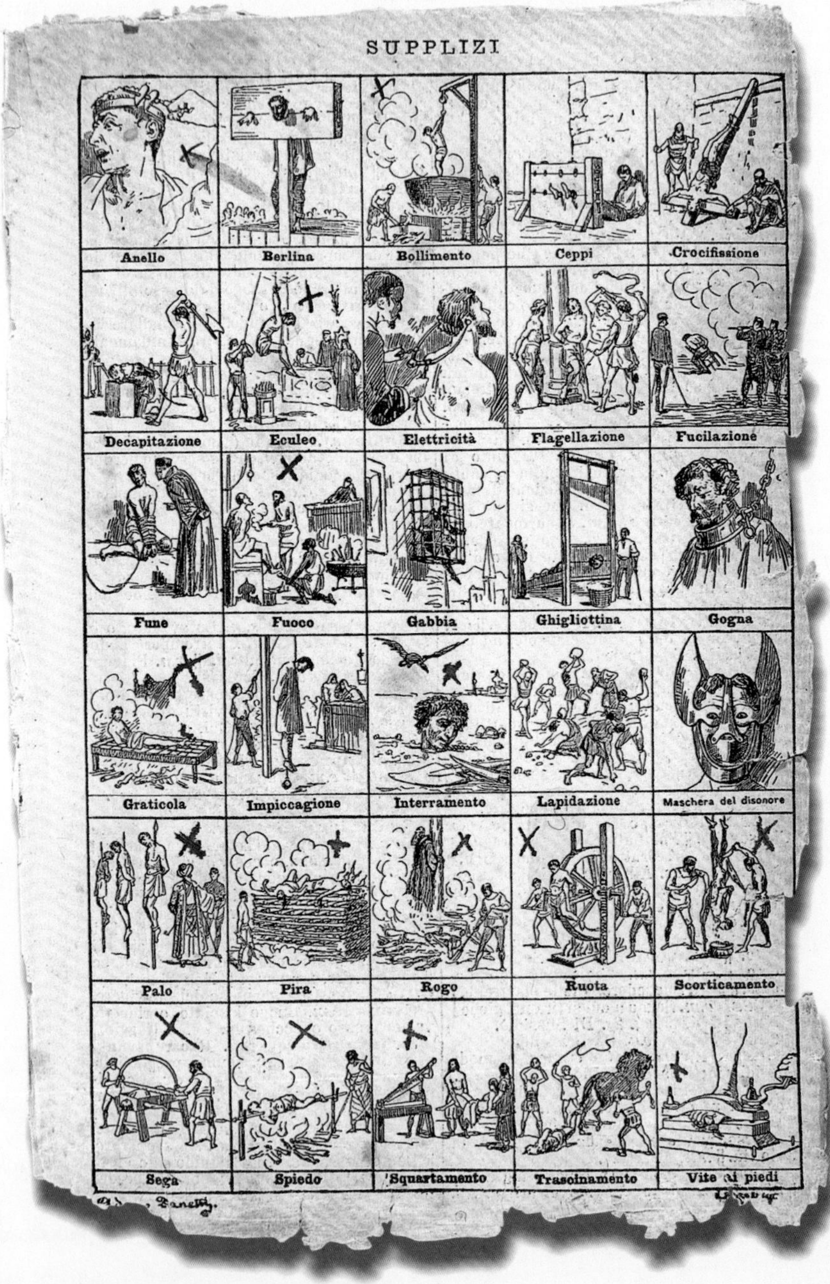
SUPPLIZI
Anello
Berlina
Bollimento
Ceppi
Crocifissione
Decapitazione
Eculeo
Elettricità
Flagellazione
Fucilazione
Fune
Fuoco
Gabbia
Ghigliottina
Gogna
Graticola
Impiccagione
Interramento
Lapidazione
Maschera del disonore
Palo
Pira
Rogo
Ruota
Scorticamento
Sega
Spiedo
Squartamento
Trascinamento
Vite ai piedi

四輪敞篷馬車、出租馬車、雙篷四輪馬車、雙座四輪馬車、後駕雙輪馬車、雙輪單座馬車、驛馬車、伊特魯里亞畜力車、雙馬戰車、轎車、肩輿、馱轎、平底雪橇、滑行雪橇、雙輪小馬車、篷推車；帆船（而我還以為自己是從天曉得哪一本航海冒險記當中，學會了像是橫縱雙桅帆船、後桅縱帆、後桅的上桅、後桅第三層帆、第二層帆、西北風、前桅大帆、上桅帆、頂帆、前桅支索帆，後桅支索帆、第一斜帆、巨浪聲、斜衍、艄斜桅、桅樓、舷側、換舷吃風、該死的水手長、臼炮團、漢堡的雷電、鬆開小頂帆、全體到左側舷集合、海岸的弟兄們這些名詞），還有古時候的兵器，鉛牙錘、狼牙鏈錘、審判官的巨劍、彎月刀、三鋒匕首、短劍、戟、火輪槍、臼炮、羊頭撞錘、投石器；然後是紋章術，章底、橫帶飾、縱條紋、左上角到右下角的斜條、右上角到左下角的斜條、二對分、上下等分、左上角向右下角等分、縱橫四等分、盾形紋章……這是我這輩子第一本百科全書，我肯定花了許多時間研讀。頁緣破損，許多段落還畫了線，有的時候，還出現小孩的字跡在旁邊下的評註，特別是為了謄寫困難的名詞。這冊書曾受到痙攣般地翻閱，一讀再讀、折損，許多頁面都脫落了。

我最初的知識是不是從這裡獲得？我希望並非如此，因為在我閱讀一些定義，特別是那些畫了線的段落之後，不由得笑了出來。

柏拉圖，希臘哲學家，古代最偉大的哲學家之一，蘇格拉底的學生，他的學說以對話的形式闡述。收集了大量精美的古物。西元前四二九年～西元前三四七年。

波特萊爾，巴黎詩人，藝術方面的成就怪誕造作。

顯然，儘管受到不良的教育，我們最後還是可以得到解脫。此外，我的知識隨著年齡漸長，而我在大學時期讀遍了柏拉圖的所有著作。從來沒有人向我證實他收集了大量精美的古物。但是，如果這樣的事情是真的呢？如果對他來說，這是最重要的一件事，其他工作都只是為了填飽肚子，讓他可以繼續這項奢華的嗜好呢？實際上，前面提到的那些酷刑，我不認為會出現在學校通用的歷史教材裡，不過這樣不太好，我們這些該隱[103]的後代，應該認清自己的本質。所以，在我成長的過程中，是不是認為人類無可救藥地邪惡，生命充滿了危機和恐怖？是不是因為這樣，我才會在寶拉提到非洲死了上百萬個小孩的時候聳聳肩？是不是《新梅茲百科全書》讓我對人類的本質充滿懷疑？我繼續翻閱下去：

舒曼（羅伯），著名的德國作曲家，作有〈天堂與謫仙〉、多部交響樂曲和清唱劇，一八一〇～一八五六年——（克拉拉），傑出的鋼琴家，前者的遺孀，一八一九～一八九六年。

為什麼會用「遺孀」這個字眼？一九〇五年的時候，他們兩個人早就相繼去世一段時間，難道我們會說卡爾普妮雅是凱撒的遺孀嗎？不會，我們會說她是他的妻子，儘管她活得比他還久。為什麼只有克拉拉被稱為遺孀？我的天啊，原來《新梅茲百科全書》也和閒言閒語的八卦一樣敏感，她是在丈夫去世後，也或許更早，才和布拉姆斯發生外遇。看看上面的日期，（《新梅茲百科全書》就像德爾斐神殿的神諭，什麼都不說，什麼都不遮掩，但是卻做出影射），羅伯．舒曼去世的時候，她才三十七歲，還有四十年的歲月要度過。一個漂亮而傑出的鋼琴家在這個年紀還能怎麼做？克拉拉在整個故事中的身分是遺孀，而《新梅茲百科全書》照本宣科。我後來怎麼知道克拉拉的故事呢？或許《新梅茲百科全書》讓我對這名遺孀產生了好奇。我認識的字彙中，有多少個是在這本書中學到的呢？為什麼在我腦中的風暴底下，我現在還能夠像金剛石一般地堅信馬達加斯加的首都是塔那那利佛呢？我確實在這裡面，認識了許多宛如蘊含神奇祕方的美味的字眼……

我翻了書中的地圖——其中一些已經非常老舊，日期甚至回溯到第一次世界大戰之前，而以灰藍色代表的非洲大陸上，仍有一些德國的殖民地。我這輩子肯定看過許多地圖。我不是才剛剛賣掉一份「奧特利烏斯」嗎？但是這裡面，有一些異國的名字聽起來非常熟悉，就好像我必須從這些地圖出發，去尋找其他的平面一樣。我的童年和德屬東非、荷屬印度，尤其是桑吉巴[104]有什麼關聯？無論如何，在索拉臘發現的每個字詞都會喚起另一個。我能不能順著這樣的連結抵達終點的字彙？那會是哪個字？「我」嗎？

我回到我的房間，我很確定一件事，那本拉丁字典裡找不到「他媽的」這句話。這句話的拉丁文怎麼說？古羅馬皇帝尼祿在牆上釘一幅畫，被鎚子敲到手指的時候，他會怎麼大叫？Qualis artifex pereo？（看我這個藝術家是怎麼喪命的？）對一個小孩來說，這是一個認真的問題，而正統的文化並不會給他答覆。我想，所以我們才會向非學院的字典求援。就是因為這樣，《新梅茲百科全書》才會記錄了一堆髒話，屎、糞、操，「用來除毛的膏藥，猶太人最常使用」，我當時肯定非常納悶，這些猶太人到底長了多少毛。我突然像得到啟示一樣地聽到一個聲音：「我家的字典有寫，婊子就是用自己進行交易的女人。」某個人，某個學校的同學，在另一本字典裡找到連《新梅茲百科全書》都沒寫的東西，他耳朵聽到的是禁忌的詞彙，而用自己進行交易這句話，肯定讓我困惑了很長一段時間。為什麼會禁止買賣，而且不需要店員和會計？這本拘謹字典裡的那位婊子用自己進行了交易，但是我的情報提供者顯然在家中聽過惡意的影射，在腦海中做出單一的詮釋：「嘿、嘿，真是狡猾，她自己做她自己的買賣……」

我腦中有出現這場對話的地點，或是那個男孩嗎？沒有，浮現的就像是過去的筆記記錄的句子跟對話的段落。空洞的聲音。

那些精裝書不可能是我的書，肯定是祖父送我的禮物，或是舅舅為了佈置，從我祖父的書房搬到這裡。絕大部分都是艾澤出版社的系列書，凡爾納的全套作品，精裝的紅色書皮，金色的花飾，封面滾了金線……或許我就是從這幾本書學會了法文，而這裡，我同樣精確地直接翻到最令人難忘的插畫，尼摩船長透過「鸚鵡螺號」的大舷窗盯著大章魚，羅布爾船長的太空船「征服者」豎起高科技桅

杆，熱氣球朝著「神秘島」掉落（我們是不是要往上爬升？——不，我們降落！——情況比想像中糟糕，希羅斯先生！我們正在往下掉落！），巨大的火箭瞄準月球，地心的洞穴，固執的克拉班和米榭・史托哥夫……這些總是從陰暗的深處冒出來的輪廓，以及蒼白傷口上交錯的黑色細小線條，不知道曾經讓我多麼焦慮，以單色方式呈現的無色彩世界，一個由刻畫、線條構成的影像，以一片空白來表現炫目的反光，呈現野獸透過牠的視網膜看到的世界。或許這就是牛、狗，或是蜥蜴眼中見到的世界，牠們夜裡透過百葉窗的細縫窺伺的世界。透過這些插畫，我進入了科幻的明暗交替世界——我從書中抬起頭，從裡面抽身，正午的陽光刺傷我的眼睛，我再次埋首，就像潛水夫鑽進無法分辨色彩的深處。凡爾納的著作是否曾經被改編成彩色電影？沒有這些雕鑿工具挖空的凹洞或留印的凸面，沒有這些透過雕刻或磨蝕造成的光影，凡爾納的世界會變成什麼面貌？

祖父裝訂的書籍也包括了同個時期的其他著作，不過他保留了原書附圖的舊封面——《巴黎的小孩》、《基督山恩仇記》、《三劍客》，以及幾本浪漫主義的經典作品。

這裡有賈克里歐的《惡魔船長》的兩個版本，松佐諾出版社的義大利版和法文原版。兩本的插畫一模一樣，不知道我讀過哪個版本。但是我知道書中有兩幕可怕的畫面，首先是壞蛋納多用斧頭一刀砍下好人哈洛的首級、殺害他的兒子歐洛斯，最後正義使者古托緊緊抓住納多的腦袋，用他強而有力的雙手慢慢擠壓，直到那可悲傢伙的腦漿濺到天花板上。插畫中，受害者和劊子手的眼球幾乎都要從眼眶中迸出來了。

故事大部分的情節都發生在北極冰凍的海面上。天空的顏色宛如珍珠，而版畫透過和雪白冰霜的對比，讓天空更顯陰霾。一片灰色的煙幕，更為強烈、深淺不一的乳白……看起來像粉末的白色細灰，緩緩地飄落在獨木舟上……深邃的汪洋閃耀著反光，一道超出現實的光芒……白灰風暴中的短瞬窟窿，讓人想像形狀不定的混沌……包在裹屍布裡，比任何凡人都巨大的身影，卻有雪花般潔白無瑕的面孔……不對，我告訴自己，這些是來自另外一個故事的記憶。恭喜你，亞姆柏，你的記憶還真是短暫。這些是不是你在醫院醒過來的時候，想起來的第一幕畫面，或是第一段話？這應該是愛倫坡。但是，如果愛倫坡的文章如此深切地存在於你的公共記憶，是不是因為你小時候看過惡魔船長那片蒼白的海？

我一直閱讀（重新閱讀？）這本書，直到夜色降臨，我注意到我一開始的時候站著翻閱，接著蹲了下去，背靠著牆，書本在膝蓋上攤開。我忘了時間，直到阿瑪莉雅的叫聲將我從渾然忘我當中喚醒：「您會把眼睛搞壞，您可憐的媽媽經常這樣告訴您！喔，我的帥哥，今天下午天氣這麼好，您居然關在室內！您中午甚至沒到我家去吃午飯。快，現在是吃晚飯的時間了！」

所以，我重新複製了過去的習慣。我累壞了。我像個需要營養來成長的小孩一樣吃了飯，睡了個大覺。寶拉告訴我，通常我會在睡覺前花很長的時間閱讀，但是今天晚上不准看書，就像媽媽給我的命令。

我隨即昏昏欲睡，我夢見了陸地和南海，海面上有奶油在一盤桑椹果凍上畫出來的綿線條。

CH.CLERICE

94 譯註：位於法國孚日省，以彩色木刻版畫著稱的地區。

95 編註：希臘神話的獅面人身怪獸，把守在通往底比斯的路上，對過路的人提出謎題，答不出來的人就會被撕成兩半。謎題內容是什麼東西在早晨用四隻腳走路，在中午時用雙腿，晚上則用三條腿。

96 編註：薩佛納羅拉，一四五二～一四九八年，文藝復興梅迪奇家族沒落後，佛羅倫斯掌權的神父，對抗教宗進行宗教改革。

97 譯註：義大利法西斯首領墨索里尼的稱號。

98 譯註：義大利悲劇詩人。

99 譯註：十九世紀法國攝影師賈斯帕─費里斯・圖納松（Gaspard-Félix Tournachon）的筆名。

100 譯註：Georges Formby，二十世紀初的英國喜劇演員，原為騎師，所以電影中經常出現在馬背上。

101 譯註：義大利文──電影。

102 譯註：艾可此處似乎並未特別指明為哪位音樂家，蕭邦雖然作了一首〈水滴〉前奏曲，也符合一些描述，但他去世時是三十九歲。

103 譯註：亞當的長子，殺害其弟亞伯。

104 編註：東非坦尚尼亞都市。

7. 閣樓上的八個日子

過去這八天我做了什麼？我閱讀，大部分的時間都在閣樓上，但是我的記憶常把這一天跟那一天混在一起。我只記得自己毫無次序，瘋狂地閱讀。

我沒有依照目錄循序閱讀。部分書籍和一堆文件，我就像飛越一片景物一樣地瀏覽，而飛翔的過程當中，我知道自己記得裡面寫些什麼，彷彿一個字就可以重新喚出其他一千個，或像盛開在水中的日本鮮花，綻放出豐厚的摘要。某種東西會自動置入我的記憶當中，來陪伴伊底帕斯或漢斯・卡斯托普[105]。有的時候，一張圖畫會造成短路，一個畫像就引爆三千個字。還有的時候，我會慢慢閱讀，細細品味一個句子、一個段落，或一個章節，重新體會第一次閱讀的時候，已經被我遺忘的相同感受。

這些閱讀所引燃的神秘火焰、輕微的心跳過速，或是驟然的臉紅就不需要我多提了。片刻後，這些現象就會像出現時一樣消失無蹤，把位子讓給新一波的熱浪。

整整八天，為了享受這些智慧寶藏，我每天都一大早起床，登上閣樓，一直待到日落。最開始那一次，阿瑪莉雅因為中午找不到我而嚇壞了，她為我端來裝有麵包、香腸或乳酪的盤子，再加上兩顆蘋果和一瓶葡萄酒。「我的天啊，這個人會再生一場病，我要怎麼向寶拉夫人交代？看在我的分上，不要再繼續下去了，要不然您會變成瞎子！」她哭著離去，我喝完了將近整瓶酒，醉醺醺地繼續翻閱，當然無法成功地將前後連貫起來。有的時候，我為了不讓自己一直關在閣樓上，會在腋下夾一堆書下樓，再躲到其他的地方。

我上閣樓前，打了電話回家報平安。寶拉希望知道我的反應，但是我回答得很謹慎：「我試著熟悉這些地方，這裡的天氣很好，我到外面散了步，阿瑪莉雅是個可愛的人。」她問我有沒有到市鎮的藥房量血壓。我每兩、三天就該去一次。經過發生在我身上的事情之後，這種事情不應該開玩笑，特別是那些藥丸，早晚都應該服用。

我帶著某種程度的內疚，再加上工作這個充分的藉口，也打了一通電話到辦公室。希比菈仍忙著準備目錄，再過兩、三個星期我就可以看到校樣。我給了她許多父親般的鼓勵，掛了電話。

我自問對希比菈是不是還有感覺。雖然很奇怪，但是在索拉臘最初的幾天，已經讓這件事情出現不同的面貌。我在往昔的五里霧中所進行的挖掘一點一點地變成現實，而希比菈開始變成了我一種遙遠的童年記憶。

阿瑪莉雅告訴我從左翼也可以登上閣樓。我以為有螺旋梯，但是並非如此，是一道可以舒適通行的石梯——我立刻明白，不然他們要用什麼方法把東西搬上去？

據我所知，我從沒見過閣樓。說實在話，我也沒見過地窖，我們對於地窖向來有諸多想像——埋在地底、昏暗、潮濕、陰涼，造訪時必須手持蠟燭或火炬。哥德式的小說經常提到這種安布羅斯教士晃來晃去的地窖。還有《湯姆歷險記》提到的天然地底洞穴。神秘的陰暗。每棟房子都有一個地窖，但是不一定有閣樓，特別是城裡大廈的頂樓公寓。真的沒有關於閣樓的文學作品嗎？那麼，什麼是《閣樓上的八個日子》？我心裡冒出這個名字，但其他什麼都沒有。

就算不是一次走遍，也可以很快理解閣樓覆蓋著索拉臘大宅的三個建築體——我們首先進入從正面通往後院的空間，緊接著出現的是狹窄的走廊跟分隔空間的木板牆，以及用鐵架和老舊的櫃子規劃出來的動線，構成了一個沒有盡頭的迷宮。鑽進左邊的走廊，又轉了兩、三個圈子後，我發現自己面對著正門的入口。

我當下立即感覺到置身閣樓理所當然的熱氣。接著是光線——光線灑落自一系列面對大宅正面時也看得到的天窗，但是這些天窗大都被室內的一堆舊物遮蔽，所以有時候仍能看到無數塵埃，在勉強照進來的陽光所形成的黃色光幕中冉冉上升，許許多多飛舞的塵埃、孢子、原子投入查理定律式的衝突，在空間裡四處鑽竄——這句話是誰說的？盧克萊修[106]嗎？這些光幕有時候會映照在幾座餐具櫃鬆動的玻璃門，或投射到從某個角度看起來，就像貼飾在陰暗牆面上的鏡子上面。

最後是主要的色調。閣樓的顏色來自屋樑、到處堆疊的盒子、紙箱、鬆散的箱子、悲慘的碎片，所以是深淺不一的木器色彩，從未上漆的泛黃木板到溫和的槭木，直到五斗櫃剝落漆面陰暗的色調，再加上露出盒子外面的象牙色紙張。

如果地窖被視為地獄，閣樓就稱得上是個有點枯萎的天堂，那些沒有生命的軀體，在一種明亮的粉末當中，呈現出欠缺綠意的植物性樂園，讓你覺得彷彿置身於乾燥的熱帶森林、人造的蘆葦地，進入無比溫和的三溫暖中。

我覺得閣樓就像潮濕的羊膜，象徵著子宮式的母性包容，但是這個半空中的子宮，卻補充了一種近乎療效的溫熱。只需要拿掉兩個瓦片就可以置身室外的明亮迷宮裡，飄浮著一股封閉空間的默契和寧靜祥和的味道。

此外，過了一些時間後，我在發掘所帶來的興奮當中，甚至忘記了那股悶熱。我的克拉貝母牛寶藏肯定就在這裡，只是我必須花許多時間挖掘，而且我也不知道該從何著手。

我清掉很多蜘蛛網——那幾隻貓雖然負責對付老鼠，但是阿瑪莉雅從未對付過這些蜘蛛。如果這個地方沒有徹底被蜘蛛占領，或許是因為物競天擇，一個世代陣亡之後，牠們織出來的網也跟著散落，就這樣一季一季循環下去。

我冒著讓那些堆成金字塔般的盒子翻落的風險，開始動手搜尋架子。祖父肯定也收集盒子，特別是色彩繁複的金屬盒。飾有人像的牛奶盒、幾個可愛的小孩邊著鞦韆的娃瑪餅乾、阿納迪藥錠的罐子，或是科迪納瓦美髮油鑲金邊花草圖案的瓶子、裝著佩利鋼筆的糖果盒，還有一個閃閃發亮的華麗盒子，盒裡就像填滿的子彈匣一樣裝著排得整整齊齊、從未削過的培斯比泰洛鉛筆。最後，還有二老商標，塔勒蒙巧克力粉的罐子——老奶奶溫柔地遞給微笑的老爺爺一杯易消化的飲料，而活在舊時代的他，身上仍穿著馬褲。我本能地在兩個老人上面認出了我的祖父，以及我應該不太熟悉的祖母。

我接著拿起一個十九世紀末製造的布里歐奇汽水粉包裝盒。兩個上流社會的男人興高采烈地品嘗優雅女侍為他們準備的汽水。我的雙手首先找回了記憶。我們拿起裝著絲綢般白粉的紙包，慢慢從瓶口倒進裝滿自來水的瓶子，我們搖晃一下瓶子，讓粉末完全溶解而不凝固在瓶口；接著我們拿起裝著小晶體顆粒狀粉末的第二包紙袋，同樣倒進瓶子，動作要快，因為瓶中的水馬上就開始冒泡，我們必須蓋上彈簧瓶塞，在汩汩聲及液體的氣泡試圖從瓶塞的橡膠縫冒出來之際，等待化學奇蹟在這瓶冒泡的原水中完成。最後，風暴終於停息，氣泡水、餐桌飲用

水、小孩的酒、自製的礦泉水可以飲用了。我告訴自己——這就是維琪礦泉水！

在我的手之後，其他的東西也跟著啟動，幾乎就和見到「克拉貝母牛的寶藏」那一天一樣。我動手尋找另一個盒子，不是錫製，是個小紙盒，肯定是自製礦泉水之後的事，而我曾經在上桌吃飯前打開無數次。上面的圖案應該有點不同——同樣是那幾個上流社會的男人，同樣以飲用香檳的長杯子品嘗飲用水，除了我們可以在他們的桌上清楚看到和我手上這個一模一樣的盒子；在這個盒子上，也有同樣的上流社會男人在同樣擺著盒子的桌子前面喝著水，那個盒子上也有同樣的上流社會男人……就這樣一直下去，你知道只要用一把放大鏡或超級顯微鏡，就可以看到其他盒子上的其他盒子，就像個深淵、像個八寶盒，像個俄羅斯國娃娃。這是一個小孩在認識芝諾悖論之前，所能看到的無止盡。這是在追求永遠達不到的目標，無論是烏龜還是阿基里斯，都不可能追到最後一個盒子，追到最後幾個上流社會的男人，或是最後的女侍。我們小時候學過形上學的無限以及微積分，只是我們直覺上還看不到無限小的影像，或是原地打轉的可怕承諾。我們會在成長的過程中追著自己的尾巴咬，因為一旦追到最後一個盒子，如果最後的盒子的確存在，我們肯定會在漩渦的底部發現手上拿著最開始的盒子。我為什麼會決定成為古書商，難道是為了回溯到某個定點，回溯到古騰堡107在美因茨印刷了第一本《聖經》那天嗎？至少你知道，繼續往上找的話，也找不到任何東西了。就算有，你也知道可以就此打住，否則你就不會是古書商，會成為手抄謄本的詮釋者。我們投身於橫跨五個世紀半的職業，是因為從小就夢想著無止盡的維琪礦泉水包裝盒。

閣樓收藏的一切不可能全數搬到我祖父的書房，或大宅的其他地方，所以在書房堆滿紙張的時代，這上面就收藏了許多東西。也就是說，我曾經在閣樓進行過許多童年的探險。這裡有我的龐貝城，讓我可以挖掘一些遠在我出生之前就存在的東西。和我現在進行的事情一樣，嗅尋過去的氣息。所以，我還是在進行重複的儀式。

白鐵盒旁邊擺著兩個裝了許多菸盒的紙箱。我的祖父也收集這些東西，他肯定花了許多工夫向不知來自何方的旅人揩油，因為那個時代要收集這些小東西，可不像今天這麼有組織。這些香菸都是一些沒聽過的牌子——明牌香菸、馬可多尼亞、土耳其阿帝卡、泰德曼的鳥眼、卡里普索、西倫、凱夫•歐里昂•塔斯克、西嘎雷特、阿拉丁、阿米羅•賈可斯塔、金牌西維吉尼亞、亞歷山卓王、斯坦堡、沙亞俄國淡菸，華麗的盒子上面有著回教國王、埃及總督，以及像德拉阿本旦西亞茗菸上面的女奴，或是身穿藍白色制服，蓄著喬治五世國王式鬍鬚的水手圖像。還有我似曾相識，大概在幾個女人手上看過的盒子，像是白象牙夏娃、賽拉吉歐。最後還有一些揉皺的軟盒，一些廉價的大眾香菸，像是非洲、米里特，一些沒有人會保存，天曉得什麼樣的人會為了收藏，從垃圾桶撿出來的香菸盒。

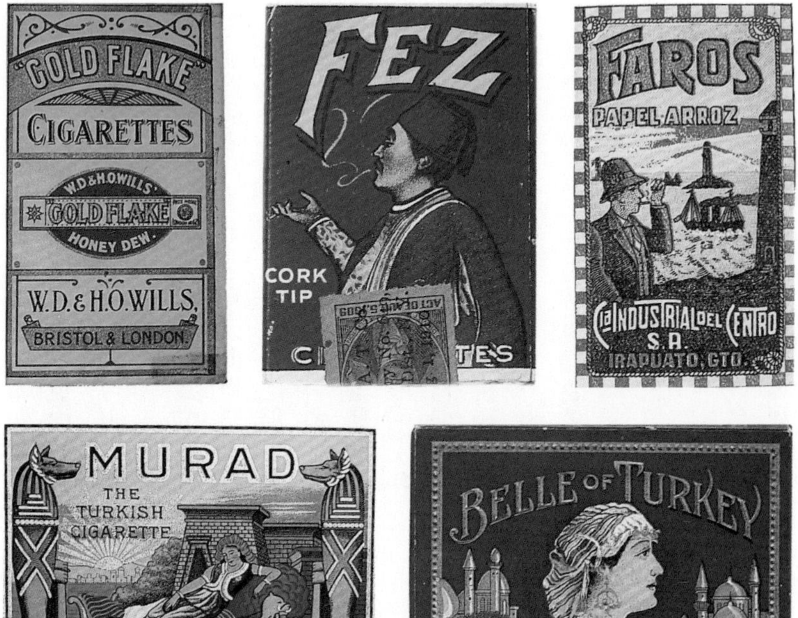
"GOLD FLAKE"
CIGARETTES
W.D.&H.O.WILLS'
GOLD FLAKE
HONEY DEW.
W.D.&H.O.WILLS,
BRISTOL & LONDON.
FEZ
CORK TIP
FAROS
PAPEL ARROZ
CIA INDUSTRIAL DEL CENTRO
S.A.
IRAPUATO, GTO.
MURAD
THE TURKISH CIGARETTE
S. ANARGYROS.
P. LORILLARD CO., SUCCESSOR.
BELLE OF TURKEY
CIGARETTES
PLAIN END
PLAYER'S
CLIPPER
CIGARETTES
SUBLIMES
EL BUEN TONO S.A
FABRICA Y DEPOSITO
PLAZA SAN JUAN
MEXICO
LA
MARQUISE
CIGARETTE
DE
QUALITÉ SURFINE
MONOPOLI DI STATO
ITALIA
No 10
SIGARETTE
MACEDONIA
Lire 3.00

我在一個揉爛而破碎的盒子上至少停留了十分鐘——馬塞多尼亞十號香菸，三里拉——一邊低聲唸道：「杜里歐，馬塞多尼亞會讓你的手指發黃……」我對祖父還是一無所知，但是現在我很確定他抽的就是馬塞多尼亞，或許就是這個盒子裡的馬塞多尼亞，我母親總是埋怨他的手指因為尼古丁而泛黃。「黃得就像奎寧錠。」透過丹寧酸的蒼白色彩看到祖父的影像不是什麼大不了的事，但是已經讓我這趟索拉臘之行值回票價。

我也認得旁邊一個盒子帶來的驚奇，吸引我的是那股廉價且嗆鼻的香味。這東西現在還是買得到，但是價格離譜，幾個星期之前，我才在寇杜希歐的舊貨攤見到。那是剃鬍匠的小型月曆，令人難以忍受地添加了過多的香料，以至於五十多年後，還是保留了一些氣味。這是一群衣衫不整、身穿襯架裙的輕佻女子編譜的交響樂章，鞦韆上的美女、墮落的情人、異國風情的舞女、埃及的女王……歷年的女性髮型、仕女吉祥物、瑪莉亞・丹妮絲[108]和狄西嘉[109]的義大利天空、女人陛下、莎樂美、帝國風格呈現的無禁忌女子香水年曆、大巴黎、康金名皂、萬用盥洗、殺菌香皂，炎熱氣候的珍品，可預防壞血症、瘧疾、乾性濕疹（原來如此）——上面有拿破崙的花體字縮寫名稱，天曉得為什麼，但是第一個圖像上可以看到收下一名土耳其人呈上這項新產品的拿破崙大帝，並大肆讚賞的樣子。一份小型月曆上甚至出現了詩人鄧南遮——這些剃鬍匠的月曆真是百無禁忌。

我心存忌諱地嗅了嗅，彷彿闖進禁止進入的王國。這些剃鬍匠的月曆可以病態地引燃一名孩童的想像力。或許我被禁止翻閱。或許我就是在這個閣樓，理解了自己性意識的某些東西。

陽光開始從天窗直射進來。我找到了許多東西，但是沒有一樣只屬於我一個人。我四處晃了晃，注意到一個蓋起來的箱子。我翻開蓋子，裡面裝滿了玩具。

過去幾個星期以來，我看過小孫子的玩具，全都是五顏六色的彩色塑膠，絕大部分都是電動製品。我送給亞歷山卓一艘馬達電動船，他馬上告訴我不要丟掉包裝盒，因為盒子裡應該有電池。我過去的玩具都是木頭和白鐵製品。彎刀、步槍、衣索匹亞殖民時代的軍帽、一整個軍團的鉛製小兵，另外還有一些尺寸較大，用易碎的材料製造，已經缺頭缺臂的士兵，也就是說，只剩下原本包著彩繪黏土的鐵線殘肢。我在殘暴的戰爭迫害下，應該和這些步槍以及殘廢的英雄度過了許多日子。當時的小孩不得不接受戰爭教育的洗禮。

箱子下面裝了一些我妹妹的娃娃，這些娃娃肯定來自我母親，而我母親肯定得自我的外婆（當時的玩具應該是一代傳給一代）——膚色的瓷器加上粉色的唇和火紅的臉頰、蟬翼紗的洋裝，眼珠子仍然會無精打采地轉動。其中一個娃娃在搖動的時候還會叫媽媽。

我在幾把步槍間翻出了幾個扁平的奇怪士兵，木板成型、紅色法國軍帽、藍色的鋼盔和繡著黃色邊條的紅色長褲，還裝上了小輪子。這些士兵的輪廓並不威武，馬鈴薯般的鼻子看起來甚至有點滑稽。我想起了一個隸

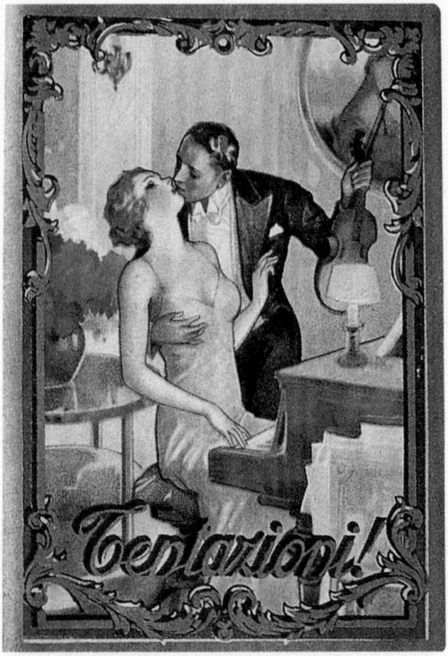
Tentazioni!

DANZE MODERNE

Ricordati di me, che son la PIA,
Siena mi fe, disfecemi Maremma;
Salsi colui che innanellata pria,
Disposando, m'avea con la sua gemma.
DANTE - PURG. - CANTO V
PIA DE TOLOMEI

VITA PRIMITIVA
ALMANACCO PROFUMATO
1904
VALSECCHI & MOROSETTI
MILANO

屬於高科尼軍團的馬鈴薯上尉。我很確定他們軍團的名稱。

我最後翻出一隻白鐵製的青蛙，壓壓肚子，仍會發出不太清楚的嘎嘎聲。如果你們不想要歐西摩醫生的牛奶糖，我心想，你們就是想看這隻青蛙。歐西摩醫生和這隻青蛙有什麼關係？我想拿這隻青蛙給誰看？一片黑暗。我得好好想一想。

看一看、摸一摸之後，我不由自主地告訴自己，安潔羅・歐索非死不可。誰是安潔羅・歐索？他和白鐵製的青蛙有什麼關係？我感覺到某種激動，我很確定這隻青蛙和安潔羅・歐索把我和某個人連在一起，但是在我純字面的乾涸記憶中，沒有出現其他線索。最後，我唸出了兩句詩：「去吧，光榮地進行校閱，我的馬鈴薯上尉。」接下來什麼都沒出現——我又回到了當下，回到閣樓淡褐色的寂靜當中。

第二天，瑪圖前來造訪。牠趁我吃飯時跳到我的膝蓋上，為自己掙得了乳酪硬皮。一瓶已經像每日處方的紅酒下肚後，我隨意地走走看看，直到我在一扇天窗前瞥見由兩個長短腳，嵌在角落的簡陋腳架才得以豎立的櫃子。我費了一番工夫，才打開第一個差一點翻倒在我身上的櫃子，好不容易打開櫃門，一堆書就像雨水般落在腳邊。我無法制止這場坍崩，感覺就像被關了好幾世紀的貓頭鷹、蝙蝠、鴞梟等瓶中精靈，等待著一個大意的人讓他們恢復得以雪恨的自由。

從這些堆在我腳邊和我及時伸手抓住的書籍看來，我發現的是一整座圖書館——我想這可能是我祖父位於城裡，被我舅舅清掉的舊店舖庫存。

我永遠無法將這些書籍全部翻閱一遍，但是閃爍在那一瞬間的確認，已經讓我相當震撼。

Ogni fascicolo contiene un racconto completo.
NICK CARTER
IL GRAN POLIZIOTTO AMERICANO
Carruthers il Re dei Delinquenti.
Fascicolo I°
Prezzo: 25 Centesimi.
THE MASTER CRIMINAL
OR
WITH THE DEVIL IN HIS EYE

EDMONDO DE AMICIS
CUORE
Libro per i ragazzi
MILANO
FRATELLI TREVES, EDITORI
1886.

CURTI BÒ
E LA
PICCOLA TIGRE BIONDA
Romanzo di AUGUSTO DE ANGELIS

I PROMESSI SPOSI
di ALESSANDRO MANZONI
40 QUADRI di TANCREDI SCARPELLI
CASA EDITRICE G. NERBINI - FIRENZE

N. 102
Un problema difficile
Cent. 20
NEW NICK CARTER WEEKLY
A MENTAL MYSTERY

MAURICE LEBLANC
Prix : 2 fr. 50
LES AVENTURES EXTRAORDINAIRES
d'Arsène Lupin
L'AIGUILLE CREUSE

Carolina Invernizio
Il Treno della Morte.

GIALLI ECONOMICI MONDADORI
IL CONSIGLIO DEI QUATTRO
di
EDGAR WALLACE
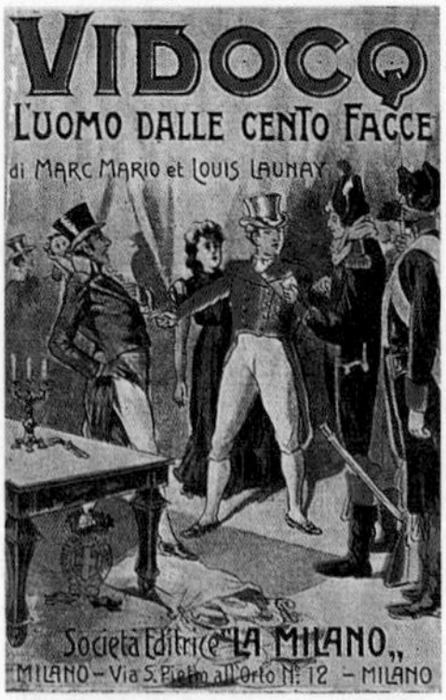
VIDOCQ
L'UOMO DALLE CENTO FACCE
di MARC MARIO et LOUIS LAUNAY
Società Editrice "LA MILANO,,
MILANO - Via S. Pietro all'Orto N. 12 - MILANO

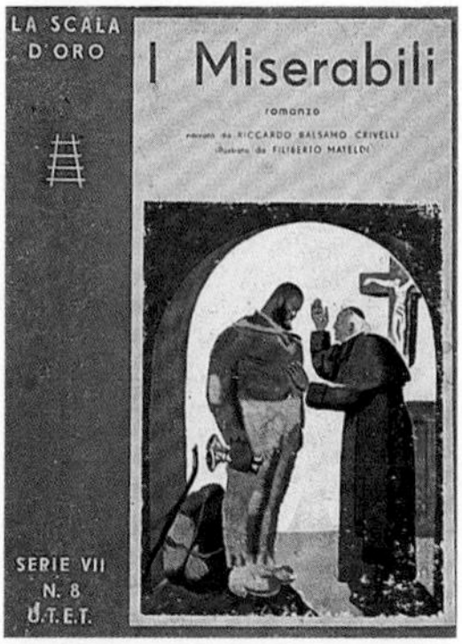
LA SCALA D'ORO
I Miserabili
romanzo
SERIE VII
N. 8
U.T.E.T.

EMILIO SALGARI
I COR-SARI DELLE BER-MUDE
ILLUSTRAZIONI DI G. AMATO
CASA EDITRICE SONZOGNO - MILANO

VIAGGI STRAORDINARIISSIMI
SATURNINO FARANDOLA
NELLE 5 O 6 PARTI DEL MONDO
ed in tutti i paesi visitati e non visitati da GIULIO VERNE
PER
G. ROBIDA
Opera illustrata da 450 disegni colorati e non colorati.
CASA EDITRICE SONZOGNO MILANO

GIVLIO VERNE
I FIGLI DEL CAPITANO GRANT
ROMANZO

E. SUE
I Misteri del Popolo
STORIA
DI UNA FAMIGLIA DI PROLETARI
Vol. V.

LA STRANA MORTE DEL
Ogni pagina un'emozione!
A·M
5.50
SIGNOR BENSON
S.S. VAN DINE

Il più bel libro per la gioventù!
SENZA FAMIGLIA
ROMANZO DI ETTORE MALOT
CASA EDITRICE SONZOGNO - MILANO

IL ROMANZO MENSILE
LIRE 2
IL BARONE ALLE STRETTE
A. MORTON

ROULETABILLE
G. LEROUX

那是一些不同語言、不同時代的書籍，其中一些書名並未為我點燃火花，因為這些著作早已列入已知的書單裡，例如成堆的舊版俄文小說，只是翻閱後，我在書名頁那些複姓仕女的名字上遇到了關於義大利文的困惑，因為這些小說顯然是從法文譯到俄文，所以人物的姓名都以ine為字尾，像是米錫金和羅果金。

許多書光是輕碰，書頁就在我手中粉碎，就好像經過了數十年塚墓般的陰暗後，這些紙張已經無法承受太陽的光線。事實上，它們無法承受的是手指的觸碰，經過多年的痛苦，它們等待的就是四分五裂，從角落和邊緣斷裂成細小的碎片。

我注意到傑克・倫敦的《馬丁・伊登》，不由自主地翻到最後一句，我的手指似乎知道這句話應該出現在什麼地方。馬丁・伊登在事業顛峰之際，從大西洋渡輪的舷窗跳進海裡，結束自己的生命，他可以感覺海水慢慢滲進肺臟，在最後一閃清晰的意識中明白了某件事，可能是生命的意義，但是「就在他明白的那一刻，他已經停止理解。」

如果投身黑暗能夠獲得最後的啟示，我們是不是真的要去追尋？再次得到這樣的發現，為我目前正在進行的事罩上了一層陰影。如果命運決定把遺忘交到我的手中，或許我應該就此住手，但是既然開始了，我只有繼續下去。

我那天的時間都花在翻書上。有時候，我會發現自己原以為存在於我公共和成人記憶中的經典作品，其實是透過「金樓梯」圖書系列的兒童版本接觸到的。我對安吉歐羅・席維歐・諾瓦洛的童詩〈籃子〉感到非常熟悉：「閃爍在老瓦片和蔓藤枯枝上的濛濛三月細雨，在呢喃些什麼？」或是，「春天踏著舞步接近，踏著舞步來到你的門口，你可以告訴我它帶來了什麼嗎？帶來了漂亮的蝴蝶和旋花的鈴鐺。」當時的我知道什麼是蔓藤和旋花嗎？

但是我的目光立刻就被「方托瑪」系列的封面吸引，像是《倫敦的吊死鬼》、《紅胡蜂》或《絞索》，陰暗而起伏的情節、巴黎下水道的追逐、從墳墓裡爬出來的年輕女子、遭到肢解的無頭屍，還有犯罪王子身穿燕尾服，隨時都準備在嘲笑聲中現身的身影，主宰暗夜的地下巴黎。

除了「方托瑪」，還有另一位犯罪先生「侯康堡」系列，我在《悲慘倫敦》這一集讀到了下面這段敘述：

> 威克斐斯廣場的西南角是一條寬不過三公尺的街道，一家頭等包廂以十二塊錢出租，正廳的座位為一便士的劇院坐落在街道中間。第一主角是個年輕的黑鬼，人們在表演進行時可以抽菸、飲酒。站在樓廳上的妓女全都赤著腳，而正廳的觀眾都是竊賊。

我拒絕不了邪惡的魔力，把當天剩下的時間都奉獻給《方托瑪》和《侯康堡》。我即興而沒有次序地閱讀，偶爾還穿插另一個紳士罪犯亞森・羅蘋，以及另一個更紳士，無比高雅，透過喬裝偷竊珠寶的貴族竊盜「男爵」的故事。透過誇張地呈現英國風的插畫，我猜想這位義大利插畫家應該是英國迷。

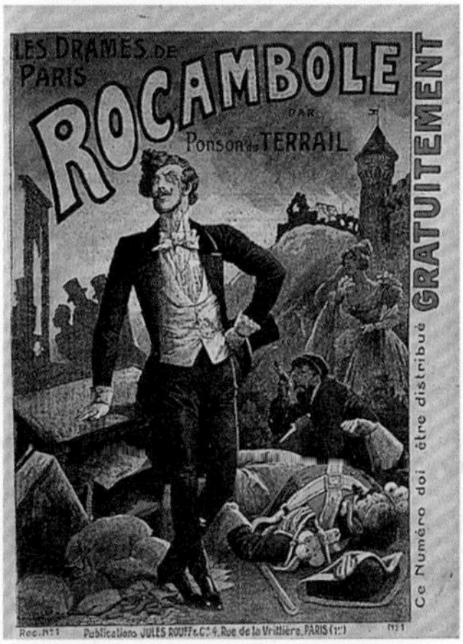

FANTOMAS

我捧著一本由慕西諾110在一九一一年負責插畫，斑駁頁面上沾了咖啡牛奶污漬的《木偶奇遇記》精美版時，不禁激動地顫抖了起來。大家都知道《木偶奇遇記》這個故事在講什麼，我對皮諾丘這個角色始終保留著驚喜的印象，誰知道我多願意為孫子講幾遍這個故事。不過，面對這些嚇人，僅用兩種顏色——黃色和黑色或綠色和黑色——表現的插畫，我卻感到一股戰慄——以河水般的現代渦紋風格呈現木偶劇團老闆的一臉大鬍子、仙女那一頭令人不安的藍色頭髮、殺人強盜的陰沉視覺效果、綠漁夫的咧嘴笑意。我讀過這本《木偶奇遇記》後，有沒有在暴風雨夜躲在棉被下縮成一團？幾週前我問過寶拉，電視上這些暴力和殭屍電影會不會對小孩子構成傷害？她告訴我，一名心理學家曾經對她透露，在他的臨床事業中，還不曾遇過因為電影而精神受到創傷的小孩，只有一個例外，那個小孩無可救藥地受到嚴重的創傷，但是讓他受到傷害的，是迪士尼的「白雪公主」。

除此之外，我發現自己的名字也出現在許多同樣可怕的畫冊裡。這裡就有一本某位亞姆柏所著的《修菲提諾的冒險》，除了亞姆柏的著作，還有幾本冒險漫畫，都是以當時仍稱為新藝術的晦暗佈局手法來設計，山頂上的城堡、一片烏漆的暗夜、幻影重重的樹林裡有著如火焰般雙眼的野狼、後義大利凡爾納式的海底視野；至於修菲提諾，這個瘦小、優雅，蓄著傳奇般誇張髮綹的小孩：「一束巨大的髮綹讓他的外表顯得相當奇特，看起來就像一把雞毛撣子，而他自己也非常珍惜那一束髮綹！」我這個亞姆柏原來就是從這裡誕生，我小時候就是希望成為這個亞姆柏。好吧，不論如何，總比希望成為皮諾丘要好得多。

.... il serpente si rizzò all'improvviso come una molla....

YAMBO
LE AVVENTURE
DI CIUFFETTINO
Libro per
i ragazzi

這就是我的童年嗎？還是更糟？再繼續翻下去，我又挖出了許多年份的《陸地與海洋的探險及旅行圖說日誌》（*Giornale Illustrato dei Viaggi e delle Avventure di Terra e di Mare*），是連載的週刊，而我祖父的收藏包括了二十世紀前幾十年的出版品，再加上幾本法文版的《旅行日誌》。好幾本封面都畫著兇殘的普魯士軍人槍殺英勇法國輕步兵的圖，但是絕大部分都是遙遠國度兇殘暴行的奇觀——遭到樁刑處死的中國苦力、半裸的少女跪在十名陰沉的仲裁面前、某座清真寺牆垛前吊在尖樁下的一排斷頭、慘遭手持彎月大刀的沙漠強盜殺戮的小男孩、被巨大的老虎撕裂的奴隸屍骸——看起來《新梅茲百科全書》似乎為不少變態的插畫家帶來靈感，並引起他們扭曲地瘋狂競爭。這就像一場以各種形態呈現的邪惡慶典。

面對這麼多藏書，以及久坐閣樓造成我關節硬化，我決定帶著大綑書籍來到一樓存放蘋果的大廳。由於這幾天的天氣炎熱得令人無法忍受，我覺得放在巨大桌面上的蘋果似乎全都發霉了。但是我立刻明白，發霉的味道其實是來自這些紙張。收藏在乾燥的閣樓五十年，為什麼還嗅得到潮濕的味道？或許在多雨寒冷的月份，閣樓從屋頂吸收了濕氣，所以並不是那麼乾燥；或許這幾綑書送到這個地方之前，曾經堆在牆面淌著水的地窖裡數十年之久，最後才被我祖父挖掘出來（他應該也和一些寡婦來往），而這些書糟到就算因為高溫而乾燥皺縮，也擺脫不掉那股味道。只是，當我沉醉在這些可怕的故事、殘酷的復仇之際，這股霉味沒有在我心中喚起殘酷的感覺，相反地，反而讓我想起了東方賢士和童年的耶穌。為什麼？我什麼時候和東方賢士出現瓜葛？這些東方賢士和發生在藻海的殺戮又有什麼關係？

ANNO XXXVI. — N. 20. Milano, 16 Maggio 1920. CENT. 35 IL NUMERO.

Giornale Illustrato dei Viaggi

e delle Avventure di Terra e di Mare

ABBONAMENTI: Italia e Colonie: Anno L. 17.50 Sem. L. 9. — Estero: . . . . Fr. 20.50 Fr. 10.50

CASA EDITRICE SONZOGNO - MILANO

SI PUBBLICA LA DOMENICA

IL PROFETA TI GUIDI! - Sulla Porta Bruciata, si allineavano le teste dei ribelli!...

ANNO XXXIII. — N. 9 Milano, 4 Marzo 1917. CENT. 15 IL NUMERO.

Giornale Illustrato dei Viaggi

e delle Avventure di Terra e di Mare

ABBONAMENTI:

CASA EDITRICE SONZOGNO - MILANO

SI PUBBLICA LA DOMENICA

INSERZIONI:

LA VERGINE DELLA LAGUNA. — Il capo del Consiglio dei dieci ordinò che la fanciulla...

ANNO XXXV. — N. 8. Milano, 23 Febbraio 1919. CENT. 20 IL NUMERO.

Giornale Illustrato dei Viaggi

e delle Avventure di Terra e di Mare

ABBONAMENTI:

CASA EDITRICE SONZOGNO - MILANO

SI PUBBLICA LA DOMENICA

INSERZIONI:

IL SEGRETO DEL LAGO. - ... il vecchio è ritto dietro a lei e impugna il suo handyiar.

ANNO XXXVI. — N. 15. Milano, 11 Aprile 1920. CENT. 25 IL NUMERO.

Giornale Illustrato dei Viaggi

e delle Avventure di Terra e di Mare

ABBONAMENTI:

CASA EDITRICE SONZOGNO - MILANO

SI PUBBLICA LA DOMENICA

PREZZO DELLE INSERZIONI:

L'AMULETO INSANGUINATO. - ...inorridirono ad un tristo spettacolo che si parò ai loro occhi...

此刻我面對的是另外一個問題。

如果我讀過這些故事，如果我確定見過這些封面，我怎麼還能接受春天在歌聲中降臨這樣的說法？我是不是天生就有能力在親密友善、充滿情感的人間，和這些以恐怖手法塑造出來的殘酷世界，一個撕扯、剝皮、焚屍和絞刑的世界之間做出區分？

雖然我無法一一翻閱，但是第一個櫃子已經完全淨空。

第三天，我試著打開第二個塞了較少書的櫃子。這個櫃子的藏書排列得非常整齊，不像我舅舅為了擺脫舊東西而瘋狂填塞，而是我祖父在更早以前親手整理。整理的人也可能是我自己，因為這個櫃子擺的都是兒童版本的書籍，無疑是我個人的藏書。

我將「薩拉尼」出版社的「兒童」系列叢書全數搬出。

我認得這些封面，我甚至在抽出書本之前就說得出書名，就像在同業的目錄，或寡婦的書櫃認出敏斯特的《世界誌》，或是坎帕內拉的《事物的感覺和魔法》（*De sensu rerum et magia*），這些最著名的書籍一樣充滿自信——《來自大海的小孩》、《波希米亞人的遺產》、《太陽花的歷險》、《野兔家族》、《淘氣鬼》、《卡薩貝拉的女囚犯》、《上漆的車子》、《北塔》、《印度手鐲》、《鐵人的祕密》、《巴雷塔馬戲團》……

太多了！

如果一直待在閣樓，我肯定會像鐘樓怪人一樣開始萎縮，所以我用雙臂抱滿了書下樓去。

我大可以到書房，或坐在花園，但是因為某種不明原因，我希望找到其他的東西。

LA TELEFERICA
MISTERIOSA
A.F. PESSINA
BIBLIOTECA DEI MIEI RAGAZZI

ANTASMI
ALIZIOSI
M. GOUDAREAU
BIBLIOTECA DEI MIEI RAGAZZI

GUARDIANI
DEL FARO
BIBLIOTECA DEI MIEI RAGAZZI

OTTO GIORNI
IN UNA SOFFITTA
H. GIRAUD
BIBLIOTECA DEI MIEI RAGAZZI

La Torre
del Nord
M. GOUDAREAU
Biblioteca dei miei ragazzi

LA TRIBÙ DEI
CONIGLI SELVATICI
A. BRUYÈRE
BIBLIOTECA DEI MIEI RAGAZZI

IL CIRCO
BARLETTA
M. CATALANY
BIBLIOTECA DEI MIEI RAGAZZI

L'erede
di Ferralba
M. BOURCET
BIBLIOTECA DEI MIEI RAGAZZI

LA PICCOLA
PANTOFOLA D'ARGENTO
M. DE CARNAC
BIBLIOTECA DEI MIEI RAGAZZI

我繞到大宅後面，走向房子右側，也就是我第一天聽見豬叫雞鳴的地方。在這裡，靠近阿瑪莉雅所住的房子後面，有一塊非常古樸，雞群會跑來扒土，還可以瞥見稍遠一點的兔窩和豬圈的空地。

一樓有一個擺滿農具的寬敞空間——耙子、用來戳乾草和廄肥的長柄叉、鐮子、鍬、裝熟石灰的桶子跟老舊的缸。

空地的盡頭有一條小徑，通向非常茂盛而蔭涼的果園——我的第一個企圖，就是爬到一棵樹的枝頭，跨坐在上面讀書。我孩提時期肯定就是這麼做，但是到了六十歲，謹慎一點還是比較好，此外，我的兩隻腳已經帶我走向其他地方。我在一片綠蔭當中，走下一道狹窄的石梯，來到一塊被覆滿長春藤的矮牆圍繞的圓形空地。靠近圍牆，面對走道的地方有一處流水潺潺的噴泉。微風輕輕吹拂，四周一片寂靜，我蹲坐在矮牆和噴泉之間一塊凸出地面的石塊上，開始專心閱讀。某樣東西把我帶到這裡，或許，我過去也帶著手上這幾本書來到這裡。我接受自己的動物本能所做出來的選擇，埋首於薄薄的書冊裡。經常只需一幅插畫，就可以讓我回想起整個故事。

我們透過大約一九四〇年代的插畫，可以發現其中一些是義大利的故事，像是《神秘的纜車》或《閃電》、《米蘭純種馬》，其中許多故事都源自於愛國主義和民族主義的情結，但是絕大部分都翻譯自法文，而作者是幾個叫做B・貝爾納吉、M・古達侯、E・德西、J・侯斯梅、瓦多爾、P・貝斯布爾、C・佩宏內、A・布伊耶、M・卡達蘭尼的人——一群陌生的傑出人物，而義大利的編輯可能根本不在乎他們的教名。我的祖父甚至收集了「蘇賽特」兒童叢書[111]。義大利文的版本大約遲了十多年，書中的插圖呈現出來的是一九二〇年代的風格。做為一名兒童讀者，我呼吸到的應該是一種友善的陳舊氣氛，更好的是——所有故事都設定在往日的世界，而且似乎出自幾位專為好人家的女孩撰寫故事的女士之手。

到了最後，這些書對我來說似乎都在描述同樣的故事——通常都是三、四個貴族血統的男孩（天曉得什麼原因，他們的父母總是旅行在外）來到一個叔叔的舊城堡，或是一個奇怪的大農莊，他們經歷了熱情而神秘的探險，深入教堂地窖或城堡的主塔，最後終於發現一份寶藏、一名不忠實的管家所使的詭計、一份讓衰敗的家族遭到不忠親戚侵占的財產得以物歸原主的文件。結局圓滿，慶祝幾個男孩的勇氣，叔叔或祖父母溫和的責怪，因為他們雖然勇敢，但是莽撞的行徑還是十分危險。

雖然我們從農民身穿的工作服和木鞋可以看得出來，這些故事發生的地點都在法國，但是譯文卻以沉著的奇蹟，將每個名稱一律轉換成義大利文，並讓事件發生在義大利的某個地區，儘管風景或建築風格有時布列塔尼亞，有時奧弗涅。

我手上拿著顯然是同一本書的兩個版本（作者M・布爾塞），在一九三二年的版本，這本書的書名是《費拉克的女繼承人》（人物的名稱為法文），但是到了一九四一年的版本，這本書卻變成了《費拉巴的女繼承人》，主角也都變成了義大利人。這段時間內，顯然出於某種上面的安排或是自律的審查，讓這些故事全都義大利化。

我進入閣樓的時候，腦海裡湧現的一句話，終於找到了解釋——這系列的叢書中有一本《閣樓上的八個日子》（我也擁有法文原版《*Huit jours dans un grenier*》），有趣的兒童冒險故事，描述幾個小孩將逃家小女孩妮可蕾塔藏匿在別墅的閣樓裡——我不知道我對閣樓的熱愛，

是因為閱讀了這本書，或者是在閣樓鬼混的時候，找到了這本書。此外，我為什麼把我的女兒命名為妮可蕾塔？

妮可蕾塔躲在閣樓的時候，有一隻叫瑪圖，安哥拉血統之類的雄偉黑貓陪伴著她。原來我堅持使用瑪圖這個名字的念頭就是來自這裡。插圖呈現了穿著整潔，衣服有時甚至飾有花邊的小孩，他們有著一頭金髮和纖細的輪廓，他們的母親更是有過之而無不及，梳理整齊的俏麗短髮，三層邊飾的低腰裙，不太顯著的貴族式乳房。

在噴泉旁邊逗留的那兩個日子，每當光線昏暗到只能辨識輪廓的時候，我都會想到自己肯定透過這些「兒童」系列叢書的內容，培養出對於奇幻小說的愛好。但是我卻成長在一個就算作者名為卡塔蘭尼，主角也必須稱為黎里安娜或摩里吉歐的國家。

這就是民族教育嗎？我當時知不知道這些男孩，這些被表現成當代勇氣十足的小同胞，實際上卻是生活在我生下來前數十年的異國環境裡？

結束了噴泉旁的假期後，我回到閣樓，找到了一綑綁著三十幾本（每本六角）野牛比爾冒險故事的畫冊。這些書沒有按照出版的順序整理，但是一見到最上面的封面，我立刻焚燒起朵朵神秘的火焰。《高手的獎章》——野牛比爾握緊的拳頭拉到身後，目光陰沉，準備衝向身穿紅色襯衫，用手槍威脅他的罪犯。

我一看到該系列的第十一集，立刻就想起其他書名，《小信差》、《森林大歷險》、《野人鮑伯》、《奴隸販子唐拉米洛》、《受到詛咒的地產》……讓我驚訝的是封面上宣告的雖然是《草原上的英雄——野牛比爾》，但是內頁的書名卻變成了《草原上的義大利英雄——野牛比爾》。這種事情的前因後果——至少對一個古書商來說——非常明顯，我們只需要翻開一九四二年的新系列第一期，就可以看到明顯的粗體註解訂正，威廉・寇迪[112]原名多門尼科・湯比尼，來自羅馬涅地區（和墨索里尼一樣，雖然註解靦腆而粗略地提到這項奇蹟般的巧合）。我們在一九四二年似乎已經和美國開戰，這一點就解釋了一切。出版社（佛羅倫斯的奈爾比尼〔Nerbini〕）在威廉・寇迪仍能安心地當他的美國人時，就已經印製了封面，後來他們決定所有的英雄都應該，也只能是義大利人。為了經濟的因素，他們只好保留舊有的彩色封面，僅僅訂正第一頁。

真是奇怪，我抱著最後一集野牛比爾的冒險故事昏昏入睡的時候，這麼告訴自己——他們填塞我的是入籍義大利的法國和美國冒險小說。如果這就是獨裁時期一個男孩所接受的民族教育，這樣的教育還真算是縱容。

不，這樣的教育不算縱容。隔天我抓在手上的第一本書是皮納•巴拉里歐所著的《世間的義大利子弟》——這些義大利的子弟在書中以一種現代、剛勁有力，藉由紅黑色襯托的插畫風格表現。

幾天前，我在我的小房間閱讀凡爾納和大仲馬的時候，我有一種曾經在一座陽台上閱讀這些書籍的感覺。當時我沒有特別注意，那只是靈光乍現，一種似曾相識的單純印象。不過現在仔細回想，祖父居住的這一側確實有面對中庭的陽台，我就是在那個地方貪婪地閱讀了這些冒險故事。

為了享受陽台的經驗，我決定去那裡閱讀《世間的義大利子弟》。我真的這麼做了，甚至試圖坐著把雙腿伸到欄杆外搖晃，但是鏤空處現在已經窄得伸不過去。我在陽光下乾烤了數個鐘頭，直到太陽讓出天空的位子，讓氣溫變得較為溫和。不過，我就是因此感受到安達盧西亞的豔陽，或者我當時就是這麼理解的，雖然這個故事發生的地點在巴塞隆納。一群年輕的義大利人和他們的家人流亡到西班牙，遇到大元帥佛朗哥的反共和政變，不過在我的書中，篡位的人是那些醉醺醺、嗜血成性的紅色民兵。年輕的義大利人重新找回了法西斯的驕傲，他們穿著黑衫，英勇地跑遍淹沒在街頭運動中的巴塞隆納。他們從遭共和黨員關閉的法西斯黨部救回了旗幟，而英勇的主角甚至用墨索里尼的語錄，感化了自己酗酒的社會黨父親。這樣的讀物應該會讓我在法西斯的驕傲之下成長，而我當時是將自己投射在這些年經的義大利人身上，還是投射在某個名叫貝爾納吉的作家筆下的小巴黎人，或某個原本應該叫做寇迪，而不是湯比尼的傢伙身上呢？

再次回到閣樓讓我引發了兩種情緒。首先是《金銀島》，我顯然記得這本經典著作的書名，卻忘了故事的內容，表示這故事成了我生命的一部分。我花了兩個鐘頭一口氣把這本書看完，不過一章章閱讀下去的時候，接下去的發展緊接著浮現在我的腦海中。我又回到了果園，因為我曾經在果園一角瞥見一叢野生榛樹。我坐在地上，一邊閱讀，一邊用榛果將自己填飽。我拿著一塊石頭，一次敲開三、四顆，撥開後吹掉殘留在上面的碎殼，再將戰利品塞進口中。我沒有像吉姆躲在裡面竊聽獨腳海盜機密會議的蘋果桶，不過說真的，我早該用這

種方式讀這本書，跟船上的人一樣咀嚼乾糧。

這是屬於我自己的故事。我們依據一份薄薄的手稿，動身尋找佛林特船長的寶藏。到了最後，我找來一瓶在阿瑪莉雅的餐具櫃中看到的葡萄酒，以大口大口的暢飲來打斷這個海盜故事。十五個人倒在一具屍體上面──喔呵呵！還有一瓶蘭姆酒。

看完《金銀島》後，我注意到朱利歐・吉阿奈里所著的《皮皮諾生於老年、死於稚齡的故事》。內容和前幾天浮現在我記憶裡的情節差不多，除了這本書提到的是一根仍然溫熱、被丟在桌上泥塑老人雕像旁邊的菸斗。菸斗決定為這個死氣沉沉的東西注入一點熱氣，讓它活過來，小老頭就這麼誕生了。老頑童，同時擁有老人睿智和少年精力的老套。最後，皮皮諾以童身死在搖籃裡，並在仙女的安排下登上天國。我回想起來的故事情節好多了──皮皮諾以老人之身誕生在一顆甘藍菜裡，最後以嬰兒之身死在另一顆裡。無論如何，皮皮諾回歸童年的旅行，也是我的旅行。或許回溯到我出生那一刻的時候，我也會和他一樣，分解在虛無之中（或在萬物之中）。

這天晚上寶拉打電話給我，因為好幾天沒有我的消息而擔心不已。我很忙、我很忙，我告訴她，不需要擔心我的血壓，一切都很正常。

我隔天又在櫃子裡東翻西找，我找到薩格瑞[113]的每一本小說──花飾的封面中間出現了陰沉而殘酷，長著一頭烏鴉般黑髮的黑海盜，他憂鬱的臉上細膩地描繪著紅色的嘴，而《兩隻老虎》當中，山多坎[114]那張兇殘的馬來臉孔銜接在一具柔美的軀體上；還有《馬來西亞的海盜》性感的蘇拉瑪和那些船艦。祖父也收集到西班牙文、法文和德文的翻譯版本。

E· SALGARI
SANDOKAN
ALLA RISCOSSA
ILLUSTRATO DA G. AMATO
BEMPORAD EDITORE FIRENZE

I MISTERI DELLA
JUNGLA NERA

LE TIGRI DI
MOMPRACEM
E. SALGARI

SALGARI
IL
CORSARO
NERO
A. DONATH - EDITORE - GENOVA

很難判定我到底是重新發現了某些東西，還是重新啟動了我的記憶，因為人們今日仍繼續談論薩格瑞這個人。在冗長的懷舊文章裡，仍可找到對他的繁複評論。就連我的小孫子，過去幾週內也曾經高唱「山多坎、山多坎」，聽說他們在電視上看過影集。我不必來索拉臘，就可以為簡易的百科全書撰寫一篇關於薩格瑞的文章。

我小時候想必曾經貪婪地閱讀這些書籍，但是這裡如果有任何等待重新啟動的個人記憶，想必也跟一般的記憶混雜在一起了。或許是在我童年造成不可抹滅印象的書，都順利地和我成人後學到，以及非個人的知識範疇結合。

我繼續在本能的引導下，在葡萄園讀了大部分的薩格瑞作品（其餘幾冊被我帶回房間，陪我度過接下來的幾個晚上）。

葡萄園高溫難耐，但是太陽的酷熱，和沙漠、燃燒的森林與草原、捕海參人航行的熱帶海洋感覺頗為一致，我偶爾抬起頭擦汗，可以在蔓藤和丘陵邊上的樹木之間瞥見猴麵包樹、吉侯巴托⑪⑤的木屋周圍那些巨大的鴿子、紅樹、粉質的果肉帶有杏仁味的檳榔樹、黑森林裡的神聖香蕉樹，我幾乎聽得到四節號角的聲音，而我隨時都等著樹叢間冒出一頭鹿豚，可以在固定於地面的木叉上串烤。我多麼希望阿瑪莉雅今天晚上為我準備一道就連山多坎都嫌臭的馬米千層塔「巴羌」，那是混合蝦肉和魚肉的碎片，放在陽光下腐爛後再加入鹽的一道菜。

真是美味。或許就是因為這樣，根據寶拉的說法，我才會這麼喜歡中國菜，特別是魚翅、燕窩（從鳥糞中挖出來）、鮑魚，越是腐臭，越讓人垂涎三尺。

但是，拋開「巴羌」不談，當一個義大利的平凡小孩閱讀的主角經常是有色人種，而壞人都是白人的「薩格瑞」時，會發生什麼事？令人可憎的不僅是英國人，還包括西班牙人、我肯

定無比憎恨蒙特利馬伯爵）。只是，如果那三名海盜，奈洛、羅梭、維爾戴都是義大利人，而且還是文提尼的伯爵，另外幾個英雄的名字卻是卡摩、凡史提勒、揚內・德・戈梅拉。葡萄牙人應該都被當成好人，因為他們當時也有一些法西斯，但是西班牙人不也是法西斯嗎？或許讓我激動不已的是英勇開砲的山姆畢里翁，但是我不知道他來自松德海峽的哪座島嶼。卡馬姆里和蘇猶達納，可能有一個是好人，一個是壞人，不過他們都是印度人。薩格瑞肯定為我和文化人類學的初步接觸帶來了許多困擾。

我又從櫃子最深處抽出了幾本英文雜誌和書籍，有多本刊載了福爾摩斯全部探險故事的《岸邊雜誌》。當時的我肯定看不懂英文（寶拉告訴過我，我是在成人後自習學會英文），不過還好當時也找得到許多譯本。大部分的義大利版不附插圖，或許我讀完義大利版後，會再到《岸邊雜誌》尋找相對的圖像。

我在祖父的書房瀏覽了福爾摩斯全集，他的世界比較適合在文明的氣氛中閱讀——幾位成熟的先生坐在貝克街的壁爐前平靜地對話，和法國小說的人物鑽進去的潮濕地底或晦暗垃圾場徹底不同。少數幾次，福爾摩斯以手槍指著罪犯的時候，他還是像雕像般伸直手腳，表現出紳士應有的風度，完全保留泰然之姿。

福爾摩斯和華生或其他人坐在一起的圖，就像著了魔般不斷地重新浮現，讓我感到相當驚訝——火車的包廂、篷車上、壁爐前、蓋著白布的沙發上、一張搖椅上、獨腳圓桌旁、泛著綠光的檯燈下面、一只半開的箱子前面，或站著閱讀一封信、破解編了碼的訊息。這些人物讓我覺得 *de te fabula narratur*[116]。此時此刻，福爾摩斯就是我，待在房子裡，小心翼翼地追蹤或拼湊過去並不知悉的遙遠事件，或許也被關在一座閣樓裡，仔細查看文件。他也像我一樣，與世隔絕，獨自試著破解線索。他成功地讓隱藏的東西浮出表面。我也辦到了嗎？至少，我有一個仿傚的對象。

就像他一樣，我也必須身處濃霧當中，在霧氣的伴隨之下掙扎。這一點，只要隨意翻閱《血字的研究》或《四簽名》就知道了：

那是一個九月的傍晚，七點的鐘聲仍未響起，但是整天一片漆黑——又濃又濕的霧氣籠罩著偌大的城市，污泥般的雲朵悲哀地萎靡在泥濘的街道上，整個河岸只看得到石板上一灘灘積水反射出來的模糊光暈。櫥窗的黃色反光飄浮在充滿蒸氣的空氣中，為人潮洶湧的大街兩側投射出泥淖般的靜止光芒。我覺得在這一張張不停穿過狹隘光線的臉孔當中，可以找到某種幽靈般的神秘——悲傷和歡喜的臉孔，驚惶和快樂的臉孔。

那是一個昏暗而霧濛濛的早晨——吊掛在屋頂上的一道道灰色簾幕，就像街道上灰色泥濘的倒影。我的朋友心情非常開朗，他開始發表對克里蒙納提琴的看法，並和史特拉第瓦里及阿馬蒂提琴比較彼此的差異。至於我，陰鬱的天氣，以及我們手上這件令人靈魂沮喪的案件讓我沉默不語。

晚上，我在床上翻開薩格瑞的《蒙帕杉島上的猛虎》（*Le Tigri di Mompracem*）做個對照：

一八四九年十二月二十日的晚上，颶風憤怒地撲襲距離婆羅洲數百哩之遙，位於馬來西亞外海那座惡名昭彰、可怕的海盜爭相定居的荒島蒙帕杉。在令人難以抗拒的強風推擠下，不停混雜在一起的大塊烏雲，就像脫韁的馬群般奔越天際，不時狂暴地朝島上陰暗的碉堡潑灑驟雨……但是此時此刻，在這種天候之下，有什麼人會守在這座被兇殘的海盜占據的島嶼呢？……堡內大廳燈火通明，廳內的牆上覆蓋著沉重的紅色壁毯。但是昂貴的錦緞和絲綢卻四處出現縐摺、破損、裂痕、污漬，地板則淹沒在厚厚的波斯地毯、閃閃發亮的金子下面……房間的正中央擺著一張鑲著珍珠、飾著銀片的烏木桌，桌上盡是純水晶的瓶子和杯子；牆角上豎立著損傷累累的巨大櫃子，架子上排著瓶瓶罐罐，裡面裝滿了金手鐲、耳環、戒指、獎章，扭曲壓損的貴重物品、產自錫蘭漁夫之手的珍珠、綠寶石、紅寶石，以及在天花板的金質吊燈下，像太陽一般閃爍不停的鑽石……就在這間佈置怪異的大廳內，一個男子端坐在瘸了腳的扶手椅上——修長、高大，幹練的肌肉、充沛的精力，雄偉而傲氣十足，充滿著奇異美感的輪廓。

誰才是我的英雄？在壁爐前閱讀信件，對於破案方式禮貌而淡淡地表示驚訝的福爾摩斯，還是瘋狂撕扯自己胸膛，口中高喚摯愛瑪莉安娜的山多坎？

我接下來又找到幾本拼湊裝訂的版本。它們以劣質的紙張印刷，剩下慘不忍睹的部分可能是我的傑作——一再翻閱造成的縐摺，書緣填上我的名字。其中幾本已經完全鬆脫，卻奇蹟似地保留了下來；另外幾本則經過重新裝訂，可能是我親自動手，以木匠的黏膠套裝上藍灰色的書背。

我看不下去了，就連書名也沒辦法看一眼，因為我已經在閣樓待了整整八天。我知道，我應該從頭到尾依序閱讀一遍，但是要花上多少時間呢？如果我是從五歲底開始懵懂地閱讀，在這些房間生活到初中，依此計算，我至少需要十年的時間，而不是八天！更不用提我父母和祖父在我仍不識字的時候，唸給我聽的那些圖畫書。

如果我想在這堆印刷的紙張裡重新創造我的生命，我可能必須成為「過目不忘的富內斯」[117]，我可能必須一分一秒地重新度過我的孩提時代，重新聽到樹葉在夜裡發出的每聲颯颯聲響，嗅到每天早上的咖啡牛奶冒出來的陣陣香味。太多了。如果這些文字一直、而且永遠都停留在文字階段，讓我生了病的神經元更加混亂，沒有引發某種莫名的交流來促使我最真實而隱藏的記憶自由流通呢？該怎麼辦？門廳那張白色沙發上的列寧。或許我錯得一塌糊塗，或許寶拉也全盤失算——沒有回到索拉臘只會讓我化為烏有，但是回到這個地方，卻會讓我變成一個瘋子。

我把所有的書重新放回兩個櫃子，決定放棄閣樓。但是在我撤離的路上，我瞥見了一系列的大紙箱，上面的標籤用近乎哥德式的筆跡註明——法西斯主義、四〇年代、戰爭……肯定是我祖父整理的箱子。其他幾個看起來較新的箱子，應該是我舅舅隨手用了在上面找到的空箱——貝桑諾兄弟酒莊、波薩里諾、金巴利苦艾酒、德律風根。（在索拉臘也找得到收音機嗎？）

我打不開這些箱子。我得離開這裡，到丘陵上走一走，稍後再回來。我已經筋疲力盡了，可能還發了燒。

才接近日落時分，阿瑪莉雅就拉開嗓門，告訴我她準備了讓我吮指的金融家醬汁[118]。最開始的幾道陰影開始遲疑不決地占據了閣樓最深的角落，向我警告幾個埋藏的幽靈正準備在我自投羅網之際，用繩索把我綁起來，高高吊在深不見底的井口。為了讓自己明白，我不再是心中希望重新活過一次的孩童，我刻意毫不畏懼地逗留，將目光投向光線最昏暗的角落。就在此時，我再次受到老舊霉味的攻擊。

我將一個用包裝紙謹慎包裹的大箱子，朝仍照射著下午最後幾道光線的一處天窗拖移。打開覆滿灰塵的箱蓋後，我的雙手抓到了兩層青苔，貨真價實的青苔，雖然已經完全乾燥——如果有這麼多數量的盤尼西林，只要一個星期就可以將《魔山》裡的療養院民全送回家，納夫塔和塞坦布里尼[119]之間也就不會出現精采的對話了。這些青苔就像和泥塊一起挖掘起來的草皮，全部排開的話，可以鋪成祖父書桌那麼大的草地。不知道到底發生了什麼奇蹟，大概是紙包裝在經歷了無數個冬天，無數個雨水、風雪、冰雹落在閣樓頂上的日子之後，形成了潮濕環境，才得以讓青苔保留了那股辛辣的刺鼻味。

青苔下方填塞著木屑，我小心翼翼撥開木屑，出現了一間塗上彩色粉刷，以壓縮的乾草做屋頂的木質或紙質木屋，輪子依舊可以勉強轉動。磨坊以乾草和木材製成，還有許多高高畫在彩色紙板上，做為木屋背景的房子和城堡。最後，在幾片木屑之間出現了幾尊人像——肩上扛著綿羊崽的牧羊人、磨刀工、帶著兩頭小驢子的磨坊工人、頭上頂著水果籃的農人、兩名風笛手、一名帶著兩頭駱駝的阿拉伯人，以及東方賢士——霉味掩蓋了所有的薰香味，最後終於出現了那頭驢子、那頭牛、約瑟、瑪利亞、搖籃、聖嬰，以及兩個張開雙臂，僵直在榮耀中至少一世紀的天使，還有金色的彗星、內面為藍色，並撒上許多星星的布幕、一個塗了水泥來當河床的鐵盆——兩個讓流水進出的洞口，以及一個讓我百思不解，害我晚餐時間遲了半小時的怪東西——銜接一條長橡皮管的玻璃圓柱體。

一個完整的聖誕馬槽。我不確定我的祖父和父母是不是信徒（我的母親肯定是，因為她的床頭櫃上擺著一本禱告書），但是每逢聖誕節前夕，肯定會有人把這個箱子找出來，搬到樓下的一個房間，將馬槽搭起來。我在面對這座聖馬槽的時候激動不已——我似乎會出現這樣的感受，但我擔心這只是另一次對某種公共記憶的反應。不過，這些人像沒有讓我聯想到另一個名字，而是想到一幅圖。我沒有在閣樓裡看到這幅圖，但是圖像肯定就像此刻對我造成的衝擊一樣，明顯地收藏在某個地方。

這座馬槽對我有什麼意義嗎？在耶穌和墨索里尼之間，在《侯康堡》和《籃子》之間，在東方賢士的霉味和奧圖曼帝國大臣的椿刑犯之間，我到底站在哪一邊？

我發現花在閣樓這幾天所使用的方法並不正確——我重新翻閱了我在六歲、十二歲，或十五歲看過的書，每次都因為不同的事件而激動。這樣的方式不能重建記憶。沒錯，記憶確實會混雜在

3 e, con passo lieve lieve
sul tappeto della neve,
s'incolonnan dietro a quello
misterioso pastorello

一起、修正，或轉變，但卻很少弄錯時間上的順序。一個人應該記得某件事發生在六歲還是十歲，我現在也可以辨別在醫院甦醒過來的日子和出發前來索拉臘的那一天，我也非常清楚這兩個日子之間還包括了念頭的醞釀、意見的改變、經驗的比較。反過來看，過去這八個日子，我把自己當成小時候是一口氣囫圇吞棗，將這些東西一次吸收，當然會出現醉醺醺的暈眩感。

所以，我不應繼續大口啃噬這些老舊的紙張，應該將所有東西整理妥當，再根據時間順序慢慢啜飲。什麼人能夠讓我知道我在六歲或十二歲的時候讀過什麼東西呢？我思考了一會兒，突然頓悟——這些紙箱、木箱、櫃子裡不可能找不到我在學校用的筆記本。這才是我應該找出來的文件，找出來之後，再順著課程讀下去就行了。

晚餐的時候，我向阿瑪莉雅問及馬槽的事，希望知道我祖父對這樣東西抱持的態度。不，他和教會完全是兩回事，但是馬槽對他來說，就像皇家麵糰一樣重要，沒有馬槽，就沒有聖誕節，就算沒有孫子，他可能也會為自己搭建。他會從十二月初就開始動手，到閣樓上尋找可以在天幕裝上許多小燈泡的框架，讓布景內側的星星閃閃發亮。「喔，您祖父的馬槽非常漂亮，我每年都感動得掉眼淚。河道裡真的有水流動，有一次甚至淹水，泡濕了青苔，所以那一年特別青翠，還長出許多藍色的小花。真是聖嬰耶穌的奇蹟，就連前來拜訪的教士也不相信自己的眼睛。」

「但是，河道裡的水為什麼會流動？」

阿瑪莉雅脹紅了臉，喃喃說了幾句話。她下定決心：「裝馬槽的箱子裡面……我每年主顯節後都會幫忙拆卸，應該找得到一個像是沒有瓶頸的瓶子。您有沒有看到？很好，我們現在不用這種裝置了，那是一種用來灌腸的機器。您知道什麼是灌腸吧？太好了，這樣我就不用解釋，因為太丟臉了。您祖父想出這個美妙的點子，把灌腸器放在馬槽下面，只要以正確的方式操作橡皮管，水就會冒出來，再從下面流出去。非常精采，我敢說比較起來，電影還算不上什麼呢！」

105 譯註：湯瑪斯・曼《魔山》一書中的主人翁。

106 譯註：Lucrezio，拉丁詩人和哲學家，主要作品是六卷六韻步詩集《物性論》。

107 譯註：十五世紀德國印刷業者，被認為是活字印刷術的發明者。

108 譯註：Maria Denis，義大利法西斯政體時代最著名的電影女星。

109 譯註：Vittorio De Sica，義大利著名新寫實主義電影導演。

110 譯註：Attilio Mussino，二十世紀初義大利插畫家。

111 譯註：一九二〇～一九六五年間，在法國出版的兒童叢書。

112 譯註：William Cody，野牛比爾的本名。

113 譯註：Emilio Salgari，十九世紀末聞名義大利的小說家。

114 譯註：Sandokan，書中的主角。

115 譯註：Giro-Batol，山多坎的朋友。

116 譯註：拉丁文，意指：描述的正是你的故事。

117 譯註：阿根廷作家波赫士所著《偽裝》（Ficciones）的短篇故事〈Funes el memorioso〉。

118 譯註：以小牛胸線和蘑菇製成的醬汁。

119 譯註：Naphta 和 Settembrini，《魔山》的人物。

8. 當收音機響起

在閣樓上待了八個日子後，我決定到市鎮去讓藥劑師量量我的血壓。太高了，一百七。加塔洛羅讓我出院的條件，就是必須把血壓維持在一百三上下，而我動身前來索拉臘的時候，血壓正好就是一百三。藥劑師告訴我，如果我徒步下山到市鎮後立刻測量，血壓當然會升高。如果是在早上剛起床的時候，血壓肯定比較低。胡說八道，我很清楚發生了什麼事，我度過了好幾個著了魔的日子。

我打電話給加塔洛羅，他問我是不是做了不該做的事，我只好承認搬了幾個箱子，每餐飯至少喝掉一瓶酒，每天抽掉二十根「茨岡牌」香菸，引發好幾次心跳過速的症狀。他唸了我幾句——我仍處於康復期，如果血壓不停向上升，意外可能會再發生，而這一次，我可能就無法像第一次那樣脫身了。我答應他會好好照顧自己，他增加了我服藥的劑量，並添加了讓我能經由排尿清除鹽分的藥物。

我告訴阿瑪莉雅不要在菜裡加太多鹽，她告訴我，大戰期間必須千方百計，賣掉兩、三隻兔子，才換得到一公斤的食鹽，食鹽是上帝的恩賜，沒有鹽的話根本就食不知味。我告訴她醫生禁止我食用，她反駁，說醫生讀了太多書，最後反而變得比別人愚蠢，所以不要聽他們胡說——看看她就好了，這輩子從沒找過醫生，現在超過七十歲了，整天還是彎著腰幹千件活兒，她甚至沒跟別人一樣得到坐骨神經的毛病。我只好耐心點，讓我的尿來排掉她的鹽吧。

我不該造訪閣樓了，應該做點運動，分散一下注意力。我撥了電話給吉阿尼，我想知道我這幾天讀過的書，對他是不是也有意義。看來我們的經歷不一樣——他沒有收集老舊器材的祖父——但是我們讀過許多相同的書，有部分是因為我們會互相借書。我們就像電視上的益智問答節目，以大仲馬為題，互相挑戰了半個鐘頭。阿米安納間被用來當作圈套的客棧叫什麼名字？金百合。謝弗勒茲公爵夫人和白金漢公爵藏身何處？她躲在沃吉哈街二十五號，他藏身於哈普街七十五號。米拉蒂喪命之前，用英文咕噥了些什麼？*I am lost, I must die*。近衛兵在什麼河岸將她處決？黎河。

我也提到了丘菲提諾[120]，但是吉阿尼沒聽過。他閱讀的都是漫畫，他像機關槍一樣，唸出一堆書名。我大概也看過這些漫畫，吉阿尼提到的一些書名，在我耳中聽起來非常熟悉，《空軍弟兄》、《迪克．富敏對抗弗拉塔維翁》、《黑幽靈》，特別是《奇諾和法蘭科》……但是我在閣樓裡沒有發現蛛絲馬跡。或許喜歡《方托瑪》和《侯康堡》的祖父，認為漫畫是會讓孩子變質的有害讀物。《侯康堡》難道不會嗎？

我的成長過程中是不是沒有漫畫？不需要強迫我自己暫停或休息太久，我心中那股尋找的狂熱便已再度蠢蠢欲動。

寶拉救了我。同一天早上，接近中午的時候，她和卡拉、妮可蕾塔，以及三個孫子意外出現。我的幾通電話並沒有說服她。到鄉下繞一圈，過來抱抱你，她說，晚餐前我們就會離開。但是她對我上下觀察又打量。

「你胖了。」她告訴我。還好，在陽台和葡萄園待過之後，讓我看起來離蒼白有很遠的距離，但是我大概重了幾公斤。我說是因為阿瑪莉雅精緻的晚餐，寶拉答應我會交代她有所節制。我沒有告訴她，我已經好幾天動也不動，蜷在紙堆上幾個鐘頭。

你需要舒服地散個步，她說，和全家人一起揮汗登上康凡提諾，那不是小型修道院，而是幾公里外就看得到矗立在山頂上的教堂。上坡的幅度持續沒有中斷，所以幾乎察覺不出來，除了最後那幾十公尺。我趁著喘口氣的時候，唆使幾個小孩去摘一束漂亮的玫瑰和紫羅蘭[121]。寶拉用暴躁的口氣要我聞聞花香，而不是去引述詩人的詩句——特別是這名詩人就像所有的詩人一樣，也會說謊，玫瑰開始綻放時，紫羅蘭早就動身度假去了。此外，玫瑰和紫羅蘭根本無法綁在一起，不信你自己試試看。

為了表現出自己並非只記得百科全書的片段，我搬出這幾天讀到的一些故事，幾個小孩睜大了眼睛，在我四周跳來跳去，因為他們從未聽過這些故事。

我向最年長的亞歷山卓敘述了《金銀島》的故事。我告訴他，我如何在離開「班寶海軍上將」客棧之後，和崔洛尼大爺、利弗希醫生、斯莫雷特船長登上了西班牙島，不過對他來說，最有趣的兩個人是獨腳海盜和卑鄙的班剛。他興奮不已地睜大眼睛，因為他瞥見了埋伏在灌木叢裡的海盜，一直要我繼續說下去，不過這樣就夠了，因為一旦佛林特船長的寶藏被找到之後，故事就結束了。為了補償，我們一起唱著十五個人倒在一具屍體上／喔呵呵，還有一瓶蘭姆酒……

至於吉昂基歐和路卡，我費心思為他們說了《暴風吉昂尼諾》[122]裡淘氣的吉昂尼諾・斯托帕尼的故事。當我說到把棍子伸進貝蒂娜嬸嬸的白蘚藥罐，釣到維納吉歐先生的牙齒時，以三

歲小孩的理解能力，他們已經笑得合不攏嘴。或許卡拉和妮可蕾塔比他們更喜歡我的故事，因為——或許也悲哀地透露了她們度過的童年——從來沒有人對她們提過暴風吉昂尼諾。

但是我覺得對他們來說，更有意思的似乎是我以侯康堡的身分，描述我如何透過犯罪的藝術來消滅我的主人威廉爵士，儘管他雙眼失明，仍是熟悉我過去的棘手證人。我將他推倒在地上，用一根細長的尖針插進他的後頸，擦拭髮絲間細微的血跡，讓所有人都認為他死於中風。

寶拉驚慌地大叫，說我不應該告訴小孩這種故事，還好現代人的家已經找不到這種長針，要不然他們可能會把貓抓來試一試。不過令她最好奇的是，我描述這些故事的方式，就像是我的親身經歷一樣。

「如果你是為了取悅小孩而這麼做，」她對我說，「那是另外一回事，如果不是，表示你太過融入所讀的書，將自己視為主角，借用了其他人的記憶。你能知道自己和這些故事之間的距離嗎？」

「好了，」我說，「我雖然失去記憶，但是沒有瘋，我是為了讓孩子開心才這麼做！」

「但願如此。」她說，「你回索拉臘是為了找回自己，因為你覺得受到充斥著荷馬、亞歷山卓‧曼佐尼、福婁拜等人的百科全書壓迫，但是你卻進入了次文學的百科全書。這並不能算是一種進步。」

「當然是一種進步。」我回答，「首先，史蒂文生[123]不能歸類於次文學；第二，如果我要尋回的那個人大量閱讀了次文學，並不是我的錯；第三，正是妳，因為克拉貝母牛的寶藏，才把我送到這裡來。」

「沒錯，很抱歉。如果你覺得對你有幫助，那就繼續下去吧，但是小心點，不要用你閱讀的東西毒害自己。」為了改變話題，她再次問起我的血壓。我說了謊：我說才剛量過，血壓值是一百三。她聽了很高興，可憐的心肝。

我們散步回來後，阿瑪莉雅為大家準備精緻的點心、清水和新鮮檸檬。他們接著就離開了。

這一晚，我像個乖男孩早早上床睡覺。

隔天早上，我重新進入正房，再次造訪我匆匆看過的每一個房間。我再次進入上次因為某種敬畏的心情，只有隨便看了一眼的祖父臥房。裡面和所有舊時代的臥房一樣，可以找到五斗櫃和嵌著穿衣鏡的大衣櫃。

我打開衣櫃，驚喜萬分地在保留了陳舊樟腦味的吊掛衣物後方發現兩樣幾乎被埋沒的東西——手動的喇叭筒留聲機及收音機。兩樣東西都蓋在雜誌的紙張下。我將紙張整理在一起，發現那是四〇年代，專門報導電台節目的《無線郵報》（*Radiocorriere*）。

留聲機的唱盤上仍放著一張七十八轉的唱片，已經污穢不堪。我花了半小時，用吐了口水的手帕清理。唱片的名稱是「罌粟花」。我將留聲機放在五斗櫃上，轉動後喇叭筒傳出了模糊的聲音。這台機器就像發狂的老人，已經無藥可救。此外，在我還是小男孩的時代，這台機器就足以進博物館了。如果我想聽這個時代的音樂，就得去用我在書房看到的電唱機。但是唱片呢？收到哪裡去了？這我得問阿瑪莉雅。

收音機雖然保存得很好，但上面還是覆蓋了五十年份的灰塵，厚得可以用手指寫字，我只好仔細地擦乾淨。那是一台漂亮的德律風根，是桃花心木的顏色（所以我才會在閣樓看到包裝盒），喇叭上蓋著粗線織成的布料（可能是為了讓回音的效果更好）。喇叭的旁邊是漆黑難辨的電台表，下面則是三顆按鈕。顯然這是真空管收音機，搖一搖，還聽得到裡面有東西晃動的聲音。電線和插頭都還在。

我將收音機帶到書房，小心翼翼地擺在桌子上，然後將插頭插進插座。可說是發生奇蹟，證明那個時代製造的東西都非常堅固——雖然燈光微弱，但是照亮電台表的燈泡沒有壞。剩下的部分就不行了，真空管顯然失靈。我想我應該可以在某個地方，或許在米蘭，找到一個能讓這種收音機運作的狂人，他們就像那些利用被當成廢鐵的完整零件，讓古董汽車行駛的修車工，經營著販賣老舊零件的商店。我想到一個懂得通俗幽默的電工可能會怎麼說：「我不想騙您的錢。但是您知道就算我把這東西修好，您還是聽不到舊時代的節目，您只會聽到現代的廣播，既然如此，何不買一台新的收音機，價錢反而比您修理這台便宜。」該死的傢伙。我下的是一盤注定會輸的棋。收音機不像舊書，一翻開就可以找到五百年前的人所想的、所說的、所印的東西。這台收音機只會以一種比較刺耳的方式，讓我聽到可怕的搖滾樂，或不管人們現在怎麼稱呼的音樂。這就像是一邊喝著剛從超市買來的聖佩黎洛礦泉水，一邊假裝觸覺神經感受到的是冒泡的維琪礦泉水。這台損毀的收音機承諾的是已經永遠失落的聲音，而我試圖重現的是龐大固埃[124]凍結的話語……就算我腦中的記憶有找回來的一天，這些赫茲頻率卻永遠無法回收。所以，除了那股隆隆的寂靜，索拉臘無法透過聲音提供我任何幫助。

不過，還是可以看到點亮的電台表和電台的名稱，黃色代表中波、紅色代表短波、綠色則是長波。這些名稱肯定曾經讓我一邊轉動指針，一邊試圖聽見來自某個神奇地點，像是斯圖加特、希爾孚瑟姆、里加、塔林的不尋常聲響。我肯定將一些從來不曾聽過的名稱，和馬奇頓、土耳其阿提卡、維吉尼亞、卡里發、伊斯坦堡等地聯想在一起。我是否曾經對著一張地圖，或對著這些電台的地名和播放的喃喃聲響進一步地天馬行空？不過電台表上也有我們義大利的地名，像是米蘭、波爾扎諾。我拉開嗓子，開始哼唱：

當收音機播放的是杜林的節目
就表示今晚我在花園等你
但是如果突然換了電台
就表示：媽媽在家請小心
波隆納電台，表示妳的心頭亂撞
米蘭電台，表示妳覺得遙遠
依格電台，表示我覺得沒有妳活不下去
聖雷莫電台，表示今晚得晚點見面……

再一次，這些城市的名字只會喚起其他字句。

收音機這種裝置可以回溯到一九三〇年代，當時的價錢應該不便宜。當然，到了某個時候，也會以一種生活水平的象徵進入家庭。

我希望知道我們在一九三〇到一九四〇之間這幾年，會用收音機做些什麼，打了電話給吉阿尼。首先，他說我應該和他論件計酬，因為我把他當成潛水夫，將沉入海底的雙耳尖底甕一件一件搬出水面。不過他接著用感動的聲音表示：「喔，收音機……我們家一直到一九三八年左右才有收音機。當時的收音機很貴，而我父親只是僱員，跟你父親不一樣，上班的地方是一家小公司，薪資非常微薄。你們夏天會出城度假，而我們只能待在城裡，晚上到公園乘涼，一個星期吃一次冰淇淋。我父親是一個沉默寡言的人。那一天，他回家後在餐桌旁坐下來。他安靜地吃了飯，一直到最後才拿出一個蛋糕盒。怎麼回事？今天又不是星期天。我母親問。而他回答：『我只是心血來潮，突然想這麼做。』我們吃了蛋糕，他搔了搔頭皮，然後說：『瑪菈，這幾個月的生意似乎不錯，所以老闆今天給了我一千里拉的獎金。』我母親就像得了心臟病，用手掩住嘴巴大叫：『喔，法蘭西斯科，那我們買台收音機吧！』就這樣。那幾年的流行歌曲是〈喔，如果我一個月有一千里拉！〉，歌詞是講一個夢想每個月賺一千里拉，好為年輕漂亮的妻子買許多禮物的小職員。一千里拉是一份優厚的薪水，或許比我父親的收入還多，無論如何，這就像沒人預料到的聖誕分紅。於是，收音機從此進了我們家。讓我想一想，那是一台『風諾拉』[125]，每週會播放一次馬丁尼酒廠贊助的抒情歌曲演唱會，還有一天是播笑劇。啊，塔林和里加，我多希望這些名稱仍然出現在我現在那台只看得到數字的收音機上……大戰期間能夠取暖的空間只剩下廚房，所以收音機就跟著搬到裡面，晚上只能將音量開到最小，不然就會去坐牢，因為我們收聽的是倫敦的節目。關在家裡，窗玻璃上貼著淺灰色的紙以防光線外洩。還有那些歌！等你回來後，如果你要的話，我可以一首一首唱給你聽，就連法西斯的讚歌也可以。你知道我不是懷舊的人，但是有時候我會懷念那些法西斯的讚歌，讓我回想起守在收音機旁邊的夜晚……廣告上是怎麼說的？收音機，令人著迷的聲音……」

我不讓他繼續說下去。沒錯，是我要他告訴我這一切，但是此刻，他正用他的回憶來污染我白紙般的心靈。我必須獨自回到那些夜晚，我的夜晚肯定和他的有所差異──他的收音機是風諾拉，而我的是德律風根，此外，他收聽的電台可能是里加，而我收聽的是塔林。但是，我們真的收得到塔林的電台，聽到愛沙尼亞文嗎？

我下樓吃飯，還違背加塔洛羅的意思喝了酒。不過我只是為了遺忘。沒錯，為了遺忘。我必須擦拭這個星期以來的激動，讓自己找到在午後的陰影下打個盹兒的睡意。抱著《蒙帕杉島上的猛虎》躺在床上，或許曾經可以讓我興奮地熬夜到某個時間，但是在這兩晚，卻為我帶來了催眠的良效。

不過，就在我吃一口，瑪圖吃好幾口之間，我突然想到一個簡單卻高明的點子──收音機播的雖然是當代的節目，但是電唱機卻可以讓你聽到過去錄製在唱片上的聲音。這些就是龐大固埃凍結的話語。為了讓自己覺得收聽的是五十年前的廣播節目，我需要那些唱片。

「唱片？」阿瑪莉雅咕噥道，「把您的心思放在吃的東西吧，不要去想那些唱片，要不然這些好東西都會反過來對您造成傷害，害您又得去看醫生！唱片、唱片、唱片……我的聖人，當時我可不在閣樓上啊！您舅舅把東西清出來的時候，我幫了他們的忙，然後……等等，等一等……我當時告訴自己，書房的唱片很多，如果我全搬上去，肯定會從我手上滑開，摔碎在樓梯上。所以，我將它們塞到……將它們塞到……很抱歉，您知道，並不是我沒記住，雖然到了這把年紀，忘記事情也沒什麼不正常，但是過了五十個年頭，而這五十年來，我不是每天都坐在這裡想著這些唱片。有了，真是沒用的腦袋！我應該是將它們塞進您祖父書房前面那口箱子裡了！」

我沒吃水果就直接上樓查看那口箱子。我第一次造訪時沒有特別注意，我打開箱子，發現所有唱片都在裡面，一張疊著一張，全部都是七十八轉，裝在套子裡的美好舊唱片。阿瑪莉雅隨意胡亂堆疊，箱子裡什麼唱片都有。我花了半小時把唱片全搬到書房的桌上，依照某種次序排列在書架上。祖父應該是一個喜歡欣賞好音樂的人，這裡有莫札特、貝多芬、歌劇樂曲（甚至有一張男高音卡羅素，還有許多蕭邦，也有不少當代歌曲）。

我翻看那本老舊的《無線郵報》，吉阿尼說得沒錯，當時確實有一個每週播放一次的抒情音樂節目、笑劇，還有少數的交響樂演奏、廣播新聞，其他則是輕音樂，或當時人口中的流行音樂。

我必須重新聽一遍這些猶如某種背景音樂，飄揚在我成長環境中的歌曲——我的祖父可能正在書房欣賞華格納，其他家人則守著收音機聽歌。

我哼起伊諾燦吉和索帕尼的〈喔，如果我一個月有一千里拉！〉。祖父在許多唱片封套上都註明了日期，不知道是推出的日期，還是購買的日期，但是我能藉此知道那些歌在廣播節目播放的年份。

吉阿尼記得沒錯，這首歌曲推出的時間確實是一九三八年，也就是他家買了「風諾拉」的那一年。

我試著啟動唱盤。還可以用，但喇叭的品質不怎麼樣，肯定會有過去那種劈啪作響的雜音。電台表亮起了燈，彷彿在播放廣播，唱盤轉動，我聽到了一九三八年的廣播節目：

喔，如果我一個月有一千里拉
我肯定可以找到所有的幸福
我只是個小職員，沒有太大的野心
假如不斷努力，或許我能找到一個男人所要的安穩
在市郊的一間小房子
還有一個妻子，年輕又漂亮
就像妳一樣
喔，如果我一個月有一千里拉
我會大肆採購
買下許多妳想要的美麗東西

前幾天我曾經自問，我孩提時期一方面暴露在民族榮耀的訊息下，同時又幻想著在倫敦的濃霧裡遇見正和山多坎搏鬥的方托瑪，幻想著那些福爾摩斯的同胞，因為遭到尖銳的冰雹刺穿胸膛、削斷手腳，卻彬彬有禮地露出一臉困惑的樣子，在這種情況下，我到底造就了一個什麼樣的自我——我此時又發現，這幾年收音機讓我接收到的理想生活，是成為一個野心不大，追求市郊平靜生活的小會計師。但是，這或許只是一個例外。

我必須將這些唱片，依照上面的日期——如果有標明的話——排列整齊。我必須順著年份，追查我透過聽到的聲音建築出來的意識。

在吃力的整理過程中，我在一系列的愛情帶給我千朵玫瑰、不，妳不再是我的心肝、戀愛中的寶貝、百花中藏著一座愛情教堂、回到我身邊我的愛人、只為我演奏妳的吉普賽提琴、妳是聖潔的樂章、我只怪妳一個鐘頭、草原上的小花，以及奇尼柯、皮波・巴吉扎、阿貝托・桑皮尼、果尼・克拉門等樂團的演奏，和專輯名稱叫做風尼、卡里奇、大師之音，上面還有條小狗靠著電唱機喇叭筒聆聽音樂的唱片之間，找到了一些我祖父用繩子捆起來，彷彿他希望保護或孤立的法西斯讚歌。祖父支持法西斯、反法西斯，還是兩者皆非？

我花了一整晚聆聽那些並不陌生的歌曲，雖然有些只是歌詞朗朗上口，有些只是記得旋律。我不可能不認得像〈青年〉[126]這種經典歌曲，我想是集會必唱的官方讚歌；但我也不可能不認得我的收音機以近距離播放的由蕾絲卡諾三重唱[127]所詮釋的〈戀愛中的企鵝〉（*Pinguino innamorato*）。

我似乎很久以前就認得這些女性的嗓音。她們三人成功地以間隔的方式唱出三音程和六音程，造成一種聽起來很舒服的不調和旋律。當〈世間的義大利子弟〉告訴我這世上的最高榮耀就是身為一名義大利人的時候，蕾絲卡諾的姊妹卻向我談起荷蘭的鬱金香。

我決定在歌曲和讚歌之間進行交替（我聽到的廣播節目大概也是這樣）。我從鬱金香跳到了法西斯少年讚歌，唱片剛剛轉動，我就跟著唱了起來，好像我早就背得滾瓜爛熟。讚歌頌揚的是一名勇氣十足的年輕人（當時法西斯這個名詞並不存在——百科全書均有記載——因為這個勇氣十足的吉歐凡・巴提斯塔・培拉索活在十八世紀），他對奧地利人拋擲石塊，因此引爆了熱那亞人的抗爭行動。

法西斯分子應該不會不贊同恐怖分子的行徑——我的〈青年〉裡甚至有這種歌詞——我從歐辛尼家族128手中接過了炸彈／我以恐懼來做為我的匕首。據我所知，歐辛尼家族似乎曾經試圖刺殺拿破崙三世。

就在我聽著歌時，夜幕降臨。不知是從菜園、丘陵，或是花園裡傳來了陣陣的薰衣草香，以及一些我認不出來的植物香味（百里香？羅勒？我不認為自己過去是精通園藝的人——畢竟，我一直是出門買玫瑰，卻帶回一對狗睪丸的那個傢伙——或許那香味是荷蘭的鬱金香）。還有一些阿瑪莉雅告訴過我名字的花朵也散發出陣陣香味。是天竺牡丹？還是百日菊？

瑪圖出現了，牠在我的褲子上磨蹭，還發出呼嚕聲。我看到一張封套上有隻貓的唱片〈瑪拉昂，妳為什麼離開人世？〉，於是把法西斯少年讚歌換掉，讓自己沉醉在貓般輕柔的輓歌中。

但是法西斯少年也會唱〈瑪拉昂〉嗎？或許我應該回到法西斯政體的讚歌上？瑪圖應該不會太在意換歌。我舒服地坐下來，把牠抱到膝蓋上，輕搔牠的右耳，我點燃一根香菸，讓自己專心沉醉於法西斯少年的世界。

五月的天空
就像荷蘭的乳酪一樣渾圓
悠閒的月亮高高爬升
而月光向我們招手……
她們談著情說著愛
這些鬱啊鬱啊鬱啊鬱金香……
她們一起呢喃
這些鬱啊鬱啊鬱啊鬱金香……
在慵懶的喜悅中
聆聽美妙的歌聲
她們談著情說著愛
這些鬱啊鬱啊鬱啊鬱金香……
美妙的和聲
這些鬱啊鬱啊鬱啊鬱金香……
妳們將會提起我
這些美妙的鬱啊鬱啊鬱啊鬱金香！

戰鬥的鐘聲從洞穴深處響起時黑色
的火焰總是站在最前線
駭人地衝鋒陷陣
手上拿著炸彈
心中扛著信仰
他向前衝，遠遠地向前衝
心中充滿著榮耀和英勇

青年，青年
你是美好的春天
在生命的坎坷中
你的歌聲朝著前方迴響

我從歐辛尼家族手中接過了炸彈
我以恐懼做為我的匕首
讓爆炸聲隆隆響起
我堅強且無所畏懼
我懷抱著榮耀
從初始便保護我們美麗的旗幟
黑色的火焰永不熄滅
燃燒了每一顆心

青年，青年
在生命的坎坷中
你就像美好的春天
你的歌聲朝著前方迴響
然後消逝

獻給班尼托・墨索里尼
哎呀，哎呀，啊啦啦……

當萬物寂靜，高高的天空上
月亮含羞露臉
我用最溫柔親切的喵喵聲
呼喚我的瑪拉昴
我看到所有的朋友都漫步屋頂上
但是沒有妳
他們也都像我一樣悲傷

瑪拉昴，妳為什麼離開人世？
妳不再需要麵包和紅酒
沙拉也都留在菜園
面對妳留下的房子
受寵愛的貓咪仍舊呼嚕叫
但是大門從此關閉
妳從此不再回應

瑪拉昴……瑪拉昴……
朋友們和聲一起唱
瑪拉昴……瑪拉昴……
喵、喵、喵、喵、喵……

咻咻的石塊，響亮的名號
全都來自波多里亞129的男孩……
勇敢的法西斯少年
歷史上的巨人
砲管雖為銅鑄
卻陷入污泥而擋不住
這名男孩如鋼似鐵
祖國從此走上自由路

腳步留神，驕傲眼神
信仰清晰地吶喊
面對敵人，石塊正面迎擊
面對朋友，全心全意相惜

我們是暴風雨的種子
我們是勇氣的火焰
泉源為我們高歌
五月為我們歡唱
但是如果有朝一日
戰爭的機會獻給英雄
我們將是自由女神的槍彈

聽了一個鐘頭後，我的情緒混雜了各種歌頌英雄的詞句，鼓吹人們衝鋒陷陣、為國捐軀、服從領袖，準備付出最崇高的奉獻。維斯塔聖火離開了聖殿，青年人展翅翱翔、赤燄焚燒，以羅馬意志的剛強氣勢準備戰鬥，為了凝聚這股強悍的血統，我們不在乎，我們一點都不把悲慘的命運看在眼裡，此刻更視生死於度外，全世界都知道穿上黑衫就是為了戰鬥，為領袖、為帝國犧牲性命，哎呀，哎呀，啊啦啦，向國王、皇帝及領袖帶給世界和羅馬帝國的新律法致意，再會，親愛的維吉妮雅，我就要前往阿比西尼亞[130]，但是我會回來，我會從非洲寄給妳一朵生長在赤道的美麗鮮花，尼斯、薩瓦、致命的科西嘉，還有馬爾他，都是羅馬的碉堡，突尼西亞則是我們的海岸，高山大海齊響自由的鐘聲。

我比較希望尼斯變成義大利的領土，還是希望每個月擁有我當時還不清楚價值的一千里拉？一個拿玩具兵和玩具槍來玩遊戲的年輕男孩，希望的是解放致命的科西嘉，而不是在鬱金香和戀愛的企鵝之間鬼混。不過，除了法西斯少年的讚歌，我是不是一邊聽著〈戀愛中的企鵝〉，一邊閱讀《惡魔船長》，然後想像一群在北海冰山的企鵝？讀過《環遊世界八十天》之後，我是不是看到了旅行中的主角費利斯・福格穿越一大片鬱金香花園？而我在侯康堡的長針和吉歐凡・巴提斯塔・培拉索的石塊之間如何找到妥協？〈鬱金香〉這首歌發行於一九四〇年代，大戰也是從那時開始——當時的我肯定會唱〈青年〉這首歌，但是反過來，大戰結束，我們失去所有法西斯讚歌的蹤跡後，誰說我不會在一九四五年讀到《惡魔船長》和《侯康堡》的故事？

重要的是，我必須找到我學校的課本，才能查明我最初讀過的書、唱過的歌，透過這些日期，找回伴隨於自身周遭的聲音。無疑也可以釐清「我們一點都不把悲慘的命運看在眼裡」和《探險及旅行圖說日誌》的殺戮間有何關聯。

沒必要強迫我休息幾天。隔天早上，我必須再回閣樓。如果我的祖父是個有條不紊的人，我學校的課本應該會收在離裝著我孩提時代書籍的箱子不遠之處。只要我舅舅沒有將一切都搞亂的話。

此時此刻，我因為這些榮耀的呼喚而筋疲力盡。我走到窗邊，穹蒼下的丘陵，輪廓勾勒得清晰可見，沒有月亮的夜晚「繁星滿佈」。為什麼我會想到這種陳腐的句子？肯定出自一首歌。我見到的天空就像我聽過的一首歌。

我隨意翻看唱片，尋找讓人想到夜晚和天體的歌曲或專輯名稱。我祖父的電唱機是可以將多張唱片疊在一起的機型，一張播完後，另一張就會掉到唱盤上。也可說像是專門為我播放，讓我不需要轉動選台鈕的收音機。我啟動唱機，倚窗面對滿天繁星，讓自己沉醉在理應喚醒我內心一些東西的美妙雜音中。

這天晚上閃爍著千百顆星星……某個晚上，伴隨著星星伴隨著妳……告訴我，在星空下告訴我，在愛情溫柔的魅力中，告訴我最美好的一切……安地列斯星光閃爍的天空下，愛情的氣息層層飄落……瑪希露，在新加坡的天空下，我們的愛情誕生在金色星光閃爍的夢中……星光閃爍的天空下，我們看著對方，星空下的我渴望妳的香吻……有妳，沒妳，我們都歌頌星星、月亮，誰知道我會不會交上好運……海上的明月，愛情又美又愉悅，威尼斯、月亮還有妳，今夜和

妳單獨相處，我們一起唱一首歌……匈牙利的天空下，為著往事窮嘆息，我以無止盡的愛思念妳

……我總是在天空最湛藍的地方漫步，我聽見鳥兒在樹上飛翔，在上面吟唱……

最後一張唱片我可能弄錯了，因為和天空一點關係都沒有，只是有個感性的聲音像發了情的薩克斯風般唱著：

在那上面，在卡波卡巴納，那個女人在卡波卡巴納是個皇后，那個女人統治著一切……

遠方傳來的引擎聲讓我有點困惑，或許是一輛經過山谷的汽車，我感覺心跳過速，我告訴自己：「是皮培多！」好像某個人會在某個時候準時出現，但是他的出現又讓我感到不安。誰是皮培多？我不斷說著，是皮培多，但依然只有我的嘴唇記得。不過是*Flatus vocis*[131]。這個皮培多是什麼人，我不知道。或許我身上的某個部分知道，但是這個部分剛好偷偷躺在我腦中受傷的區域。

皮培多的祕密可以成為我的「童書系列」中一個很好的主題。或許，這就是朗藤納的祕密譯成義大利文後的名字。

我絞盡腦汁，想要挖掘皮培多的祕密，但是除了收音機在深夜對某人的呢喃低語，或許根本沒有祕密。

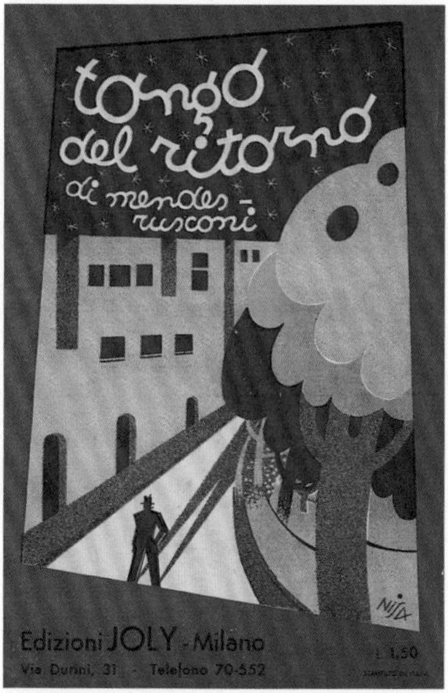
tango del ritorno
di mendes - rusconi
Edizioni JOLY - Milano
Via Durini, 31 - Telefono 70-552

Finestra chiusa
TANGO SERENATA
MUSICA DI G. D'ANZI
PAROLE DI A. BRACCHI
L.2=
EDIZIONI CURCI MILANO

LA S.A.F.A. FILM PRESENTA IL CELEBRE TENORE GIUSEPPE LUGO IN
la mia canzone al vento
FOX-TROT dal film omonimo
PAROLE DI B. Cherubini
MUSICA DI C.A. Bixio
altri interpreti
DRIA PAOLA UGO CESERI
LAURA NUCCI FRANCO COOP
£.2
Edizioni S.A.M. Bixio - Milano

Musica di E. Lecuona
Parole di Nisa
tango
Maria la o
EDIZIONI LEONARDI SEDE NOVARA C.P.E.N.18075 MILANO GALL. DEL CORSO, 4

120 譯註：Ciuffettino，義大利卡通人物。
121 譯註：引述自義大利詩人萊奧帕爾迪的作品〈村裡的週六之夜〉。
122 譯註：《Il Giornalino di Gian Burrasca》，十九世紀末義大利作家Luigi Bertelli（筆名Vamba）的作品。
123 譯註：Robert Louis Balfour Stevenson，英國作家，十九世紀新浪漫主義代表。
124 譯註：十六世紀法國作家拉伯雷作品《巨人傳》的主角。
125 譯註：Phonola，義大利品牌名稱。
126 譯註：原文Giovinezza，法西斯讚歌。
127 譯註：Trio Lescano，一九三〇~四〇年代義大利極受歡迎的女子三重唱。
128 譯註：Orsini，義大利最古老、最高貴的家族之一，成員經常在義大利的歷史當中扮演重要的角色。
129 譯註：Portoria，熱那亞的一區。
130 譯註：衣索比亞的舊稱。
131 譯註：拉丁文，聲音。

9. 但是皮波自己並不知道

又過了幾天（五天、七天、十天？），我記得的事情都混在一起，但是這樣或許也不錯，因為剩下來的，就成了剪輯出來的精華。我將不一致的證據拿來剪貼，或依照想法和情緒上的自然順序，或依照對比，來進行拆卸或湊合在一起的工作。剩下來的不再是我這幾天所見到或感受的一切，也不是我孩提時期看到或聽到的東西——而是成了某種杜撰，是我六十歲的時候，針對自己十歲時可能的想法所精心提出的假設。雖不足以說「我知道事情就是這樣發生」，但也足以揭露過去莎草紙上的記憶，讓我可以重溫過去。

我又回到閣樓，當我擔心學生時代的東西都沒保存下來時，我突然瞥見一個用膠帶封起來的大紙箱，上面寫著**一年級和二年級，亞姆柏**。還有一個箱子註明了**一年級和二年級，阿姐**，但是我不應該喚醒關於我妹妹的記憶，我自己的記憶就夠讓我焦頭爛額了。

我希望避免這週血壓繼續升高，所以我找來了阿瑪莉雅，請她和我一起將紙箱搬到祖父的書房。我想到，我應該是在一九三七年到一九四五年間完成小學學業和初中的第一階段，所以我也將標明「戰爭」、「四〇年代」和「法西斯主義」的箱子搬下來。

我在書房把箱子裡的東西全倒出來，排列在不同的書架上——小學的課本、歷史課本或初中的地理課本，還有不少筆記本，上面寫著我的名字、年份和班級。我還找到不少報紙。看來我祖父似乎從衣索比亞戰爭以來，就將重要日期的報紙保留下來，包括墨索里尼針對帝國征戰的歷史性演講，也包括一九四〇年六月十日的戰爭宣言，一直到在廣島投擲原子彈以及戰爭結束。還有明信片、海報，小冊子及一些雜誌。

我決定繼續採用歷史學家的方法，以分門別類的方式查驗各項證明。總而言之，我閱讀八年級的課本和筆記簿時——一九四〇年到一九四一年——也翻閱了同年的報紙，在盡可能的情況下，將同樣年份的唱片擺在唱盤上。

我想，如果這些書籍都是由當時的政權出版，這些報紙也應該是由當時的政權所掌握。我們都知道，史達林時代的《真理報》不會告訴俄國人真相，但是我後來改變了看法。雖然是誇張的傳聲筒，但就算在大戰期間，義大利的報紙還是讓我們了解發生了什麼事。我的祖父隔著時空，針對民事和歷史的編撰為我上了寶貴的一課——應該閱讀的是字裡行間的訊息。他閱讀的就是字裡行間的訊息，畫上底線的都不是大標題，而是一些短篇報導、方塊文章，這些一般讀者可能跳過去的版面。一份一九四一年一月六與七日的《晚郵報》上，標題宣稱「巴地亞前線戰役猛烈進行中」。戰爭公報（每天都會出現一篇，官僚化地細數敵機被擊落的數目）以半欄的版面若無其事地表示經過英勇的抵抗，讓敵軍蒙受重大的損失之後，失去了幾個據點。幾個據點？我們可以根據前後文了解，位於北非的巴地亞已經落入英國手中。無論如何，祖父用紅墨水在外緣留白的地方——他在許多報紙上都這麼做——註明了「ＲＬ，Ｂ・四萬名俘虜」。ＲＬ的意思顯然就是倫敦電台，祖父以倫敦電台報導的新聞和官方新聞互相對照。我們不僅失去了巴地亞，還被俘虜了四萬名士兵。我們可以看到《晚郵報》的報導沒有說謊，頂多只是明顯地有所保留。二月六日，同樣的《晚郵報》標題是：**我軍在東非的北方前線進行反擊**。東非的北方前線是什麼地方？前一年的許多報導中，當我軍第一次進攻英屬索馬利亞和肯亞的時候，報紙會附上小型地圖，讓我們明白我軍成功穿越的是哪個邊境。而這篇報導所指的北方前線，只有自己去查地圖才會明白，原來英軍已經攻進厄立特里亞。

一九四四年六月七日的《晚郵報》在九篇報導中得意洋洋地下標：**德軍強大的防禦火力在諾曼第海岸對抗聯軍**。德國人和聯軍到底在諾曼第的海岸做什麼？其實著名的D-Day（大反攻日）是在六月六日，也就是最開始的登陸行動，報紙當然不可能在前一天報導這件事，所以簡單帶過，只說倫德斯特元帥沒有任由敵人突襲，沙灘上遍佈著敵人的屍骸。這種說法當然不可能遭到反駁。

感謝這些我們能夠解讀，也可能是所有人都曾經成功解讀的法西斯報紙，讓我得以井然有序地辨識真實發生的事件。我點亮收音機的電台表，啟動唱盤，讓自己重新活過一遍。當然，我感覺重新活過的，是別人的生命。

第一本學校的筆記簿。當時，我們首先學習的是畫直線，等我們能夠在頁面上整齊畫滿直線後才開始學字母。訓練手和手腕——在打字機還屬於辦公室特權的時代，書法仍然非常重要。我翻開一年級的課本，「由瑪莉雅．沙乃提小姐編纂，恩里可．皮諾奇繪製插畫」，國家書局，一九一六年。

在教導基本二合元音的章節裡，*io, ia, aia*之後，接著是*Eja, Eja*，和一個法西斯的黨徽。原來我們是用哎呀，哎呀，啊啦啦的叫聲——據我所知，是鄧南遮式的叫聲——來學習字母。學

au..... ae.....
ao ae ai ea eo ei
oe oi
uo ui ua ue
iu io ia ie iuo
aia eia
I O A E U
I O A E U
Eia! Eia!
Balilla.
Ài udito mai narrare
la storia di
Battista Perasso?
Ora te la narrerò io.

Ba…be. Baciami, piccina,
寶—貝，寶貝來吻我
Sulla bo… bo… bocca piccolina;
妳這美—美女，讓我暈眩不已
Dammi tan tan tanti baci in quantit
來給—給我妳所有的吻
Tarataratarataratar
Tarataratarataratar

Bi… bi… bimba birichina,
當—當我的淘氣女孩
Tu sei be… be… bella e sbarazzina.
妳是個大膽的好女孩
Quale ten ten tentazione sei per me!
對我來說真是誘—誘惑啊！
Tereteretereteretere
Tereteretereteretere

BI, A: BA, BI, E: BE.
B和A成了BA，B和E就是BE
Cara sillaba con me.
跟我一起的可愛音節
BI, O: BO, BI, U: BU.
B和O成了BO，B和U就是BU
Sono assai deliziose
它們真是太有趣
Queste sillable d’amore.
都是愛的小音節

到B的時候，有班尼托（*Benito*），接著是以整頁篇幅介紹法西斯少年（*Balilla*）的頁面。這個時候，我的收音機剛好唱出另一段旋律：*ba, ba baciami piccina*[132]。連我的孫子小吉昂基歐都還會將B和V搞混，我當時怎麼學得會這個B呢？

法西斯少年和母狼之子。這一頁畫著一個穿制服的小男孩，穿黑襯衫、打著一條中央繡著M字的白色背帶。這篇文章是：「馬里歐是個男子漢」。

母狼之子。時間是五月二十四日。古奇耶摩穿上母狼之子的漂亮新制服。「爸爸，我也是領袖的小兵，對不對？我會成為法西斯少年，我會舉著旗幟，我會擁有一把短槍，我會成為一名前衛兵。我也要像一名真正的士兵一樣操練，我要成為最英勇的士兵，我要榮獲許多勳章……」

緊接著是一頁酷似艾皮納版畫的插圖，但是這裡畫的不是法國輕步兵或重騎兵，而是不同階段的法西斯少年所穿的制服。

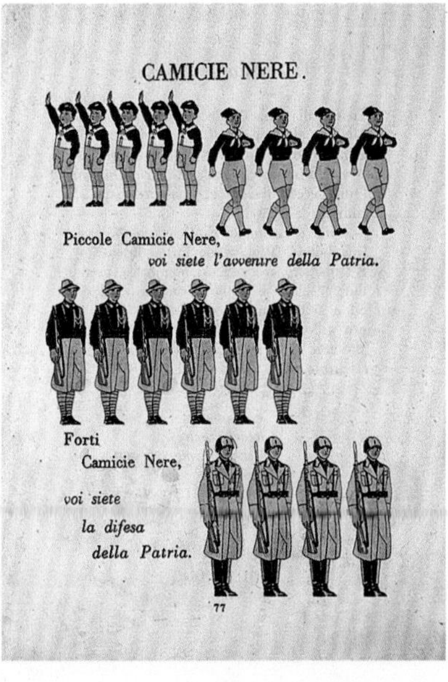

為了教我們發 *gl* 這個音，書中所使用的範例是*gagliardetto, battaglia, mitraglia*（剛強、戰役、槍彈）。這些內容教導的對象，是正值成長階段的六歲小孩。然而課本教到一半後，出現的是關於守護天使的內容：

一個男孩沿著道路行走
孤獨、失落，他將走到哪裡？
男孩非常幼小，鄉野非常遼闊
但是有位天使看著他，一路相隨

這位天使準備帶我到什麼地方？槍彈咻咻作響的戰場嗎？據我所知，教會和法西斯很久以前就達成協議，我們會在不忘記天使的前提下，被教育成法西斯少年。

我是不是也曾穿著制服在大街上遊行？我是不是也希望前往羅馬，成為英雄？收音機這時播放著英雄讚歌，讓人想起遊行中的青年黑衫軍，但是下首歌的內容馬上出現變化，走在街上的變成了一個名叫皮波，不受大自然與個人品味青睞的傢伙——他把襯衫穿在背心上。我一看到這個人受人鄙視的臉孔、蓋在濕漉漉的眼球上鬆垮的眼皮、缺了牙的愚蠢笑容、脫臼的雙腿和扁平的腳板，立刻想到阿瑪莉雅那條狗，如果這條狗有腿有腳，肯定是另一個皮波。我覺得他好像跟克拉貝母牛的寶藏有點關聯，但是我無法釐清。除了阿瑪莉雅那條狗，這個皮波跟丁哥狗又有什麼關聯？

歌裡的皮波將襯衫穿在背心外面，但是收音機的聲音唱出來的時候不是唱「襯衫」，而是「襯嗯嗯衫」（他在大衣上面披上上衣／在背心上面披上襯嗯嗯衫），大概是為了配合音樂的旋律吧。印象中，我似乎在另一個情境裡做過同樣的事。我重新唱起前一天晚上聽過的〈青年〉，「青年、青年，俊傑的春天」，後面唱出來的卻是為了班尼托和墨索里尼，哎呀，哎呀，啊啦啦。我們唱的不是為了班尼托・墨索里尼，而是為了班尼托和墨索里尼。這個「和」肯定是諧音，讓我們唱到墨索里尼的時候，可以更為激昂地高歌。為了班尼托和墨索里尼，在背心上面披上襯嗯嗯衫。

但是，到底是什麼人行經城裡的街道？法西斯少年還是皮波？還有周圍那些人，他們到底在笑什麼？或許皮波的故事對這個政權構成了巧妙的影射？或許通俗的智慧試圖以一種近乎童稚的濫調，為不停接受英雄讚歌洗腦的我們提供一些撫慰？

我在想其他事情的時候，湊巧翻到有關濃霧的頁面。一幅影像——亞伯托和他爸爸，兩個身影凸顯於其他身影之外，影子都是黑的，人群的身影對照灰色天空，城裡的房子則以更陰暗的色調勾勒。內文告訴我，人在霧中看起來就像影子。這就是濃霧嗎？

這片灰濛濛的天空，可會像牛奶或加了茴香的水，將人們圍繞其中嗎？我收集的文章裡，身影不會在濃霧裡凸顯出來，而是在濃霧之間湧現，或和濃霧互相混淆——就算什麼東西都沒有，濃霧裡還是陰影重重，而就在什麼東西都沒有的地方，身影緊接著就會浮現——所以，小學一年級的課本也對濃霧這件事對我說了謊？事實上，課文中祈求的是驅散濃霧的豔陽，告訴我們濃霧是件致命、不受歡迎的東西。如果濃霧在我內心深處喚起的是一股昏暗的懷舊情緒，為什麼他們教我們濃霧是不好的東西？

但是皮波，皮波自己並不知道
當他走上街
當他一針一線為自己造時髦
全城都笑破了肚皮

但他非常認真
向大家致意的時候
轉動眼珠
自以為美男子
像一隻閹雞一樣蹦蹦跳
他在大衣上面披上上衣
在背心上面披上襯衫
他在鞋子外面套上襪子
沒拉拉鍊
用鞋帶撐住褲子

但是皮波，皮波自己並不知道
他非常認真
一步一步走進城
自以為是美男子
像一隻閹雞一樣蹦蹦跳

維斯塔聖火離開了聖殿
青年人展翅翱翔、赤燄焚燒
雄雄的火炬
在祭壇和墳上旺盛燃燒
我們全都是新時代的新希望

領袖、領袖
什麼人不會死？
所以誰會否定這些誓言？
拔出你的劍！
只要你願意
在風中揚起旗幟
我們全都會走向你
古代英豪的武器和旌旗
為了義大利，喔，領袖
全都在陽光下閃爍

前進，生命向前進
帶我們一起向前走
承諾我們一個未來

剛毅的青年
以羅馬意志的堅強氣勢準備戰鬥

這一天
為國爭光的日子即將來臨
英雄會呼喚我們
為領袖，為國家
為國王，讓我們齊心奮鬥！
我們會帶給你榮耀
和海外的帝國！

昏暗，完全昏暗，燈火管制。一個字眼喚起了另一個。吉阿尼告訴我，城市在大戰期間會陷入黑暗，就連一絲光線都不能從屋子的窗縫流洩出去，這樣敵軍的轟炸機才無法辨識。如果真是這樣，將我們包在防護罩下的濃霧對我們有益無害。原來濃霧是好東西。

當然，標明一九三七年的小學一年級課本，不可能對我提到熄燈這件事。課文只提起林立的丘陵上那片陰鬱的濃霧。我翻閱了接下來那幾年級的課本，但是都沒有提到戰爭，就連七年級的課本也一樣——日期是一九四一年，戰爭都開打一年了，我們用的仍是過去的版本，內容還是西班牙內戰的英雄，以及衣索比亞的征戰。戰爭帶來的艱困不適合在學校的課本提起，所以我們只好逃避現實，繼續歌頌過去的榮耀。

八年級的課本裡——一九四〇到一九四一年——那年秋天是我們參戰的第一年，但是課文談論的故事依然是第一次世界大戰的英勇事蹟，並附上喀斯特步兵赤裸健壯如羅馬競技鬥士的插圖。

但是在其他章節裡，為了在法西斯少年和天使之間找到平衡點，所以溫馨善良地提到了聖誕夜的童話。我們在一九四一年底就失去了整個義屬東非，但是當時在學校流通的課本當中，我們英勇的殖民部隊仍駐紮在當地野營，而我看到的是一名索馬利亞的杜巴士兵[133]，身穿我們依據當地習俗文明化的典型漂亮制服——上半身赤裸，只有彈匣上綁著一條白布帶。附註的詩寫著：軍團的蒼鷹振翅飛向世界，唯有上帝能夠阻止他。不過索馬利亞已經在二月，或許剛好是我閱讀這一頁的時候落入英國人手中。我當時知道這件事嗎？

無論如何，我在同一本課本也讀到了重新運用的〈籃子〉這首詩——別了，隆隆的雷聲！／烏雲飛奔竄逃／只留下一片晴空……／得到撫慰的世界一片靜寂／最安詳的朋友和平／就像

一劑清涼膏／塗抹在每一件悲傷的事情上。

正在進行的戰爭呢？七年級的課本倒是有一篇對於各個種族的省思，其中一小段提到猶太人，以及我們應該如何防範這個惡毒的族裔，因為「他們正陰險地滲透到亞利安人的身旁……讓北方的民族沾染上一種由重商主義和對於利潤的饑渴所構成的新思想」。我在紙箱中也發現了幾期一九三八年創刊的《種族保護》雜誌，我不知道祖父是不是曾經禁止我翻閱（大家都知道，我遲早會四處翻箱倒櫃）。雜誌裡有一些拿土著和猴子來進行比較的照片，還有一些照片是中國人和歐洲人混血的可怕結果（不過那是只在法國才會發生的退化現象）。裡面還提到了日本人這個種族，刻意凸顯他們所有的缺點；更必須留意的是英國人這個種族——三層下巴的女人，有酒糟鼻而滿臉通紅的男人；還有一張出自《時代》雜誌的幽默畫像——戴著英國鋼盔的女人，僅不知恥地蓋著幾頁以《時代》雜誌編成的短裙。女人照著鏡子，而倒過來的**《時代》雜誌**上寫著**閃族**。對於那些真正的猶太人，我們的選擇可就多了——鷹鉤鼻總覽、雜草般的鬍鬚、豬一樣充滿肉慾的嘴唇以及滿嘴的齙牙、

短小的頭型、穿著燕尾服的鯊魚大肚、背心上掛著金鍊子，貪婪的雙手伸向無產階級的財富。

應該是祖父在這幾頁裡夾了一張宣導明信片，上面畫著站在自由女神像前方，面目可憎，手掌成拳伸向讀者的猶太人。無論如何，每一個族群都逃不掉，另一張明信片畫著醉醺醺、戴牛仔帽的骯髒黑鬼，伸出肥胖的手，弄髒了維納斯女神的肚子。這個畫家顯然忘了我們也向希臘宣戰，假如這個野人亂摸的是一個截了肢的希臘女人，她丈夫穿著裙子和有流蘇的鞋子到處走動，我們是否就不痛不癢？

做為對照，這本雜誌呈現了義大利這一族純淨而陽剛的一面，如果但丁和中世紀義大利傭兵的鼻子不是真的又小又挺，他們讚頌的可能就是「鷹鉤鼻一族」。如果我的同胞突顯純淨亞利安的企圖未能說服我，我的課本還有一首關於領袖的詩選（方正的是下巴，而胸膛更是有稜有角／樑柱般的腳步向前行／嗓音就像水柱一樣衝擊），還有詩在比較凱撒和墨索里尼的陽剛線條（事實上，我後來從百科全書得知凱撒和他的軍團士兵上床）。

義大利人非常俊美。在一期《大時代》（*Tempo*）畫刊的封面上，墨索里尼騎著馬，手舉長劍（那是一張真實的照片，不是畫作——他出門的時候身上都會帶劍嗎？）來慶祝戰爭爆發；漂亮，黑衫軍時而高呼痛恨敵人，時而吶喊讓我們征服一切；漂亮，羅馬長劍直指大英帝國；漂亮，粗糙的手對著烽火連天的倫敦高豎拇指；漂亮，雄偉的軍團湧現在阿拉吉山的廢墟中，拍著胸膛保證我們會再回來！

樂觀無比。收音機繼續對我唱著，他就是這般高大，他就是這般肥胖，我們稱他為邦伯洛[134]，他試著跳舞，開始搖搖晃晃，然後倒在地上，這邊滾一滾，又從另一邊跳起來，就像一顆球，該死的命運讓他掉進一條河裡，然後漂浮在水面上。

但是最重要的是，在許多雜誌和廣告招牌上那些胸部豐滿、線條柔美的純種義大利女子都非常美麗，全都是傳宗接代的完美機器，和乾癟而厭食的英國小姐，以及和我國財閥政治中歇斯底里的女人徹底不同。漂亮，那些看起來似乎參加「五千里拉一個微笑」比賽的小姐；漂亮，火辣辣的女人，臀部貼在妓女般的裙子裡，以細碎的步伐穿

過一張海報，而這時候收音機向我確認，沒錯，黑色的眼珠非常漂亮；沒錯，藍色的眼珠非常漂亮，但是那兩條美腿，我最喜歡的還是那兩條美腿。

歌裡的每一個女孩都非常出色，例如農村風味濃厚，「如鮮花綻放的村姑」之類的古義大利式美女；或是像「亮麗小女孩」[135]，小臉蛋撲了粉，漫步於人潮最洶湧的街道上那型的米蘭城市美人；要不然就是象徵波希米亞豪放女子，有一雙修長美腿，騎著單車的美女。

至於敵人，那當然就醜陋無比了。在《法西斯少年》這本青少年週刊裡，可以看到一些德塞塔[136]以嘲諷的方式來醜化敵人的插畫——因為害怕打仗／「喬姬」國王／向「邱姬兒」總理／請求援助和保護——兩個惡人緊接著也插了手，也就是「羅濕服」和克里姆林宮那個可怕的紅色怪物「屎大淋」。

英國人非常惡劣，因為他們用第三人稱的她來取代尊稱的您，而善良的義大利人，就算是跟認識的人，也只會使用您。根據我們對外國語文的有限了解，使用「您」的其實是英國人和法國人，而「她」則非常義大利，雖然算是撿拾了西班牙文的殘渣，但是我們和佛朗哥派的西班牙政權早已形影不離。此外，德文的她，就是她，或是複數的他們，而不是您。無論如何，或許是因為對外國語文認識不深，祖父才會將這些非常獨斷的相關解釋剪下來。他也很聰明地留下了最後一期的《她》（*Lei*）雜誌，因為接下來這份雜誌就會改名為《安娜貝拉》（*Annabella*）。當然，這份雜誌所使用的名稱，並不是用來代表理想讀者的普通名詞（不好意思，您〔她〕，夫人），而是針對女性大眾（我們討論的是「她」，而不是「他」）。無論如

當我們看見一個逛街的女人
我們應該怎麼做？我們跟隨她
並用狡黠的眼神
對她品頭論足
沒錯，黑色的眼珠非常漂亮
沒錯，藍色的眼珠非常漂亮
但是那兩條美腿
但是那兩條美腿
我最喜歡的還是那兩條美腿
沒錯，清澈的眼珠非常漂亮
沒錯，微微翹起的鼻子非常可愛
但是那兩條美腿
但是那兩條美腿
我最喜歡的還是那兩條美腿

清晨太陽升起的時候
阿布魯左[137]一片鮮紅……
如鮮花綻放的村姑
走下百花盛開的山谷
喔，鄉間的美人
妳是一個小皇后
妳的眼中閃爍著陽光
滿山遍谷一片紫羅蘭！
如果妳大清早開始吟唱
妳的聲音平靜祥和
滾滾流洩對我說：
「如果你想快樂過日子，
就要來高地過生活！」

小臉蛋半撲著粉
加上最迷人的微笑
背著剛採購的最新流行
妳閒逛在最擁擠的街道上
喔，亮麗小女孩
每天早上快樂穿梭人群間
隨時開心哼哼唱唱
喔，亮麗小女孩
妳真是淘氣
如果有人突然讚美妳
對妳眨眨眼睛
又快步溜走
妳就立刻變成一顆紅櫻桃

妳要去哪裡，單車美女
這麼匆忙，踏得這般用力
妳那雙修長的美腿
已經在我心中點燃一股熱情
妳到底要去哪裡，秀髮隨風飄逸
心情愉快，臉上掛著迷人的微笑
如果妳願意，再過一會兒或是現在
我們可以立刻變成情人

何，儘管她還有文法上的其他功能，但在當時卻成了一種禁忌。我很想知道這件事是否讓當時的女性讀者覺得可笑，不過這種事情確實曾經發生，也被所有人消化掉。

還有殖民地的美女，如果黑人看起來像猴子，而阿比西尼亞人一身是病，但這名阿比西尼亞女子就是一個特例。收音機唱著——黑色的小臉蛋／美麗的阿西比尼亞女子／多麼希望時間趕快來臨／讓我們來到妳身邊／讓我們為妳帶去新的律法，新的王。

我們對待這名阿比西尼亞女子的方式，創造邱姬兒的插畫家德塞塔說得很清楚——我們可以看到義大利軍團的士兵在奴隸市場購買半裸的黑女人，當成包裹，以郵寄的方式寄回去送給留在家鄉的朋友。

但是從征戰初期，我們就以一首憂傷、懷舊，沙漠旅隊之類的歌曲，一再讚嘆衣索比亞女子的美麗——提格雷[138]的沙漠旅隊／從此朝著閃爍的星光／以及更璀璨的愛情向前行。

至於我，置身於這些樂觀主義的漩渦中，我當時有什麼想法？我前五年的筆記本描述得很清楚，光看那些鼓舞勇敢

PACCHI
AL SIG. TIZIO
DESETA
UFFICIO POSTALE
Vorrei spedire ad un mio amico questo ricordo dell'AFRICA ORIENTALE...

爭取勝利的封面就知道了。除了幾本紙質雪白堅韌（大概是最昂貴的幾本），頁面中央有一個大人物頭像的筆記本（我當時大概為這個謎樣的微笑臉孔冠上了莎士比亞這個名字，看我用鋼筆敲打的筆跡，我當時大概心中有些疑問，也許是為了背誦，所以一邊寫一邊唸）。剩下的都是領袖騎在馬上的圖像、徒手丟擲炸彈的英勇黑衫戰士、擊沉無數敵艦的細長魚雷艇、犧牲奉獻，不顧雙手遭手榴彈炸碎，繼續用牙齒咬著信函，在敵軍機槍掃射下向前衝的信差。

老師（為什麼是男老師而不是女老師？我不知道，但是我自然而然就覺得是男老師）以領袖在一九四〇年六月十日宣戰日的演講內容，並根據新聞的報導，加入聚集在威尼斯廣場的人群的現場反應，讓我們練習聽寫：

陸軍、海軍、空軍的戰士們！革命黑衫軍和軍團的勇士們！義大利、帝國，以及阿爾巴尼亞王國的男男女女！命運刻畫的時刻已經在我國的天空響起。這是一個無法挽回決定的時刻！宣戰書已經轉交（高聲歡呼，吶喊著「戰爭！戰爭！」）大英帝國和法國的大使。讓我們走向戰場，對抗阻擋躍進、侵害義大利人民生存的西方民主及反動分子……

根據法西斯的道德律法，只要有朋友向前躍進，我們就跟隨到底（大聲吶喊：領袖！領袖！領袖！）我們一向都這麼做，所以準備和德國、他們的人民以及精良的部隊同進同退。在這個具有百年意義的事件前夕，讓我們心中感念長久以來一直代表祖國靈魂的國王陛下（此起彼落的歡呼向薩瓦世家[139]致意），同時，也讓我們向元首[140]，偉大的德意志盟國領袖表達我們的敬意（人群對希特勒久久不停的歡呼聲）。無產階級和法西斯的義大利第三度站起來，而且更為強大、驕傲、團結（此起彼落的歡呼聲一起大叫同一個字：「對！」）所有的人都必須遵守獨

一、明確的秩序，因為這把火已經在阿爾卑斯山到印度洋之間，點燃了每一顆心——征服！讓我們征服！（人群瘋狂地大聲歡呼。）

大概就是在這幾個月，廣播節目開始播放〈征服〉這首歌，來響應領袖的演講。

灑上千百種熱情
義大利用響亮的聲音高喊
「百人隊、步兵大隊、羅馬軍團
全部都站起來，因為鐘聲已經響起」
向前衝，青年們
擺脫所有的束縛
穿越所有的障礙
粉碎朝我們駛近
將我們封鎖在海岸上的奴役
征服！征服！征服！
我們將由陸海空征服
那是最高意志代表的秩序
征服！征服！征服！征服！
不惜代價，任何事都無法阻止

服從的終極慾望中
我們的心歡欣鼓舞
我們的唇吐出誓詞
無法征服，就獻上生命

我是如何度過大戰開始的時間呢？應該就像是和一名德國的同志並肩作戰，展開精采的冒險。他的名字叫理察，廣播節目在一九四一年的時候告訴我這件事——理察同志，歡迎……在那些榮耀的年代，我對理察（格律的規則肯定讓我們不得不以法文發音，而不是德文）同志有什麼樣的看法？一張明信片給了我答覆。他出現在一名義大利同志身旁，兩個人都側著身，兩個人都是堅毅的男子漢，雙眼直視著前方的勝利水平線。

我的收音機播完了〈理察同志〉，此刻播放的是另一首歌（我這時候已經說服自己聽到的是直播節目），這一首是德文歌曲。那是一首曲調簡單，近乎輓歌，和我內臟難以察覺的顫抖互相呼應的哀傷抒情歌曲，由一個深沉沙啞、罪人般的絕望女聲唱出——*Vor der Kaserne, vor dem großen Tor – stand eine Laterne und steht sie noch davor……*

我祖父雖然擁有這張唱片，但是當時的我聽不懂德文的歌詞。

因此，我跟著播放翻譯內容經過修飾或詮釋的義大利文版本：

DUE POPOLI, UNA VITTORIA
ZWEI VÖLKER, EIN SIEG

營房前面
當白晝逝去
老舊的夜燈
突然亮起、閃爍
就是在這個角落
我們在夜裡
滿懷希望，互相等候
妳我兩人，莉莉・瑪蓮
妳我兩人，莉莉・瑪蓮
白晝逝去的時候
營房前面
老舊的夜燈
依然亮起
但是一切都顯得怪異
我變了許多嗎？
告訴我，莉莉・瑪蓮
告訴我，莉莉・瑪蓮

翻譯中未提到的是德文歌詞裡，夜燈是在濛濛繚繞的濃霧中亮起，*Wenn sich die späten Nebel*

drehn。當時我所能了解的大概是夜燈下（我的疑問肯定就是為什麼她在熄燈後還可以點亮夜燈），濃霧中悲哀的聲音就是那名神秘的婊子，那名獨自進行交易的女人。所以幾年後，我才會抄錄一段科拉吉尼[141]的詩——哀傷不安嘆孤獨／妓院前面開窗櫥／焚香煙霧繚繚升／就盼濃霧掩虛無。

莉莉・瑪蓮出現的時間比起較為振奮的理察同志晚了一些。或許我們比德國人樂觀點，或許這段時間內發生了一些事情，所以可憐的同志變得憂傷，厭倦了在污泥中向前邁進，所以他夢想著回到這盞夜燈下。但是我後來一點一點地發現，就算這首宣導歌曲也可以讓我看到，我們如何從勝利的夢想過度到渴望投入一名和她的顧客一般絕望的妓女懷中。

經過了最初的熱忱之後，我們不只習慣了熄燈，我可以想像，轟炸和餓肚子也變成了家常便飯，否則，他們為什麼鼓勵法西斯少年在陽台上整理一個小菜園，在小小的空間裡種出幾樣蔬菜呢？還有，為什麼法西斯少年已經沒有前線的父親寄回來的消息呢？

親愛的爸爸
我給你寫信
我的手微微顫抖，但是你一定能體諒
你遙遙離開我身邊已經許多天
而你已經不再告訴我你身在何方，和你的見聞
淚水浸濕了我的臉頰
那是驕傲的淚水，請相信我

我看到你綻放的笑容
還有你緊抱懷中的法西斯少年
我也一樣戰鬥，我也一樣走向戰場
信仰、榮譽，和紀律
我渴望我的土地帶來收成
我每天早上照顧我的小菜園
我耕種戰爭的菜園
然後我向上帝祈禱
請祂庇佑你
我親愛的爸爸

用蘿蔔來打勝仗。此外，我在筆記本的另一頁看到老師告訴我們，英國敵人是一個每天吃五餐的民族。我想到自己好像也是一天吃五餐，牛奶咖啡和果醬麵包、學校早上十點的點心、午餐、下午的點心、晚餐，肯定不是每一個小孩都和我一樣幸運。而一個每天吃五餐的民族，肯定會引起必須在陽台上種植番茄那些人的怨恨。

既然如此，英國人為什麼如此纖瘦？為什麼在一張我祖父收藏，上面寫著保密防諜的明信片上面，會出現一名試圖在酒吧之類的地方，從沒有戒心的義大利同志身上窺探軍情的惡毒英國人？如果全民一心一德，這種事情怎麼可能發生？有沒有義大利人也參與情報的蒐集？那些顛覆分子難道沒有像歷史課本的描述，遭到「進軍羅馬」的領袖處決？

融雪，結霜
濃霧，醉茫茫
酒吧裡打發時間的無恥英國人
灌下一瓶又一瓶
口中一邊還吃著糖
然後對著鼠輩問
天氣何時才會轉晴
白鴿翱翔的春天一直未見蹤影
天上的雨水卻落個不停
但是魚雷的發射精又準
四月的義大利為我們帶來光榮
該死的英國
你將吃下敗仗
我們的勝利會驕傲踩在你頭上

藍色的天空就要來了
藍色的天空就要來了……
我們會把你們送回北方的小漁港
藍色的天空就要來了
藍色的天空就要來了……
英國人、英國人
你的命運掌握在我們手裡

掛在棕櫚樹梢
月亮動也不動地守著夜
馳騁沙丘上
眼前是一座座清真塔
鈴聲、戰車、彩旗
爆炸、鮮血，告訴我
駱駝騎士發生了什麼事
那是達加哈布[142]的傳奇

上校，我不要麵包
只要子彈來填充我的火槍
我的袋裡已裝有一把泥土
上校，我不需要清水
只要一把殲敵的烈火
這顆心淌著鮮血
已經足以讓我止渴
上校，不要換掉我的班
這裡沒有人願意往後站
我們一寸土地都不退讓
只有死神才能帶我走

上校，我並不需要表彰
我是為了國土而陣亡
但是英國人的末日
就從達加哈布開始

課本用了許多頁向我們介紹即將來臨的勝利。就在我翻閱之際，唱盤開始播一首精采的歌。這首歌描述的是我們一個沙漠據點的最後抗拒。達加哈布，和這些遭到圍攻而糧草彈藥耗盡的故事，總是帶著一種史詩般的情懷。幾個星期前，我還在米蘭的時候，曾經在電視上看到一部大衛・克羅和吉姆・鮑伊防守阿拉莫碉堡的彩色電影。關於圍城的主題總是能夠引起讚頌。我想，我也曾經以現在的小孩觀看西部電影的情懷，來吟頌這一類的哀歌吧。

我唱著英國人的末日應該就從達加哈布開始，但是這首歌應該也會讓我想起〈瑪拉髦，妳為什麼離開人世？〉，因為那是為了慶祝一場敗仗——祖父的報紙告訴我這件事——經過英勇抵抗後，達加哈布在一九四一年的三月被占領時，已經變成一座像昔蘭尼[143]般的廢墟。透過一場敗仗來激勵國人，我覺得還真是有些極端。

還有那一首歌，同一年，一首預報勝利的歌曲呢？〈好天氣就要來了！〉，我們失去阿迪斯阿貝巴[144]之後，接下來的四月就會雨過天青。無論如何，當我們表示「好天氣就要來了！」的時候，此刻的天氣肯定不太好，我們才會希望有所改變。為什麼好天氣應該（在四月）出現？為了表示唱出這首歌的那個冬天，我們首度期望好運能夠重新降臨。

我們被填塞的所有英雄式的宣導，全都影射了某種沮喪。我們一再聽到的老調「我們會再回來！」，如果不是為了表示我們希望、但願再回到我們被打敗的地方，又會是什麼意思呢？

那首墨索里尼軍團的讚歌又是在什麼時候推出？

領袖的軍隊，為了生命

而創造的死神軍團
戰役將在春天展開
歐陸將遍佈火焰與花朵！
為了征服
就需要墨索里尼的勇猛部隊

死神的軍團
生命的部隊
再次展開的戰役
沒有恨就沒有愛
紅色的「墨」字就是命運
武裝震撼部隊身上掛著黑纓
死神我們都已經見過
兩手各拿一顆手榴彈
嘴上咬著一朵鮮花

根據我祖父記錄的日期，這首讚歌應該是在一九四三年推出的，歌詞內容卻仍然提到兩年後的另一個春天（我們在該年九月簽下停戰協議）。除了雙手拿著手榴彈，嘴上咬著一朵花的死神這幕影像之外，讓我迷惑的應該還包括為什麼戰役需要在春天重新展開？所以戰爭當時已經停止了嗎？然而，他們卻要我們以無比的信仰歌頌最後的勝利。

收音機播放唯一的一首樂觀讚歌，是〈潛水艇健兒之歌〉——經由遼闊的汪洋向前衝，對著死神和命運的鼻子嘲笑……但是這首歌的歌詞讓我想起另一首，於是我就從唱片堆中翻出來〈小姐，不要偷瞄那些海軍〉。

他們不可能在學校教我們唱這首歌，所以顯然是在廣播節目播送。收音機播放了潛水艇船員的讚歌，然後又警告那些小姐，儘管時段可能不一樣，但卻是截然不同的兩個世界。如果繼續聆聽其他歌曲，我們會覺得生命真的是透過兩條路徑在進行，一邊是戰爭公報，另一邊則是我們的樂隊持續大方演奏出來的樂觀和愉悅。西班牙內戰開打，在這邊也有義大利人陣亡，那邊也有義大利人喪命的時候，領袖卻傳遞給我們一些慷慨激昂的訊息，要我們準備面對一個規模更大、更血腥的衝突？路奇安納・多利維這時候唱道〈多麼溫柔的火焰〉，別忘了我說的話，小女孩，妳並不知道愛情是什麼，巴吉扎樂團也哼著熱戀中的女生，我昨夜夢見妳出現在我沉睡的心頭上，妳對我微微一笑，其他人則不停唱出甜言蜜語滿庭芳，愛情充滿心房。政府大肆頌讚鄉土美女以及多產的母親，一邊指責不願結婚的單身漢嗎？收音機這時候告訴我們，嫉妒已經不再是一種時髦、不再是一種慣例，而是一種瘋狂。

戰爭爆發之後，窗戶必須遮掩，收音機也禁止發聲？阿爾貝托・拉巴吉亞提卻低聲對我們唱著，如果你希望聽見我的心跳，就請妳調低收音機的音量。那場宣導「打爛希臘人腎臟」的活動，一開始就不太順利，因為我們的軍隊開始在陷身的污泥中一一陣亡？不要慌張，下雨的時候，我們不做愛。

皮波自己真的不知道嗎？當時的政權收服了多少人心？阿拉曼戰役正在非洲的烈日下瘋狂展開，收音機唱著我要活下去、我要活下去，頭上頂著陽光，我快樂地歌唱，真是幸福無比。我們正式和美國宣戰，我們慶祝日軍偷襲了珍珠港，而我們卻在調頻當中聽見，如果有一天你來到夏威夷的天空下，你將會夢見天堂（或許當時的聽眾並不知道珍珠港位於夏威夷，也不知道夏威夷是美國的領土）。馮保路斯[145]在史達林格勒的屍堆中向俄軍投降的時候，我們卻在收音機的節目聽到——我的拖鞋裡有一個石塊，唉，我的腳好痛、好痛！

盟軍開始登陸西西里的時候，收音機（是阿麗達・娃莉的聲音！）卻提醒我們愛情不會，愛情不會隨著髮梢的金粉消逝。羅馬第一次遭到空襲的時候，瓊恩・卡吉阿格里卻像夜鶯一樣，日夜唱著獨處，兩人獨處，我的手牽著妳的手，直到隔日凌晨。盟軍登陸安其奧的時候，收音機正瘋狂地播放〈吻我千萬遍〉（*Besame, besame mucho*）。發生阿爾戴提內（Ardeatine）大屠殺的時候，收音機卻讓我們欣賞〈卡帕佩拉塔〉（*Crapapelata*）和〈查查哪裡去了？〉（*Dove sta Zazà*）。米蘭飽受轟炸摧殘的時候，米蘭電台則播放著〈碧菲・史卡拉的花花公子〉（*La gagarella del Biffi Scala*）……

我呢？我呢？我是如何度過這段義大利精神分裂症？我相不相信我們會打勝仗？我愛不愛領袖？有沒有為他喪命的準備？我相信老師所教的領袖英雄語錄嗎？耕地的是一輛犛車，捍衛土地的則是一把劍，我們朝著目標前進，如果我走在前面，跟隨我，如果我往後退縮，殺了我。

我找到一份七年級的筆記，日期是法西斯二十年：

LA DOMENICA DEL CORRIERE

Supplemento illustrato del "Corriere della Sera"

I sommergibili italiani nelle acque americane. Gli ultimi istanti di una petroliera nemica colpita con un siluro e poi a cannonate.

傲然的砲塔上
撥開濃郁夜色的簾幕
全神貫注
提高警覺
沉靜隱身
潛艇出動
心和引擎
同時衝向前方的無限

經由遼闊的汪洋向前衝
對著死神和命運的鼻子
笑輕鬆！
命中、擊沉
航線中遇見的所有敵人！
海軍健兒的生活
就在大海聲納的最深處
厄運和敵人
全都是奮戰的對象
因為他知道
最後誰才能夠征服

誰知道為什麼這些日子以來
我們的女孩全都為海軍瘋狂……
小心一點，小女孩
說和做有些差異
中間隔著一片大汪洋……

小姐，小姐，不要偷瞄那些海軍
因為，因為……
最好不要和這些匪類混！
因為，因為……

只要說出我愛你
他們就會教妳如何戲水
然後丟下妳一人浮沉

小姐，小姐，不要偷瞄那些海軍
因為，因為……

甜言蜜語滿庭芳
愛情充滿心房
讓我夢想、讓我顫抖
誰知道我為什麼徬徨
蝴蝶花呀
如果沒有愛情
生命還有什麼意義
心臟還有什麼理由繼續跳動？
馬鞭草呀
如果愛情帶來痛苦
就讓她像陣陣風吹一樣
來來去去！
但是當妳在我身邊
一切都幸福美滿，因為……
甜言蜜語滿庭芳
愛情充滿心房

嫉妒已經不再是一種時髦
不再是一種慣例，而是瘋狂
妳應該讓自己滿心歡喜
活得就像二十世紀
享受妳的青春歲月
如果妳覺得悲傷
那就喝一杯威士忌蘇打
然後忘掉愛情
輕鬆看待世界
妳就會快快樂樂
滿面笑容

別忘了我說的話，小女孩
妳並不知道愛情是什麼
那是像太陽一樣豔麗的東西
比太陽更為炙熱
順著血管慢慢流動
然後慢慢觸及妳的心
最初的春夢接著誕生
伴隨著最初的苦痛

但是愛情並不會
我的愛情並不會
隨著玫瑰在風中消逝
如是堅強她不可能讓步
也不可能凋謝
我會小心守護
盡心防衛
對抗企圖從我的心裡面
摘除愛情的惡毒陷阱

熱戀中的女孩
我昨夜夢見妳
出現在我沉睡的心頭上
而妳對我微微一笑
熱戀中的女生
嘴唇親吻著妳
將妳從夢中喚醒
而我永遠無法忘懷

題目：「喔，孩子們，你們一生都必須保衛義大利正在創造的英雄文明」（墨索里尼）。

內文：塵土飛揚的路上，一支孩童縱隊向前行進。

那是一群服從紀律的法西斯少年，在軍官冷峻的號令下，驕傲而朝氣蓬勃地走在新春溫和的陽光下。就是這些男孩，他們到了二十歲的時候將會為了保護義大利，為了不讓義大利陷入敵人的圈套而投筆從戎。這些週六在街上遊行，其他的日子則坐在學校板凳上用功的孩子，等他們到了一定的年紀，將會成為義大利和她的文明最忠實、最值得信賴的衛兵。

看著這支青年軍團的隊伍，有誰能夠想像這些初出茅廬，大部分仍年幼的少年，早已經用他們的鮮血染紅馬爾馬里卡[146]的烈燄風沙？看著這些快快樂樂、興致勃勃開著玩笑的男孩，有誰能夠想像再過幾年，他們也能夠以義大利之名捐軀沙場上？

我一直受到一個念頭激勵——我長大之後，也要成為軍人。現在我從收音機聽到我們那些英勇戰士自我犧牲的英雄事蹟，這股欲望更是在我內心雀躍，沒有任何人類的力量可以移除。

沒錯，我將會成為一名軍人，我會上戰場，如果義大利召喚，我將為她帶給世界的英雄、為神聖的新文明捐軀。是上帝將這項任務交給了義大利。

沒錯，又快樂又愛開玩笑的法西斯少年，等他們長大之後，只要有敵人冒犯我們的神聖文明，他們就會變成獅子，他們會像鬆綁的猛獸一樣戰鬥，跌倒後會站起來繼續戰鬥，而他們會讓義大利再一次獲得勝利，永恆不朽。

過去的光榮記憶、現今的光榮戰績，再加上法西斯少年，也就是今日的男孩，明日的戰士，為未來的光榮奉獻的希望，義大利將繼續在榮耀的道路上，走向展翅翱翔的勝利。

我真的相信這些內容，或者我只是全文照抄？我的父母親看到我將這份得到高分的筆記帶回家的時候，他們作何表示？他們肯定也相信這些內容，因為他們早在法西斯政權上台之前，就吸收過類似的文句。根據一般所知道的，他們難道不是出生、成長在一個將第一次世界大戰視為一次淨化浴的愛國主義時代？當時不是有一些未來主義者表示，戰爭是讓這個世界保持衛生的唯一手段？我在閣樓的藏書裡無意間看到一本亞米契斯所著的《愛的教育》（*Cuore*），主角是帕多瓦的愛國小孩和勇敢的甘倫，我讀到一封主角恩里柯的父親寫給他兒子的信，裡面有一段讚揚皇家軍隊的話：

這些充滿力量和希望的年輕人，有朝一日都可能被召集起來保衛我們的國家，在幾個鐘頭內就被砲彈和機槍炸得粉碎。所以只要你聽到慶祝活動中的歡呼——軍隊萬歲、義大利萬歲，試著超越眼前經過的軍隊，想像一片遍野屍骸、被鮮血淹沒的空曠鄉間，你那聲軍隊萬歲就會從你內心最深處喊出來，而你眼中的義大利也會顯得更肅穆、更偉大。

所以並不是只有我，我的前人也受到同樣的教育，將那股對自己土地的愛視為一種流血奉獻，在面對鮮血淋漓的鄉間時，心中充滿振奮的情緒，而不是害怕恐懼。此外，一百年前，非常溫柔的詩人萊奧帕爾迪不是唱過——喔，幸福，獻上珍惜和祝福／古人一批又一批／為了家園爭捐軀？

我現在明白為什麼《探險及旅行圖說日誌》對我來說，應該不太異類，因為我們全都成長在暴行崇拜當中。而且不是只有義大利，我在《旅行圖說日誌》一書中也讀到一些透過淋漓的鮮血對戰鬥和贖罪的歌頌，例如讓塞丹之役[147]帶來的恥辱，變成一種盛怒和復仇迷思的法國勇士。就像我們在達加哈布的作為一樣。敗北所造成的怨恨最能夠引起屠殺的興奮，於是我們代代相傳，互相敘說這種死亡之美。

我當時對死亡的崇拜到達什麼程度？而我對死亡的了解有多少？我從七年級的課本讀到這篇標題為〈瓦蘭泰之丘〉（*Loma Valente*）的故事。整本書裡，這篇故事的紙張是最皺痕累累，標題更以鉛筆畫上記號，內文也有許多段落畫了線。那是一篇西班牙內戰的英雄故事——一場「黑箭部隊」的戰役即將在一處坎坷而不易攻佔的丘陵前方展開。瓦蘭泰，一名二十四歲，身體健壯，在祖國的時候主修文學、撰寫詩詞，但是也贏得法西斯運動會拳擊冠軍的棕髮青年，他志願受到徵召前來西班牙，加入這場有著拳擊精神和詩意的征戰，雖然知道危險重重，他仍帶領一支分隊，負責這次的攻擊行動。故事描述的就是這次英勇行動的不同階段。紅軍（「該死，他們在什麼地方？為什麼不現身？」）全力開火，洪水氾濫（「就像對著迫近的大火灑水一般」）。瓦蘭泰繼續朝著丘頂攻堅，但是突然之間，他的耳朵聽見一個可怕的爆裂聲：

緊接著，一片漆黑。瓦蘭泰的臉孔貼在草地上。這會兒，那片漆黑看起來已經沒那麼昏暗了，因為染上了鮮豔的紅色。這名英雄較靠近地面的那隻眼睛，看到了兩、三根像柱子一樣粗大的綠草。

一名士兵彎下腰，低聲告訴瓦蘭泰已經順利攻上丘頂。這時候，作者代替瓦蘭泰開口：「死亡代表什麼意義？通常，這個字眼會讓人害怕。他死了，他自己知道，他不冷不熱，也沒有痛楚。」他只知道自己完成任務，而這座丘陵從此會以他的名字命名。

根據我重新讀過這篇文章後所引發的顫抖，我明白這是我第一次接觸到關於死亡的描述。那幅粗大如柱的綠草影像，從此長駐我的記憶，因為再次閱讀，影像幾乎又浮現面前。事實上，我覺得自己小時候可能將這樣的事情當成了某種神聖的儀式，而一再重複——下樓到菜園，趴在地上，臉孔壓在幾根芬芳的綠草上面，親眼看看那幾根柱子。

這一篇故事是我在大馬士革之路上的一個筋斗，也肯定為我留下從此無法抹滅的印象。我在同一個月寫下那篇讓我驚愕不已的文章。雙重標準可能存在嗎？或者，我是在寫下那篇文章之後，才讀了這篇故事，而從那一刻開始，所有的事情都開始出現變化？

隨著瓦蘭泰的死亡，我的小學課程也接近尾聲。初中第一學期的課本比較無趣，不管你是不是法西斯的信徒，提起羅馬七王或數學多項式時，感覺肯定沒什麼差別。但是我在第一學期的課本裡面找到一些「日誌」。當時的課程可能遇到一些改革，所以我們不再根據固定的題目作文，顯然我們受到鼓勵，對自己的日常生活進行描述。老師也換人了，新老師針對我們的風格和想像力，以紅筆寫下評註，而不是打分數。根據某些評註的句尾（文詞的活潑讓我感到驚訝……），可以發現這位老師是位女士。她肯定是位聰明，試著讓我們變得誠懇又創新的女人（她肯定也受到我們愛戴，讀過這些紅色的評註之後，我覺得她應該年輕又漂亮，而且天曉得為什麼，她也熱愛鈴蘭花）。

我得到最多讚賞的一篇日誌，日期是一九四二年的十二月。我當時十一歲，距離前面提到的那一篇文章只有九個月：

日誌：摔不破的杯子

媽媽買了一只摔不破的杯子，但是這只杯子確實是真的玻璃杯。這件事讓我感到驚訝，因為當時我年紀還小，智力還沒有發展到可以想像一個杯子，雖然看起來和其他掉下去會發出鏘鏘聲響的杯子沒兩樣，卻居然摔不破。

摔不破！這句話聽起來非常神奇。我一試再試，杯子掉下去，發出可怕的聲音又彈起來，毫髮無傷地停下來。

某個晚上，幾個熟人帶著巧克力登門造訪（我們可以注意到，當時這種甜食依然唾手可得，而且數量可觀）。我嘴巴塞滿巧克力（我已經不記得牌子是「吉安杜雅」，還是「史翠里歐」，還是「卡法蕾─波凱」），走進廚房，出來的時候手上拿著這只了不起的杯子。

「各位女士、各位先生……」我用一種馬戲團主招呼路人來看戲的聲音宣佈──「讓我向各位介紹這一只神奇、特別、摔不破的杯子。現在，我準備將它摔在地上，你們等著瞧，它就是摔不破──」我用一種莊重而嚴肅的聲音補充──「它將原封不動。」

我把杯子往地上摔……不需我多說，杯子破裂成千百個碎片。

我可以感覺自己滿面通紅，目瞪口呆地看著吊燈下像珍珠一樣閃閃發亮的碎片，然後放聲大哭。

我的故事到此結束，我現在就當這是一篇古典作品一樣來進行分析。我描述的是一個打不破的杯子仍非常稀有的前科技社會，所以，如內文所述，人們只會單買一只。打破這只杯子，不僅僅是一種挫敗，對於家庭的財務也是一種傷害，整個故事是由一件失敗貫穿。

根據我的敘述，一九四二年，大戰前夕是個幸福的時代，因為我們仍然吃得到巧克力，甚至還包括一些外國的品牌，客人上門造訪時，會在懸掛吊燈的飯廳受到款待。我要求大家聚集在一起的呼喚，並不是模仿威尼斯廣場的陽台那種歷史性的呼喚，而是使用一種肯定是在市集聽到的滑稽吹牛語氣。我提出了一次打賭，一種試著成為贏家的企圖，和一種不會動搖的確定，接著是一次極度的失望，我看著情況翻轉，然後承認自己的失敗。

這是最初幾篇真正關於我的故事之一，不是複誦一些學校的樣板，也沒引述精采的冒險故事。一齣關於匯票未能兌現的喜劇。在那些吊燈下像珍珠一樣閃閃發亮（編造出來的效果）的玻璃碎片之間，我頌揚著空虛中的空虛，鼓吹泛世的悲觀主義。

我變成了一名描述失敗的人，而我自己代表的更是故事中脆弱的相關目標。我的本質變得偏愛嘲諷的苦澀，對根本有所疑惑，排斥所有的幻象。

為什麼短短的九個月會出現如此重大的改變？我長大了，當然，人越大就越狡猾，但是還有些其他的因素——從那些未能實現的榮耀當中得到醒悟（或許當時仍住在城裡的我也閱讀祖父畫過線的報紙）、面對瓦蘭泰之死，那件最後變成一幕可怕、慘綠柱子的英雄行徑，也是一道將我和地獄，以及凡人天生的命運隔開的最後一道柵欄。

九個月內，我變成了一個智者，有著嘲諷和醒悟的智慧。

其餘那些東西呢？那些歌曲、領袖的演講、熱戀中的女孩，以及兩手各拿一顆手榴彈，嘴上咬著一朵鮮花的死神呢？根據初中第一學期的筆記本所下的標題，我寫出那篇「日誌」的時候，這樣的事情仍繼續在城裡進行，接下來兩年的課程則轉往索拉臘。這也表示我的家人決定遷到鄉下，因為空襲已經開始觸及我們那一帶。我在那些玻璃碎片劃出來的痕跡當中，變成了索拉臘的村民，而接下來兩年的「日誌」，描述的也只是對於過去那些美好時光的回憶，也就是一聽到警報聲，就知道是發自一座工廠，還有大家會說「中午了，爸爸就要回來吃午餐了」的時候。還有幾篇是對於期盼回到無戰事的城裡所做的描述，以及對於舊日聖誕節慶的想像。我那時已脫下了法西斯少年的制服，我變成了一個頹廢的人，追尋著失落的時光。

一九四三年到戰爭結束這段最黑暗，也就是游擊隊繼續抗爭，德國人不再是同志的日子，我是怎麼度過的？筆記本毫無記載，彷彿談論可怕的時事是禁忌，老師也交代我們不要這麼做。

我還遺漏了一個環節，或許不只一個。也就是我在某個時候出現了重大的改變，而我不知道為什麼。

註釋

⑬²譯註：一九四一年義大利歌手Alberto Rabagliati的歌曲，一九五二年由Rosemary Clooney翻唱，成為暢銷歌曲。Baciami意指「吻我」。

133 譯註：Dubat，義屬索馬利亞時代在當地徵召的北非士兵。

134 譯註：Bombolo，義大利演員Franco Lechner的暱稱。

135 譯註：La Piccinina，義大利歌曲。

136 譯註：De Seta Enrico，二十世紀初義大利著名插畫家。

137 譯註：Abruzzo，義大利省區名。

138 譯註：Tigray，衣索比亞東北部省名。

139 譯註：曾任義大利國王的家族。

140 譯註：Führer，納粹統治時期對希特勒的稱呼。

141 譯註：Sergio Corazzini，十九世紀末義大利詩人。

142 譯註：Djaraboub，埃及城市名。

143 譯註：利比亞東部的歷史遺址。

144 譯註：衣索比亞首都。

145 譯註：Friedrich Von Paulus，二戰時期德國陸軍元帥。

146 譯註：Marmarica，利比亞地名。

147 譯註：法國與普魯士之間的戰役，拿破崙三世領軍潰敗，並遭普魯士軍俘虜。

10.
鍊金師的高塔

我覺得自己比剛到這裡的時候更為慌張失措。在這之前，我什麼都不記得，一片空白。現在，我雖然還是想不起來，卻發現了太多事情。我曾經是一個什麼樣的人？學校和義務教育下，由法西斯的權斧標誌、宣導明信片、海報、歌曲所塑造出來那個亞姆柏；也是薩格瑞和凡爾納、《惡魔船長》、《探險及旅行圖說日誌》當中的暴行，侯康堡的罪行、方托瑪的神秘巴黎、福爾摩斯的濃霧中的那個亞姆柏；更是丘菲提諾和打不破的杯子的那個亞姆柏。

我不知所措地打了電話給寶拉，向她描述我的惶恐，她笑了笑：

「亞姆柏，我也記得在防空洞度過的幾個夜晚，我當時大概只有四歲，半夜被叫醒，然後被抱到地下室，但是對我來說，這些全都是零亂的記憶。很抱歉，心理分析的工作還是留給我吧——一個小孩可以活在不同的世界裡，就像我們的孫子一樣，他們學會了打開電視、觀看電視新聞，卻又想聽我們說一些童話故事，或翻閱大眼綠色怪獸或野狼開口說話的圖畫書。亞歷山卓老是念念不忘卡通影片看到的恐龍，但他不會期待在街角遇見一頭。我告訴他《灰姑娘》的故事，但是他會在晚上十點鐘，趁父母不注意的時候起床，躲在門邊偷看電視，而他看到的片段是海軍以機槍一口氣殺掉十幾張蠟黃的面孔。小孩子比我們平衡許多，他們可以將故事和現實區分得非常清楚。他們雖然兩隻腳分別跨在兩條船上，但是絕對不會搞混，除了一些生了病的小孩，他們看了『超人』之後，會在背上綁一條毛巾，然後從窗口跳出去。但是這些是臨床的病例，而偏差幾乎都由父母造成。你不是臨床的病例，所以你可以把山多坎和學校的課本分得一清二楚。」

「沒錯，但是對我來說，哪一個才是想像的世界？山多坎的世界，還是領袖摸摸母狼之子的頭那個世界？我已經告訴妳關於我的作文那件事，對不對？但是我在十歲的時候，真的希望像頭鬆綁的野獸一樣戰鬥，為永恆的義大利犧牲性命嗎？我說的是我十歲的時候，當時的監控肯定非常嚴格，而我們也遭到了猛烈的轟炸，到了一九四二年，我們的士兵更是在俄國大量陣亡。」

「但是，亞姆柏，在卡拉和妮可蕾塔小的時候，還有不久之前你也這麼說過我們的孫子，你說小孩子都是馬屁精。這件事我記得很清楚，因為那是幾個星期之前的事──吉阿尼到家裡來，我們的孫子也在，而亞歷山卓對他說：『吉阿尼爺爺，你每次到我們家，我都好高興。』『你看看他多喜歡我。』吉阿尼對你說。你回答他：『吉阿尼，小孩子都是馬屁精，這小傢伙知道你每一次都會帶來口香糖。就這麼回事。』小孩子都是馬屁精，所以你小時候也一樣。你只是希望得到高分，才會寫一些老師喜歡看的東西。托托[148]曾經說過一句台詞：『我們天生就是馬屁精，而我生下來就會適度地拍馬屁。』」

「這麼解釋太簡單了。一個是拍吉阿尼爺爺的馬屁，一個是拍永恆義大利的馬屁。為什麼我在一年後就變成一個懷疑大師，在那篇摔不破的杯子裡，對一個缺乏目標的世界寫下嘲諷──因為，那就是我希望說的話，我可以感覺得到。」

「只是因為你換了一個老師。一個新老師可以激發出遭到另一個老師箝制的懷疑心智。此外，在那個年紀，九個月的時間就像一個世紀一樣長。」

這九個月肯定發生了一些事。我回到祖父的辦公室之後，發現了這一點。我一邊喝咖啡，一邊隨手隨便翻閱，看到一疊三〇年代的幽默週刊《貝托多》（*Bertoldo*）。我翻出來的那一本是一九三七年的一期，但是我肯定是過了一段時間之後才閱讀，因為在那個年紀，我不可能欣賞這些細膩的圖案，看得懂那些令人不安的幽默。但是我現在閱讀的這段對話（每週一段，出現在首頁的左欄位），可能就是出現深遠改變那九個月當中，為我帶來震撼的東西。

貝托多穿過一群王公貴族，在和藹可親又喜歡開玩笑的湯邦大公爵身旁坐下來，他們的對話就是在這樣的氣氛下展開。

大公爵：你好，貝托多，十字軍東征如何？
貝托多：肅穆。
大公爵：工作呢？
貝托多：高尚。
大公爵：元氣呢？
貝托多：豐沛。
大公爵：人道援助的輸送呢？

貝托多：感人。
大公爵：典範呢？
貝托多：清晰。
大公爵：意願呢？
貝托多：熱忱。
大公爵：捐獻呢？
貝托多：主動。
大公爵：舉動呢？
貝托多：優雅。

大公爵笑了笑，他召集了宮廷所有的官爵，發動了「梳毛工起義」[149]；事後，所有的朝臣又回到自己的位子，於是大公爵和貝托多又開始他們的對話。

大公爵：工人怎麼樣？
貝托多：粗暴。
大公爵：食物呢？
貝托多：簡單但是健康。
大公爵：地方呢？
貝托多：富饒而晴朗。

大公爵：人民呢？

貝托多：殷勤好客。

大公爵：全貌呢？

貝托多：上乘。

大公爵：近郊呢？

貝托多：迷人。

大公爵：宅第呢？

貝托多：還可以住。

大公爵笑了笑，他召集了宮廷所有的官爵之後，安排了「巴士底之役」[150]和蒙塔佩提的敗北[151]；事後，所有的朝臣又回到自己的位子，於是大公爵和貝托多又重新開始他們的對話……

這些對話同時嘲諷了詩文、報章和官方的用語。如果我是個機靈的男孩，看過這些對話之後，就不可能寫出一九四二年三月那篇作文，那時我已經可以完成摔不破的杯子那篇創作。

這些都只是假設。誰知道在那篇豪氣萬千的作文和那篇醒悟的日誌之間，我還遇到了多少事。我決定再次暫停我的尋覓和閱讀。我下山到市鎮——茨岡牌香菸抽完了，所以只好抽萬寶路淡菸——這樣最好，我可以少抽一點，因為我不喜歡這種菸。我又回到西藥房量血壓，一百四上下。算是有了起色。

回家後我突然想吃蘋果，所以前往主房下面的廳房。在水果和蔬菜之間閒逛，我突然看到一樓有幾個房間被用來當作儲藏室，在最裡面的一個房間找到一堆疊在一起的長板凳，我搬了一張到花園去。我面對遼闊的視野坐下來，瀏覽了一下報紙，我發現此刻沒有事讓我感興趣；我將板凳轉過來，面對著房子的正面和後面的丘陵，自問我到底在尋覓些什麼，我到底想要找到什麼東西？難道我不能靜靜地待在這裡，欣賞這一片美麗的丘陵，就像那本著名的小說描述的內容一樣？書名叫什麼？建造三棟房子吧，喔，上帝，一棟給祢自己、一棟給摩西、一棟給以利亞，然後像植物一般，過著沒有過去，沒有未來的日子。或者這樣的生活就是天堂。

但是紙張的邪惡勢力占領了這一片樂園。沒過多久，我就開始對這棟房子天馬行空，想像自己是「童書系列」當中的英雄，站在費拉克或費拉巴城堡前面，準備進入地窖或閣樓，尋找那張失落的羊皮紙。按了一下雕刻在家徽中的玫瑰花心，一道牆跟著打開，眼前出現了螺旋梯……

我看到了屋頂上的天窗，然後是我祖父那一側的窗戶，這會兒，這些窗子全都敞開來照亮我的漫遊。我不經心地一一細數。位於中央的是客廳的陽台，左邊有三個窗戶，分別是飯廳、我祖父母的房間，和我父母親的房間；右邊則是廚房、浴室，和阿姐的房間。這些窗子互相對稱，但是我看不到祖父的書房和我的房間位於左側的窗子，因為這兩個房間朝向走廊的盡頭，和我們這一側形成一個轉角，所以窗戶面對的是另外一側。

我突然出現一種不安的感覺，理應對稱的走廊似乎出了差錯。左邊的走廊盡頭是我的房間和祖父的書房，右邊到了阿妲的房間，卻沒有延續下去，也就是說右邊的走廊比左邊短。

阿瑪莉雅剛好經過，我請她為我描述她那一側的窗子。「簡單，」她告訴我，「一樓有我們用餐的地方，您很清楚那些小窗子是方便的地方，您的祖父，那位神聖的靈魂不希望我們像其他鄉下人一樣用茅坑，才特別為我們建造。您在那邊看到的兩扇窗戶，是堆放農具的儲藏室，我們也可以從後院進到裡面。上面二樓是我房間的窗戶，還有我可憐的父母睡覺和吃飯的兩個房間，我讓它們保持原樣，為了表示尊重，我從來不進裡面。」

「所以最後一個窗戶是飯廳，而飯廳位於你們這一側連接我祖父那一側的轉角。」我說。

「沒錯。」阿瑪莉雅確認，「其他的都是主人那一側的廳房。」

聽起來非常自然，所以我沒有再問下去。我到右側的後面去繞了一圈，也就是空地和雞舍那一面。我立刻看到接在阿瑪莉雅的廚房後面那扇窗戶，然後是我前幾天才經過，通向我造訪過的農具儲藏室那道沒有鉸鍊的門。但是，我注意到儲藏室好像太長了，從右翼轉角朝正房繼續延伸。換句話說，儲藏室一直沿伸到祖父那一側盡頭的下方，然後透過一扇小窗子，面向葡萄園的坡地。

沒有特別之處，我告訴自己。但是既然阿瑪莉雅使用的幾個房間僅占據了連接兩側的一個轉角，多出來這部分的樓上是什麼地方？換句話說，我祖父的書房和我的房間旁邊那一片空間是什麼地方？

我走到空地往上看，可以看到和另外一側（書房兩扇，我的房間一扇）對稱的三扇窗戶。但這三扇窗戶的護窗板都關著。再往上則是我造訪過，繞著房子轉一圈的閣樓天窗。

我把在花園忙的阿瑪莉雅叫過來，問她三扇窗戶後面有什麼東西。

什麼都沒有，她用全世界最自然的表情回答我。如果有窗戶，後面就一定有東西，而那也不是阿姐的房間，她的房間面對中庭。

阿瑪莉雅試圖敷衍了事：「裡面是您曾伯公的東西，我什麼都不知道。」

「阿瑪莉雅，不要把我當白癡。要怎麼進去那上面？」

「那上面進不去，裡面什麼都沒有，大概都被妖精帶走了。」

「我已經告訴您，不要把我當白癡。我們應該可以從你們那邊的一樓，或天曉得哪個該死的地方爬上去！」

「不要詛咒，拜託，只有惡魔才會這麼做。您要我告訴您什麼，您的祖父要我發誓不提這些事，而我，我從來不違背我的誓言，要不然我會被惡魔帶走。」

「您是什麼時候發的誓？發了些什麼誓？」

「我是在黑衫衛隊來到這裡那一晚發的誓，您的祖父要我和我媽媽發誓，說我們什麼都不知道，什麼都沒看到，最好真的沒看到他和瑪蘇魯做的事，也就是我可憐的老爸，因為如果那些黑衫衛隊來到這裡，他們會用火烤我們的腳，我們會無法忍受，把事情說出去，所以我們最好什麼都不知道，因為這些齷齪的傢伙甚至可以讓一個被他們割掉舌頭的人開口說話。」

「阿瑪莉雅，黑衫衛隊是將近四十年前的事了。我的祖父和瑪蘇魯也都去世了，黑衫衛隊的成員八成也都死了，所以您發的誓已經不成立！」

「沒錯，您的祖父和我可憐的老爸都去世了，因為好人總是死得早，但是其他那些人，不知道為什麼，他們就像死不了的劣種。」

「阿瑪莉雅，黑衫衛隊不存在了，戰爭已經結束，不會有人用火烤您的腳。」

「只要是您說的話，我都當成像聖言，但是曾經加入黑衫衛隊的波塔索，我記得很清楚，那時候他還不到二十歲，他就還活著，住在柯賽吉里歐，他一個月會來索拉臘一次，因為他在柯賽吉里歐開了一家磚廠，賺了不少錢，村裡還有人沒忘記他站到另一邊去的時候所做的事。他或許不會再用火烤別人的腳，但是誓言還是存在，就算教士也不能幫我赦免。」

「那我呢？我太太期待我和您待在一起這段時間，病情可以得到改善，但是您不顧我的健康，還是不願意告訴我這些事情。」

「如果我企圖傷害您，上帝會讓我立刻硬生生地喪命，我年輕的亞姆柏先生，但是誓言就是誓言，難道不對嗎？」

「阿瑪莉雅，我是什麼人的孫子？」

「您是您祖父的孫子，這件事再清楚不過了。」

「所以我從祖父手上繼承了這一切，也就是這個地方的主人，對不對？如果您不告訴我從什麼地方可以到上面去，就好像您偷了我一部分的財產。」

「如果我有心偷竊您的財產，就讓上帝立刻懲罰我吧，我可是從沒聽過這種話。我花了一輩子的時間在這棟房子上，像顆珠寶一樣地維護！」

「除此之外，我不僅是我祖父的繼承人，我說的話也像出自他口中，我現在鄭重地解除您的誓約，好嗎？」

我搬出了三項非常具有說服力的論點——我的健康、業主的權利，以及直系長子繼承的所有特權。阿瑪莉雅無法抗拒，她讓了步。再怎麼樣，年輕的亞姆柏先生還是比黑衫衛隊和教士重要吧。

阿瑪莉雅帶我上了樓，來到正房的二樓，進入右走廊，經過阿姐的房間，然後來到盡頭那個充滿樟腦味的櫥子前方。她要我幫她移開那個櫥子，一會兒後，櫥子後面出現了一道被封死的門。那道門可以通往過去的祈禱室，將這一切留給祖父的曾伯公還在的時候，這棟房子裡有一間可以進行宗教儀式的祈禱室，雖然不是非常寬敞，但是足以讓全家人星期日望彌撒，教士也會專程從市鎮上山。祖父繼承這一切之後，雖然仍會佈置聖誕馬槽，但他不是信徒，祈禱室於是棄置不用。裡面的板凳既然沒有用途，便被搬下去堆在樓下那幾間寬敞的廳房，我也要求祖父讓我在祈禱室擺幾個閣樓搬下來的櫃子，好讓我收藏自己的東西——而我經常躲在裡面不知道做些什麼事。索拉臘的教士聽說這件事情，他要求至少能夠帶走祭壇上的聖石，以避免任何褻瀆神明的事情發生，祖父也讓他帶走了聖母的雕像、聖壺、聖盤和聖體櫃。

當時，索拉臘附近出現了反抗軍，市鎮也時而由黑衫衛隊控制，時而被反抗軍占領。那個冬季的那個月，市鎮落在黑衫衛隊手上，反抗軍則躲在藍科山區裡。某個傍晚，某個人跑來要求我祖父收留四名法西斯黨徒追殺的四個男孩。他們還不是反抗軍，但是在混亂中，他們試圖經由此地，上山去加入反抗軍的隊伍。

我們當時不在場，我們和父母親去拜訪躲到蒙塔索羅的舅舅了，所以只有我祖父、瑪蘇魯、瑪莉亞和阿瑪莉雅，祖父讓在場的兩個女人發誓，絕對不能讓發生的事情洩漏出去，更直接交代她們先上床睡覺。但是阿瑪莉雅只是假裝進了房間，她找了一個地方躲起來偷看發生的事情。那幾個男孩大約在八點左右抵達，祖父和瑪蘇魯讓他們躲進祈禱室，拿了食物給他們。接著，儘管兩個人都不是水泥匠，他們還是搬來了磚塊和沙桶，將那道門封死，並將原本放在別處的櫥子搬過來擋在門口。他們才剛搬好，黑衫衛隊就出現了。

「他們的臉可真猙獰。還好，帶頭的是一個優雅的人，他甚至戴了手套，和您祖父說話時也很有教養，看得出來有人告訴他對方是地主，而狼和狼之間不會自相殘殺。他們四處搜索，甚至爬到閣樓上，但是可以感覺得出來他們十分匆促，他們這麼做，只是為了表示他們連這種地方也搜查過，他們之後還有許多農莊要臨檢，他們認為我們這樣的人，也就是鄉下人，比較可能互相窩藏。他們什麼都沒發現，戴手套的人為上門打擾表示歉意，然後高呼領袖萬歲，您祖父和我的爸爸也很狡猾地高喊領袖萬歲、阿門。」

那四個男孩在那上面躲了多久？阿瑪莉雅不知道，她這個人有些遲鈍，她只知道有好幾天，她和瑪莉亞必須準備裝了麵包、臘腸和葡萄酒的籃子，但是到了某一天，這項工作就終止了。我們回來後，祖父只是告訴我們祈禱室的地板有些下陷，做了暫時的補強，為了避免小孩闖進去受傷，所以請泥水匠把門封了起來。

很好，我告訴阿瑪莉雅，現在這個祕密已經得到解釋，那幾個男孩進去之後肯定安然出來，我祖父和瑪蘇魯也供應他們好幾天的食物。既然門口已經封死，一定還有一個進出的小角落。

「我向您發誓，我從沒想過他們從哪個洞口進出。對我來說，您的祖父把這件事情處理得很好。他把門封死了嗎？他確實把門封死了，而對我來說，祈禱室不再存在，就連現在也不存在，如果您沒提起，我就像是完全忘了這件事情。您為什麼會提到洞口？」

「一個角落，一個讓他們可以進出的隱密角落。」

「他們或許是用繩子，從窗戶把裝食物的籃子拉上去。他們也是利用晚上的時間從窗戶離開，不是嗎？」

「不是，阿瑪莉雅，要不然窗戶就會敞開，相反地，那些窗戶顯然都從裡面關上。」

「我總說您是最聰明的人。您瞧，我從來沒想到這件事。那麼，我爸爸和您的祖父是從什麼地方進出呢？」

「是啊，that is the question。」

「什麼？」

遲了四十五年之後，阿瑪莉雅肯定才真正發現問題，不過，我還是必須一個人找出答案。我完整地繞了房子一圈，尋找隱藏起來的氣窗、洞口或柵欄，我重新縱橫地檢查了一遍正房、一樓和二樓的房間、走廊，我像黑衫衛隊隊員，搜尋了阿瑪莉雅那一廂的一樓、二樓，但是什麼都沒發現。

不需要成為福爾摩斯，就可以找到唯一可能的答案——我們可以從閣樓進入祈禱室。祈禱室裡有一道通往閣樓的專用小樓梯，只是位於閣樓的出口被藏了起來。雖然黑衫衛隊找不到，但是卻難不倒亞姆柏。想想看，我們旅行回來後，如果祖父告訴我們祈禱室不復存在，我肯定非常開心，因為我在裡面藏了許多寶貝的東西，經常進出閣樓的我，肯定知道通道位在什麼地方，可以繼續前往祈禱室，或甚至更高興，因為那個地方成了我的藏身處，躲進去後，沒有人找得到我。

現在只要再爬上閣樓，就可以去探訪右廂了。這時突然出現了一場暴風雨，天氣不算太熱，讓我可以少花一點力氣去進行吃力的工作，因為我必須搬開堆在牆邊上的一切東西。荒廢的這一側沒有收藏品，只有一些老舊廢棄的雜物，例如破損的舊門、翻修時留下來的樑木、整細的舊鐵絲網、破碎的鏡子，草草地用一根繩子和蠟紙包起來，隨意堆疊的一堆棉被、蛀了蟲，棄置好幾個世紀的木箱。我搬開這些雜物，幾片木板倒在我身上，害我被生了銹的鐵釘刮傷，沒有出現任何祕密的出入口。

我想到自己不該找門，因為不管哪一側，外牆上都不可能出現通到屋外的門。如果不是一道門，就應該是地板上的活門。我真笨，沒有早點想到這一點，不過「童書系列」的故事裡也常發生這種事。我應該查看的不是牆，而是地板。

說來簡單，但是地板比牆邊更糟糕，我不得不跨過來、踩過去，因為地上放著幾片隨意抛置的木板、損毀的床架或摺疊床、捆綁在一起的建築用鋼筋、非常老舊的牛軛，甚至還有一副馬鞍。這些雜物中間還有成堆的死蒼蠅，包括去年才飛上來躲避第一道冷鋒，卻沒逃過一劫的蒼蠅。從這一面牆連到另一面的蜘蛛網更不用提了，看起來就像鬧過鬼的豪宅。

迫近的閃電照亮了天窗，讓閣樓更顯得陰暗——儘管雨水最終並未落下，暴風雨選擇了其他的地方排放。鍊金師的高塔、城堡的祕密、卡莎貝拉的囚犯、默倫德的祕密、北塔、鐵人的祕密、老磨坊、惡水的祕密……老天，我身處於真正的暴風雨，一道閃電就可能讓屋頂塌在我頭上，而我卻想到一堆古書。《古董商的閣樓》，我倒是可以用貝納傑或卡塔納尼做為筆名來撰寫這樣一本書。

非常幸運的是，我這時候突然絆了一跤——一堆亂七八糟的東西下似乎有一塊踏板。我雙手傷痕累累地將那裡清理乾淨，勇氣十足的男孩終於得到了報償——一扇活門。我的祖父、瑪蘇魯，和那些亡命之徒就是從這個地方出入，我自己也不知經由此處，體驗過多少次紙上看到的冒險故事。真是一段美好的童年。

活門不大，我輕輕鬆鬆就可以翻開，雖然揚起了一陣厚厚的煙塵——門縫裡累積了五十年的灰塵。活門下面可能找到什麼東西呢？一把小梯子，這是最基本的常識，華生，而且不會太難通行，就連我這把經過兩個小時拉扯、彎曲的老骨頭也沒問題——小時候我肯定一躍就爬過去，雖然我現在六十歲了，卻表現得宛如自己仍是啃得到腳趾甲的小孩（我發誓沒做過這種事，但是躺在漆黑的床上試著吸腳趾頭，吸不到還不甘心這種事聽起來似乎很正常）。

總而言之，我爬下了樓梯，四周一片漆黑，只有少數幾束透過關閉的護窗板流洩進來的光線。黑暗中，這片空間似乎無比寬敞。我急忙過去打開窗戶——我預期見到的祈禱室出現在眼前，面積大概是我祖父的書房加上我的房間這麼大，裡面有一座上了金漆、已經毀損的祭壇。祭壇旁邊還鋪著四塊床墊——那四名亡命之徒的床，但是看不到他們留下的任何痕跡。這表示他們離開後，仍有人繼續進入祈禱室。至少還有我。

我看到靠窗的牆上擺著幾座未上漆的架子，上面擺滿了印刷的紙張，堆成不同高度的報紙或雜誌，看起來像是不同類別的收藏。祈禱室的中央擺著一張又長又笨重的桌子，和兩張椅子。旁邊那道應該是入口的門邊上（從祖父和瑪蘇魯用一個鐘頭的時間草草完工，而沙漿從磚縫溢出的痕跡就可以看得出來——走廊那一面雖然用抹刀整平，但是裡面這一側當然辦不到）有一個電燈開關，我不抱希望地轉動，的確沒有燈光被我點亮，雖然天花板工整排列的白色燈座下依舊掛著幾個燈泡。如果老鼠能夠經由活門來到這裡，過去這五十年來，電線肯定也早就被咬斷——而老鼠是怎麼樣的生物，大家都非常清楚……也可能是我祖父和瑪蘇魯在封門的時候，將這一切都破壞了。

這個時候，白晝的光線仍然足夠。我覺得自己就像卡納馮爵士[152]，經過數千年之後，踏進了圖坦卡門法老王的墳墓，而唯一的問題，就是要避免遭到一隻埋伏了數千年的神秘聖甲蟲螫叮。祈禱室裡的一切，很可能從我上次進來後就原封未動。我甚至不該讓窗戶過於敞開，只要讓足夠的光線照進來，才不會打擾沉睡的氣氛。

我還不太敢去翻看架子上面的東西。架子上無論有什麼，都屬於我一個人，只有我一個人，要不然就會留在祖父的書房裡，然後被舅舅搬到閣樓。但是到了這個地步，我為什麼還要試圖去回憶呢？記憶是為了讓時間流逝，而將人類往前推的一種解決方式，讓過去的事情成為過去。一切從頭開始，這樣的奇蹟讓我非常開心，我重新經歷一遍我從前做過的事，就像皮皮諾一樣，我脫離老年，讓自己回到少年時代。從現在開始，我只需要記得接下來發生的事情就可以了，無論如何，都和從前發生過的事情一模一樣。

時間在祈禱室裡面停了下來，不，更好，應該說時間開始走回頭路，於是我們將手錶的指針轉回過去的日子，上面所指的今日四點並不能算數，只需要知道（只有我一個人知道）目前是昨天的下午四點，或一百年前的下午四點就夠了。卡納馮爵士肯定就是這種感覺。

如果黑衫衛隊此刻在這裡找到我，他們會認為我目前處於一九九一年的夏天，但是我（只有我）知道，我目前是在一九四四年的夏天，就連那位戴手套的軍官也必須脫帽表示敬意，因為他正走進一座時間的殿堂。

註釋

⑭⑧譯註：Totò，義大利著名喜劇演員。

⑭⑨譯註：一三七八年，佛羅倫斯下層工人階級的抗爭暴動。

⑮⓪譯註：一七八九年，法國大革命。

⑮①譯註：一二六六年，位於托斯卡尼的西耶那和佛羅倫斯之間的戰役。

⑮②譯註：Lord Carnarvon，出資贊助發現圖坦卡門法老王墳墓之後猝死，引發超自然詛咒的傳言。

11. 那上面的卡波卡巴納

我在祈禱室花了許多天的時間，每當夜色降臨，我會帶著一疊東西前往祖父的書房，在綠色的檯燈下打開收音機（我已經相信那真的是廣播節目），讓我聽到的和閱讀的東西融合在一起。

祈禱室的架子上擺著沒有裝訂，但是整整齊齊地排列著我孩提時期的報紙跟漫畫。這些東西不是我祖父收集品的一部分，日期從一九三七年開始，結束於一九四五年。

我和吉阿尼談話的時候也曾經想像，或許，祖父因為是另一個時代的人，所以他希望我閱讀薩格瑞和大仲馬；而我，為了確認自己想像的權力，所以將這些東西收藏在他的管制範圍之外。由於某些出版品可以回溯到一九三六年，當時我還沒有上學，也就表示，如果不是我的祖父，還有人買了這些漫畫書給我。我的祖父和我的父母之間可能存在某種緊張，「你們為什麼拿這些亂七八糟的東西給他？」——而他們表現得非常寬容，因為他們小時候也看過這些東西。

事實上，我在最前面的一疊當中找到了好幾年份的《兒童通訊》（*Corriere dei Piccoli*），而一九三六年的幾期當中註明了「第十八年」——並不是法西斯政權的年份，而是創刊的時間。所以《兒童通訊》從二十世紀初就已經存在，娛樂了我父母的童年——他們對我描述的時候，肯定比聽故事的我還要開心。

無論如何，翻閱這些《童訊》（我很自然地這麼稱呼）的時候，就好像又重新經歷一遍前幾天的強烈情緒。《童訊》用毫不在乎的態度，談論了法西斯的榮耀，以及充滿滑稽編造人物的幻想世界。我可以在裡面讀到正統的法西斯新聞和插畫，以及根據我們所了解的，其實是源自美國的方塊漫畫。對於傳統的唯一退讓，就是原本以漫畫形式呈現的故事，泡泡對話全部被擦除，或者僅為了裝飾目的被保留——《童訊》的所有故事都只有嚴肅的註解，或用兒歌類的詩詞來說明那些好笑的故事。

以下是探險先生的冒險故事：這位褲子形狀不規則，每次因為無意中插手干預，都會收到一百萬里拉的報酬（在每個月薪資一千里拉的時代），然後又回復貧困，重新等待機會降臨的先生，肯定讓我留下深刻的印象。或許因為普里歐先生太過興奮而大肆揮霍，所以每一期都換一間公寓。根據風格和署名來判斷，義大利出產的作品，應該包括了小螞蟻和蟬的故事、卡洛潔羅・索巴拉先生的故事、輕如羽毛，隨風飄蕩的馬丁・慕瑪，以及賦予影像生命的超級顏料發明者，而家裡面老是被一些討厭的歷史人物——不是奧蘭多聖戰士，就是因為被騙到仙境而忿忿不平的撲克牌國王——占據的蘭比其教授。

但是菲力貓、搗蛋鬼（*The Katzenjammer Kids*）、快樂阿飛（*Habby Hooligan*）、爸爸出場（*Bringing Up Father*，畫了克萊斯勒大樓威嚴的內部，畫中的人物會走出畫框）這些漫遊的超現實世界，絕對源自於美國。

令人難以置信的是，《童訊》也可以看到馬米通士兵（穿得和我那些高科尼士兵一模一樣！）。這些蓄著鬍子，可以追溯到復興運動[153]的士兵，因為天生的霉運，老是被關進監獄。

這些馬米通士兵並不好戰，也不太法西斯，卻可以和其他那些並不滑稽，像史詩般為了教化衣索比亞而戰（在《終極動盪》當中，阿比西尼亞對抗侵略的反抗軍被稱為「土匪」），或像是《比亞埃爾莫薩的英雄》當中，為了側面掩護佛朗哥同志，好讓他們對抗身穿紅襯衫的殘酷共和分子。這些故事當然不會告訴我，雖然有些義大利人在西班牙內戰時和長槍黨並肩作戰，但是也有義大利人加入了國際縱隊[154]。

《童訊》旁邊也擺了一疊《勝利週刊》（*Vittorioso*），以及該週刊從一九四〇年開始出版的彩色專輯。我在八歲左右，大概曾要求大人給我買一本漫畫版的大人讀物。

這裡也有精神分裂的狀況，而我們可以從有著長頸鹿吉拉馮、笨魚四月，和年輕的猴子喬喬那樣的趣味動物園冒險故事，或皮波、佩提卡和帕拉，以及因為偷竊長頸鹿遭到逮捕的阿隆左那段喜劇英雄故事，直接跳到讚頌我國歷史英雄，和直接啟發自當時那場戰爭的故事。

CORRIERE dei PICCOLI
ANNO SEMESTRE REGNO: ESTERO: L. 19.- L. 32.- L. 10.- L. 17.-
SUPPLEMENTO ILLUSTRATO del CORRIERE DELLA SERA SI PUBBLICA OGNI SETTIMANA
UFFICI DEL GIORNALE: VIA SOLFERINO, N° 28. MILANO.
PER LE INSERZIONI RIVOLGERSI ALL'AMMINISTRAZIONE DEL «CORRIERE DELLA SERA» - VIA SOLFERINO, 28 - MILANO
Anno XXXI - N. 42
15 Ottobre 1939-XVII
Centesimi 40 il numero
1. Nelle tattiche, che inizio hanno presso San Sulpizio, colonnelli e capitani stan studiando i vari piani.
2. Un reparto "nazionale" (Marmitton n'è il caporale) deve entrar nell'intricato campo avverso trincerato.
3. Le difese formidabili sono affatto insormontabili. Non si vede che una via: passar sotto, in galleria.
4. Marmitton e i suoi soldati, zappatori diventati, incominciano lo scavo, e ciascun si mostra bravo.
5. Si lavora, scava, sterra, come talpe, sotto terra: dei lavori ha Marmittone la suprema direzione.
6. " - Siamo, sotto, metri venti e mi sembran sufficienti: or pian piano si risale in iscavo verticale."
ANGOLETTA
7. Giunti all'ultimo diaframma si delinea questo dramma: che a sboccar vanno bel bello dove dorme il Colonnello.
8. Or rimugina, in prigione, l'accaduto Marmittone: " - Certamente era sbagliato il disegno del tracciato!"

Alvaro il corsaro

IL CARRO DI TRESPOLI
Cine-romanzo completo a colori di CRAVERI
LIRE 1,50

讓我最感到驚訝的是軍團士兵羅曼諾的故事，因為裡面近乎細膩地描述了戰爭的裝備，戰機、戰車、魚雷艦、潛艇等。

因為我祖父在那些報紙當中對戰爭的重新詮釋，讓我學聰明了點，我也學會了比對日期。例如《前進東非義大利》這篇故事是從一九四一年二月十二日開始描述，而英國人是從一月開始攻擊厄立特里亞，他們會在二月十四日占領索馬利亞首都摩加迪休。但是，整個看起來，衣索比亞似乎依然牢牢地掌握在我們手中，他們只是把主角羅曼諾（當時在利比亞作戰）調到東非的前線。我們看到他被派往當時為部隊指揮官的奧斯塔公爵身邊執行祕密任務，傳送給他一份關於國防機密的文件，所以他從北非出發，穿越了英埃蘇丹。奇怪的是，當時無線電報已經存在，而那份內容只是「抵抗，征服」的文件根本毫無機密可言，就好像奧斯塔公爵整天沒事做，閒著打混一樣。無論如何，羅曼諾和他的朋友動身後，在蠻族部落、英國戰車、空戰之間發生了一連串冒險故事，足以讓漫畫家創造出金屬戰車閃耀交戰的情節。

三月那一期裡，英國人已經大舉入侵衣索比亞，唯一不知情的人就剩下羅曼諾，才會繼續在路上獵殺羚羊作樂。四月五日，我們撤離阿迪斯阿貝巴，義大利軍隊占領了加拉——錫達莫和阿瑪拉，奧斯塔公爵則在阿拉吉山築壘防禦。這時候羅曼諾仍繼續筆直前進，甚至成功獵捕了一頭大象。他和他的讀者可能仍認為他應該前往阿迪斯阿貝巴，雖然五年前下台的衣索比亞國王已經又坐回他的王位。沒錯，四月二十六日那一期裡，一顆子彈打壞了羅曼諾的收音機，但是這一點只是告訴我們，他身上有這項配備，而我們無法了解他為什麼完全不知道事情的發展。

五月中旬，阿拉吉山的七千名士兵在糧食、彈藥匱乏的情況下棄械投降，奧斯塔公爵也成了階下囚。《勝利週刊》的讀者可能不知道這件事，但是可憐的奧斯塔公爵自己應該很清楚；相反地，羅曼諾卻在六月七日抵達阿迪斯阿貝巴，找到像條紅眼魚一樣活蹦亂跳、對前景充滿樂觀的公爵。公爵看過那份文件，表示肯定：「沒錯，我們會一直抵抗到最後勝利的到來。」

這些漫畫顯然好幾個月前就完成了，面對事情的發展，《勝利週刊》的編輯部門已經失去打斷發送流程的勇氣。他們認為閱讀週刊的小鬼不會知道這些令人沮喪的消息，所以繼續發行的工作——事情的發展或許真的就是這樣。

第三疊是描述米老鼠和唐老鴉冒險故事的《托波里諾週刊》，也就是《米老鼠週刊》。而雜誌內除了華德・迪士尼的故事，還發表一些法西斯少年的英勇故事，像是《潛艦水手莫左》。但是，就在這幾年的《米老鼠週刊》裡面，我注意到一九四一年左右，也就是義大利和德國在十二月向美國宣戰的時候所出現的變化——我又去核對我祖父的報紙，事情真的是這麼發展的。我原本

以為美國人在某個時候受夠了希特勒的欺騙，所以決定加入戰爭，但是事實上卻完全相反，是希特勒和墨索里尼向他們宣戰，大概以為在日本人的幫助之下，只要幾個月的時間就可以把美國人解決掉。由於派遣一支黨衛軍或黑衫部隊去占領紐約顯然有些困難，所以我們首先將戰場移到漫畫上面，而且早在幾年前就開始將所有的泡泡對話刪除，在畫格下方加上說明。一如我們在其他報章雜誌所見的，美國人的角色一律消失，而以義大利的仿造人物取代；我想那是一道痛苦的終極關卡——米老鼠被殺了。接下去，在沒有任何警告的情況下，同樣的米老鼠冒險故事仍然繼續出版，主角卻變成了一個叫托波里諾的人，不再是動物，但是他的手就像迪士尼的人格化動物，還是只有四根手指，而他的朋友從米妮變成了米瑪，而皮波還是那條狗。我是如何面對這個世界的瓦解呢？肯定泰然以對，因為美國從某個時候開始就變成了壞人。但是我知道托波里諾是美國人嗎？我肯定經歷了戲劇性的忽冷忽熱，一方面因為閱讀的戲劇性情節而振奮，一方面又必須兌現真實世界發生的歷史劇。

托波里諾之後，接下來是好幾年份的《閃電俠》，內容被改得一塌糊塗。第一期出版於一九三四年的十月十四日。

我不可能自己購買，因為當時我仍未滿三歲，也不可能是我爸爸或媽媽買給我，因為裡面的故事並不適合小孩——那是為了沒有完全長大的成人所著的美國漫畫。這幾本是我因為以為是別的漫畫，才開始閱讀的。我自己買的肯定是那幾本封面五彩繽紛，裡面有許多段故事，像電影預告一樣，劇情同時進行的大開本。

這些像專輯一樣的週刊，肯定令我大開眼界，而驚訝就從《閃電俠》第一期第一頁的第一個題為「世界末日」的冒險故事開始。故事的主角是閃電俠戈登，因為某個柴可夫教授造成的混亂，所以來到了由名字和輪廓都非常亞洲的冷酷獨裁者明格所統治的蒙古星球——聳立於太空站的水晶摩天樓，海底的城市，散佈在巨大森林邊緣的王國。故事人物包括了一頭濃密鬃毛的獅人、鷹人、亞竺拉皇后的魔法人等等，身上的衣物則肆無忌憚地混合，有時穿著令人想起中世紀電影的服裝，例如羅賓漢，有時穿著比蠻族還要野蠻的鐵甲和頭盔；但是有時候（在宮廷裡）則是重騎兵、火槍手，或世紀初歌劇中龍騎兵的制服。不管好人還是壞人，全都不恰當地手持白刃，或閃爍著雷霆火光的槍械。他們的配備也一樣，從鐮刀、鐵甲、戰車，到頭尖如針、顏色鮮豔得像「月世界遊樂園」電動車的星際火箭都有。

戈登長得非常俊美，又有一頭金髮，看起來就像個亞利安英雄，但是他身負的任務卻讓我目瞪口呆。我當時認識了多少個英雄？從學校的課本，到義大利的漫畫，都是一些為領袖而戰、聽從命令、憧憬死亡的勇士。如果我當時已經開始閱讀我祖父那些十九世紀的小說，我會發現裡面盡是一些因為個人因素或對付邪惡的使命感而反社會的惡徒——或許只有基督山伯爵一個人例外，因為他一心想要為自己受到的不平對待復仇，而不是因為集體面對的惡勢力。事實上，最後站到好人那邊，而沒有失去正義感的三劍客，他們歸順國王來對抗主教，也是為了得到一些好處，或受封隊長的職位。

戈登不是這樣，他是為了自由而對抗專制的暴君。我當時肯定曾拿明格和可怕的史達林比較，但是我不可能沒有從他的輪廓當中，瞥見我們家這個握有追隨者生殺大權的獨裁者。我肯定在閃電俠戈登的身上，從一場發生在「絕對的他方」，讓另一個銀河的行星堡壘隆隆爆炸的自由之戰當中，第一次看到一個英雄的形象——當然，我可能是在幾年之後才發現，而不是當下。

C. C. Postale - Anno I - N. 1 - Firenze, 14 Ottobre 1934-XII.
Centesimi 30
CASA EDITRICE NERBINI - FIRENZE
l'avventuroso
grande settimanale d'Avventure
CASA EDITRICE NERBINI
LA DISTRUZIONE DEL MONDO !!
LA FINE DEL MONDO!! UNO STRANO PIANETA PRECIPITA VERSO LA TERRA - SOLO UN MIRACOLO PUO' SALVARCI - DICE LA SCIENZA! -
XTRA
IN AFRICA IL TAN-TAN - ROMBO INCESSANTE ANNUNZIATORE DI MORTE.
IN ARABIA SI PREGA E S'IMPLORA LA SALVEZZA DALL'INEVITABILE DISASTRO.
POSIZIONE DEL PIANETA RISPETTO ALLA TERRA.
NEW-YORK LA POPOLAZIONE E' PRESA DAL PANICO E GUARDA CON ORRORE IL BOLLETTINO.-
LO SCIENZIATO DR. ZARRO LAVORA GIORNO E NOTTE PERFEZIONANDO UNO STRUMENTO CON IL QUALE SPERA SALVARE IL MONDO - IL SUO CERVELLO E' STANCO DAL LAVORO SNERVANTE.-
A BORDO DI UN VELIVOLO TRANSOCEANICO, VI SONO UN UFFICIALE DI POLIZIA, GORDON FLASCE, E DALE ARDEN PASSEGGIERA..
UNA METEORA, STACCATASI DAL PIANETA, TAGLIA NETTAMENTE UN'ALA ALL'APPARECCHIO CHE PRECIPITA.
FLASCE RIESCE A PRENDERE LA PASSEGGIERA E GETTARSI FUORI CON IL PARACADUTE DISCENDENDO AL SUOLO
ATTERRATO PRESSO L'OSSERVATORIO DEL DR. ZARRO FLASCE SI LIBERA DEL PARACADUTE
CHE VI PRENDE ? ABBASSATE L'ARMA! SIAMO AMICI!
SIETE SPIE! VOLETE RUBARE IL MIO SEGRETO PER DIRLO AL MONDO.. NON LO SAPRANNO MAI.. - - VENITE CON ME!
QUESTA ENIGMATICA FIGURA SI PARA DINANZI A LORO!
ORA ENTRATE NEL RAZZO! IO INTENDO CON QUESTO DIRIGERMI VERSO IL PIANETA CHE MINACCIA LA TERRA, E SVIARNE IL SUO CORSO! MORIREMO, MA SAREMO MARTIRI DELLA SCIENZA-! ORA PARTIREMO!-
MA..! VOI SIETE PAZZO!
CON UN ROMBO ASSORDANTE IL RAZZO DEL DR. ZARRO SI INALZA NEL CIELO, PORTANDOSI FLASCE GORDON E DALE ARDEN!
E SI DIRIGE SOTTO IL CONTROLLO DELLO SCIENZIATO, VERSO IL PIANETA DISTRUTTORE ! -
IL RAZZO DEL DR. ZARRO SI AVVICINA VELOCEMENTE AL PIANETA.
NON POSSO! NON POSSO PARLO! MORIREMO!
DOBBIAMO! DOBBIAMO SALVARE LA TERRA! PASSATEMI IL COMANDO!
FLASCE! ATTENZIONE! IMPAZZISCE!..
NO! IO NON VOGLIO MORIRE! CAPITE ?!
FERMATEVI! LO UCCIDETE.. IO - - - - -
(Continua).

我繼續翻閱其他專輯，一股神秘的火焰隨著一綑綑的書冊而漸形炙熱，我也發現了一些學校的課本裡從未提到的英雄。「奇諾與佛朗哥」155。他們身穿淺藍色的象牙巡守隊制服，在一片交織的蒼白色彩中進入叢林探勘。一方面是為了牽制叛逆的部落，但是最主要還是為了阻止壓榨殖民地人民的象牙和奴隸販子（都是一些壞白人在欺負善良的黑人！）。他們精采地追捕走私販和犀牛的時候，手持的卡賓槍並不像我們的漫畫一樣，發出砰砰或咻咻的聲音，而是喀喀喀。這些喀喀喀肯定刻畫在我目前試圖拆卸下來的那些大腦前葉最隱密的皺摺之間，因為我目前仍然聽得到這些代表異國風情，為我描繪出另一個不同世界的聲音。聲音再度比影像或字母的謄寫更為有用，因為聲音有一種能力，讓我瞥見那些我仍然抓不住的痕跡。

啊啊砰砰喀喀嘶嘶乒乒乓乓鏘鏘啪啪嚓嚓鏮鏮嗚嗚嘰嘰喳喳噗噗嗵嗵咻咻隆隆嘻嘻噓噓唏唏嗨嗨滴滴答答颯颯哄哄哈哈哇哇嘀嘀咕咕呸呸叮叮噹噹咳咳呀呀叭叭咄咄啦啦啦啦……

那些插畫我一幅翻過一幅，那些聲音我全都看得到。我從小就非常習慣分辨聲音。在這些不同的聲音中，我的腦海突然冒出一聲唰，前額同時沁出了汗珠。我看看自己顫抖的雙手。為什麼？我在什麼地方讀到這個聲音？還是說，這是我唯一不曾讀過，而是親耳聽見的聲音？

我再次翻到「方托瑪」的專輯時，幾乎就像回到了自己的家一樣。方托瑪，這位善良的法外英雄，身上像煽情的同性戀者一樣套著紅色緊身衣，臉孔勉強覆蓋在一片半截面具下面，露出了兇狠的眼白，但是卻看不到瞳孔，讓他更顯得神秘。偶爾獻上深情的一吻，一邊顫抖地窺看他包在從來不脫的服裝下面的結實肌肉，我們這位美麗的黛安娜·帕門肯定瘋狂地愛慕他（有時他會受到槍傷，由他那些野性十足的同伴，以外科醫生的手法為他療傷，只是每回都包

TRATTO PER MEZZO DI MILIONI DI RADIO E DI ALTOPARLANTI
DALI QUELLA DI TUTTO IL POPOLO FLITTONICO CHE ERA PIENA
DI SPERANZA DOPO LA FUGA DEI DETENUTI POLITICI!
STURM!
BOLZ KAPUT
PILZT
KONCENTRAMENT...
PRRRR
SCIAZZ
BAU... BAU...
MIAAOOOUUHH!
AIUTO!
AUSTIN!
DEMOKRATEN
AUG!
AHI FLITT!
AHI! FLITT?
CRACK
CRACK
BWOOM!
SOCK
BONG
BONG
DUE GIORNI DOPO -
KRAK!
AAWRK
SLAM!
CUCCU
SDLAN
DLEN
SMACK

紮在那件就算潛入炙熱的南海一段時間，還是緊緊貼在身上的防水衣外面）。

那些不尋常的吻是相當動人的時刻，黛安娜會立刻不屑地被推開、遭到情敵的阻礙，或是因為身為一名美豔的國際旅客所面對的苦衷而離去。他因為受到祖傳的誓言限制，必須承擔任務——保護孟加拉叢林的居民不受印度海盜，和白人土匪的騷擾，所以沒有辦法跟隨她，娶她為妻。

從漫畫或歌曲看到或聽到阿比西尼亞人如何殘暴之後，我又遇到了一名和邦達拉侏儒和平共處，並和他們並肩對抗兇惡殖民者的英雄——而姑朗這位邦達拉的女巫比起那些膚色蒼白，一心想要征服的傢伙要明智多了，而那些杜巴士兵不僅忠誠，而且完全支持這種主持正義的黑道行徑。

還有一些不特別有新意的英雄（用這種尺度可以測量我的政治思想過去如何演化），例如魔術師曼德瑞克，他雖然像朋友一樣對待黑僕人羅塔，卻視他為忠實的黑奴和保鑣。但是用魔術對抗壞人的曼德瑞克——魔術棒一點，敵人的手槍就變成了一根香蕉——也是一名資產階級的英雄，他不是穿黑色或紅色的制服，而總是一身完美的燕尾服，戴著一頂大禮帽。還有一名X—9情報員也是一個資產階級英雄，他追捕的不是某個政權的敵人，他一

身軍用雨衣、西裝，打著領帶，手持有時候會出現在身穿絲質禮服、頸上圍著羽飾、精心上了妝的金髮女子手上那種可愛的掌心雷，保護納稅人對抗惡賊男爵。

那是另一個世界，學校努力教我們正確表達的語言能力可能會因此遭到拆卸，因為英語化的翻譯非常不確切。但這又有什麼關係？我在這些文法錯誤百出的畫冊中，遇到了一些官方文化不會介紹給我們認識的英雄，或許我就是在這些用色流俗（但是非常引人入勝）的漫畫裡，受到不同的善惡標準啟蒙。

我的發現並未到此結束，緊接著又看到一整套描述托波里諾最初的歷險，背景城市不可能位於義大利的黃金畫冊（不知道我當時是否明白那些是美國的大小城鎮）。《米老鼠和一幫水管工人》（喔，那個不可言喻的水管先生！）、《米老鼠追蹤黑猩猩記》、《鬼屋裡的米老鼠》、《米老鼠和克拉貝母牛的寶藏》（找到了，和米蘭那本鋅版畫冊一樣，但是使用的是輕淡的赭栗色調）、《情報員米老鼠》——不是為了軍方或暴徒，而是為了盡國民義務，投入一場國際性的情報活動，在外籍兵團發生了許多精采的冒險故事，並受到騙子佛康和惡毒的派特・希布雷的欺壓。

根據破損的程度，我讀最多遍的應該是《記者米老鼠》這一

本。很難想像在法西斯政權之下，居然可以出版關於追求新聞自由的冒險故事。但是看得出來，對那些國家的審查人員來說，這些動物的故事看起來並不實際，也不危險。我在什麼地方聽到「這就是媒體，小姐，妳一點辦法都沒有。」[156]這句話？肯定是後來的事。無論如何，米老鼠以有限的資源，讓他那份《世界回聲報》站穩了腳步——創刊號排版嚴重錯誤——但是他仍然無所畏懼地繼續下去，就算無恥的黑幫和貪污的政客想盡辦法阻止，他還是堅持所有的新聞都可以上報。當時有什麼人會告訴我，新聞可以擁有不需經過審查的自由？

孩提時期一些精神分裂的謎團總算理出了一些頭緒。我閱讀學校的課本，也閱讀漫畫，而我可能就是透過這些漫畫，吃力地建構出我的公民意識。肯定就是因為這樣，就算大戰結束，我一有機會取得看到方塊漫畫、讓我能夠認識像是小阿布奈和狄克・崔西這些英雄的美國週日新聞，就會保存這些崩潰歷史留下的碎片。我想，戰前的義大利編輯不敢出版這些漫畫，是因為上面的線條摩登得大膽，會讓人想起納粹口中的墮落。

年歲和智慧漸長之後，我是不是因為狄克・崔西的驅動，所以才會傾向畢卡索的畫風呢？

當時戈登當然對我造成過影響，其他早期漫畫都不可能。當時是直接從美國的版本複製，在未付版稅的情況下，印刷品質十分惡劣，線條和顏色經常模糊難辨。就拿「方托瑪」來說好了，自從禁止從敵方進口的禁令頒佈之後，方托瑪就在我國的畫家改造下，換上了綠色的緊身衣，並加上一些義大利人的特質。就拿那些自製的英雄來說好了，或許是為了對抗《閃電俠》裡面的英雄，所以草率地設計出友善親切，下巴看起來堅定得和墨索里尼沒有兩樣的狄克・富明。他專門用拳頭痛揍血源肯定不是亞利安的盜匪，像是黑鬼桑伯、南美人巴瑞拉，以及後來那個看起來很像曼德瑞克的魔鬼惡霸罪犯，費拉塔維翁，一個感覺上就是血統不明的邪惡名號，而曼德瑞克那件美國魔術師的燕尾服，則被替換成一頂又骯髒又可怕，最適合在街上鬼混的帽子，和一件差不多類型的大衣。「站出來，親愛的，揮拳吧！」富明戴著帽子和縐巴巴的衣服對他的敵人大叫，一邊像大雨般揮灑復仇的拳頭。「他真是惡魔！」那些叛徒叫道，而這時候，陰暗的角落出現了富明的第四號大敵，馬斯克拉・比昂卡，以鎚子或沙包重擊富明的後頸。富明倒下去，口中發出「啊……！」過了一會兒，雖然他被關在積水不斷淹高的黑牢裡，但是他肌肉一擠就掙脫束縛，沒過多久，他就逮捕了一整幫精心捆綁的歹徒，並帶到警官（一個蓄著八字鬍的小個子，看起來不太像希特勒的追隨者，反倒像個銀行的職員）面前。

黑牢的水越淹越高，每個國家的漫畫大概都有這一幕。我覺得胸口就像塞了一塊悶燒的炭火，我手上拿著《黑桃五——死亡先驅的完結篇》。一個一身騎士裝扮的男人，頭覆蓋在一張圓筒狀、往下展開成披風的猩紅色面具下。他張開雙腿，兩隻手臂高高舉起，四肢被鍊在地窖牆上，這時候，有人打開了地下水閘的閘門，讓地窖一點一點地淹沒。

但是在這些畫冊的附錄中，還有一些風格更為曲折離奇的故事。其中一篇的標題是《中國海上》，主角是吉阿尼・馬汀尼和他的弟弟米諾。我當時肯定覺得奇怪，為什麼兩名義大利英雄會跑到我們沒有殖民地的區域，在一些名字非常異國的流氓，以及長得非常漂亮，名字異國風情更濃厚的女人之間——像是杜希拉和布瑪——進行冒險。不過，我肯定也注意到這些漫畫不同的品質。我接著從一些顯然是美國士兵在一九四五年帶過來的少數畫冊中發現，這個故事的名字原來叫做《特里和海盜》157。義大利的版本出現於一九三九年，而且從那時就已經被義大利化。我從我那些外國畫冊的小型收藏也注意到，法國人在那幾年將《閃電俠戈登》翻譯成了《閃電奇伊》（*Guy l'Eclair*）。

我無法讓自己從這些畫冊抬起頭來，彷彿來到了一場雞尾酒會，遇到的每張臉都似曾相識，卻想不起來什麼時候見過這個人，也想不起這個人到底是誰——我每一刻都忍不住想要驚呼「最近好不好，老友？」但是又因為擔心鬧笑話，而趕緊把伸出去的手縮回來。

這是再次造訪第一次見面的人出現的尷尬——感覺就像大難不死後，卻回到別人的家。

cent.
60
LA CAMERA
DEL TERRORE

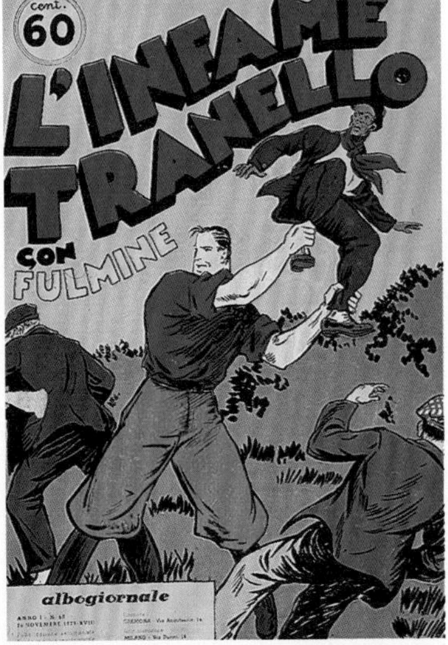
cent.
60
L'INFAME
TRANELLO
CON
FULMINE
albogiornale

TERRY
AND THE PIRATES
MILTON
CANIFF

我接下來不根據日期、系列或人物來閱讀，而是以回顧的方式跳著看，從《童訊》的英雄一直看到華德・迪士尼，有時也會拿愛國故事和曼德瑞克對抗眼鏡蛇進行比較。但是，就在我重新回到《童訊》那篇英勇的瑪里歐對抗終極大公阿伊圖的故事時，我看到一幅讓我心臟停止跳動的畫面，隨即出現一種類似勃起的感覺——更好的比喻應該是患了陽萎的人身上再次出現勃起的那種感覺。瑪里歐從阿伊圖大公的手中脫逃，並帶走了大公的白人妻妾潔米——因為她已經明白阿比西尼亞的未來掌握在文明且救苦救難的黑衫軍手中。這個壞女人（相反地，她從此變成一個賢淑的好女人）的背叛讓阿伊圖氣急敗壞，於是下令放火燒掉兩個人躲藏的房子。瑪里歐和潔米成功地爬到屋頂上，而瑪里歐瞥見了一株巨大的大戟科植物。「潔米，抓住我，然後閉上眼睛！」

在這種時刻，瑪里歐不可能出現不潔的念頭。但是潔米就像所有漫畫女主角，身上穿著輕薄的衣裙，某種讓她的肩膀、手臂，和一部分的乳房裸露的無袖長衣。由於漫畫用了四格來描述這個危險的逃亡場面，我們可以想像，那件絲質的無袖長衣先翻到了腳踝和小腿上。如果一個女人抓緊救難英雄的脖子，她會因為害怕，讓抓攫變成一種歇斯底里的擁抱，她那片肯定香氣四溢的臉頰緊貼在他汗水淋漓的脖子上。於是，到了第四格的時候，雖然瑪里歐緊抓著一根樹枝，一心設法不落入敵人手中，受到安全保護的潔米卻已徹底陶醉，向前伸直的左腿裸露到膝蓋，露出高貴、穿著高跟鞋的優美小腿，她的右腿雖然只看得見腳踝，但是由於和誘人的大腿形成的角度（可能因為炙熱的焚風造成的效果），她的衣服潮濕地貼在身上，讓她的臀部和大腿明顯地畫出一道曲線。這名漫畫家不可能不知道自己創造出來的情色效果，而他的靈感肯定來自某些電影畫面，或是《閃電俠戈登》那些衣物總是非常貼身，又綴著閃亮寶石的女人。

NON VI RESTA CHE SCEGLIERE, ME O LA MORTE - SE FOSTE INTEL-LIGENTE NON CI PENSE-RESTE DUE VOLTE!

LO ZIO E' STATO FERITO!
VERA-MENTE?

...QUINDI RIENTRA CON DALE NEL PALAZZO...

我不知道這是不是我當時所見過最情色的畫面，但肯定是第一遭（因為那本《童訊》的日期是一九三六年十二月二十日）。我也不能推論我是不是四歲就出現生理反應，或臉紅心跳，但是這幅畫面肯定對我揭露了女性的永恆之美，而我不禁自問，是不是還能像從前一樣，純真地貼在母親的乳房上。

從一件柔軟而近乎透明，讓身體的曲線凹凸分明的長袍伸出來的一條腿。如果這是一幅關鍵的影像，是不是也因此留下了一個徵兆？

我重新查看翻閱過的每個頁面，用眼睛搜尋頁緣上每個細小的裂痕、潮濕的手指留下的蒼白指印、頁面上角的摺痕，以及我曾經用手指摸過無數次的表面磨紋。

我找到了一系列從許多長袍的衩口伸出來的美腿——蒙古星球上面，包括妲勒・亞登，和明格的女兒歐洛拉，以及後宮享受皇家宴席的妻妾衣服都做成高衩，倒在情報員X－9懷裡的那些衣著隨便的高級仕女也是，空軍弟兄裡面穿著長袍，令人心神不寧的女人，衣服也開了高衩，接著是頁面脫落的方托瑪，然後《特里與海盜》裡，身穿黑袍舉辦宴會的龍女也是……我肯定曾經夢想這些淫蕩的女人，以及出現在義大利雜誌上，那些穿著巨大軟木高跟鞋，裙子至膝，大腿露出一截女子。但是那兩條美腿、那兩條美腿……其中哪一個喚醒了我的衝動？是那些深居簡出的單車小美女，還是遙遠星球城市的外星美女？那些遙不可及的美女肯定比隔壁的少女和熟女對我有更大的吸引力。但是誰知道？

如果我曾經幻想住在隔壁的女人，或在我們樓下的花園玩耍的女孩，那就是我個人的祕密，這些出版工業不可能有任何蛛絲馬跡。

我在成疊漫畫後面找到了一些零零散散，肯定是我母親閱讀的女性雜誌《新潮》（*Novella*）。冗長的愛情連載故事，幾幅優美的插圖，纖細的女人和非常英國的紳士。男女演員的照片一律用深淺不一的褐色調呈現，包括文字。封面則是當時的表現手法，永恆的特寫鏡頭，而其中一本讓我的心在火舌的啃噬之下迅速縮成一團。我難以自主地傾身，把我的嘴唇放在她的唇上。我沒有生理反應，但是我在一九三九年，也就是我七歲的時候，無疑因此感到莫大的激動。這張面孔看起來像希比菈？像寶拉？還是像娃娜？擁抱白鼬的女子？還是名字肯定被吉阿尼嘲笑過的卡娃西？或為了她，讓我專程跑了三趟阿姆斯特丹的漂亮荷蘭小女孩席瓦娜？

肯定都不像。我肯定透過許多讓我開心不已的影像，為自己創造了一個屬於我的完美形象。如果我眼前出現曾經愛過的女人臉孔，我就可以歸納出原型，一個永遠達不到的理想，卻讓我一生追逐。娃娜的臉孔和希比菈有何相似之處？或許第一眼看起來並不像，或許是那一道狡黠的笑紋，或是微笑的時候露出牙齒的方式、綁頭髮的動作。其實她們移動手腕的姿態就夠了……

我剛剛親吻的女人畫像屬於完全不同的調調。如果我此時和她擦身而過，我可能根本就不會看她一眼。那幅照片——照片看起來總是陳舊——沒有漫畫裡那種令人遐思、柏拉圖式的輕盈。我並非親吻愛慕對象的畫像，而是一種針對由化妝凸顯的嘴唇所造成的肉慾專橫。那不是一個令人顫抖而憂慮的吻，而是一種辨識肉體存在的野蠻方式。我當時應該很快就忘了這件事，就像那是一件禁忌而令人不安的事，但是阿比西尼亞的潔米，卻讓我感到心神不寧地愛慕，一個遠方的高貴公主，只能看而不能碰觸。

NOVELLA

我為什麼會保存這些女性雜誌？我可能在青春期剛開始的時候，或許那時已經進了初中，利用回到索拉朧的機會，整理當時對我非常遙遠的過去所留下來的東西，用我青春的破曉階段來經歷失落的童年。我當時就注定要重拾記憶，不過當時只是一個遊戲，每一塊瑪德蓮蛋糕都觸手可及。相反地，現在卻是一場絕望的挑戰。

無論如何，我在祈禱室裡發現了肉體，以及隨之而來的解放和奴役。很好，這也是逃避被遊行、制服，以及守護天使的無性帝國奴役的方式。

繞了這麼一大圈就為了這件事嗎？除了閣樓的聖誕馬槽，我沒有找到提到我宗教意識的東西，而我覺得一個小孩就算成長在非教徒的家庭裡，也不可能沒有得到這方面的餵食。我沒看到任何能告訴我一九四三年之後發生的事的東西。很可能是因為祈禱室遭到封閉，正確的日期應該是一九四三年到一九四五年之間，我決定將漸漸消失在溫柔回憶中的童年私密埋藏在這裡——我從此套上成人的衣袍，在最黑暗的年代踏進成人世界，而我決定將這段被我歸納為成人懷舊情緒的過去，藏進一個地窖。

我在眾多的《奇諾與佛朗哥》當中，突然看到某樣東西，讓我覺得自己似乎就要跨越揭露一切的最後屏障。那本封面色彩豐富的畫冊，書名為《羅安娜女王的神秘火焰》。這裡面解釋了為什麼我甦醒之後，會有一些神秘的火焰讓我激動不已，而這趟索拉朧之旅也終於找到了意義。

我翻開畫冊，看到人類思緒所能構想出來的一篇最平淡無奇的故事，七零八落的情節根本站不住腳，而且一再重複，一些人因為突然出現的愛情而無緣無故地焚化。奇諾與佛朗哥一方面對羅安娜女王著迷，一方面又認為她是一個邪惡的人物。

奇諾與佛朗哥在兩個朋友的陪伴之下，來到一個位於中非，由一名神秘的皇后所統治的神秘王國，而這名皇后手上握有一種可以為人類取得壽命，甚至長生不死的神秘火焰，正因為如此，依然美豔無比的羅安娜統治野蠻部落已有兩千年之久。

羅安娜在某個時刻出現在畫面裡，她並不吸引人，也不會令人心神不寧——她倒是讓我想起最近在電視上看到的一些老舊嘲諷劇。至於故事其他的部分，在她仍未因愛情的痛苦而跳入一個神秘得莫名其妙的無底洞之前，羅安娜一直穿插出現在這個草率無比、缺乏吸引力，也沒有心理情節的故事當中。她一心想要和奇諾與佛朗哥的一個朋友結為連理，因為他和她兩千年前深愛過的一個王子長得一模一樣，她當時因為被對方拒絕，而派人殺了那名王子。既然她的神秘火焰可以讓她那位被製成木乃伊的愛人復活，令人無法理解的是為什麼她一定要找一個現代的替身（此外，這個人也不想和她結婚，他第一眼看上的是她的妹妹）？

總之，一如我們在其他漫畫所見，致命的女人和

邪惡的男人（就像明格和妲勒・亞登），總是不願意用暴力，將那位讓他們發情的對象關在自己的後宮裡，達到肉體結合的目的。他們總想要和這個對象結為連理。到底是源自美國新教徒的虛偽，還是捲入人口戰爭的天主教政府強制在義大利譯者身上的超道德？

再回到羅安娜身上。一連串不同的災難之後，神秘的火焰遭到熄滅，故事裡的人物再也無法長生不老——這樣的結局根本不需要繞一大圈，因為最後給人一種她並不需要掙扎，火焰還是會熄滅的感覺，而其他的人居然費了那麼大工夫才找到火焰。但是也可能是畫冊的頁面不夠，故事無論如何都必須結束，而作者已經忘記他們為什麼，以及如何開始這段故事。

總之，這是一篇愚蠢的故事。但顯然就和皮皮諾先生一樣，你小時候讀過的一段故事，會在你的記憶裡膨脹、轉變、昇華，最後你可能將這段草率的故事當成一種迷思。事實上，在我昏沉的記憶裡繁殖的不是這篇故事，而是書名。神秘火焰這句話讓我著了迷，更不用提羅安娜這個聽起來十分甜美的名字，雖然實際上她是一個任性且打扮得像印度舞女的小賤貨。我童年的時間——肯定後來仍舊一直持續下去——都花在栽培一個聲音上面，而不是一個影像。羅安娜的故事已經被我遺忘，但是我仍然繼續追隨其他的神秘火焰為口舌帶來的光暈。幾年後，為了定義這些遺忘的樂趣所帶來的閃爍反光，我從我翻覆的記憶裡再次喚回了這束神秘火焰的名稱。

我身上的濃霧依舊沒有消散，雖然偶爾出現的名稱會帶進來一線曙光。

我東摸摸、西碰碰，找到了一本書皮裱著帆布的大開本冊子。翻開後馬上明白那是一本集郵冊。肯定是我的，因為封面上可以看到我的名字，以及可能是我開始集郵的年份，一九四三年。這本活頁集郵冊的架構非常專業，並以國家及字母的順序歸類。郵票是透過一種橫條來固定，但是其中有一些當年，肯定也是我開始集郵的時候，在信封或明信片上面找到的義大利郵票，背面卻是又厚又毛糙。不難理解，我一開始的時候，曾經用阿拉伯樹膠將這些郵票貼在品質不良的筆記簿上面。後來我顯然學會了應該怎麼做，將紙張泡到水裡，試圖救回這些粗糙的收集品。郵票後來脫落了，但是已經因為我的愚蠢而留下不可抹滅的痕跡。

夾在集郵冊的一本冊子，一九三五年的《伊維特和特里耶》[158]郵票目錄，讓我學會了接下來應該怎麼做。這本冊子可能是祖父的收藏品之一，對於一名一九四三年的嚴謹收藏家來說，這本目錄確實有些老舊，但是對我來說肯定非常珍貴，因為我不僅從裡面學會了如何更新價目和發行，也學會了編排目錄的方法。

那幾年我去哪裡弄到這些郵票？我祖父送給我的嗎？還是我們可以在商店買到套裝郵票，就像米蘭的亞莫拉利街和寇杜希歐街之間的攤販一樣？我很可能把我的錢全花在城裡的一家文具店，他們專做這些收藏生手的生意，所以這些我眼中漂亮無比的郵票，其實就像流通的貨品。也可能因為戰爭這幾年，國際之間的來往都中斷了——國內的交通到了某個時候也不再流通——這種時候，是不是只要用很低的價錢，就可以在市集裡，從幾個為了買點奶油、買隻雞或買雙鞋的退休老人手中，買到一些很有價值的器材？

這本集郵冊對我最首要的價值，應該不是流通的商品，而是一些夢幻圖案的匯集。每一個圖案都讓我在炙熱中焚燒，那些老舊地圖完全不能相提並論。透過這本集郵冊，我想像著框在紫紅色德屬東非字樣中的湛藍清澈海水；阿拉伯地毯一樣的網線之間，我在暗綠的夜色裡看到了巴格達的房子；框著粉紅色的暗藍原野中間，我看到了喬治五世的輪廓、百慕達的酋長；一

200
ZANZIBAR
COOK ISLANDS
NEW GUINEA
TWO POUNDS
10
RP
LIECHTENSTEIN
Danzig
QUARTER ANNA
FIVE RUPEES
BIJAWAR STATE
BRITISH CENTRAL AFRICA
TWENTY FIVE POUNDS
POSTAGE & REVENUE
LABUAN
POSTAGE & REVENUE

堆磚塊之間，湧現的是一名土耳其大臣，或蘇丹，或印度必查瓦省的王公，或是薩格瑞小說中一名印度王子，但是薩格瑞帶來的迴響，肯定讓納閔島那塊豆綠色的小型長方紙塊更為多彩多姿。或許我手上一邊拿著印有格但斯克[159]郵戳的郵票，還一邊閱讀著關於格但斯克戰爭的消息；我在印多爾省[160]上面查看**五盧比**的字樣；我夢想著印在英屬所羅門群島郵票上面的怪異土著獨木舟；我幻想著瓜地馬拉的風景、賴比瑞亞的犀牛，和一艘蠻族的小舟出現在一大張巴布亞的郵票上面（我發現國家越小，郵票就越大張）；而我很納悶沙潔比耶和史瓦濟蘭到底位在什麼地方。

我們被包圍在無法穿越的障礙裡，箝制在兩個戰鬥中的軍隊之間那幾年，我透過一張郵票的斡旋，環遊在這個廣大的世界之間。雖然鐵路運輸已經中斷，從索拉臘只能騎腳踏車進城，我卻翱翔於梵蒂岡和波多黎各、中國和安道爾之間。

最後，我在兩張斐濟的郵票之前再次心跳過速。這兩張郵票和其他幾張比起來，沒有比較出色或比較醜陋。其中一張呈現了一名土著，另一張則是斐濟群島的地圖。或許這兩張讓我花了許多工夫和時間才取得，所以我特別珍愛；或許我因為地圖的精細，讓我能夠更了解這些金銀島而驚訝；或許我是透過這張郵票才學會這個地區的地名。寶拉好像曾經說過我一直有個念頭——我希望有一天前往斐濟，我會去翻閱旅行社的簡介，但是我後來總是打消念頭，因為到地球的另一邊，停留的時間若少於一個月，就不具太大意義。

我繼續盯著那兩張郵票，自然而然地唱起了前幾天聽到的一首歌〈那上面的卡波卡巴納〉。我又想起了皮培多。那些郵票，還有這首歌，和這個名字到底有什麼關聯？

索拉臘的祕密，就是每回瀕臨揭曉之際，我就會止步於濃霧中無法察覺的峽谷邊上。就像聖谷一樣，我告訴自己。但是聖谷又是什麼東西？

153 譯註：Risorgimento，十九世紀義大利實現統一和建立國家的運動。

154 譯註：西班牙內戰時期，各國共產黨為援助西班牙共和國而招募的外國志願軍。

155 譯註：原書名為Tim Tyler's Luck，美國漫畫家Lyman Young的作品。

156 譯註：亨弗萊・鮑嘉在電影「戰地天使」的最後一句對白。

157 譯註：Terry and Pirates，美國漫畫家卡尼夫・米頓的作品。

158 譯註：Yvert et Tellier，法國郵票目錄發行公司。

159 譯註：Gdańsk，波蘭第六大城。

160 譯註：Indore，印度省分。

12.

主戲登場

我問阿瑪莉雅知不知道聖谷。「當然知道。」她回答，「聖谷……希望您沒有前往那個地方的念頭，因為在您小的時候，那裡就很危險了，而且現在，請容我這麼說，您已經不年輕了，您會在那裡葬送性命。小心我打電話通知您太太，嗯……」

我向她保證，我只是想知道那是什麼地方。

「聖谷？從您房間的窗子看出去就行了，遠處那邊的山頂上有個叫做聖馬汀諾的地方，那是一個小村子，或甚至根本稱不上村子，只是一個頂多住了一百個人的聚落，他們都是一些齷齪的人，老是喜歡搞怪，光是鐘樓的長度就蓋得比村子還要寬，因為他們有一具看起來像顆角豆的安東尼諾聖體，它的臉看起來就像乾大便，抱歉我講了粗話。如果用手指戳一戳，它的衣服下面感覺就像一塊乾木頭，我可憐的老爸告訴我，他們在一百年前就挖出這具發臭的東西，不知道在上面塗了什麼東西，擺在玻璃櫃，騙朝聖者掏點錢，但是根本沒有人去朝拜，您知道，沒人理這個聖安東尼諾，因為它根本不是聖人，他們只是隨便在聖人曆上亂點，找到這個名字。」

「但是聖谷到底是什麼地方？」

「聖谷就是……我們只有一條路可以前往聖馬汀諾，一條全程上坡的小路，就連現在的汽車也爬得很吃力。那條路不像我們這一帶的路，繞著山頭轉過來轉過去，一直轉到山頭，那條路幾乎是筆直一條，直接通往山頂，所以才會爬得那麼吃力。您知道那條路為什麼會建成這個樣子？因為築路的這面聖馬汀諾坡地上有些樹木和葡萄園，他們為了到最下面的土地耕種，所以築了一些擋土牆，但是另一面就像發生過山崩，荊棘、灌木亂七八糟，腳都不知道應該踩哪裡，那裡就是聖谷。有人因為不清楚狀況，在那裡喪了命。夏天還算好，但是濃霧出現的時候，乾脆爬到閣樓上找根大樑上吊還比較痛快，因為再勇敢的人在那上面還是會遇到那些妖精。」

這是阿瑪莉雅第三次提到妖精，但是一提到這方面的問題，她好像都刻意閃躲，我不明白是因為某種靈異上的恐懼，還是她根本不清楚那是什麼東西。聽起來應該是一些外表看起來像是孤獨老嫗的女巫，她們會在夜色降臨之際，聚集在最陡峭的葡萄園裡，然後在類似聖谷這種受到詛咒的地方，用黑貓、山羊，或奎蛇來施妖法。邪惡如毒，她們會詛咒那些讓她們懷恨在心的人失去一整年的收成。

「有一回，她們有人變成了一隻貓，鑽進這一帶的房子帶走了小孩。一個鄰居因為擔心自己的孩子也被帶走，整晚都抱著斧頭待在搖籃旁邊，當那隻貓進去他們家裡，他一刀就砍下牠一隻爪子。這時候他冒出不安的念頭，前往附近的一個老太婆家，看到她一隻手縮在袖子裡面，他問她原因，對方表示不好意思，因為她用鐮刀割草的時候，傷到了自己的手。他堅持要看，發現那隻手已經不見了。那隻貓就是她，村人於是把她抓起來活活燒死。」

「這故事是真的嗎？」

「不管真的、假的，我祖母就是這麼告訴我，雖然那一次我祖父回到家時，口中嘶啞地叫著妖精、妖精，因為他肩上扛著雨傘，剛剛從農舍那邊回來，不時有人扯住他的袖子，不讓他向前走。我祖母叫他住嘴，你這個不成材的蠢貨，你胖得像顆球，又喜歡在小徑兩旁鑽來鑽去，搞得樹枝鑽進你的袖子，如果這就是妖精，那掉下來的雨滴就是在揍人了。我不知道這些故事是不是真的，不過有一回聖馬汀諾來了一個會做法的教士，他像所有的教士一樣，都是同濟會的兄弟，和妖精串通一氣，不過你只要捐一次錢給教堂，他就會為你驅魔，讓你平安一年。但是接下來那一年，就得再捐一次錢。」

不過，阿瑪莉雅向我解釋，聖谷真正的麻煩，是我在十二或十三歲的時候，曾經試圖和一群不良少年爬上去，因為我們和聖馬汀諾的一幫人開戰，想要進行突襲。當時如果讓她看到我，就算用扛的也會把我扛回來，但是我就像條蛇，沒有人知道我躲在哪一個洞。

大概就是因為這樣，所以一看到路肩崖邊，我就會立刻想到聖谷，雖然這個例子中，我想到的只是一個名稱。早上過了一半的時候，我已經把聖谷拋到腦後。有人從市鎮打電話給我——有一個掛號包裹等我去領。我下山取了包裹，那是辦公室寄來的目錄初校。我利用機會順便去了一趟藥房——我的血壓再次爬升到一百七，因為在祈禱室裡太激動了。我決定平靜地度過這一天，這份目錄的初校剛好提供了我機會。但是事實上完全相反，正是這份初校讓我冒了血壓升高到一百八的風險，而且很可能更高。

這一天不算太晴朗，坐在花園頗為清爽。我舒服地坐下來，動手拆開包裹。檔案還沒排版，但是內容的文字無懈可擊。夏天過後，我們可以拿出一份非常有價值的書目。做得很好，希比菈。

我翻著翻著，翻到了一版看起來似乎沒什麼問題的莎士比亞著作，但是當我瞥見書名的時候，我幾乎昏厥過去──*Mr. William Shakespeares Comedies, Histories, & Tragedies. Published according to the True Original Copies*（威廉．莎士比亞先生，喜劇、歷史劇、悲劇，依據原稿複製出版）。我差一點就心肌梗塞。作家的畫像下面印著出版商和日期「London, Printed by Isaac Iaggard and Ed. Blount. 1623」。我察看了一下版權、尺寸（真的是三十四．二×二十二．六公分，書緣非常寬大）──雷電加交，真的是市面上已經找不到的一六二三年全開本[161]！

我相信舉凡古董商和收藏家，偶爾都會夢見自己遇到一位九十歲的老太婆，一個一條腿已經踏進墳墓的老太婆。她家徒四壁，甚至沒錢給自己買藥。她來告訴你，有一些曾祖父留在地窖的書籍要賣給你。你出於謹慎上門看一眼，你看到十來本沒什麼價值的書，但是突然間，你瞥見一本裝訂零落、羊皮封面鬆散、書背消失、縫線斷落、書角遭老鼠啃噬、許多頁面都發了霉的全開本。哥德字體的兩欄讓你震驚，你算一算行數，四十二，你匆忙翻到版權頁……那是古騰堡的四十二行《聖經》，世界上第一本印行的書籍。最後出現在市面上的那一本（其他的都已經被收藏在著名的圖書館），前一陣子在拍賣會上以不知幾十億元的金額成交，買主好像是日本的銀行家，那本立刻就被鎖進保險箱。如果市面上再出現一本，不可能有定價，你可以任意索價數十億、數百億。

你偷偷觀察那名老太婆，你知道付她一千萬里拉就會讓她很開心，但是你心裡有一股罪惡感──你給她一億、兩億，讓她可以舒服度過餘生。接著你回到家，雙手顫抖得不知該怎麼做。為了賣掉這本書，你必須動員全世界最大的拍賣公司，他們會吃掉一部分的蛋糕，而剩下的那一部分會被課稅。你想要自己收藏這本書，卻不能拿出來向任何人展示，因為一旦風聲傳開，全世界大半的小偷都會聚集在你家門口。擁有這件神蹟，卻不能向其他收藏家炫耀，那還有何樂趣可言？如果你想到保險，你馬上就會被榨個精光。你該怎麼做呢？把書捐給市政府，讓他們放在史佛薩城堡的裝甲玻璃櫃展示，派兩個武裝的黑猩猩日夜看守？於是，當你想看看你那本書的時候，非得擠在一堆游手好閒，想要看一眼全世界最罕見寶物的人群當中。你能怎麼做？用手肘撞一下旁邊那個人，告訴他那本書是你的？這樣值得嗎？

於是你不再去想古騰堡，你的夢想換成了莎士比亞全集的全開本。雖然價錢少了幾十億，但是只有收藏家識貨，無論自己收藏，或拿出去拍賣都比較容易。這本莎士比亞全開本於是就成了全世界書迷的第二號夢想。

希比菈訂的價錢是多少？我目瞪口呆——一百萬里拉，彷彿那是隨便的爛書。她有可能不知道自己經手的是什麼書嗎？我的事務所什麼時候取得了這本書？為什麼她沒告訴我？我要把她辭掉、我要把她辭掉，我生氣地喃喃自語。

我打電話問她知不知道目錄的第八十五項是什麼東西。她似乎非常驚訝，那是一本十七世紀的書，看起來甚至有些醜陋，而她寄出初校沒多久，就因為把那本書以僅僅兩千里拉的折扣賣掉而沾沾自喜，現在我們可以將這個項目直接從目錄上拿掉，因為那不是你想在上面蓋上「售出」，保留在目錄裡，讓人知道你持有一些好收藏的書籍。我正打算將她生吞活剝，她突然笑了開懷，告訴我應該注意血壓。

那是一個玩笑。她將那份檔案塞進目錄，想看我會不會仔細查看初校，我受過高度教養的記憶有沒有正常運作。她笑得像個小女孩，因為玩笑而開懷。這件事讓我想起一些在我們這類狂熱的人之間流傳的著名惡作劇，曾經有幾份目錄放了不存在的古書，連專家也上了當。

這根本就是學生的惡作劇，但是我現在心情已經放鬆了。「我會讓妳付出代價。不過其他的檔案都整理得非常完美，我沒有需要訂正的地方，所以不必寄回去給妳。就照這樣進行吧，謝啦！」

我讓自己鬆懈下來——別人或許沒想到，像我這樣的人，以我目前的狀況，隨便一個無辜的玩笑，可能就會讓我畫下句點。

我撥電話給希比菈的時候，天色變得越來越暗淡——又一個暴風雨迫近，而且這一次是來真的。在這樣的光線下，我可以豁免自己前往祈禱室的義務或是企圖，但是，我還是可以到閣樓待上至少一小時，繼續我的搜尋，因為那裡有天窗提供照明，

我得到的獎賞是另一個大紙箱，由我舅舅匆促封裝，上面沒有任何標籤，裡面裝滿了畫刊。我全部搬到下面去，就像身處牙醫的等候室般，心不在焉地隨意翻閱。

我看了一下刊載許多演員照片的電影雜誌，當然介紹了一些義大利電影，但是精神分裂的狀態還是一樣存在，一方面介紹了一些像是「阿卡扎圍城之戰」（*L'assedio dell'Alcazar*）和「空軍敢死隊」（*Luciano Serra pilota*）這一類的宣導電影，一方面又看得到身穿禮服的紳士、穿著潔白輕薄的上衣，受盡寵愛的仕女，以及奢華的家飾，而引人遐思的床邊還擺著一具白色的電話——當時我想像中的電話大概都是黑色，而且全掛在牆上。

不過裡面也介紹了一些外國電影，我看到莎拉・琳德[162]性感的臉孔，或「黃金城市」（*Die Goldene Stadt*）裡面的克麗絲汀娜・索德彭[163]時，可以感覺一道非常模糊的火焰。

最後，還有許多美國電影的劇照——佛雷・亞斯坦和金姐・羅傑斯像蜻蜓一樣地跳著舞，

以及約翰・韋恩的「驛馬車」。我順手轉開已被我視為收音機，虛偽地忘記其實是留聲機的唱盤，在唱片中找出幾張仍有印象的專輯。我的天啊，佛雷・亞斯坦一邊跳舞，一邊親吻著金姐・羅傑斯，但是同一年，皮波・巴吉扎和他的樂團也演奏了一些我熟悉的音樂，因為那是每一個人都曾經受過的音樂教育。這張唱片雖然已經義大利化，不過卻是爵士樂，這張名為「*Serenità*」的專輯，其實改編自「Mood *Indigo*」，而這張「Con *Stile*」，其實就是「*In the mood*」，另外還有「*Tristezze di San Luigi*」（Luigi Nono還是Luigi Gonzague？），其實是「*Saint Louis Blues*」。為了不揭露不太亞利安的血統，所以除了「*Tristezze di San Luigi*」的拙劣改編，一律不附歌詞。

總而言之，在爵士樂、約翰・韋恩、祈禱室的漫畫書之間，我受到的教育告訴我應該要詛咒英國人，阻擋想要玷污維納斯的美國黑鬼，同時，我又被填滿了來自大西洋彼岸的訊息。

我從紙箱的底部還挖出了一小包寫給我祖父的信件和明信片。我猶豫了一會兒——闖入私人的祕密，對我來說似乎是一種褻瀆。然後我告訴自己，其實我祖父只是收件人，不是這些信件的作者，對於那些作者，我沒有需要尊重的理由。

我翻閱這些信件的時候，不冀望找到任何重要的內容，情況恰好相反——這些人可能是祖父信賴的人，回信時會提到祖父寫給他們的信件內容，也因此為我祖父描繪出比較清晰的輪廓。我開始了解他的想法，以及他費心維持聯繫的人是什麼樣的朋友。

但是一直等到看到那只瓶子，我才得以拼湊出祖父的「政治」面貌。我花了一些時間，因為阿瑪莉雅告訴我的事情，必須拿根鑷子精挑細選，還有讓祖父的想法清楚顯現的這些信件，他的過去隨之湧現。最後，我祖父在一九四三年曾經提起的一個通信人，就像畫作最後勾勒的一筆，讓這次精采的探索行動大功告成。

我靠著窗子，面前是書桌，身後是書架。就在此時，我注意到面對我的書架上有一只高度大約十幾公分的瓶子，那是過去用來裝藥物或香水的暗色玻璃瓶。

我好奇地搬了一張椅子，把瓶子取下來。旋轉的瓶蓋緊緊關上，瓶口上還看得見紅色蠟封留下來的痕跡。搖一搖、看一看，裡面似乎沒有東西，我花了一點力氣打開瓶蓋，看到瓶裡有一些深色的斑點，瓶頸冒出來的氣味令人掩鼻，就像腐爛而乾燥了十幾年的東西。

我把阿瑪莉雅找來。她知道那是什麼東西嗎？阿瑪莉雅抬起眼睛，雙手舉向天空，放聲大笑：「啊，這瓶蓖麻油還在這裡！」

「蓖麻油？那是瀉藥吧……」

「那又怎麼樣？有時候也會用來餵你們這些小孩子，一咖啡匙的量，讓滯留你們小肚子的東西順暢點，緊接著再餵你們兩匙糖蓋過味道。您祖父吞下去的分量可就不只這樣，大概是這一瓶的三倍！」

從瑪蘇魯口中聽到這個故事的阿瑪莉雅，一開始就把我的祖父說成一名報販。不對，他賣的是書，不是報紙，我告訴她。她卻繼續堅持（根據我當時的理解）他是一名報販。這時候，我突然明白問題出在哪裡。在鄉下一帶，賣報紙的人一向被稱為giurnalista[164]，所以她口中的giurnalista，被我當成了報販的意思。相反地，她只是重複她聽到的內容，我的祖父真的是一名記者，一名為報社工作的新聞工作者。

這件事在那些信件中也得到證實，他一直工作到一九二二年，他工作的報紙是一份日報或社會黨的刊物。那個時候，「進軍羅馬」的行動在即，法西斯的部隊帶著警棍四處搜尋顛覆分子。對於真正想要懲罰的人，他們會強迫對方喝下一大瓶蓖麻油，讓他們把扭曲的想法瀉乾淨。不是只有一小匙，而是四分之一公升。這些部隊闖進了我祖父工作的報社——依據他大概的出生年份一八八〇年計算，他在一九二二年的時候大概四十多歲，那些執法者都是比他年輕許多的流氓。他們砸爛了所有的東西，包括打字機。他們把家具從窗口丟出去，在撤離報社、在門口釘上兩片木板之前，把在場的兩名編輯抓起來毒打一頓，強迫他們喝下蓖麻油。

「我不知道您明不明白，我年輕的亞姆柏先生，一個可憐的人喝下這東西之後，如果還有腿爬回家，接下去幾天會在什麼地方度過。這是一種羞辱，人不應受到這種對待。」

根據一個米蘭的朋友寫給他的信，我們可以猜想得到，從那個時候開始（法西斯黨在幾個月後取得政權），祖父決定放下報紙的工作和他的職業生涯。他開了一家賣舊書的小店，不再談論政治，默默度過二十年，只和能信賴的朋友通信。

但是，他忘不了讓同夥抓住他的鼻子，灌他喝下蓖麻油的那個人。

「那個人叫梅爾洛，您祖父知道他的身分，在那二十年一直掌握他的行蹤。」

事實上，那些信件一直都在告知祖父梅爾洛的去向。他參與了地下組織的工作，肯定也揩了不少油水，因為他後來買了一棟鄉下的房子。

「很抱歉，阿瑪莉雅，蓖麻油的故事我了解了，但這瓶子裝的是什麼東西？」

「我不敢說，年輕的亞姆柏先生，那不是什麼光彩的東西……」

「如果我希望把這件事情弄清楚，您就應該告訴我，阿瑪莉雅，拜託。」

阿瑪莉雅試圖為我說明。祖父回家後，因為蓖麻油而筋疲力竭，但是他的意志並未屈服。最開始的兩次腹瀉，他沒有時間思考自己在做什麼，因為他的靈魂也跟著被排泄出來。到了第三或第四次，他決定瀉在花瓶裡。根據阿瑪莉雅的說法，花瓶裡混合了蓖麻油以及我們清腸時的排泄物。祖父倒掉了祖母的一瓶玫瑰香精，他把瓶子仔細清洗乾淨，將蓖麻油和排泄物裝進去，然後把瓶蓋旋上，就像處理葡萄酒一樣，用蠟封住，以免氣味流洩出來。

他把瓶子收在城裡的家，搬到索拉臘之後，他就將瓶子擺在書房。我們可以看得出來瑪蘇魯和他有相同的念頭，因為每次他進入書房（阿瑪莉雅會斜著眼睛，伸長耳朵偷聽），他會看瓶子一眼，然後看看祖父，做出下面的動作——他會伸出一隻手，手心朝下，轉動手腕讓手心翻到上面，用威脅的口氣說：「*S'as gira*...」他的意思是只要情勢一改變，而祖父會告訴他，特別是在戰爭接近尾聲的時候，「已經開始轉變了，瑪蘇魯，對方已經在西西里登陸了……」

最後，七月二十五日終於來臨。國民議會前一天晚上已經將墨索里尼拉下台，國王也宣佈解除他的職務。兩名荷槍步兵將他押上一輛救護車，不知道帶往什麼地方去了。法西斯政權結束了。我可以在收藏的報紙上看到那一刻，偌大的標題告訴我們一個政體已然瓦解。

更有趣的是接下去那幾天的新聞。他們報導群眾心滿意足地將領袖的雕像從台柱上推倒，或用十字鎬將法西斯的黨徽從公共建築的表面挖掉，政權的官員也一一下台消失無蹤。那些直

Milano — Lunedì, 26 luglio 1943

CORRIERE DELLA SERA

Le dimissioni di Mussolini Badoglio Capo del Governo

UN PROCLAMA DEL SOVRANO

Il Re assume il comando delle Forze Armate - Badoglio agli Italiani: "Si serrino le file intorno a Sua Maestà vivente immagine della Patria"

L'annunzio alla Nazione

Sua Maestà il Re e Imperatore ha accettato le dimissioni dalla carica di Capo del Governo, Primo Ministro segretario di Stato, presentate da Sua Eccellenza il cavaliere Benito Mussolini ed ha nominato Capo del Governo, Primo Ministro segretario di Stato Sua Eccellenza il cavaliere Maresciallo d'Italia Pietro Badoglio. (*Stefani*)

La parola di Vittorio Emanuele

Sua Maestà il Re e Imperatore ha rivolto agli italiani il seguente proclama:

ITALIANI,

Assumo da oggi il comando di tutte le Forze Armate.

Nell'ora solenne che incombe sui destini della Patria ognuno riprenda il suo posto di dovere, di fede e di combattimento: nessuna deviazione deve essere tollerata, nessuna recriminazione può essere consentita.

Ogni italiano si inchini dinanzi alle gravi ferite che hanno lacerato il sacro suolo della Patria.

L'Italia, per il valore delle sue Forze Armate, per la decisa volontà di tutti i cittadini, ritroverà nel rispetto delle istituzioni che ne hanno sempre confortata l'ascesa, la via della riscossa.

ITALIANI,

Sono oggi più che mai indissolubilmente unito a voi dalla incrollabile fede nell'immortalità della Patria.

Firmato: VITTORIO EMANUELE.

Controfirmato: BADOGLIO.

Roma, li 25 luglio 1943.

Precisa e chiara consegna

Sua Eccellenza il Maresciallo d'Italia Pietro Badoglio ha rivolto agli italiani il seguente proclama:

ITALIANI,

Per ordine di Sua Maestà il Re e Imperatore assumo il Governo militare del Paese, con pieni poteri.

La guerra continua. L'Italia, duramente colpita nelle sue provincie invase, nelle sue città distrutte, mantiene fede alla parola data, gelosa custode delle sue millenarie tradizioni.

Si serrino le file attorno a Sua Maestà il Re e Imperatore, immagine vivente della Patria, esempio per tutti.

La consegna ricevuta è chiara e precisa: sarà scrupolosamente eseguita, e chiunque si illuda di poterne intralciare il normale svolgimento, o tenti turbare l'ordine pubblico, sarà inesorabilmente colpito.

Viva l'Italia. Viva il Re.

Firmato: Maresciallo d'Italia PIETRO BADOGLIO.

Roma, 25 luglio 1943.

VIVA L'ITALIA

Manifestazioni a Roma

La folla al canto dell'inno di Mameli si riversa sotto il Quirinale

Soldato del Sabotino e del Piave

L'esultanza di Milano

到七月二十四日之前都在粉飾一切，要求義大利人民和領袖站在一起的日報，卻在三十日興高采烈地慶祝法西斯議院解散，以及政治犯被釋放。報社社長肯定換了人，但是編輯部的成員應該和以前一樣——他們會隨波逐流，或者，他們其中許多人壓抑多年，現在終於得到舒展。

不過，我祖父的時刻也跟著來臨。「沒錯，情勢已經轉變了。」他簡明扼要地告訴瑪蘇魯，瑪蘇魯也知道應該採取行動了。他找了兩名在田裡幫忙的壯漢——史帝烏魯和吉吉歐。兩個人都非常結實，臉孔因為陽光和巴貝拉⑯葡萄酒而通紅，而且肌肉粗大健壯，特別是吉吉歐，每回有四輪貨車陷進溝渠的時候，大家都會去找他，因為他空手就可以將車拖離困境。瑪蘇魯將他們兩個人帶到鄰村，祖父則下山去打公共電話，向他的朋友打探消息。

最後，梅爾洛的行蹤在七月三十日被發現。他的房產位於巴辛納斯科，離索拉臘並不遠。他趁沒人注意，偷偷摸摸地回到家鄉。由於他不是大人物，可以期待人們漸漸淡忘他。

「我們八月二日過去，」我祖父這麼說，「因為八月二日正好是他們灌我喝下蓖麻油的二十一週年，我們等到晚餐後再過去，一方面天氣比較不熱，那時候梅爾洛也酒足飯飽，我們正好去幫他好好消化。」

他們搭上敞篷馬車，在日落時刻直驅巴辛納斯科。

他們抵達梅爾洛的家，敲了門。他來開門的時候，脖子上仍繫著一條方格餐巾。你們是什麼人？什麼人都不是。他當然不記得我祖父的臉，他們一把將他推進屋內。史帝烏魯和吉吉歐讓他坐在一張椅子上，雙手緊扣在椅背後面，瑪蘇魯用他粗得可以塞住一只甕的食指和拇指夾住他的鼻子。

我祖父心平氣和地提起二十一年前發生的事，梅爾洛不停地搖頭，似乎想說他們一定搞錯了，他從來都不曾對政治感興趣。祖父解釋完畢，提醒他，他們灌他喝下蓖麻油之前，曾用棍子鼓勵鼻子被夾住的他發出啊啊啊的聲音。他本身是愛好和平的人，不喜歡動用棍刑，所以只要梅爾洛乖乖合作，就可以避免許多令人尷尬的場面。梅爾洛立刻用誇張的鼻音大叫啊啊啊，至少，這件事他知道應該怎麼做。接著，祖父將玻璃瓶塞進他的嘴巴，讓他吞下一整瓶一九二二年份，溫度和產地名稱均受到嚴格監控的溶解糞便油水。

他們離開房子的時候，梅爾洛跪倒在地上，對著地磚試圖嘔吐，但是因為他的鼻子被夾住很長的時間，那瓶溶濟有足夠的時間進入他的胃袋。

那天晚上他們回家後，阿瑪莉雅第一次看到我祖父如此容光煥發。據說，梅爾洛嚇到就連九月八日，國王被要求停戰，逃到布林迪西，而墨索里尼被德國人釋放，法西斯政權復辟之後，也沒有加入社會共和國[166]。他留在家裡種菜——從此過得像個死人，可悲的傢伙，阿瑪莉雅說。根據她的說法，就算他試圖報仇，向法西斯黨舉發，那天晚上，他也嚇得認不出闖進他家那幾個人的臉。天曉得他曾經灌過多少人蓖麻油。「根據我的看法，不管還有沒有別人跟蹤他多年，不管他曾經被灌下了多少瓶這樣的東西，您可以相信我，這種怪事會讓人完全不想跟政治扯上邊。」

這就是我的祖父。這也解釋了他為什麼會在報紙上畫重點、收聽倫敦電台。他一直都在等待情勢轉變。

我在日期為七月二十七日的一個版面上，看到以簡單的句子慶祝法西斯政權結束的公告。那些公告來自天主教民主黨、共產黨、行動黨、無產階級單位的義大利社會黨和自由黨。如果我當時看到這個版面，而我的確有看到，我應該立刻就能了解這些突然冒出來發聲的政黨，其實從前就存在於地下。或許，我因此開始了解什麼是民主制度。

祖父也留下了一些社會共和國的報紙。其中一份《亞歷山卓人民報》（*Il Popolo di Alessandria*）（真是令人意外，艾茲拉・龐德[167]也在上面執筆！）上面有一些猛烈批評國王的標語，而法西斯黨徒憎恨國王的原因，不只是因為他逮捕了墨索里尼，也因為他要求停戰，逃到南部加入英國人和美國人。不過那些標語也毫不留情地批判跟隨他的王子安伯托。他們兩個人從那時候開始，就一直被刻畫成隨時都在逃亡的人物。腳邊揚起一片煙塵，幾近發育不良的小王子和瘦如竹竿的國王，被謔稱為飛毛腿和無殼王儲。寶拉說過，我一直都有同情共和國的傾向，我們可以看得出來，我的教育正是來自讓衣索比亞的國王變成皇帝那些人。還說君權是神授呢。

我又問阿瑪莉雅，祖父事後有沒有告訴我蓖麻油的故事。「怎麼會沒有！他高興得隔天一大早就去坐在您床邊，您一睜開眼睛，馬上將整個故事的經過告訴您，還讓您看了那只瓶子。」

「我的反應是什麼？」

「您啊，年輕的亞姆柏先生，那景象彷彿就在我眼前，您一直不停拍手，大叫祖父您就像古登一樣厲害！」

「古登？那是什麼？」

「我怎麼知道？您就是這麼大叫的，我發誓，我還記得那一幕。」

不是古登，而是戈登。我是拿閃電俠戈登和蒙古星球暴君明格的抗爭，來慶賀祖父的行動。

161 譯註：一六二三年首度出版的莎士比亞全集，當時一千多本的印量當中，目前只剩下兩百二十八本。

162 譯註：Zarah Leander，第二次世界大戰前後的歐洲著名瑞典籍女演員。

163 譯註：Christina Soderbaum，活躍於第二次大戰期間，瑞典出生的德國女演員。

164 譯註：也就是journalist，新聞工作者。

165 譯註：Barbera，義大利特產的葡萄。

166 譯註：德國救出一九四三年下了台，並遭到拘禁的墨索里尼之後，交給他執掌的義大利北部傀儡政權。

167 譯註：Ezra Pound，二次大戰時期，因為向美國人宣揚法西斯政治而於一九四五年遭逮捕的美國作家，一九四六年被釋放之後因精神問題住進精神病院。

13. 蒼白漂亮的小姐

我用閱讀漫畫的熱忱來參與祖父的行動。但是我沒有在祈禱室找到任何從一九四三年中到戰爭結束的東西。一直到一九四五年解放後，才又出現一些漫畫。或許一九四三年中到四五年中這段期間，沒有漫畫出版，也可能沒辦法運到索拉臘；或者，從一九四三年九月八日開始，我在窗下竄來竄去的游擊隊和黑衫衛隊身上，以及一些地下文件，便目睹了有如小說情節、勝過漫畫內容的真實事件；或者，我那時候覺得自己長大了，我確實就是在那幾年開始閱讀較為辛辣的《基督山恩仇記》或《三劍客》。

無論如何，索拉臘到目前為止，都沒有為我勾勒出真正只屬於我的東西。我發現的事情全都來自我閱讀的內容，但是多數人也和我一樣，閱讀了同樣的東西。我的考古行動可以做出以下的簡單歸納——除了摔不破的杯子那段故事，和我舅舅的一段軼事之外，我重新經歷一遍的不是我自己的童年，而是整個世代的故事。

截至目前為止，一直都是歌謠為我帶來的描述最為清晰。我回到書房，重新開動我的收音機，然後隨便放一張唱片上去。傳送出來的第一首歌曲，又是一首隆隆轟炸聲中的歡喜歌謠：

昨夜我出門散步，結果遇到這樣的事
一位瘋瘋癲癲的年輕男子
直接過來向我搭訕
他邀我在附近的咖啡廳坐下
用奇怪的口音
開始對我說
我認識一個小女孩
頭髮如金光閃耀
我不知道如何對她談情，談我的命運
我的祖母卡洛琳娜
告訴我他們那個時代
愛慕她的人會對她說等一等
我要妳一個吻
妳的黑髮
妳柔軟的唇
妳那雙充滿希望的大眼睛
但是我怎能對她這麼說
我頭髮如金光閃耀的寶貝！

第二首歌肯定更老、更賺人熱淚——我母親肯定流了不少眼淚。

離開二十年後歲月已不再
每個晚上我都夢見拿坡里
住在對面五樓
蒼白漂亮的小姐

……我的小孩
在一本老舊的拉丁書冊
找到了……猜猜看……找到了一朵三色堇……
為什麼一滴淚水在我眼眶顫抖？
誰知道，誰知道為什麼，誰知道……

那我呢？祈禱室的漫畫讓我知道，我有過一些性的啟蒙——但是愛情呢？寶拉是我生命中的第一個女人嗎？

很奇怪，祈禱室沒有我十三歲到十八歲這五年間的蛛絲馬跡，那幾年我還是在這棟大宅進出。

我突然想到，除了書架上的書，祭壇旁邊好像還擺著三個紙箱。我之前受到那些五顏六色的收藏吸引，沒有特別注意。或許紙箱裡可以找到一些東西。

第一個紙箱裝的是我童年的照片。我滿心期待，希望能找到揭露一些事情的東西，但是什麼都沒有。我只感到一股宗教般的崇高情緒。看過我父母在醫院，以及我祖父在他書房的照片之後，我認出了自己，雖然拍攝於不同的年紀，但是根據衣服，以及我母親裙子的長度，大概可以辨識出年齡的順序。我大概就是戴著一頂遮陽帽，正在捉弄石頭上一條毛蟲的那個小孩；牽著我手的那個悲傷的小女孩是阿妲。阿妲和我身穿白色的衣服，我身上那件幾乎算得上是一件禮服，而阿妲那件就像新娘裝一樣，大概是為了參加初領聖體或是堅振禮的儀式。我也是從右邊算過來第二名那個胸前抓著短筒槍列隊的法西斯少年，我也是那名黑皮膚，露出標準笑容的美國大兵身旁最高的小孩，他或許是我在四月二十五日之後第一個遇見，並留影紀念的同盟救兵。

只有一張照片觸動了我——一張放大的立可拍，看起來有些模糊，是一個彎著身，看起來有點尷尬的小男孩，和一個個子較小，踮起穿著一雙小白鞋的腳，摟著小男孩的脖子親吻的小女孩。媽媽或爸爸趁著阿妲姿勢擺累了，主動向我表現親密的時候，偷偷拍了這張照片⑯⑧。

我認出那個男孩就是我，那個女孩就是她，這一幕不可能不讓我感動，但是就好像我看的是一部電影一樣，我是以一個外人的身分，面對一件代表手足之情的藝術作品而心生感動，就像面對米勒的「晚禱」、哈耶茲[169]的「熱吻」，或是拉斐爾前派，漂浮在一層黃水仙、睡蓮和日光蘭之間的「歐菲莉雅」[170]而心生感動一樣。

那是日光蘭嗎？我怎能知道，文字又再一次展現了它的力量，而不是影像。據說，我們的腦裡有兩片半球體，左邊的主導理性思考和語言，右邊的掌管情緒和視覺印象，所以我麻痺的肯定是右腦。然而事實並非如此，因為我此刻筋疲力盡，死命地尋找某樣東西，而搜尋本身就是一種熱情，而不是一盤像復仇、需要趁冷冰冰的時候食用的大餐[171]。

我將這些只會喚起我陌生懷舊情緒的照片放在一旁，打開第二個紙箱。

第二個紙箱裡面盡是一些宗教圖像，許多聖道明・沙維豪——他是鮑思高神父的門徒——被畫家呈現得虔誠無比的圖像，縐巴巴的褲子膝蓋處寬鬆下垂，就像他跪著祈禱了一整天一樣。另外還有一本像日課經，由同一位鮑思高所著，裝訂著黑色書皮和紅色書背的小冊子——《深思熟慮的年輕人》。那是一八四七年的版本，已經十分破舊，天曉得什麼人給了我這本書，內容盡是教化、聖歌和禱詞彙編，還有許多最純潔高尚的道德訓示。

其他小冊子也積極表達了對於純潔的崇尚，要求人們避免觀看不良的演出，避免不正常的交往以及危險的讀物。在所有的戒律中，最重要的似乎是第六條，你不能做出不潔的舉動，並以明顯的方式對自己的身體有各種不道德的碰觸，甚至建議你睡覺時必須仰臥，雙手交叉放在胸前，以避免腹部壓迫在床墊上。不要和異性接觸的訓誡倒是少見，大概這種可能性在嚴格的社會制約之下本就遙遠。最首要的敵人是自瀆，不過這個名詞很少被直接使用，經常以迂迴的說法來描述。一本指南指稱，唯一會自慰的動物是魚——影射的或許是體外授精，因為許多魚類都會將精子和卵子排到水中，然後進行繁殖——但是，並不是因為牠們以不適當的方式交媾，這些可憐的畜生就犯了原罪。書中也沒有提到天生就會手淫的猴子。對於同性戀更是沒有半句話，就好像讓修道院的修士摸一摸並不算原罪一樣。

我手上還有一本非常破舊，由道明・皮拉所著的《小殉道者》。那是一個關於兩名虔誠少年的故事，他們受到崇拜撒旦、反教權的共濟會成員殘酷凌虐，因為這些人要他們憎恨我們的神聖宗教，享受原罪的淫樂。但是原罪並無法抵贖。為共濟會雕刻瀆神雕像的雕塑家布諾・契魯畢尼，有一天晚上被他的荒淫同伴沃夫岡・高夫曼的鬼靈喚醒，因為他們在最後一次荒淫狂歡的時候曾經約定——先走的人要回來告訴對方，另一個世界裡有些什麼東西。而喪了命的沃夫岡身上包著裹屍布，現身在一片塔爾塔羅斯[172]的濃霧當中，魔鬼般的臉孔上，雙眼睜得偌大，炙熱的軀體散發出陰森的光芒。他現身之後，對他的朋友表示：「地獄確實存在，我目前就置身其中！」他問布諾想不想看看確切的證據，並要他伸出右手。雕塑家照著做，而幽靈滴下的一滴汗珠，就像熔解的鉛液一樣，直接穿過那隻手。

這本書和其他冊子裡，只有少數幾本出現日期，而且由於我可能在任何年紀閱讀這些書，無法知道任何事。因此，我也無法知道我是在戰爭末期那幾年，或是回到城裡之後，才開始致力於禮拜的儀式。是因為戰爭、因為面對青春期的風暴，還是一系列的幻滅，才讓我投入教堂殷勤的懷抱？

Dinanzi a lui era comparso uno spaventoso fantasma avvolto in un ampio lenzuolo.

關於我自己的片段，全都收在第三個紙箱。紙箱最上面是幾本一九四七年到一九四八年，節目表上打了勾、註了解的《無線郵報》。那無疑是我的筆跡，所以這些頁面可以告訴我，我自己想聽的是什麼東西。除了一些關於詩歌的夜間節目，畫了線的都是室內樂和演奏會。那是節目和節目之間簡短的揭幕式，時間是在一大早、下午，或夜深人靜的時候——三首練習曲、一段小夜曲，運氣好一點的話，還可以聽到奏鳴曲。那是專為樂迷播放的樂曲，所以安插在聽眾較少的時段。戰爭結束，我們回到城裡，我因為一點一點上了癮，開始窺伺各種可以聆聽音樂的機會。我會貼著收音機，為了不打擾家人而把音量調到最低。我祖父也收藏了一些古典音樂的唱片，但誰知道他是不是後來才開始購買，目的只是為了鼓勵我在這方面的熱忱？在這之前，我就像個間諜，仔細記下每一個可以收聽音樂的罕有機會。天曉得有多少次，我進廚房打算收聽期待了好幾天的節目時，卻怒氣沖沖地發現因為進進出出的人、饒舌的人，以及收拾東西和準備麵糰的女人，根本什麼都聽不清楚。

蕭邦是我底線畫得最明顯的作者。我把這個紙箱搬到祖父的書房，啟動了唱盤和我的德律風根，在〈降C調第三十五號奏鳴曲〉的陪伴下，開始我最後的搜尋。

《無線郵報》下面是一九四七年到一九五〇年的中學筆記本。我發現自己有一位非常精采的哲學老師，因為我在這方面絕大部分的認知，我的筆記本都有紀錄。還有一些圖畫和書籤，我和學校的同學一起惡作劇的東西，以及學年結束的團體照片。照片中，我們全部排成三或四排，而老師都站在中間。我不記得這些臉孔，我甚至費了一些工夫才認出因為長了幾綹和丘菲提諾一樣的頭髮，和別人顯得格格不入的自己。

學校的筆記本中，還有一本日期從一九四八年開始的記事簿，筆跡隨著連續三年的文字而逐漸出現變化，填的都是一些詩。那些詩糟糕得只可能出自我的手筆。就像青春期的粉刺一樣，我相信每個人在十六歲的時候都寫過詩，那是從青少年過渡到成年的一個階段。我不知道在什麼地方曾經讀到，詩人其實可以歸納為兩個種類——善良的詩人到了某個階段會毀掉自己蹩腳的作品，然後跑到非洲去販賣軍火，而惡毒的詩人則會繼續發表作品，創作到斷氣為止。

實際情況可能並非如此，但是我的詩確實非常糟糕。並不是挑釁的天才故意營造出來的可怕或噁心，而是悲哀得透明。回到索拉臘發現自己是一個平庸的作家是不是值得？但是我至少有一個值得驕傲的理由，我將這些不成熟的東西裝進一個箱子，藏在一間封閉的祈禱室，然後開始致力於收集周遭其他人的書。我當時大概十八歲，而我擁有值得讚賞的自知之明，以及不容收買的批判能力。

我雖然藏起這些東西，卻還是保存了下來，表示我對這些詩還是有一定程度的在乎。就像某種紀念，有人抓出蛔蟲後，會保存在酒精裡；有的人則保存膽囊取出來的結石。

最開始的幾首，就像所有的新手詩人一樣，面對大自然的魅力所做出的簡短描繪——冬季的清晨在一片冰霜之間，瞥見四月調皮的慾望，抒情的沉默在八月的神秘夜色中纏繞的結，許許多多、太多月兒，以及一剎那的羞澀：

月兒妳在天上做什麼，告訴我妳在做什麼
我在經營我的生命
我褪色的生命

因為我只是一堆
塵土，死谷
和委靡不振的死火山

當然，我沒那麼愚蠢，或許我那時才剛發現企圖消滅月光的未來主義173。不過，我馬上看到幾首關於蕭邦、他的音樂，和他痛苦一生的詩句。不要作夢，十六歲的時候，你不會用詩描述妻子去世的時候失去理智，在葬儀工人前來詢問葬禮事宜的時候，要對方去問他太太的巴哈。蕭邦看起來似乎是故意要賺取十六歲少年的熱淚，心上繫著康思譚絲的絲帶離開華沙，死亡在瓦爾德摩莎村修道院造成了海市蜃樓。只有長大後才會發現他譜了許多傑出的樂章，因為一開始的時候，你會先為他的命運掉淚。

接下去的詩是關於記憶。我唇上的奶水未乾，就已經在收集因為時間而稍微褪色的回憶了。其中一首詩寫著：

我為自己構築回憶
生命
我朝這個奇蹟伸手
分分秒秒
每一片刻
都用一隻顫抖的手

輕輕翻過一頁
回憶是迅速在水面留下漣漪
然後漸漸消失不見的波紋

換行又換行，我肯定是學自隱逸派的詩歌作品。

還有許多關於沙漏的詩詞——時間像絲絲唾液般流逝，被收藏在記憶繁忙的閣樓上。我在一首奧爾菲的讚歌中提出，我們不應二度歸返記憶的王國／發現最早竊取的清新記憶原來已經枯萎。對我自己的叮囑則是，我們不應揮霍任何光陰……精采，只要在我的動脈裡再多泵幾下，這一切就會被我揮霍精光。我該到非洲，到非洲去販賣軍火！

在一堆堆的抒情作品之間，我還寫了一些情詩。所以我曾經陷入愛河。或者，我就像每個到了這個年紀的人一樣，愛上了愛情這樣東西？情詩的內容是針對一個女孩，但我不知道她是什麼人：

在脆弱的神秘中
囚禁的女子
離我竟如此遙遠
妳的誕生
肯定是為了這幾句詩
但妳自己並不知曉

恣意行吟的詩詞，而且沙文得自以為是。為什麼那個女人只為我的詩而誕生？如果這女人並不存在，那麼我就是個奉行一妻制，在想像中的後宮享受肉慾的土耳其大爺。如果是這樣，那就叫做自慰，雖然是透過鵝毛筆來射的精。但是如果這名受到囚禁的女子真的存在，而且完全不知情呢？如果是這樣，那我就是一個笨蛋。她是誰？

我面對的不是一些影像，而是一些詞句，因為羅安娜女王讓我失望，所以並未感覺到那股神秘的火焰。但我還是有一些感覺，以至於繼續閱讀下面的詩時，我能預期到一些發展——某天妳會消失／或許這一切只是一場夢。一個充滿詩意的故事並不會消失，動筆寫下來是為了讓故事成為永恆。如果我擔心她消失，是因為詩詞脆弱地替代了某樣我無法接近的東西。面對一張臉孔／只是一張臉孔／我冒失地在轉瞬即逝的沙土上堆築／我不知道是否應該即刻後悔／還是應該懲罰自己構築了一個世界？我當時為了迎接某個人，正在構築一個世界。

事實上，我讀到的一些描述，細膩到不可能針對想像中的對象：

她不知情地頂著新髮型
在一個五月天從我面前經過
身旁的男孩（又老又高，一頭金髮）
脖子上貼著橡皮膏
一邊笑著對他的朋友說
那是一種梅毒

接下來的詩裡，出現了一個被稱為黃外套的女孩，而她代表的形象，就像是第六吹號天使[174]。所以，這個女孩確實存在，我也不可能編造一個患了梅毒的混混。下面是最後的幾首情詩：

一個這樣的夜晚
聖誕節的前三天
我第一次學會詮釋愛情
一個這樣的夜晚
積雪堆滿街道
我在一扇窗下吵鬧
期望有人看到我
用力拋擲雪球
我以為那樣
就可以讓我充滿吸引力
此刻不知已過多少季
我的細胞和肌膚已新陳又代謝
而我不知道能否承受這些記憶

妳一個人、妳一個人

不知身在哪個角落（妳身在何方？）
妳依然在我內心深處
就像聖誕節前三天
那股難忘的驚異

成長的過程中，我在這個活生生、受到囚禁的女孩身上花了三年的時間。然後（妳身在何方？），我失去了她的音訊。或許我親愛的父母去世，我遷到杜林之後，正如最後幾首詩的內容所描述的，我決定停止這一切。這幾首詩被夾在筆記本裡，而且是用打字機打印，不是手寫。我不認為我們在中學會使用打字機，所以最後那兩首詩，可以回溯到大學新生階段那幾年。不知道它們為什麼會出現在這裡，因為別人告訴我，從那幾年開始，我已經不再回索拉臘了。或許，我的祖父去世後，我利用舅舅清理一切的機會又回到祈禱室，封存拋到腦後的一切，將這兩頁當作告別的遺囑，一起塞了進去。我整理這些詩跟暗戀的心情時，感覺就像告別：

喔，雷諾瓦的蒼白美人
馬奈的露台仕女
大道上的露天酒吧
還有篷車上的小陽傘
就像貝戈特[175]臨終的一口氣
和最後的洋蘭一起凋萎……

讓我們看著彼此的眼睛
奧黛特・德克蕾希[176]是名妓女

第二首詩的標題為〈游擊隊〉，那是我一九四三年到戰爭結束這段期間僅剩的回憶：

塔里諾、吉諾、拉斯、盧佩托、希阿波拉
某個春日一起下山
一邊唱著大風吹狂風吼
正合我那幾個夏日的嚮往
等候中度過的午後
槍聲打破豔陽下的寧靜
傳聞在耳語中不斷散佈
巴多約爾元帥的部隊明日會出現
他們會經由無人出入的歐貝諾闖哨
用敞篷馬車載運傷患
我在禮拜堂附近看到他們
而葛拉尼士官被關在市政廳……
接著該死的老調又響起
可怕的聲音劈哩啪啦響

房舍的牆上、街巷的叫聲……
夜色降臨，寂靜的聖馬汀諾傳來槍聲
最後幾個人遭到圍捕……

我想要夢見鮮血般的堅定
所滋養的遼闊夏日
那段時間
塔里諾、吉諾、拉斯
或許看到了真相的面目

但是我無法
聖谷的小徑上
我的哨站依然存在
所以我合上這本
關於記憶的筆記，從此成為過去
明亮的夜晚
游擊隊在森林裡監督雛鳥的叫聲
讓美人得以一夜安眠

這首詩一直都是個謎。我曾經度過對我來說十分英勇，至少我和別人都將自己當成主角的時期。我試圖釐清對童年和青少年的搜尋，卻在進入成年之際，試圖找回一些慷慨激昂的時刻和信念。但我卻在障礙前方停了下來（這場戰爭最後的哨戰已經移到我們窗前），然後面對——面對什麼？面對我無法或不希望想起來的東西，這東西和聖谷有直接的關聯。又是聖谷。我是不是在那裡遇到了妖精，那次的遭遇告訴我應該拭去一切？或者，那時候我明白自己永遠得不到受囚禁的女子，並將那些日子，還有聖谷都當成失落的象徵——所以才將那一刻之前的一切，全都收拾在不可侵犯的祈禱室裡？

已經沒有別的東西了，至少在索拉臘是如此。我只能斷定，經過這些捨棄之後，還是學生的我決定投身在古書中，全心奉獻在和我個人沒有關係的過去上。

但是，誰是這位讓我在逃離的過程當中，決定將中學和索拉臘的一切塵封的女子？我心中是不是也有一位蒼白漂亮的小姐，住在對面五樓？如果是這樣，那就只是一首每個人遲早都會唱過的歌。

唯一能知道一點內情的人是吉阿尼。如果你陷入愛河，而且是初戀，你至少會告訴課堂上坐在你隔壁的人。

幾天前，我不希望吉阿尼用他記憶中那些平穩的光線，來驅散我記憶中的濃霧，但是這個時候，我只能求助於他的記憶。

我撥電話給他的時候，夜色已經降臨，而我們一談就是好幾個鐘頭。我先從蕭邦開始兜圈子，我發現收音機在那個時代，真的是我們這些熱愛音樂的人唯一的來源。回到城裡後，不過不是在高一以前，一個偶爾主辦鋼琴、小提琴，最多三重奏音樂會的音樂之友協會終於誕生。

我們班上只有四個人參加，而且偷偷摸摸，因為別的同學雖然當時都未滿十八歲，卻滿腦子只想著闖進妓院，我們在他們眼中，就像娘娘腔的同志。很好，我們有一些共同的感動，所以我可以進一步問下去。「你知不知道高一的時候，我是不是曾經愛慕一個女孩？」

「這件事你也忘了？有一壞就有一好。事情過了這麼多年，已經無關緊要……好了，亞姆柏，注意一下自己的身體吧。」

「別鬧了，我在這裡找到一些讓我好奇的東西。我必須知道這件事。」

他似乎猶豫不決，接著便以無比的熱情鬆開自己的回憶，一如陷入愛河的人是他自己。事實上，他也幾乎如此，因為（他告訴我）在那之前他不曾受到愛情折磨，所以十分渴望我的告白是發生在自己身上的故事。

「此外，她真的是學校最漂亮的女孩。你這個人的要求非常高。沒錯，你會陷入愛河，但是對方一定要是最漂亮的那一個。」

「那麼，我愛的是誰？……我不由自主——那是強迫性，因為我只愛最漂亮的那一個[177]。」

「你說什麼？」

「我不知道，突然脫口而出。談談她這個人，她叫什麼名字？」

「莉拉。莉拉・沙芭。」

漂亮的名字。我含在口中，讓它像蜂蜜一樣溶化。

「莉拉，真好聽。整件事如何開始？」

「一年級的時候，我們這些男生都還像孩子一樣，長滿青春痘、穿著高爾夫球褲，而同年紀的女孩卻變成了女人。她們看都不看我們一眼，有的時候，她們甚至會在校門口，對那些前來等候的男學生撒嬌獻媚。你無意中看到她，驚喜得啞口無言。就好像但丁和貝德麗采一樣，不過我不是隨便舉例，因為一年級的時候，我們讀過《新生》(*The Vita Nuova*)裡那段青梅竹馬的故事。那是你唯一背得滾瓜爛熟的東西，因為談的就是你自己的事。總而言之，就是一見鍾情。接下去那幾天，你表情呆滯、喉頭哽咽、食不下嚥，你父母還以為你生了病。你想知道她叫什麼名字，但是你擔心別人發現，所以不敢問周圍的人。還好，她班上有一個叫妮蕾塔‧弗帕，臉蛋像松鼠一樣的友善女孩，她是你們的鄰居，小時候你們玩在一塊兒。你在你們那棟樓的樓梯間遇到她的時候，利用閒聊的機會，問她前一天遇到的那個女孩叫什麼名字。所以，你至少知道她的名字。」

「然後呢？」

「我會慢慢告訴你。後來，你變成跟行屍走肉一樣，因為那時候的你非常虔誠，跑去見你的心靈指導。雷納托神父是戴著貝雷帽，騎電單車的那種教士，大家都說他的見解十分寬容。他甚至允許我們閱讀禁書，因為必須訓練我們批判的精神。我絕對沒有勇氣向教士傾吐這樣的事，但是你非得找個人談談不可。你知道，你就像笑話裡的那個傢伙，船難後和全世界最漂亮、最有名的女星漂流到無人島，該發生的事情發生後，還是無法心滿意足，於是說服女星打扮成男人，甚至以燒焦的軟木充當假鬍子，摟著對方說：『古斯塔弗，如果你知道我上了誰的話……』」

「不要下流了，這件事情對我來說非常正經。雷納托到底怎麼回答我？」

「就算他的見解非常寬容，但你能期待教士對你說什麼？你的心境高貴美麗，而且非常自然，但是不應該因為轉變成肉體的關係而破壞一切，因為婚前必須維持貞潔，所以你必須將這件事情藏在內心深處。」

「我作何反應？」

「你啊，你就像個傻瓜，將這件事情藏在內心最深處。根據我的看法，也是因為接近她會讓你嚇得臉孔發紫。只是，藏在心裡不能讓你滿足，所以你告訴了我，我甚至也幫了你的忙。」

「如果我不打算接近她，你怎麼幫我忙？」

「事情是這樣的，你家剛好就住在學校後面，放學後只要轉個角就到家了。根據校長的規定，學校的女生必須等男生離開才能回家，因為這樣，你很可能永遠都和她碰不到面。除非你像個傻瓜，站在學校的階梯上。大體上來說，那些女生和我們一樣，都必須穿越花園，取徑明格提道，然後再分道揚鑣，而她家就住在明格提道。所以你離開學校後，假裝陪我走到花園的盡頭，一邊注意女生是否開始離校，接著你原路走回去，和迎面過來的她及她的朋友擦身而過。你會從她身旁經過，然後看她一眼，就這樣，日復一日。」

「那我滿足了嗎？」

「沒有，你並不滿足。所以你開始用各種手段。你參加慈善活動，好讓校長允許你一間教室、一間教室地兜售天知道是什麼的門票，你進去她的教室後會故意找藉口，例如沒有零錢可找，而在她的鄰居旁邊多待半分鐘。你會假裝牙痛，因為你們家的牙醫在明格提道，他的窗戶剛好面對她家的陽台。你大叫牙痛，牙醫束手無策，為了謹慎起見，他用牙鑽在你的牙齒上面鑽洞檢查。你好端端的，害自己被鑽了好多個洞，但是你每次都會提早半小時去，好從候診室的窗戶偷看。想當然耳，她從來都不曾出現在陽台上。某個下雪的晚上，我們一群人看完電影，離開戲院，你故意在明格提道引發雪球大戰，像瘋子一樣鬼叫，弄得大家都以為你醉了。你這麼做是希望她能夠聽到，出現在陽台上。想想看，如果她真的出現，你會有什麼表情。但是事與願違，一個兇巴巴的老太婆從窗戶探出頭，大叫要報警。你辦雜誌、安排節目、主辦學校的大型表演。你一年級差點留級，因為你滿腦子都在雜誌、文章、音樂、舞台佈置上面。三場表演盛況空前，讓全校師生及他們的家人都前來大會堂觀賞全世界最盛大的演出。她連續來了兩晚。重頭戲是瑪里妮夫人那場戲。瑪里妮夫人是自然科學的教授，她是一個非常瘦弱的女人，頭髮盤成髮髻，胸部扁平，戴著玳瑁鏡框的大眼鏡，總是穿著一件黑色的罩衫。你當時和她一樣乾瘦，反串成她可說是輕而易舉，從側面看，你幾乎是她的複製品。你一出場，全場立刻歡聲雷動，就連卡魯索都沒這麼受歡迎……瑪里妮上課的時候，會從手提包拿出一片喉糖，接下來的半小時，那片喉糖會在她口中滑過來、滑過去。當你打開手提包，假裝塞了一片喉糖到嘴裡，用舌頭在口中的那一刻，整個會場笑成了一團，笑了五分鐘還停不下來。光是用舌頭頂一下，你就讓數百個人同時痙攣。你成了英雄，但是讓你興奮的是她也在場，看到了你的表演。」

「沒想到我居然大膽到這種程度。」

「對啊，但是對雷納托神父的承諾呢？」

「除了向她兜售門票，我沒跟她說過話？」

「只有幾次。例如所有班級都被帶到亞士提去觀賞阿爾菲耶里[178]的戲劇，劇院整個下午讓我們使用，我們四個人甚至占到了一間包廂。你用眼睛在各個包廂和正廳搜尋她的身影，發現她在後排找到一個什麼都看不見、在走道邊的折疊椅座位。你在幕間休息的時間，設法和她擦身而過，你向她打了招呼，問她喜不喜歡演出，她抱怨什麼都看不清楚，你說我們占到了視野很好的包廂，還有一個空位，問她要不要過來。她來了，接下來的每一幕戲，她都傾身向前觀賞，你坐在包廂後面狹窄的板凳上，什麼戲都沒再看進去。你盯著她的後頸看了兩個小時，而且幾乎得到高潮。」

「後來呢？」

「後來她謝過你，就回去找同學。你非常好心，她對此表示感謝。我早跟你說過，她已經是個女人，根本對我們不屑一顧。」

「儘管我是學校表演的英雄？」

「嗯，你認為女人真的會愛上傑瑞・路易斯⑰⑨嗎？她們認為他很會演戲，就這樣。」

很好，吉阿尼告訴我的是一段平淡無奇的高中戀愛故事。

但是他在敘述的時候，幫我弄清楚了一件事。我高一的那一年經歷了一段狂想。學校放假後，我因為不知道她在什麼地方，痛苦得像條狗。秋天開學後，我沉默的單戀依然繼續下去（這段時間我不斷寫詩，這件事我現在明白了，而吉阿尼不知道這件事）。我猜寫詩會讓自己想像日日夜夜都在她身旁度過。

但是二年級期中的時候，莉拉・沙芭失蹤了。她離開學校了，全家都搬離這座城市，我從妮蕾塔・弗帕口中得知這件事。據說發生了慘痛的事件，但是妮蕾塔除了一些傳言，不太清楚發生了什麼事。莉拉的父親遭遇了破產之類的困境，他將事情都交給律師處理，在國外找到工作，先出國避避風頭——但是他們一直都沒有回來，事情也始終沒有解決。

沒有人知道他們到哪裡落腳，有人說阿根廷，有人說是到巴西去了。南美洲！在那個時候，瑞士的盧加諾對我們來說已經像是世界盡頭。吉阿尼盡力幫忙——據說她最好的朋友是一個叫珊德里娜的女孩，但是珊德里娜出於忠誠，什麼事情都不願透露。我們相信她和莉拉通信，但是她什麼都不說——這也沒錯，她為什麼要告訴我們？

高中會考前，我在緊張和哀傷中度過了一年半，我一蹶不振。莉拉原本可以成為一段青少年時期的美好回憶，就像每個人都會遭遇的經歷。相反地，我卻花了一輩子的時間在追尋，我甚至想去一趟南美洲，期望在路上，在阿根廷和伯南布哥⑱之間和她相遇。我曾在某個脆弱的時刻向吉阿尼坦白，這麼多段情史當中，我一直都在每個女人身上尋找莉拉的臉。我多麼希望斷氣前能見她一面，無論她變成什麼樣子。你會糟蹋掉你的記憶，吉阿尼告訴我。有什麼關係，我不能留下沒釐清的帳。

「你花了一輩子的時間尋找莉拉・沙芭，我一直認為那只是認識女人的藉口，我一直不認為你是認真的，直到今年四月，我才發現你真的非常認真。」

「四月發生什麼事？」

「亞姆柏，我不想告訴你這件事，因為我上次告訴你的幾天後，你就出了事。我不敢說有沒有直接的關聯，但是為了避免不幸還是算了，無論如何，已經不是那麼重要……」

「不行，你必須告訴我，要不然我的血壓又會升高，快說！」

「好吧，我四月初的時候回去老家，一方面到祖墳獻花，就像往常一樣；一方面也因為懷念我們的故鄉。我們離開之後，那座城市始終沒有改變，所以我每次回去都會覺得年輕。這次我遇到了珊德里娜，她也像我們一樣，六十歲了，卻沒什麼改變。我們一起去喝了杯咖啡，一起回憶美好的舊時光。聊著聊著，我向她問起莉拉・沙芭。你不知道嗎？她問我（老天，我怎麼可能知道？），你不知道她在我們參加高中會考那一年就死了。不要問我她怎麼死的，她補充，我寄信到巴西給她，她媽媽把信寄還給我，告訴我發生的事。你想想看，可憐的女孩，十八歲就死了。就這樣。事實上，對珊德里娜來說，這件事情也早已結束塵封。」

我花了四十年繞著一個幽靈喘氣。我在大學新生的階段和我的過去一刀兩斷，但是在所有的回憶中，只有這一樣沒有被我擺脫，而且在不知情的情況下，繞著一個墳墓空轉。要命的詩意，而且令人心碎。

「莉拉・沙芭長什麼樣子？」我又問，「至少告訴我她長什麼樣子。」

「你要我告訴你什麼？她非常漂亮，我也很喜歡她，以前我只要這麼說，你就像有人稱讚你太太長得很漂亮一樣驕傲。她有一頭及腰金髮，一張又像天使又淘氣的臉蛋，笑的時候會露出兩顆上門牙……」

「應該找得到幾張她的照片吧，像是高中團體照之類的？」

「亞姆柏，我們的高中在六〇年代就燒掉了。牆壁、板凳、檔案，全都燒掉了。現在又蓋了一所新的，很可怕。」

「問她同學珊德里娜，她們應該留下了一些照片……」

「如果你要我去問的話可能有，不過我不知道怎麼開口就是了。萬一沒有，你打算怎麼做？就連珊德里娜，在五十或將近五十年之後，也不知道她當時住在哪個城市，那是個名字奇怪、不是里約這種著名的城市，你打算翻遍巴西的電話簿，看看你找不找得到姓沙芭的人嗎？

你可能會找到上千個。她爸爸也可能在潛逃時改名換姓。你去了那邊能找得到誰？她的父母可能也死了，不然就是年老遲鈍，因為他們肯定九十歲了。你要對他們說，很抱歉，我從這裡經過，我想看看你們女兒莉拉的照片嗎？」

「有何不可？」

「好了，為什麼要繼續追在空想後面，讓去世的人安息吧。你甚至不知道該到哪座墓園去尋找哪塊墓碑。此外，她也不叫莉拉。」

「她叫什麼名字？」

「唉，我早該閉上嘴。珊德里娜四月時告訴我這件事，我馬上轉述給你，是因為我覺得這樣的巧合非常奇怪，但我立刻發現你受到的震驚超出正常範圍。如果你允許我這麼說，我會說簡直太誇張了，因為這件事真的只是巧合。好吧，我也把這件事告訴你好了。莉拉這個名字是希比菈的縮寫。」

一個孩提時期在一本法國雜誌上面看到的輪廓，大男孩的時候，在高中的階梯上遇見的一張臉龐，還有幾張或許找得到一些共同點的臉孔——寶拉、娃娜，還有那個漂亮的荷蘭小女孩，一直到希比菈，活得好好的，快要結婚的那個希比菈，我也將失去她。

一場延續多年的接力賽，就為了尋找我寫那些詩的時候早已不存在的東西。

我喃喃唸道：

我獨自在濃霧中
倚站樹旁……
我心中盡是對妳的記憶
蒼白、無邊無際地
遺落在樹叢之間
那道遙遠寒冷的光芒中

這首詩很美，但不是我寫的。無邊無際的蒼白記憶。索拉臘的眾多寶藏中，單單缺了一張莉拉・沙芭的照片。吉阿尼就像昨天才看到她一樣地提起她，但是唯一擁有這項權力的我卻毫無印象。

168 譯註：艾可在接受訪問的時候承認，照片中的小孩其實是他自己和他的妹妹。

169 譯註：Francesco Hayez，十九世紀義大利浪漫主義畫家。

170 譯註：Ophelia，十九世紀英國畫家米雷的畫作。

171 譯註：歐洲俚語，《危險關係》和電影「追殺比爾」都曾經引用。

172 譯註：Tartarus，希臘神話中位於冥界下方的地獄深淵。

173 譯註：二十世紀初源自義大利的藝術派別，最初由馬里內蒂所主導的運動，就叫做「讓我們消滅月光」。

174 譯註：《啟示錄》第九章，第六天使吹號之後，釋放出來的使者準備屠殺三分之一的人類。

175 譯註：普魯斯特著作當中的名作家。

176 譯註：普魯斯特著作當中的斯萬夫人。

177 譯註：《大鼻子情聖》的對白。

178 譯註：Count Vittorio Alfieri，十八世紀義大利最偉大的悲劇詩人。

179 編註：美國五〇年代的傳奇喜劇演員。

180 譯註：Pernambuco，巴西東北部一州。

14. 三朵玫瑰飯店

我在索拉臘還有事情可做嗎？我生命中最重要的事，從此到了另外一個地方，一個一九四〇年代末期的巴西城市。這些地方（我當時住的房子、高中）都不復存在，或許莉拉短暫生命的最後幾年生活過的地方也不存在了。索拉臘最後提供給我的文件是我的詩詞，讓我瞥見莉拉，卻沒有揭露她的面貌。我再次受到濃霧的阻撓。

這是我那天早上的心境。雖然有臨行的感覺，卻又希望再向閣樓道別一次。我確定屋頂找不到別的東西，但是一股難以抑制的慾望，讓我又四處查看一遍。

我在這片變得非常熟悉的空間裡逛過來逛過去——那邊是玩具，那幾個櫃子擺著書……我突然發現兩個櫃子之間還有一個未拆封的箱子，箱裡收拾了幾本小說，像是康拉德或左拉的古典作品，或是像奧切的《紅花俠》這類的大眾小說……

還有一本大戰前的義大利偵探小說，奧古思托・德安潔利斯的《三朵玫瑰飯店》。我再度找到像在說我的故事的書：

在街燈的反射下，雨水如銀絲般灑落，煙霧迷濛的霧氣如針般刺痛你的臉孔。人行道上，無止盡的雨傘成列地起伏流動，而馬路中央，有幾輛汽車、幾輛馬車，還有擠滿乘客的電車。下午六點，十二月初的米蘭籠罩在沉重的昏暗中。

三個女人以細碎的步伐快速向前走，宛如機關槍，毫不猶豫粉碎了路人的行列。她們都穿著一身黑衣，戰前的款式，搭配著一頂鑲珠的罩紗小帽……

她們三個人看起來幾乎一模一樣，如果沒有不同顏色的絲巾繫在下巴下的玫瑰花結——淡紫、紫紅、黑色——所有人都會認為出現幻覺，以為連續看見同一個人三次。她們從德歐索道往上走向維特羅橋道，來到一處明亮的人行道盡頭，便突然鑽進卡米內廣場的陰影裡……

跟在她們後面的男人猶豫著是否要跟著穿越廣場，他在教堂前停下腳步，站在大雨裡……

他看起來有點氣惱。他盯著那扇黑色的小門……他一邊等候，一邊繼續盯著教堂那扇黑色的小門。偶爾，會有一個陰影穿越廣場，消失在那扇門後面。霧越來越濃了，半小時就這樣流逝。男人看起來似乎放棄了，他將雨傘頂著牆面滴水，雙手很有節奏地慢慢摩擦，一邊若有所思……

他從卡米內廣場取徑梅卡托道，經由龐塔丘路，走到大廳燈火通明的一大扇玻璃門前面，推開門走進去。我們可以在玻璃門上看到偌大的字寫著：三朵玫瑰飯店……

那是我——我透過煙霧迷濛的濃霧看到三個女人，莉拉、寶拉、希比菈。我在煙霧裡分辨不出她們的輪廓，突然間，她們都消失在陰影中。不需要找她們，因為霧越來越濃了。答案或許在其他的地方，最好在龐塔丘路轉彎，進入燈火通明的飯店大廳。（但是大廳是不是通往犯罪現場？）三朵玫瑰飯店到底在什麼地方？對我來說，到處都是。*A rose by any other name*[181]。

紙箱的底部有一疊報紙，報紙底下塞了兩本破舊的大開本書冊。其中一本是燙金的《聖經》，破舊到只能丟給舊書販。另外一本的裝訂工法不會超過一百年的歷史，半小牛皮的書皮，書背空白磨損，封面則是褪了色的大理石紋紙板。一翻開就能看出這本書約莫源自十七世紀。

排版的組成和兩欄的呈現方式讓我心生警惕，我趕緊翻到書名頁——《威廉・莎士比亞先生，喜劇、歷史劇、悲劇》，莎士比亞的半身像，由以撒・伊阿嘎印製……

就算我身體健康，我也會立刻心肌梗塞。這書毫無疑問，而且這次不是希比菈的玩笑——這是有蒼白霉斑和寬大書緣，一六二三年出版的全集全開本。

這本書怎麼會落到我祖父手上？大概是從一個書商心目中理想的小老太婆手上搜購的一批十九世紀舊貨，對方就像擺脫占地方的玩意兒，絲毫沒有討價還價。

祖父不是古書專家，但是在這方面也並非毫無概念。他肯定立刻明白這是一本有價值的書，也一定很高興擁有未曾擁有的莎士比亞全集，但他沒有想到查閱拍賣的目錄。因此，當我舅舅把東西都丟到閣樓上去的時候，這本對開本也遭到同樣的命運。它在上面待了四十個年頭，就像它在另一個地方等了三個世紀。

我的心臟狂亂跳動，但是我一點都不在意。

此刻，我坐在祖父的書房裡，用顫抖的雙手觸摸寶藏。經過一連串的挫折後，我終於進入了三朵玫瑰飯店。雖然不是莉拉的照片，但卻是回去米蘭的邀請。如果莎士比亞的人像出現在這裡，肯定會出現莉拉的照片。我們的吟遊詩人會帶我走向我的黑暗女士。

這本全開本，正讓我經歷這三個月的高壓中，在索拉臘的牆間出現的任何傳奇都更令人興奮的故事。我的情緒讓腦袋一片模糊，臉上升起陣陣熱氣。

我這輩子肯定不曾受到這種震驚。

註釋

181 譯註：《羅密歐與茱麗葉》當中的對白，玫瑰可以叫任何名字，怎麼稱呼一點都不重要。

第三部 OI ΝΟΣΤΟΙ

歸鄉

15. 你終於回來了，我的朋友濃霧

我穿越一條壁面磷光閃閃的隧道，匆匆趕向遠方一個似乎非常吸引我的灰點。這是死亡的經驗嗎？根據我們了解，經歷過死亡又回來的人所描述的內容完全相反，我們應該經過黑暗且令人暈眩的走廊，然後來到一處光線刺眼炫目的地方。三朵玫瑰飯店。所以我並沒有死，要不然，就是這些人說了謊。

我差不多已經來到隧道的出口，外面累積的煙霧滲了進來。我非常開心，不知不覺走進絲絲飄浮的煙幕間。那是不曾被人閱讀、不曾被描述過的濃霧，而我置身其中。我終於回來了。

我四周的濃霧冉冉升起，稀鬆地塗抹這個世界。如果遠方浮現房子的輪廓，我肯定看得到霧氣烏漆漆地湧現，慢慢爬上去啃蝕屋頂上的樑脊，但是事實上霧氣已經吞噬一切。或者，濃霧只是包圍在我周遭的田野和丘陵上。我不知道自己究竟是飄浮還是行走其間，但是地面也一樣，到處都只有煙霧，我的感覺就像踩在雪地上。我墜入濃霧，肺裡吸足了霧氣，然後再傾吐出來。我像條海豚在霧中優游，就像夢境一般，潛浮在奶油當中……我的朋友濃霧迎面而來，將我環繞、將我覆蓋、將我包圍、將我吐納，撫摸我的臉頰，鑽進我的衣領和下巴之間，輕扎我的脖子，並傳來陣陣濃烈的味道——雪味、酒味、菸味。我就像來到了天空從未晴朗的索拉臘，行走在如拱頂般壓迫的柱廊下。

FERNET-BRANC

就像個優秀的泳者起伏在浪濤之中／你用一種陽剛而難以形容的痛快／欣喜地漫遊在深邃的汪洋。

一些輪廓朝著我迎面而來，他們看起來就像千手巨人，身上散發出淡淡的熱氣，讓霧氣在他們經過的時候絲絲溶解。在我眼中，他們就像路燈，發出微弱的光芒。我擔心他們碰到我，所以往一旁站開，但是他們俯看著我，我就像面對幽靈般和他們衝撞。他們消失不見的樣子，就像坐在火車裡看到信號燈在黑暗中迫近，燈火接著被黑暗吞噬，消失無蹤。

這時候出現了一張嘲弄的面孔，是一個身著泛藍衣物的邪惡小丑。他緊緊抓住胸口一團像人類肺臟的物體，粗俗的大嘴冒出陣陣火焰。他撞在我身上，像具噴火器般用火舌舔舐我，然後離去，留下一絲淡淡的熱氣，並在那一瞬間，點亮了這一片Fumifugium[182]。一顆由巨鷹抓攫的大球朝著我撞過來，在那隻猛禽後面，冒出了一張頭上插了上百枝鉛筆，就像嚇得頭髮直豎的鐵青臉龐……我認識他們，那是我發燒躺在床上的時候會出現的同伴，我覺得自己就像沉入皇家麵糰，四周都是膿汁般的滾燙黃泉。此時此刻，我就像回到了那幾個夜晚，待在房間的黑暗裡。這時候，老舊衣櫃的大門突然打開，鑽出來好幾個蓋坦諾叔叔。蓋坦諾叔叔有三角形的腦袋、尖銳的下巴，以及讓他像是太陽穴上長了兩塊贅瘤的鬈髮；像肺癆病患的臉孔、陰鬱的眼睛，一排蛀蝕的牙齒中間裝了一顆金牙。

跟鉛筆人一樣，蓋坦諾叔叔出現的時候有兩個，他們會開始複製，像木偶一樣在我房間跳舞，以幾何方式彎曲手臂，有時候手上還握著長兩公尺、像棍子的木尺。每一次季節性的感冒他們都會出現，每一次出痲疹或猩紅熱，每個受到高燒折磨的下午，我都害怕看到他們。他們會像出現時的突兀一樣，突然離去——或許又回到衣櫥裡。我在康復期間會膽戰心驚地靠近衣櫥，打開櫥門，一公分、一公分地尋找他們冒出來的祕密通道。

康復之後，我會在罕有的機會下遇見列隊中的蓋坦諾叔叔，他會摸摸我的臉，對我表示很好、很好，隨即離去。他是一個善良的惡魔，我一直都不能理解他為什麼會在我生病的時候前來騷擾，我也不敢問父母，到底生命本身，以及蓋坦諾叔叔這個人物，有些什麼曖昧、討厭，和具威脅性的地方。

寶拉不讓我鑽到車子下面的時候，我對她說了什麼？我對她說，我知道車子會撞倒母雞，為了避免這種事就必須踩煞車，結果導致一股黑煙。接著會有兩名身穿防塵衣、戴黑眼鏡的人，用曲柄讓車子重新啟動。當時的我不知道，但是此刻我明白了，他們會跟在蓋坦諾叔叔後面，出現在狂想的泡泡當中。

他們在這裡，我在霧裡看見他們。我吃力地避開，那輛汽車擬人化得可怕，車上下來幾個蒙面男子試圖抓住我的耳朵。我的耳朵這時候變得很長，像驢子那麼大，既鬆軟又多毛，而且可以伸到月亮上面。給我注意一點，如果你不乖，皮諾丘的鼻子就算跟你比，也算不上什麼——你會

有一對梅歐的耳朵！索拉臘為什麼找不到這本書？我就活在《梅歐的耳朵》[183]裡面。

我恢復記憶了。只是這會兒——真是太好了——這些記憶就像山蝙蝠，繞著我打轉。

服用奎寧糖後，我的高燒開始退了——我父親坐在我的小床旁邊，唸一段《四劍客》的故事給我聽。不是《三劍客》，而是《四劍客》。那是讓全國都貼著收音機的廣播嘲諷劇，因為這個節目和廣告贈獎活動有關係——只要買培盧吉娜巧克力，就可以在包裝盒裡找到和節目有關的彩色圖，收集成冊後就能換許多獎品。

但是，只有找到稀有的惡徒薩拉丁，才能夠贏得飛雅特汽車。所以，全國都為了找到惡徒薩拉丁而巧克力中毒（或送禮給任何一個人，父母、朋友、對面的鄰居、上司）。

我們接下去準備描述的故事裡／會出現羽飾帽／寶劍、決鬥、爭戰、埋伏／美麗的女子，幽會……他們甚至把這出版成書，書裡有許多精美的插畫。爸爸唸給我聽，我一邊看著被包圍在貓群中間的樞機主教黎塞留和美豔的莎樂美，一邊昏昏入睡。

為什麼在索拉臘（什麼時候？昨天？一千年前？）有這麼多祖父的東西，卻看不到我父親的痕跡？因為我祖父做的是書和雜誌的生意，也就是我閱讀過的那些書和雜誌，紙張、紙張、紙張，而我父親整天都在工作，肯定是為了保住飯碗，所以他完全不碰政治。我們待在索拉臘那段時間，他會在週末冒險趕來和我們團聚，其餘的時間，他都待在飽受空襲威脅的城裡，我發現只有在我生病的時候，他才會細心地待在我身邊。

啊啊砰砰喀喀嘶嘶乒乒乓乓鏘鏘啪啪嚓嚓鏮鏮嗚嗚嘰嘰喳喳噗噗嗵嗵咻咻隆隆嘻嘻噓噓唏唏嗨嗨滴滴答答颯颯哄哄哈哈哇哇嘀嘀咕咕呸呸唰唰叮叮噹噹咳咳呀呀叭叭咄咄啦啦啦啦……

他們轟炸城鎮的時候，我們可以從索拉臘的窗戶看到遠方的火光，和聽到雷聲般的隆隆聲響。我們看著眼前的一幕，心裡很清楚此時此刻，父親可能被壓在坍塌的建築物下方，而我們只有等到他週六回來的時候，才能知道真相。有時候會在週二進行轟炸，所以我們必須等上四天。戰爭讓我們變得宿命，一場轟炸對我們來說就像一場雷雨。我們這幾個小孩週二晚上、週三、週四、週五仍繼續安心地玩耍。但是我們真的安心嗎？難道我們不會受到穿越遍地屍骸的人，身上那股平靜、呆滯的悲傷影響嗎？

我一直到此刻才發現我深愛著我的父親，我再次看到他那張由犧牲奉獻的生命刻畫出來的臉孔——他辛勤工作，才掙到害他喪命的那輛汽車。或許這樣他才能擺脫沒有金錢壓力、自由自在，因為政治立場及對梅爾洛的報復行動而冠上英雄光量的祖父，感覺自己是獨立的個體。

爸爸在我身邊，讀《四劍客》角色達太安的外傳給我聽，達太安在故事裡聽起來像穿著高爾夫球員般的北非傭兵褲。我躺在床上，就算斷奶已久，我還是聞得到母親的乳香。待她放下祈禱書，媽媽會低聲為我唱一首聖母讚歌，對我來說，那就像《崔斯坦》[184]抑揚的前奏曲。

為什麼我現在全都想起來了？我到底在什麼地方？我從一片霧濛濛的遼闊視野，跳到影像鮮活的家庭氣氛，我看到的是一個沉默的王國。我感覺不到周圍的東西，一切都在我心裡。我試著挪動手指、手掌、腿，卻彷彿沒有身體，就像是飄浮在一片虛無當中，飄往一處會帶來毀滅的黑洞。

我嗑了藥嗎？我最後的記憶是什麼人？什麼地方？一個睡醒的人，通常會記得上床睡覺之前所做的事，就連合上一本書，放在床頭櫃上這樣的事也一樣。有的時候，我們在旅館房間醒過來，或在其他地方待了一段時間後，回到自己的家，會往左邊伸手，去找實際上位於右邊的座燈，或者從錯誤的一邊下床，因為我們以為自己仍睡在前一晚的床上。就像記得前一晚發生的事情，我也記得爸爸在我睡覺前唸了《四劍客》的故事給我聽。我知道那是至少五十年前的事了，但我卻想不起來，在這裡醒過來之前，我身在何方。

我不是在索拉臘，手上拿著莎士比亞的全開本嗎？然後呢？然後阿瑪莉雅在我的湯裡加了迷幻藥，所以我才會在這裡，飄浮在霧中，霧裡擠滿了從我過去每一個轉折冒出來的身影。

真是白癡，事情很簡單……我在索拉臘發生了第二次意外，他們以為我死了，所以把我埋了，我在自己的墳墓裡醒了過來。遭到活埋，非常經典的狀況！但是在這種情況下，你會扭動，你會挪動手腳，用力敲打鋅製的棺板，你會缺乏空氣、會慌張不已。但是情況卻完全相反，我感覺不到自己擁有身軀，我非常平靜，任由記憶湧現，並享樂其中。在墳墓裡醒過來不會是這樣。

所以我已經死了，冥界是一個單調而平靜的地方，我將會永無止盡地重複我過去的生活，如果我過去的生活非常可怕，那是我自己活該（也就是地獄），而反過來就是天堂。假設你生下來就是個駝子，而且又瞎又聾又啞，或是你心愛的人一個個在你身邊死去，父母、妻子、五歲的兒子，這些事情在冥界會一直重複，雖然不一定一模一樣，但是會一直持續下去嗎？難道地獄不是他人[185]，而是我們在世間留下的一道死亡痕跡嗎？就連最殘酷的神，也不能為我們想出這樣的命運。除非葛諾拉弄錯了。葛諾拉？我覺得自己好像認識這個人，但是我的記憶糾結在一起，我得好好整理，全部排成一列，要不然我又會再次迷失在濃霧中，可怕的熱效應也會再次出現。

也或許我沒有死，要不然我不會出現凡人的感受——對父母的愛、對於轟炸的懼怕。死亡表示擺脫生命的循序和心臟的跳動。如果地獄真的像地獄，我就應該從遙遠的距離看見自己的過去。地獄不會讓你在滾燙的瀝青中被剝皮。你會凝視自己的惡行，而你知道自己永遠得不到解脫。但你會變成純潔的靈魂。相反地，我不只記得，我還參與其中的噩夢、感情和歡樂。我感覺不到身體，卻留下了記憶，就像我還擁有一切。鋸掉一條腿的人也會這樣——鋸斷的部分還是會讓他感到疼痛。

讓我們重新開始——我發生了第二次意外，這一次比第一次更嚴重。我太興奮了，先是想到莉拉，然後是捧著那本全開本。我的血壓肯定爬升到嚇人的地步，所以我陷入了昏迷。

外面是寶拉、我的女兒，還有所有愛我的人（加塔洛羅為了讓我出院這件事而懊悔不已，他原本應該謹慎觀察我至少六個月），全都端詳著昏迷不醒的我。儀器告訴他們，我的腦部已經沒有生命的徵兆。他們絕望地自問，是不是應該停止急救，還是應該繼續等下去，等個幾年。寶拉握住我的手，卡拉和妮可蕾塔不停播放唱片，因為她們曾經在某個地方讀過，一個嗓音、某種聲音，或是任何一種刺激，都可能讓陷入昏迷的人突然醒過來。她們這麼繼續等下去，掛在點滴另一頭的我，可能會讓她們等上好多年。一個人如果擁有最低限度的尊嚴，會希望馬上結束一切，儘管會讓這些可憐的女人絕望，但至少能讓她們得到解脫。只是，我雖然希望她們拔除我的插管，卻無法告訴她們。

大家都知道陷入昏迷的人，大腦不會傳送任何活動的信號，但是我卻有辦法思考、感覺、回憶。沒錯，但這都是外面那些人的想法。根據科學的解釋，腦波圖會呈現靜止狀態，但是身體的詭異這門科學有誰弄得清楚？腦波很可能在螢幕上呈現靜止狀，但我卻用我的內臟、我的腳尖，或我的睪丸在思考。他們以為我的腦部停止活動，我的內部卻依舊活躍。

我並不是說腦波靜止的時候，靈魂還能繼續運作。我的意思是說，他們的儀器對我的腦波只能偵測到某種程度。過了這個門檻後，我雖然能繼續思考，他們卻無法得知。只要重新睜開眼睛，讓他們知道這一點，這件事絕對可以贏得一座神經學諾貝爾獎，讓這些儀器全數報廢。

從過去的濃霧中再次現身，活生生地出現在愛我的人，和咒我死的人面前。「看看我，我

— Edmond Dantès... [pag. 439].

是愛德蒙・丹提斯[186]！」基督山伯爵曾經多少次在那些希望置他於死地的人面前揭露自己的身分？在他過去的恩人面前，在心愛的莫賽德絲面前，在那些帶給他不幸的人面前，「看看我，我回來了，我是愛德蒙・丹提斯。」

要不然，能夠走出這片沉默也好，無形影地在病房進出，看有哪些人在我毫無動靜的身軀前面哭泣。然後出席自己的葬禮，在沒有肉體的牽掛下，自由自在地飛翔，一次實現兩個每個人都擁有的願望。相反地，我卻被囚禁在靜止裡作夢……

事實上，我沒有復仇的願望。如果有一點焦慮，也是因為我感覺很好，卻表達不出來。如果我能夠移動一根手指、一張眼皮，傳送一個信號，甚至摩斯電碼也好，但是我只有思想，完全沒有動作，也沒有任何感覺。我可能在這裡躺了一個星期、一個月、一整年，我感覺不到心跳，也沒有饑餓或口渴的感受，我毫無睡意（這種持續性的清醒開始讓我害怕），我也不知道自己能否排泄（或許完全透過插管自動進行），不知道我是不是能夠流汗或甚至呼吸。我只知道外面，我的四周根本就沒有空氣。我一想到寶拉、卡拉和妮可蕾塔，可能因為認為我休克而悲傷不已就感到痛苦不堪。但是我最不該做的一件事，就是讓自己陷入哀傷。我不能將全世界的痛苦都扛在身上——但願我有這種殘酷自私的天賦，只為我自己一個人而活。我已經想起第一次意外發生後所忘記的事情了。此時此刻，這就是我的生命，或許永遠都會這樣。

我只能等待。如果有人喚醒我，每個人都會驚訝。但是我可能永遠都不會醒過來，所以我必須對這種永不中斷的意識做點準備。或許，再過一會兒後，我就會自動熄滅——所以我必須把握這一刻。

如果，我的思緒突然中斷，接下來會發生什麼事？在冥界重新開始一個和這邊相似的形體，或是從此陷入沒有意識的黑暗？

如果我將得以提出這個問題的時間浪費掉，我一定會瘋掉。某個人，或是某次際遇曾給了我機會想起我是誰。我應該好好把握。如果我有一些應該懺悔的事情，就應該進行懺悔。但是，如果要進行懺悔，我必須先記得自己做了什麼事。就我做過的少許壞事，寶拉或被我欺騙的那些寡婦應該早就原諒了我。最後，我們都知道，如果地獄存在，裡面應該是一片空洞。

在陷入現在的昏睡前，我在索拉臘的閣樓找到過一隻白鐵製的青蛙，讓我想到安潔羅•歐索這個名字，以及「歐西摩醫生的牛奶糖」這個句子。這些曾經都只是文字，但我現在看得見影像。

歐西摩醫生是羅馬廣場的藥劑師，腦袋禿得像顆蛋，臉上戴著一副淺藍鏡框的眼鏡。每次媽媽帶我一起去購物，進到藥房，就算媽媽只買了一卷脫脂紗布，歐西摩醫生都會打開裝滿香噴噴白糖球的大玻璃罐，送我一小袋牛奶糖。我知道不應該一口氣吃光，至少要讓這包糖維持個三、四天。

我沒有注意到——我當時還不到四歲——出門的時候，媽媽的肚子大得出乎尋常，但是在最後一次造訪歐西摩醫生的某天，我被帶下樓，託付給一名皮阿薩先生。皮阿薩先生住在一個活像森林的大房間，裡面有許多看起來活生生的動物，鸚鵡、狐狸、貓、老鷹。有人告訴過我他收集動物，但是僅限於自然死亡的動物，他不會埋葬牠們，而是將牠們製成標本。此時此刻，我坐在他家，他一邊和我談話，一邊向我解釋各種動物的名稱和特性，我不知道在這座大公墓待了多長的時間，但是那種埃及式的死亡狀態似乎非常友善，而且聞得到這裡才聞得到的氣味。我猜是化學藥水，還有覆上灰塵的羽毛以及鞣製的皮革。那是我這一生中最美好的一個下午。

有人下樓來帶我回家，我發現就在我造訪死神王國之際，我的妹妹誕生了。接生婆在一顆大白菜裡找到她，於是將她抱到我家。我妹妹被包在一堆白色的花飾裡，看起來只是一團充血的紫色肉球，中間開了一個會發出刺耳叫聲的黑洞。他們告訴我，不是因為她不舒服——妹妹誕生的時候會這麼做，因為這是她表達自己很高興從此有媽媽、爸爸和哥哥的方式。

我非常興奮，立刻拿出一顆歐西摩醫生的牛奶糖請她，但是他們告訴我，剛出生的小女孩沒有牙齒，只喝媽媽的奶水。如果可以拿白糖球朝那個黑洞丟，一定會很好玩，我或許還可以贏得一條金魚。

我跑向收拾玩具的小櫃子，拿出一隻白鐵製的青蛙。好吧，她或許才剛剛誕生，但是壓肚子就會哇哇叫的青蛙，肯定會讓她開心。結果什麼反應都沒有，我把青蛙放回去，楞楞地離去。一個新妹妹有什麼用？我還不如跟皮阿薩先生那些又老舊又兇惡的動物待在一起。

我在閣樓的時候，同時想起了白鐵製的青蛙和安潔羅・歐索，因為安潔羅・歐索和我妹有關——都是我的玩伴——也都覬覦我的牛奶糖。

「住手，努奇歐，安潔羅・歐索受不了了。」我不知道求過我堂哥多少次，要他停止虐待安潔羅・歐索。但是他比我年長，送到教會學校上學，整天都被束縛在制服裡，所以他一回到城裡就會大肆發洩。在一堆玩具中結束戰役後，他會抓住安潔羅・歐索，把它綁在床腳，進行一些難以描述的嚴刑拷打。

安潔羅・歐索從什麼時候成為我的同伴？就像加塔洛羅所說的，那個日子遺落在我們尚未學會如何整理個人記憶的時候。安潔羅是我的朋友，是一隻土黃色的玩具熊，手臂和腿都能轉動，就像洋娃娃一樣，所以它可坐、可走，也可以朝天空舉起手臂。它又高又壯，兩顆明亮的眼珠子非常生動。阿妲和我都認為它是我們的玩具之王，連玩具兵和洋娃娃都比不上。

越是老舊，越讓它值得尊重。它得到一種屬於自己的瘸子威嚴，而且就像身經百戰的勇士，這種威嚴隨著失去一顆眼珠、斷了一隻手臂而有增無減。

我們把板凳轉過來當成船艦，一艘海盜帆船，一艘擁有凡爾納式的船首、方形船尾的艦艇——安潔羅・歐索坐在舵旁，它面前是準備前往遠方探險的高科尼玩具兵團和馬鈴薯上尉。重要的是，兵團士兵的尺寸，讓它們比那些嚴肅的同伴，也就是比安潔羅更傷殘的陶土士兵更具喜劇性。這些陶土士兵有的斷了頭，或少了一隻手腳，易碎的壓縮材質製成的肌肉褪了色，露出鐵絲，彷彿它們都是獨腳海盜。這艘艦艇從臥室海光榮地起錨出航，行經走廊海洋，來到廚房群島的時候，安潔羅端正地坐在小人國的子民中間，它們彼此間的不成比例沒有對我們造成困擾，反倒頌揚了它格列佛式的尊嚴。

隨著時間流逝，由於安傑羅熱忱服務，屈就於各種雜耍特技，並受害於努奇歐堂哥的暴力——安潔羅失去了第二顆眼球、第二隻手臂，然後是兩條腿。隨著阿姐和我的成長，一束束的稻草開始從它傷殘的胸口鑽出來。有人對我父母說了閒話——這具光禿的玩偶已經開始養蟲，甚至長了細菌。所以爸媽要我們擺脫安潔羅，用可怕的威脅語氣表示會趁我們上學把它丟進垃圾桶。

對我和阿姐來說，這個心愛的殘廢真是令人不忍卒睹，安傑羅如此脆弱，無法站立，還要面對緩慢的開膛剖肚，以及不幸地流失內臟。所以我們接受它逝世的想法——它或許早已去世，理應為它舉行一次哀榮的葬禮。

一大清早，爸爸點燃了將熱氣傳到房子每台暖氣的鍋爐。莊嚴的隊伍慢慢成形，存活下來的玩具在馬鈴薯上尉的指揮下，在鍋爐旁列隊。全體成員都排得整整齊齊，立正，就像敗軍般致上軍禮。我捧著躺著亡者的墊子慢慢前進，後面跟著家中每一個因為追思而聚在一起的成員，包括當時的清潔婦。我以莊重的儀式，將安潔羅・歐索放進炙熱的巴爾神[187]口中。只剩下一堆稻草的安潔羅，兩、三下就燒得精光。

RISCALDATEVI
CON
M
Mineraria
la mattonella
italiana!

這場儀式就像先知，因為沒幾個月之後，原本燒無煙煤的鍋爐，因為無煙煤的消失也熄火了。後來改為燒碳粉錠，但是戰事的發展讓碳粉錠開始變成配給品，所以我們在廚房又搬出老火爐來使用。這個火爐和我們後來在索拉臘使用的非常類似，可以燒木柴、紙張、紙箱，和某種以「米奈拉利亞」這個牌子出售，用葡萄酒殘渣壓縮成的煤磚。這種燃燒困難又緩慢的磚塊，燒出的只是火焰的假象。

安潔羅・歐索之死沒有讓我哀慟，也沒有讓我因為懷舊而哽咽。或許接下去幾年都是這樣，或許我十六歲時曾再次想起它，並努力回想過去，但是目前的情況並非如此。現在，我已經不再生活在時間的消長裡了。我很高興自己生活在此刻的永恆當中。安潔羅就在我眼前，舉行葬禮那一天和過去光榮的日子已經沒有差別。我可以將每一段記憶都視為當下，來去遊走。

如果這就是永恆，那真是太好了，為什麼我等了六十年才得到這種資格？

莉拉的臉呢？此刻我應該看得到，但是這些記憶像是自行出現，一次一個，由它們選擇順序。所以我只能等待，反正我沒別的事情可做。

我坐在大廳，靠著德律風根，當時播放的是戲劇節目。爸爸從頭聽到尾，而我坐在他懷裡吸拇指。我完全聽不懂那些故事，家庭悲劇、偷情、贖罪，那些遙遠的聲音讓我昏昏欲睡。我上床睡覺前，要求讓我房間的門敞開，這樣我才看得到走廊上的燈光。我在稚嫩的孩提時期變得非常倔強，而我在主顯節那天晚上，試圖窺探東方賢士的禮物，即便知道買禮物的人是我父母。阿妲不相信我的話，而我也不能強行取走一個小女孩的幻想，一月五日晚上，我為了偷聽發生什麼事，吃力地讓自己保持清醒。我聽到他們準備了禮物。隔天早上，我假裝因為奇蹟而興奮不已，因為我是一個馬屁精，不想中斷這個遊戲。

我是很敏銳的人。我知道小孩是從母親的肚子裡誕生，但我沒有說出來。媽媽和女性友人談論一些女人的事情（這個女孩的情況，嗯嗯，有一些早熟，或是她的卵巢，嗯嗯，有一些粘附的現象），有人警告她有小孩子在場，不要再說下去，媽媽表示沒關係，這個年紀的小孩只是個娃娃。我繼續躲在門後窺伺，一邊闖入生命的祕密。

我在媽媽五斗櫃的小抽屜找到了一本書——《死亡不真的是這樣》，作者是吉歐瓦尼•莫斯卡。這本書用親切而諷刺的方式，描述墓園點滴之美，以及安息在舒適泥土底下的愉悅。我很喜歡這種介紹死亡的方式，或許這是我讀到瓦蘭泰的綠色大柱子的段落前，第一次和死神接觸。但是某個早晨，我在第五章讀到甜美的瑪莉雅在感覺一陣虛脫之後，受到葬儀人員的照顧。她覺得腹中似乎出現一雙拍動的翅膀。作者在前面的章節一直非常保守，只影射了一段不幸的愛情故事，和一個即將誕生的小孩。但是此刻他卻允許自己以令我害怕的寫實手法來描述：「她的肚子從一大早開始，就一直傳出翅膀拍動的聲音，就像關了一隻小麻雀的籠子……小孩在裡面蠕動。」

這是我第一次透過令人難以忍受的寫實手法，閱讀到關於懷孕的描述。這段內容沒有令我感到驚訝，頂多證實了我原本就不學自通的事情，我卻因為擔心被逮到讀了禁忌的內容，大人發現我明白一切而心驚膽跳。我覺得自己犯了罪，因為我觸碰了禁忌。我將那本書擺回五斗櫃，試圖掩飾被我移動的任何痕跡。我發現了祕密，卻因為知道祕密而產生罪惡感。

這件事比我親吻《新潮》雜誌封面上的美女還更早，這件事揭露的是誕生而不是性。據說有些遠古時代的人一直沒有將性行為和懷孕聯想在一起（九個月的時間確實就像一個世紀那麼冗長，寶拉這麼告訴我），我也一樣，花了很長一段時間，才弄清楚成人的性行為和小孩之間的神秘關聯。

就連我的父母也不擔心我們是否會感到震撼。看得出來他們那一代的人，都是年紀較長後才面對這種情境；或者，他們根本就忘了自己的童年。我父母牽著我和阿妲的手走在街上，我們遇到了一個熟人，爸爸對他說，我們正要去看「黃金城市」，對方狡黠地看著我們笑一笑，低聲表示，這部電影對小孩子來說「可能大膽了一點」。爸爸漫不經心地回答：「那我們一定得抓緊這小傢伙的衣領。」我於是神魂顛倒地接受克麗絲汀娜・索德彭的擁抱。

我在索拉臘的走廊上想到「地球上的種族和民族」這句話的時候，曾經讓我聯想到一個毛茸茸的陰戶。事實上，大概是在高一時，我和幾個朋友在其中一人父親的書房裡，看到一本畢亞蘇提（Renato Biasutti）所著的《地球上的種族和民族》（*Razze e popoli della terra*）。我們很快翻到有卡爾梅克[188]女人照片的那一頁，她的性器官清楚可見，而且毛茸茸的。卡爾梅克女人，用自己進行交易的女人。

我再次置身於熄燈後一片黑暗的濃霧中，而全城的人都設法從敵人飛機上的眼睛裡消失。無論如何，對於陸地上的我來說，這座城市也消失不見了。我牽著爸爸的手，就像第一次閱讀看著書中的插圖一樣，在霧中摸索前進。爸爸戴著和書中那位先生一樣的波薩里諾帽，不過他這件肩膀鬆垮的老舊大衣沒那麼高雅——我身上這件磨損的情況更嚴重，而且右邊還留有扣眼的痕跡，看得出來修改自家中長輩的大衣。爸爸的右手並非握著散步用的枴杖，而是拿著手電筒，用的不是一般電池。這台手電筒經由摩擦充電，原理就像腳踏車的車燈，必須用四根手指扣壓壓板，會發生輕微的隆隆聲響，隨即以足以分辨一個階梯、一個轉角、一個路口的微弱燈光照亮地面。手一鬆開，燈光就會跟著消失。我們依據分辨出來的路況向前走個十來步，接著再點亮燈光。

我們在濃霧中和其他的身影擦身而過，有時候會低聲打招呼，有時候會彼此致歉，我似乎覺得低聲說話是一件正常的事。但是仔細想一想，轟炸機上的人雖然看得到燈光，但是卻聽不到聲音，我們大可一邊向前走，一邊大聲唱歌。不過沒有人這麼做，彷彿我們的沉默可以鼓舞濃霧進一步保護我們，掩護我們和我們的街道。

如此激進的熄燈法真的有用嗎？肯定只能安撫人心，因為如果他們要轟炸，大可在大白天進行。一個多小時前，他們在三更半夜拉響了警報。媽媽邊哭邊叫醒我們幾個小孩——她不是害怕轟炸，而是不忍心我們的睡眠遭到摧殘——她在我們的睡衣外面加上小外套，帶我們前往防空洞。不是我們這棟樓僅用幾根樑、幾個沙包加強的地窖，而是對面那座建造於一九三九年，對戰爭早就有所預警的防空洞。因為隔著矮牆，我們無法直接穿越庭院，只好繞過一大片房子，一邊希望警報是在飛機仍有一段距離的時候就已經響起。

那座防空洞非常美觀，水泥牆上劃了幾道水渠，燈光雖然微弱，卻非常溫暖。每個大人都坐在板凳上議論紛紛，小孩則在中間雀躍。空襲避難造成的驚嚇漸趨緩和，大家都相信就算炸彈落在這棟建築上，這座防空洞也撐得住。這不是真的，不過多少有些幫助。這棟樓的大家長，也是我小學的老師蒙納帝先生，咄咄逼人地四處走動，他因為沒時間穿上那套飾有陸軍勳章的百人衛隊制服而覺得屈辱。在那個時代，參加過「進軍羅馬」的人會像參加過拿破崙戰役的老兵一樣受到敬重——直到一九四三年九月八日後，祖父才向我解釋，他們只是一群手上拿著棍子的偷雞賊，如果國王當時下了命令，只要幾隊步兵就可以在半路上把他們解決掉。但是，國王是個飛毛腿，血液裡流著背叛的基因。

總之，蒙納帝先生在鄰居之間走來走去，安撫眾人、關心一下懷孕的女人。他向大家解釋，這一切都只是在最終的勝利之前所做的小小犧牲。警報解除後，所有人都四散在街道上，一個沒人認識，路過此地遇到警報，便和我們一起躲進防空洞的陌生人點了根菸。蒙納帝先生抓住他的手臂，用諷刺的語氣問他知不知道我們目前處於戰爭期間，而且有熄燈的禁令。

「就算上面還有轟炸機，他們也看不到一根火柴的光線。」對方一邊抽菸，一邊說。

「您怎麼知道他們看不看得到？」

「我當然知道，我是空軍上尉，也是飛行員，我駕駛的就是轟炸機。您呢，您轟炸過馬爾他嗎？」

一個貨真價實的英雄。蒙納帝先生氣得落荒而逃，成了鄰居閒嗑牙的話題——我總說他就像空盪盪的羊皮袋，喜歡下命令的人都是這樣。

蒙納帝先生和他歌功頌德的寫作。當天晚上，爸爸和媽媽盯著我，因為隔天班上有一個準備參加文化大賽的寫作活動。「無論題目是什麼，」媽媽告訴我，「都會和領袖及戰爭有關，所以你要準備一些效果很好的漂亮句子。例如，義大利與其文明忠實而廉潔的守護者，就是一個不管什麼主題都很好用的句子。」

「如果主題和麥子戰爭[189]有關呢？」

「發揮一點想像力，這個句子還是派得上用場。」

「你是否記得我們的勇士，用他們的鮮血灑在馬爾馬里卡燃燒的沙土上？」爸爸建議，「別忘了我們的新文明英勇又神聖。這種的效果一直都很好用，就算是用在麥子戰爭上面。」

他們希望有一個拿高分的兒子，很好的願望。如果我們希望在平行定律得到好成績，就得好好研讀幾何科學的書籍；如果我們希望說話像個法西斯少年，就得牢記法西斯少年應該思考的內容。問題不在於合不合理。事實上，我父母並不知道，就連歐幾里得第五定律也只能應用在平面上，而且是現實中不存在的理想平面。這個政權已經變成了讓每個人都得調適的平面，忘了在弧線的漩渦中，所有平行線都將絕望地斷裂或牴觸。

我再度看到更早幾年的一幕。我問：

「媽媽，什麼是革命？」

「革命是工人都去找政府，砍掉像你爸爸這種職員的腦袋。」

寫作活動兩天之後，就發生了布諾事件。布諾有貓般的眼睛和尖尖的牙齒，灰鼠般髮色的頭上長著禿頭症或膿皰疹之類的白斑，那是疥癬的疤。窮人家的小孩頭上總是有點疥癬，因為他們住的地方不太乾淨，又缺乏維生素。小學的時候，德卡洛里和我是班上的兩個有錢人，當時大家就是這麼認為，因為我們的家庭和老師來自相同的社會階層。我是因為父親是職員，來去都打著領帶，媽媽更戴著小帽（所以，她不是一個女人，而是一名女士）；德卡洛里則是因為他爸開了一家布莊。其他人的階層都較低下，和父母依然以方言交談，經常犯下拼寫和文法上的錯誤，而最窮的就是布諾。布諾的黑色罩衫破舊不堪，他也沒有白領襯衫，要不然就是又髒又破，當然也沒有好人家子弟所穿戴的藍帶領結。他頭上長了疥癬，所以頭髮被剃得精光，這是他家人所知道的唯一治療法，對抗頭蝨也有效，而痊癒的疥癬會留下白斑。那是低下階級的標記。大體上來說，我們的老師是一個善良的人，不過由於他出身陸軍，覺得應該給我們嚴厲的教育。他會狠狠地賞我們這些學生耳光，我和德卡洛里除外，因為他知道我們會告訴和他平起平坐的父母。他和我們住同一區，自薦每天放學後帶我和他兒子一起回家，我父親就不用撥空來接我。此外，我母親還是小學校長嫂子娘家的親戚，所以還是殷勤點比較好。

至於布諾，他被賞耳光幾乎是家常便飯。加上他又是個活潑的小孩，非常調皮，罩衫上更是充滿油垢。布諾總是被叫到黑板前，因為那是犯人示眾的地方。

有一天布諾無故缺席，晚來學校；老師捲起袖子的時候，布諾突然放聲哭了起來，抽泣間透露了父親的死訊。老師有點震驚，就算是陸軍也有仁慈之心。自然而然地，他也把施捨當成一種社會正義，要我們大家捐錢。我們的父母大概也都有仁慈之心，隔天早上每個人都帶來一點零錢、一件我們不穿的衣服、一小罐果醬，或一公斤的麵包。布諾得到了援助。

但是就在同天早上，我們在操場上行進的時候，他卻用四肢在地上爬行，我們都認為他在父親去世後這麼做，實在非常惡劣。老師斥罵他不懂感恩。喪父才兩天，剛剛接受同學的資助，卻又立刻搗蛋——再加上他的家庭環境，他根本就無可救藥。

身為這一幕的配角，我心中產生了疑竇。寫作活動隔天早上，我醒過來的時候也有同樣的不安，問自己是否真的熱愛我們的領袖，或是只會虛偽地動筆。看著用四肢爬行的布諾，我明白他的行為出於尊嚴，對我們冷漠的慷慨造成的羞辱做出來的一種反應。

幾天後，在一次全體穿著制服列隊的法西斯集會中，我對他有了更進一步的認識。我們穿著嶄新的制服，布諾的制服就像他平日所穿的罩衫破舊，就連藍色的圍巾也打得亂七八糟。這一天我們必須進行宣誓。隊長大聲表示「以領袖和義大利之名，我發誓遵奉領袖的指揮，為法西斯革命奉獻一切心力，必要的話，也包括我的鮮血。你們發誓嗎？」我們每個人都應該回答：「我發誓！」所有人一起大叫「我發誓！」的時候，布諾——他站在我身邊，所以我聽得很清楚──他大叫「阿瑟！」[190]他發動了叛變。那是我第一次目擊革命的行徑。

他是出於個人意志而叛逆，還是因為他有一個社會黨的酒鬼父親，和《世間的義大利子弟》的內容一樣？不過此刻我發現，布諾是第一個教我如何對那些讓人窒息的修辭做出反應的人。

在十歲時的作文題目和十一歲的日記之間，我在七年級的期末因為布諾的教訓而轉變。布諾是無政府革命分子，而我剛剛變成懷疑論者，他的「阿瑟」變成了我那只摔不破的杯子。

處於昏迷不醒的寂靜的我，當然比較能理解發生的事。這難道就是別人在死亡邊緣得到的啟示？在這一刻，就像馬丁・伊甸一樣，我們是否突然明白一切，卻也同時停止理解？我雖然沒到死亡邊緣的地步，卻比去世的人占了一點優勢。我能夠理解、我能夠明白，我甚至記得（此刻）我能夠明白。這可讓我成為幸運兒？

註釋

⑱² 譯註：煙塵之意，由英國人John Evelyn在十七世紀所著，討論倫敦煙害和對策的著作《Fumifugium or The Inconvenience of the Air and Smoke or London Dissipated》中所創造出來的名詞。

⑱³ 譯註：《Le orecchie di Meo》，一九四五年出版的義大利奇幻小說，作者吉歐瓦尼・貝汀內提（Giovanni Bertinetti）。

⑱⁴ 譯註：Tristan，華格納的歌劇。

⑱⁵ 譯註：沙特在其劇作《絕路》中宣稱，他人就是我們的地獄。

⑱⁶ 譯註：《基督山恩仇記》的主人翁。

⑱⁷ 譯註：Baal，閃族人所崇拜的異教神祇，所象徵的是富饒、豐收與孕育。在古語中，巴爾是主人的意思，因此也是多個神祇的共稱。由於巴爾神所代表的是生命力，因此傳說擁有死而復生的能力。

⑱⁸ 譯註：Kalmyk，蘇俄卡爾梅克自治共和國的蒙古民族。

⑱⁹ 譯註：墨索里尼在一九二五年宣佈的battaglia del grano，要農民生產自給自足的穀物。

⑲⁰ 譯註：此指麥克・阿瑟，反法西斯的同盟國最高統帥。

16. 大風呼嘯

我希望自己能夠想起莉拉……莉拉到底長什麼樣子？半夢半醒之間，我的腦海又浮現其他影像，不過都不是她……

然而在正常的情況下，一個人應該能夠描述，讓我來回憶一下去年的假期。只要這段假期留下一點痕跡，就能想得起來。但是我卻辦不到。我的記憶就像蛔蟲，分成節段，和蛔蟲不同之處，是少了頭，在糾結不清的鑽竄當中，任何一點都可以視為旅行的開端，任何一點都可以視為結尾。我必須等待我的回憶依照它們的邏輯湧現，就像在濃霧中摸索一樣。陽光下你可以看得很遠，所以你可以決定是否改變方向，前往特定的地點。濃霧中，某些東西或某些人會朝你移動，但如果不是非常接近，你根本無法分辨清楚。

或許這種情況很正常，你不可能一次擁有一切，記憶會以串狀依序排列。寶拉是怎麼向我解釋心理學家口中的神奇數字七？想起名單上的七樣東西很簡單，但是再下去就困難重重。我連七樣都想不起來。七矮人叫什麼名字？萬事通、愛生氣、糊塗蛋、瞌睡蟲、害羞鬼、噴涕精……然後呢？還是少了第七個小矮人。那羅馬七王呢？羅繆勒斯、努馬・龐皮留斯、托里斯・奧斯蒂呂斯、塞爾維烏斯・圖利烏斯、塔奎因、塔奎尼烏斯……第七個呢？啊，是開心果。

我想，我的第一個記憶是一個穿著白色軍樂隊制服，頭戴法國軍帽的木偶——只要轉動小發條，它就會叮叮咚咚地敲起鼓。這真的是第一個記憶嗎？還是因為後來幾年，我在父母的提醒下一再想到它？第一個記憶不是無花果樹下那一幕嗎？我站在樹下，一個叫奇里諾的農人爬到梯子上，為我摘一顆最漂亮的無花果——不過我當時不會唸無花果，只會叫著哇果。

最後一個記憶是——在索拉臘捧著全開本。寶拉和別人有沒有發現我突然昏睡過去的時候，手上捧著什麼東西？他們必須立刻把那本書交給希比菈。萬一我這種情況維持好幾年，他們絕對無法負擔費用，他們必須賣掉我的事務所，還有索拉臘的房子，到頭來可能還是不夠。但是那冊全開本可以永無止盡地支付我的醫療費用，僱用十個護士。家人只要一個月來看我一次，就可以繼續過自己的生活。

另一個輪廓出現在我面前，以淫穢的方式對我冷笑，彷彿朝我接近的同時，可以將我包圍，然後消失在濃霧中。

我旁邊是那隻敲鼓的木偶，我縮在祖父懷中。我的臉貼著他的背心時，聞得到一股菸斗的味道。祖父抽菸斗，所以身上有一股菸草味。為什麼我在索拉臘沒有看到他的菸斗呢？是被我該死的舅舅拿去丟掉了嗎？遭受無數火柴棒燒灼的菸斗對他們而言不重要，所以和幾支鋼筆、幾張填了字的紙張，說不定還有一副眼鏡、一隻破了洞的襪子，以及還剩大半包的菸草一起扔了。

濃霧逐漸消散。我記得用四肢爬行的布諾，卻想不起卡拉的誕生、我得到碩士的日子，或是和寶拉第一次見面的情況。之前我什麼都不記得，而我現在可以想起生命中的前幾年，但是

我對希比菈第一次走進事務所應徵工作那一刻，以及我寫下最後一首詩的時刻，卻毫無印象。我想不起來莉拉．沙芭的臉。只要能夠想起來，這些昏睡的時間便值回票價。我不記得自己花了成年的歲月去追尋的那張臉，是因為我還無法想起自己的成年時光，也不記得在進入成年的過程中想要忘記的事。

我只能等待，或是在我生命前十六年的路徑中永遠打轉。或許這樣就夠了，如果我把每一刻、每個事件都重新經歷一遍，我會維持這樣的狀態十六年。屆時我七十六歲，一段長短合理的生命，對我來說已經足夠……而寶拉仍不知道該不該拔掉我的插管。

但是，心電感應不存在嗎？我可以把精神集中在寶拉身上，用力傳給她一個訊息。我也可以試著和純潔的小孩溝通。「亞歷山卓、亞歷山卓，這裡是費爾奈特布蘭克的灰鷹，請回答、請回答……」看看對方會不會回答我：「收到了，灰鷹，我收聽得非常清楚……」

我在城裡覺得無聊。我們四個穿著短褲的小孩，在家門前的馬路玩耍，一輛汽車正緩緩駛過。我們當時正在玩彈珠，窮人的遊戲，家裡沒有玩具的人也可以玩。紅棕色的泥地上有一些可看到花飾的透明玻璃球，和染有紅絲的乳白色玻璃球。第一個遊戲是一桿進洞——我們從馬路中央，準確地用食指和拇指（最厲害的可以用拇指扣住食指），將彈珠彈進人行道邊邊的一個洞裡。有些人可以一次進洞，否則就得分次彈進。第二個遊戲是滾球大賽——越接近第一顆珠子的人勝利，但是距離必須在四根手指的寬度以內。

我佩服會打陀螺的人。不是有錢人的小孩玩的那種以彩色鐵片製成，在桿子上壓一壓，就會轉得像彩色漩渦的陀螺，而是木頭製成，像個膨脹的圓錐體、大腹便便的梨子，末端裝了一根釘子，表面劃了許多螺紋刻線的陀螺。我們將繩子繞在刻線上面，抓住麻繩的盡頭用力抽動，扯開繩子，讓陀螺轉動。不是每個人都辦得到，我就不行，因為我已經被最昂貴、最容易的陀螺寵壞了——也因此遭到嘲笑。

這一天，我們沒辦法玩遊戲，因為人行道上有幾個穿西裝打領帶的先生，正在用小鎬子挖除雜草。他們懶洋洋地慢慢挖，其中一個人開始和我們說話，問我們各種彈珠遊戲。他告訴我們，他小時候玩的是圈圈的遊戲，用粉筆在人行道上，或用棍子在泥地上畫一個圈圈，把彈珠全放在裡面，然後用一顆較大的彈珠將圈內的珠子彈到外面，彈出最多珠子的人勝利。「我認得你爸媽，幫我向他們問好，我是法瑞拉先生，帽子店的法瑞拉。」

我回家轉達了訊息。「他們是猶太人。」媽媽說，「被強迫去除草。」爸爸抬頭看著天空，叫了一聲：「啊！」不久之後，我到祖父的店裡，問他為什麼猶太人被迫工作。他交代我遇到他們的時候要保持禮貌，因為他們是善良的人，但是當時他沒有向我解釋情況，因為我的年紀還太小。「不要和周圍的人談這件事，尤其是學校的老師。」如果情勢改變，他會找一天告訴我事情的緣由。

那個時候，我只是納悶猶太人為什麼可以賣帽子。我在牆上的海報，或雜誌上的廣告看到的帽子都非常高貴優雅。

我當時還沒有操心猶太人問題的理由。祖父一直等到後來，我們到了索拉臘，才拿了一份一九三八年頒佈種族法的報紙給我看。一九三八年我才六歲，還看不懂報紙。

然後，某一天，我們突然再也沒看到法瑞拉先生和其他人在人行道除草。我當時以為，接受小小的懲罰之後，他們終於可以回家了。戰後有一天，我聽到某人告訴法瑞拉先生的母親，說他死在德國了。戰爭結束後我學到的事情還真多，不只是嬰兒如何誕生（包括九個月前的準備工作），還知道猶太人如何喪命。

撤退到索拉臘之後，我的生命完全改

觀。我在城裡的時候，是個每天只和班上的同學玩幾小時的憂鬱小孩，其餘的時間就蹲在書前面，或騎腳踏車閒逛。唯一令我著迷的時刻，是在祖父店舖裡的時間——他和顧客聊天，我則東翻西看，因為從不間斷地發現而驚訝不已。但是我的孤獨也更加嚴重，因為我只活在自己的想像世界裡。

我在索拉臘都是自己一個人高高興興地穿越田野和葡萄園，下山到市鎮上學，非常自由。一大片未開發的處女地在我面前敞開，而且我有許多一起鬼混的朋友，我們的主要目標是建造總部。

此刻，我可以再度看到在禮拜堂鬼混的那段日子，宛如置身電影。不再是片段，而是連續不斷的場景……

總部不該像房子那樣有屋頂、有牆、有門。一般來說，總部是一個用樹枝或樹葉遮蔽，留有槍眼來監視山谷或至少空地的洞或坑。我們拿起棍子，像機關槍一樣掃射。就像在利比亞的達加哈布，想要占領這個總部，只有先將我們餓死。

我們開始在禮拜堂那一帶進進出出，因為我們在足球場後面的圍牆外看到一塊可以做為總部的高地。從那裡，我們可以掃射週日球賽的二十二名球員。我們在禮拜堂一帶還算自由，除了六點會被拉去參加教義課和祝聖儀式，其他時間都不會有人管。那裡有一台粗糙的旋轉木馬、幾架鞦韆，以及一座讓我首度登台演出《小巴黎人》的小型劇場。我就是在這個地方學會如何站在幕前，幾年之後，才得以讓自己在莉拉面前表現得令人難以忘懷。

還有一些比較大的孩子，甚至有青少年——對我們來說非常老——會來這裡玩乒乓球，或打不以錢做賭注的牌。善良的康納索神父，禮拜堂的主持人，不會要求他們宣告個人信仰，只要他們來這裡，而不是騎腳踏車到城裡集結鬼混，或嘗試去攀爬「紅屋」——整個省分最著名的妓院——前面的陡坡就夠了。

一九四三年九月八日後，我在禮拜堂第一次聽到關於游擊隊的討論。一開始是幾個人企圖逃避「社會共和國」，或是納粹的徵召，前往德國工作。接下來，大家開始稱他們為叛徒，因為官方人員這麼說他們。一直到幾個月後，我們才知道他們有十個人遭到槍決——其中一人來自索拉臘——我們聽到倫敦電台為他們播放的特別訊息後，就開始稱他們為游擊隊，或依照他們的意願，稱他們為愛國者。市鎮上的人全都站在游擊隊這一邊，因為他們都是這一帶的人。雖然游擊隊員現在都用綽號——捲頭、箭頭、藍鬍子、鐵皮，見到他們的時候，還是會用過去的名字打招呼。他們有許多人都是我在禮拜堂見過的青少年，當時穿著又縐又小的外套玩牌；但他們再次出現的時候，全都頭戴鴨舌帽，斜背著彈匣、機槍，腰帶上掛著兩顆手榴彈，有幾個人還插了一把手槍在槍帶上。他們穿紅色襯衫、英軍的外套，或是皇家軍官的褲子和綁腿。帥極了！

從一九四四年開始，他們會趁著黑衫衛隊缺席的時候，快速地在索拉臘出入。有的時候下山的是巴多爾約派[191]的游擊隊，他們戴著藍色的圍巾，據說是保皇派，所以發動攻擊的時候，口中仍會高呼薩瓦皇室；有時候下山的是加里波底[192]派的游擊隊，他們綁著紅色的圍巾，高唱對抗國王和巴多爾約分子的歌曲——大風呼嘯，暴雨驟臨／鞋底已破，但是我們必須向前進／紅色的春天朝著未來的破曉進擊。巴多爾約派的武器配備比較精良，看來只有他們受到了英軍的援助，儘管其他人和他們一樣也是共產黨徒。加里波底派成員用的槍，多是經由交戰或偷襲軍火庫取得，所以和黑衫衛隊一模一樣；巴多爾約分子使用的則是最新的英國司登衝鋒槍。

司登衝鋒槍比一般的機關槍輕巧許多，槍托就像鐵線般鏤空，彈匣不在槍身下方，而由側面插入。有一次，某個巴多爾約派的人讓我開了一槍。他們開槍通常是為了保持手指靈活，或為了在女孩面前炫耀。

聖馬可的法西斯分子一度在這一帶出現，口中高唱——聖馬可！聖馬可！／我們不在乎生或死！

大家都說他們是出自好家庭的好男孩，只是做了錯誤的選擇，但是他們對待民眾的舉止得宜，追求女人的方式也很有教養。黑衫衛隊就徹底不同，他們都是監獄和教養院放出來的惡徒（有些人甚至只有十六歲），他們只想讓所有的人害怕。但是當時的時機不太對，所以就算是聖馬可的人，我們也不能掉以輕心。

我和媽媽一起到鎮上做彌撒，同行的還包括住在離我們家幾公里外的一位太太。她非常痛恨自家一個習慣竊取收成的佃農，由於佃農傾向泛紅，所以她也成了法西斯，因為法西斯黨員和紅黨是死對頭。我們走出教堂後，兩名聖馬可的軍官看上了這兩位雖已不太年輕，看起來仍然體面的女士——此外，大家都知道當兵的人什麼都上。因為他們不是這一帶的人，所以假藉打聽消息靠近。兩位女士非常禮貌地回應（對方畢竟是兩名俊美的男孩），並問他們離家這麼遠的感覺。「我們是為了重新找回這個國家的榮耀而戰鬥，兩位女士，這份榮耀被一些不肖分子玷污了。」其中一人回答。我們的鄰居出言讚美：「你們很好，和我心裡想到的某位先生完全不一樣。」

一個軍官露出奇怪的笑容，然後說：「請告訴我們這位先生的姓名和地址。」

媽媽的臉瞬間蒼白，然後脹紅，不過她的台階下得很漂亮：「喔，長官，我朋友提到的是一個幾年前來過這裡的亞士堤人，誰知道他現在在哪裡，聽說好像被人帶到德國去了。」

「算他活該！」那名軍官笑了笑，沒有堅持下去。他們禮貌性地互相道別。回程的路上，媽媽咬牙切齒地告訴那個輕率的女人，在目前這種時機，說話需要加倍謹慎，因為隨便一句話就可能讓一個人被推出去槍決。

BRIGATE NERE
PRONTI, IERI, OGGI, DOMANI AL
COMBATTIMENTO PER L'ONORE D'ITALIA

葛諾拉，他也經常在禮拜堂出入。別人都叫他挨拳頭，影射他挨了不少拳頭。他說自己是愛好和平、唾棄暴力的人。他的朋友回嘴：「好了、好了，我們都非常清楚……」流言傳說他和山上加里波底派的游擊隊關係很好——有的人甚至說他根本就是大隊長，所以他住在鎮上所冒的風險，比住在樹林裡更高，因為只要他被發現，兩、三下就會被抓去槍斃。

葛諾拉和我一起在《小巴黎人》一劇演出，後來他就一直當我是朋友。他想教我編繩技巧。很明顯地，他跟那些大人在一起並不自在，所以花許多時間和我聊天。或許他自覺身負教育的使命，因為他曾經是教師。或許他知道自己說的都是些駭人聽聞的事，很容易被周遭的人歸為反基督，所以他只能信任小男孩。

他讓我看了一些非法流傳的地下報紙。他沒有把報紙交給我，因為他說，不論是誰身上被搜出這些東西，都會立刻被抓去槍斃。我就是透過這些文件，才知道羅馬阿爾戴提內洞穴的大屠殺事件。「就是為了讓這種事不再發生，我的同志們才會聚集在山頂上。」葛諾拉對我說，「那些條頓人，全都該死！」

他告訴我，透過這些報紙表達政見的神秘政黨，早在法西斯黨執政前就存在。他向我描述他們如何在地下生存，幾個領導人如何在國外進行組織，有時候會遭到墨索里尼的打手發現，活活被警棍打死。

葛諾拉曾經在不知道哪一個職業學校教書，他每個早上都會騎腳踏車離開，等到下午再又出現。後來他辭去教書的工作，有人說他全心全意奉獻給游擊隊，也有人認為他是因為結核病才沒辦法執教。葛諾拉看起來確實很像結核病患——臉色灰白，顴骨上病態地泛紅，臉頰凹陷，而且還咳個不停。他有一嘴爛牙，跛腳，好像還有點駝背，他的背彎曲，肩胛骨凸起，衣服的領子永遠都貼不到頸子，所以穿衣服看起來就像套了袋子。他在劇場裡

N. 12 Roma, 20 ottobre 1943 Cent. 30

L'ITALIA LIBERA

ORGANO DEL PARTITO D'AZIONE

LA LOTTA CONTRO IL NAZISMO UNICA POSSIBILITA' DI RINASCITA

Quanto ci costa l'occupazione tedesca

Il posto dell'Italia nella guerra di liberazione

I volontari della libertà

EDIZIONE ROMANA - Anno II. N. 16 - 4 Aprile 1944 Prezzo L. 0.50

Avanti!

GIORNALE DEL PARTITO SOCIALISTA ITALIANO DI UNITÀ PROLETARIA

Sulla fossa dei 500 fucilati di Roma la Nazione raccoglie un monito di lotta!

Esecrazione

Il riconoscimento sovietico del Governo Badoglio

總是被要求扮演壞人的角色，或是神秘別莊的長短腳守衛。

大家都說他是一本科學百科全書，多次被邀請到大學教書，他卻因為熱愛自己的學生而拒絕。「那都是鬼扯！」他後來向我解釋，「亞姆柏，我只在窮人的學校裡教過書，擔任代課老師，因為這場該死的戰爭，讓我根本沒機會讀完大學。我二十歲就被他們送去打擊希臘人的要害，我的膝蓋被打傷了，但是因為身陷困境，所以只好忍耐。我也在那堆爛泥當中染上這該死的病，從此就吐血吐個不停。如果有朝一日，上面哪個大人物落在我手上，我不會殺他，因為我一直都是懦夫，但是我會不停踢他屁股，踢到他快沒命，該死的叛徒。」

我問他，既然大家都說他是異教徒，為什麼他會出現在禮拜堂。他回答我，因為這裡是唯一看得到人的地方。此外，他不是異教徒，他只是反基督。我當時不知道什麼是反基督，他對我解釋，反基督是一群追尋自由的人，他們不要主子、不要國王、不要國家，不要教士。「不要國家，特別是俄國那種共產國家，因為他們連什麼時候應該大便都會插手。」

他提到蓋坦諾•布雷希——他隸屬的無政府組織為了懲罰在米蘭屠殺工人的國王翁貝托一世，以抽籤抽中他擔任殺手，他於是拿著單程票，離開原本可以平靜度日的美國去暗殺國王。他在監獄遭到暗殺，雖然對外宣稱他是因為悔恨而上吊自殺，但是一名無政府主義者，永遠不會後悔為人民所做的事。他對我提到一些溫和的無政府主義者，為了逃避警察的迫害，只好在不同的國家流亡，口中唱著〈別了，美麗的盧加諾〉。

接著，他開始告訴我共產黨的壞話，因為他們在加泰隆尼亞消滅了無政府主義者。我問他，如果他反對共產黨徒，為什麼又和傾共產黨的加里波底游擊隊來往。他回答我，首先，加里波底派的人並不全都是共產黨，他們之間有一些社會黨，甚至還有一些無政府主義者。第二，此時此刻的敵人是納粹法西斯，在這種情況下不該耍花樣。「我們先攜手打贏這一仗，再來清算彼此間的帳。」

他又補充，如果他出現在禮拜堂，是因為這是件好事。雖然教士是卑劣的族群，但是就像加里波底游擊隊，也會有一些好人。「特別是目前這種時機，沒有人知道這些孩子會有什麼下場，一直到去年他們還在高呼『一本書、一把槍』193。到禮拜堂至少能避免他們在街頭廝混，教士會教他們誠實，雖然他們太堅持不可自瀆，但是又有什麼關係，你們無論如何還是會這麼做，大不了事後再去告解。所以，我到禮拜堂來幫康納索神父帶那些小孩玩耍。每一次做彌撒的時候，我就安靜地站在教堂角落，我還是尊敬耶穌基督，雖然上帝是另外一回事。」

某個週日的下午兩點，禮拜堂只有小貓兩、三隻。我向他提起收集的郵票，他說從前也集郵，從戰場回來後就失去了興趣，所以全都丟了，手上只剩二十來張，而他很樂意送給我。我去了他家一趟，我的收穫令人讚賞，因為有兩張我在《伊維特和特里耶》郵票目錄中看過，覬覦許久的斐濟群島郵票。

「你也有《伊維特和特里耶》郵票目錄？」他一臉崇拜地問我。

「對，但是已經很舊了……」

「那是最棒的目錄。」

斐濟群島。這就是我在索拉臘被這兩張郵票吸引的原因。收到葛諾拉的禮物後，我回家把郵票收在集郵冊的新頁面。那是一個冬天的晚上，爸爸前一晚回了家，但是隔天下午就會再出門，趁著天色明亮趕回城裡。

我在正房的廚房，那是屋裡唯一可以取暖的地方，因為只剩可以點燃壁爐的木柴。廚房燈光昏暗，不是因為索拉臘的熄燈令徹底執行（誰會想到來轟炸我們？），而是因為燈光被掛著成排珠鍊的燈罩遮掩，才會變得微弱。那些珠子幾乎能當成首飾，送給斐濟群島的土著。

我坐在餐桌旁，醉心於我的集郵冊，媽媽在一旁整理，妹妹則在角落玩耍。收音機開著，我們剛聽完「羅希家發生了什麼事？」的米蘭版節目，這是社會共和國的宣傳工具。節目中的一家人討論政治話題，結論自然是將同盟國列為我們的敵人，游擊隊徵召的全都是懦夫，而我軍在北部和德國盟友並肩作戰，捍衛義大利的榮耀。不過，每隔一天還有一個羅馬版本的節目，裡面的羅希是另一個同姓的家庭，住在由同盟國占領的羅馬，他們發現雖然情況不太好，還是開始出現改善，他們非常羨慕北邊住在軸心國旗幟下，依然享受自由的同胞。從我母親搖頭的方式來看，我們知道她完全不信，但是這個節目非常活躍，除非關掉收音機，否則一定聽得到。

接著（這時候，一直在書房靠著小型腳爐硬撐的祖父也出現了），我們可以同步接收到倫敦電台。

倫敦電台開播時會出現一連串的定音鼓聲，就好像貝多芬第五交響樂。我們會聽到史蒂芬上校充滿說服力的聲音，以讓人想到「勞萊與哈台」的口音說：「晚安！」另外一個聲音是瑪里歐・阿佩里歐斯，來自我們已經非常熟悉的官方電台，他的結論是鼓勵我們為了最終的勝利，對抗「上帝都詛咒的英國人！」史蒂芬沒有詛咒義大利人，相反地，他邀請義大利人和他一起慶祝軸心國的瓦解，他每晚所說的事情，就像在告訴我們：「有沒有看到你們的領袖為你們搞了什麼麻煩？」

他的節目不是只談論塵埃落定的戰役，他還會描述我們的日子，我們這些不顧是否被監視、會被抓去坐牢，每天晚上還是貼著收音機收聽「倫敦之音」的人。他會描述聽眾的故事，也就是我們自己的故事，我們相信他，因為他說的確實都是我們做的事，包括街角的藥劑師，和——據史蒂芬表示——知道一切，卻默不作聲的憲兵隊元帥夫人。他就是這麼說的，我們知道這一點他沒說謊，所以其他內容也可以信任。我們大家都知道——包括小孩——他的節目也是宣導性的廣播，但是卻非常吸引我們——緩和的聲調，沒有豪氣萬千的句子，或鼓勵我們為國捐軀。史蒂芬上校為我們洩掉一些每日灌進來的空氣。

不知道為什麼，我覺得這位只聽得見聲音的先生，看起來應該像曼德瑞克——身著高雅的燕尾服，精心修飾的八字鬍，和那位能夠將手槍變成香蕉的魔術師比起來，只有頭髮稍微灰白了點。

上校結束後，就會開始播放給游擊隊員的特別訊息，跟蒙塞拉特島的郵票一樣神秘、引人思考——受訊人法朗希，費立克斯尋找費立希提，雨已停，我的鬍子是金色的，傑克汀擁抱瑪荷梅，蒼鷹翱翔，太陽仍繼續東升……

我看到自己仍醉心於斐濟群島的郵票，但是突然，大約在十點到十一點之間，我們聽到天空傳來隆隆聲，我們熄掉燈光，跑向窗口等皮培多經過。我們每晚在幾乎同一時間都聽得到，至少傳說是這麼說的。有人認為那是英國的飛機，有人認為那是美國的飛機，他們會在藍科山脊上離我們家不遠的地方，空拋食物、武器等補給品給山上的游擊隊員。

那是一個星月俱無的夜晚，山谷看不見燈光，也看不見丘陵的輪廓，皮培多這時候正從我們頭頂上飛過。沒有人真的見過，對我們來說，那只是一個聲音。

皮培多通過了，這個晚上一如以往，我們又回去聽收音機播放的歌。這天晚上，或許米蘭遭到了轟炸，或許皮培多服務的那些人，今晚在山脊上遭到一群德國獵犬追捕，但是收音機卻用宛如薩克斯風的熱情嗓音唱——那上面，在卡波卡巴納、在卡波卡巴納，女人都是皇后，女人主宰一切。我看見一個慵懶的女星（或許我在《新潮》雜誌看過她），身段柔軟地走下白色階梯。她腳下的每一階都會亮起燈光，她四周那些身穿白色禮服的年輕男子一個個脫下禮帽，在她經過時愛慕地跪倒在地上。透過卡波卡巴納（不是科帕卡巴那[194]，真的是卡波卡巴納），我感受到的情慾，就像那些郵票一樣充滿異國風味。

節目在榮耀和復仇的讚歌中結束了，但是我們不應該馬上關掉收音機，媽媽也知道這一點。經過一段似乎會持續到隔天的沉默，我們會聽到一個哀悽的嗓音唱著：

你將歸來
回到我身邊
因為天上寫著
你將歸來
你知道我因此而堅強

因為我相信
你將歸來

我曾在索拉臘再次聽到這首歌，不過是一首情歌——你將歸來，回到我身邊／因為你是我心中唯一的夢想／你將歸來／因為沒有你溫柔的親吻，我無法生存。我這晚聽到的是戰時的版本。對許多人來說，這首歌肯定就像個承諾一樣在心中迴響，或是對遠方某個在荒原受凍、或面對行刑隊的人所做的呼喚。是什麼人會在晚上這種時刻播這首歌？是懷舊而利用關起播音室前幾分鐘的公務員，還是某個收到上級命令的人？我們不知道，但是這個聲音會伴隨我們入眠。

將近十一點了，我合上集郵冊，準備去睡覺了。媽媽準備了磚塊，一塊貨真價實的磚頭，放在爐子裡燒到無法用手拿；我們把磚塊用毛毯包起來，塞在床單之間，讓床變得溫暖。腳放在上面非常舒服，特別是對付凍瘡的奇癢，因為那幾年的酷寒、維生素匱乏，以及荷爾蒙的變化，讓我們手指和四肢腫脹，有時甚至化膿，形成痛苦不堪的傷口。

山谷的一座農舍傳來尖銳的狗叫聲。

我和葛諾拉幾乎無所不談。我和他談起讀的書，他興致勃勃地和我交換意見。「凡爾納比薩格瑞好看，」他說，「因為他是科學家。製造硝化甘油的賽勒斯・史密斯[195]，比為了十五歲的蠢女孩而用手指抓傷自己胸膛的山多坎具說服力。」

「你不喜歡山多坎？」我問他。

「我覺得他有點法西斯。」

我告訴他，我讀過亞米契斯的《愛的教育》，他叫我把那本書丟了，因為亞米契斯非常法西斯。「你想想看，」他說，「他們每一個人都排斥可憐且出身不幸家庭的富蘭堤，然後全都趴在地上討好非常法西斯的老師。裡面還有什麼內容？甘倫的故事，那個勇敢的馬屁精；還有那個喪了命的倫巴第小英雄，就因為國王的無賴軍官要求一個小孩爬到樹上查看敵軍到達與否；還有那個少年鼓手，小小年紀被當成信差派往戰場，那個噁心的上校居然還在他斷了一條腿之後，壓到他身上去親吻致意，就算他是皮埃蒙特皇家軍隊的上校，他也不應該對斷了腿的純潔小孩這麼做，他應該了解這一點。還有柯勒提的父親，他將自己被屠夫般的國王握過仍然溫熱的手按在兒子的臉上！他們全都應該抓去槍斃！就是亞米契斯這樣的人為法西斯開了路。」

他向我解釋了誰是蘇格拉底、布魯諾[196]，還有我不清楚是什麼人，又說過什麼話的巴昆尼[197]。他對我提到康帕內拉、薩爾皮和伽利略，這三個人因為試圖揭露科學原理，而被教士丟進地牢施以苦刑，有人甚至還因此必須自我了斷，像是受到聖職人員和教廷威脅的亞爾迪果。

由於我在《新梅茲百科全書》讀過黑格爾的內容（德國哲學家，泛神論學派），所以問他黑格爾是什麼人。「黑格爾不是泛神論者，你那本百科非常無知。布魯諾或許算得上是泛神論者。泛神論者認為上帝無所不在，就連你眼前這團蒼蠅屎也是。你可以想像這多令人滿足，無所不在就等於哪裡都不存在。但是對黑格爾來說，無所不在的不是上帝，而是國家，所以他是法西斯。」

「他不是一百年前的人嗎？」

「那又怎麼樣，貞德也一樣，頭號的法西斯。法西斯分子一直都存在，從……從上帝存在以來就一直存在。上帝本身就是法西斯。」

「你不是主張上帝並不存在的異教徒嗎？」

「誰說的，那個什麼都不懂的康納索神父嗎？很不幸地，我不僅認為上帝存在，而且還是法西斯分子。」

「為什麼上帝是法西斯分子？」

「聽我說，你年紀這麼小，我不能和你長篇大論地討論神學，就從你已經知道的事情說起。既然他們在禮拜堂要求你們背誦十誡，你唸一遍給我聽。」

我照做了。「很好。」他說，「現在仔細聽好，在這十條誡律中，有四條，仔細聽好，只有四條是好建議——雖然還是有爭議，這一點我們待會再討論。毋殺人、毋偷竊、毋妄證、毋覬覦人妻。最後這一條是針對男人，要他們知道什麼是榮譽，一方面不背叛自己的朋友，一方面鞏固自己的家庭，所以我可以接受。無政府主義者也希望廢除家庭，但是我們不能一次要求太多。其他三條是很好，但是一般的常識也會如此建議。就算你最後唾棄這一切，認為全都是謊言，真正面對情況的時候，你還是不能殺人，無論如何都不能殺人。」

「就連國王派你上戰場也一樣？」

「這就是關鍵。教士告訴你，如果國王派你去打仗就沒問題，更精采的是他們甚至告訴你應該殺人。無論如何，都是為了國王。就這樣，我們讓戰爭這件齷齪的事情合理化，特別是派你去打仗的人是上頭的大人物的話。你可以注意到，十誡沒有說可以在戰場上殺人。上面只提到毋殺人，就這樣。但是，接下來……」

「接下來？」

「接下來，我們來看看其他的誡條。欽崇一天主在萬神之上。這一條算不上誡律，不然就該有第十一條。這條算是前言，不過卻是騙人的前言。你試著想想看，一個傢伙出現在摩西面前，此外，這傢伙根本就沒現身，只是一個不知道來自何方的聲音，接著摩西就去告訴他的族人必須遵守誡條，因為那是上帝的聲音。但是誰告訴他這些是上帝的誡條？這個聲音說：『我是你的天主上帝。』萬一這傢伙不是呢？想想看，如果我在街上把你攔下來，告訴你我是便衣憲兵，如果你要通過這條街，就必須交出十里拉的罰金。假如你夠聰明，你會問我：『誰能保證你是真的憲兵，或許你只是專門騙人的傢伙。讓我看看你的證件。』相反地，上帝告訴摩西自己是上帝，而祂說了就算。這一切都從一個偽證開始。」

「你認為不是上帝將十誡交給摩西？」

「不對，我認為確實是上帝。我只是說祂玩了一點手段。祂老是這麼做，你必須相信《聖經》，因為那是來自上帝的啟示，但是誰說《聖經》啟發自上帝了？《聖經》。你看到其中的問題了沒？我們繼續下去。第一條誡律說欽崇一天主在萬神之上，所以這位大爺禁止你思考和阿拉、佛祖，或甚至跟維納斯有關的事情——老實說，有個維納斯這樣的小貓來當我們的女神，這種主意也不差。這也表示了你不應該相信哲學、科學之類的，或是將人類的祖先是猴子這種念頭放進腦袋。只有祂一個，就這樣。現在仔細聽我說，剩下的誡條全都是法西斯，因為要你接受社會的現況。你記得聖化節日這件事嗎……你有什麼看法？」

「嗯，原則上就是要你星期日去做彌撒，這有什麼問題？」

「這就是康納索告訴你的，但他就像所有的教士，甚至不知道自己的《聖經》收在哪裡。睜開你的眼睛！在摩西帶領的那種原始遊牧部落裡，這表示你必須見習每種儀式，儀式的目的是為了讓人民變得愚蠢，無論是拿人類當祭品，或是大人物在威尼斯廣場上舉行的群眾集會。接下來呢？孝敬父母。住嘴，不要跟我說這一條只是教你聽父母的話，對於那些需要指引的小孩是件好事。孝敬父母的意思就是尊重前人的想法，不要反對傳統，不要試圖改變部落生活的方式。你抓到重點了嗎？不要為了國王去砍別人的腦袋，因為這是上帝的意願——喔，抱歉，因為我們本來就不應該這麼做，特別是如果這顆腦袋正好長在我們自己的肩膀上，更何況我們還有一個薩瓦皇室的侏儒，一個背叛軍隊，讓自己的士兵去送死的國王。所以你也可以了解，就算毋偷竊這樣的誡律，也不像看起來那麼無辜，因為這一條主要是禁止你觸碰因為盜竊你的一切而變富有的人的私人財物。但是，事情並未到此結束，因為下面還有三條誡律。毋行邪淫這句話是什麼意思？康納索神父讓你認為，這條誡律只是為了不讓你拉扯掛在兩腿間的東西，但是自瀆幾次就會冒犯誡律，我覺得似乎有些過分。像我這種一事無成的人該怎麼辦？我偉大的媽媽既沒有把我生得英俊瀟灑，再加上我又跛腳，所以我從沒碰過女人。難道你也要取走我發洩的權利嗎？」

當時的我已經知道如何生小孩，但是對於小孩生下來之前必須做的事，我只有模糊的概念。我聽過同伴提起手淫和自慰這種事，不過沒有深究。我不願意在葛諾拉面前看起來像個傻瓜，只好一本正經地默默表示同意。

「上帝大可告訴你，比如說你可以做愛，但是只能為了傳宗接代，特別是那個時代，世界上的人並不多。但是十誡沒有這麼說，一方面你不能覬覦朋友的妻子，一方面又不能犯下淫邪的行徑，這麼說來，我們到底什麼時候才能做愛？無論如何，至少創造一些和世界能夠並行的律法吧。羅馬帝國的人不是上帝，但是他們創造出來的律法直到今日都還行得通，上帝卻隨便塞給你連最重要的事都沒提的十誡?你可能會說,沒錯,不過禁止犯下淫邪可以避免外遇。你確定事情真的是這樣嗎?對猶太人來說,什麼是淫邪的行徑?他們有一些非常嚴厲的戒條,例如不能食用豬肉,也不能食用未經特別方式屠宰的牛肉。有人告訴我,他們也不能吃魚。所以,所謂的淫邪行徑,就是當權者禁止你做的一切。有哪些呢?就是被當權者定義為淫邪行徑的一切。所以,只要自己發明就行了,大人物可以說批評法西斯政權是淫邪的行徑,所以將你流放;維持單身是淫邪的行徑,所以課以單身稅;揮舞紅旗也可以視為淫邪行徑,諸如此類的事情不會有盡頭。現在讓我們看看最後一條誡律,毋貪他人財物。你難道從不納悶,既然都有毋偷竊了,為什麼還需要這條誡律?如果你很希望擁有和你朋友一樣的腳踏車,你是不是因此就犯了罪?沒有,只要你不偷他的腳踏車就好。康納索神父告訴你,這條誡律可以約束邪惡的貪欲。沒錯,貪欲確實邪惡,但是欲求也有正反兩面,例如說,你很希望擁有和你朋友一樣的腳踏車,所以你瘋狂地工作,好賺錢去買,就算你只能買到二手貨,這是正面的欲望,讓世界運行的欲望。另外還有一種欲望——追求正義的欲望,比如你無法接受有人擁有一切,卻有人活活餓死。如果你出現這種崇高的欲望,也就是追求社會主義的欲望,你會採取行動,實現財富分配比較平均的世界。但是,這正是最後一條誡律禁止你做的事——不要貪求身外之物,尊重私人所有權。在這個世界上,有人光靠繼承就擁有兩塊麥田,也有人為了一塊麵包而辛苦耕種,而耕種的人不應覬覦主人的田產,否則國家會走向滅亡,進入革命。第十條誡律禁止我們革命。所以,小傢伙,不要殺害也不要偷竊像你這樣的窮人,但是要去爭取別人從你身邊偷走的東西。這才是未來的曙光,所以我的同志躲在上面的山頭,試圖幹掉和地主站在同一條線上、被拱上權位的大人物,還有希特勒那些德國人,因為他們想要征服世界,好讓克魯伯家族販賣更多長管大炮。而你，你成長時被硬塞服從領袖的誓詞，將來你會用什麼方式來理解這一切？」

「我會理解，雖然我現在還不能完全明白。」

「但願如此。」

這一天晚上，我夢見了領袖。

有一天我們爬到丘陵上，我以為葛諾拉會和上次一樣，對我提到大自然的美，但是這一天他盡讓我看一些死氣沉沉的東西——蒼蠅飛舞的乾牛糞、發霉的藤蔓、挖空樹幹的一排毛蟲、長了塊莖般的大芽，可以丟棄的馬鈴薯、拋在溝渠裡的動物殘骸，腐爛到根本分辨不出是石貂還是野兔。他一根接一根地不停抽菸，治療肺癆很有效，他說，菸可以為肺臟殺菌。

「你瞧，小傢伙，這個世界是由邪惡所主宰，用大寫強調的邪惡。我說的不只是為了兩毛錢而謀殺鄰居，或是絞死我同志的黨衛隊那種邪惡。我指的是自身的邪惡，讓我的肺臟變得腐臭、因為一次欠收、一場冰雹摧毀一切收成，讓依靠小塊田產維生的農人身陷悲慘的那種邪惡。你難道不曾納悶這世上為什麼有邪惡，還有不分貧富、讓熱愛生命的人們，甚至小孩撒手人寰的死亡？你有聽過宇宙的末日嗎？我曾經讀過，所以我知道，宇宙——我指的是全宇宙，包括星星、太陽、銀河——就像一顆運行中的電池，雖然仍在運行，但是電力會逐漸消耗，有朝一日將會殆盡。宇宙末日。邪惡中的邪惡，就是連宇宙本身也注定滅亡，從誕生以來就注定如此。但是，邪惡存在的世界，還算得上是美麗的世界嗎？沒有邪惡的世界不是更美好嗎？」

「是啊。」我說。

「當然，有人認為這個世界是因為錯誤而誕生，這個世界是本身狀況就不好的宇宙所患的疾病，有一天，宇宙莫名其妙地就突然長了太陽系這個淋巴腺腫，而我們全體都有病共享。但是星星、銀河和太陽不知道自己也會死亡，所以一點都不擔心。相反地，我們誕生在宇宙的疾病中，我們非常不幸，卻聰明到知道自己會死。我們不僅是邪惡的受害者，更是非常清楚這一點。好一群快樂的工作者！」

「可是，異教徒才會說這世界不是由任何人創造的，你說自己不是異教徒……」

「如果我說自己不是異教徒，是因為我無法相信我們周遭看到的這一切，包括樹木和水果的成長、太陽系的運行、我們的大腦，全都只是因為偶然而誕生。這一切都太完美了，所以一定有一個創造的靈體存在，也就是上帝。」

「然後呢？」

「然後，你如何讓上帝和邪惡共存？」

「我目前還不知道，讓我仔細想想……」

「是啊，讓我仔細想想，」他說，「就好像這麼多個世紀以來，沒有任何細膩的心思想過這個問題一樣……」

「那他們得出什麼結論？」

「他們碰了釘子！他們認為邪惡是由墮落的天使帶到人間。這種事怎麼可能發生？上帝看得到一切，也能預見一切，祂怎麼可能不知道墮落天使策動叛變？如果祂知道這些天使會叛變，為什麼又要創造他們？這就像有人刻意製造兩公里後就會爆胎的汽車輪胎，笨蛋才會這麼做。不過事情恰好相反，祂創造了天使，然後洋洋得意，看我多厲害，我也會製造天使……接著祂等天使叛變（誰知道祂在等待期間吃了多少苦），迅速將他們送下地獄。如果真是如此，祂就未免太陰險了。有哲學家歸納出另一種想法——邪惡不存在於上帝之外，事實上，邪惡一直都在上帝的深處，就像一種疾病，而祂花了無止盡的時間，企圖擺脫這個疾病。可憐的傢伙，這可能就是祂的情況。只是，像我這樣知道自己得到結核病後，為了不讓疾病父傳子，我再怎麼樣也不會想生小孩，但是上帝自知有這種疾病，卻又創造了這個無論如何都會被邪惡主宰的世界。這是一種純粹的惡意。我們之間或許有人會因為某晚克制不住，沒有用保險套，意外生了個小孩，但是上帝創造這個世界，卻是因為祂本意正是如此。」

「如果祂是像某個人憋尿沒憋好，所以才滲出來呢？」

「你以為自己講的是笑話，不過這正是某些敏銳的人所認為的。這個世界就像我們憋不住的尿，從上帝身上滲了出來。這個世界是因為祂失禁帶來的後果，和前列腺腫大的病患一樣。」

「什麼是前列腺？」

「這不重要，就當我隨便舉的不同例子。你想想，不管這個世界是不是從上帝身上滲出來，無論上帝有沒有成功地憋住，這一切都是因為祂將邪惡拖在身後造成的，而這都只是為了原諒上帝所找的藉口。我們身陷的泥淖已經淹到了眼睛，但是祂的情況也沒有比我們好到哪裡去。你在禮拜堂聽到的那些美好故事，包括上帝是最崇高、最完美的善，以及造出世界這一切，全都像樹上的梨子一樣紛紛掉落。祂是天地的造物主，因為祂是如此完美，所以祂才會把星星創造得像不能充電的電池。」

「很抱歉，或許上帝的確創造了一個我們注定會死亡的世界，祂這樣做是為了考驗我們，讓我們爭取進入天堂，追求永恆幸福的機會。」

「或者下地獄享受。」

「那是讓自己受到撒旦誘惑的人。」

「你的口氣就像信仰不堅的神學家。他們的說法和你一模一樣——邪惡確實存在，但是祂也給了我們全世界最美好的禮物，也就是自由意志。我們可以自由選擇遵照上帝的訓戒，或是接受撒旦的建議。如果我們最後下了地獄，那是因為我們沒有被創造成奴隸，而是被塑造成自由自在的人類，我們只是濫用了我們的自由，所以下地獄活該。」

「正是如此。」

「正是如此？誰告訴你我們的自由是禮物？換句話說，千萬不要將事情搞混了。我們的同志正在山上為自由戰鬥，那份自由是為了對抗想把我們都變成一部部小機器的人。自由是人與人之間一件美好的事情，而你沒有權利要我想一些你要我想的事。我們的同志可以自由決定前往山上，或是埋伏在其他地方，但是上帝給我的自由是什麼自由？祂給我的自由是在上天堂或下地獄之間選擇，除此之外別無選項。你一出生就被迫加入這場牌局，一旦輸了，就必須永無止盡地受苦受難。要是我一點都不想加入牌局呢？墨索里尼這個人雖然幹盡壞事，總算也做過一件好事，就是禁止人們賭博，因為賭場會構成誘惑，進而毀滅一個人，而我們不能光說每個人都擁有選擇是否涉足的自由就算了，最好還是避免引誘人們暴露在誘惑當中。上帝把我們創造得在面對誘惑的時候，又自由又脆弱。這算是一種禮物嗎？這就像我把你從峭壁上丟下去，然後告訴你不要擔心，你擁有抓住灌木爬上來的自由，或者你也可以選擇滾下去，摔成像阿爾巴地區的人所吃的碎肉牛排。你或許會說：『我在上面過得好好的，你為什麼要把我丟下去？』我可以回答：『為了證明你是一個勇敢善良的人。』可是，你根本不想證明自己是個勇敢善良的人，只要不摔下去，你就很滿足了。」

「這下子你把我搞糊塗了。你的觀點到底是什麼？」

「我的觀點很簡單，只是從來沒有人想到這一點──上帝就是邪惡。為什麼教士告訴我們上帝非常仁慈？因為祂創造了我們。就是因為這一點，我說祂邪惡。上帝不像我們會面對頭痛之類的病痛，因為祂本身就是惡。既然祂是永恆的，或許幾千億年以前祂並不邪惡，後來才變成如此，就像炎炎夏日無聊得發慌的小孩，為了打發時間，抓蒼蠅拔掉牠們的翅膀。你想想，只要你開始承認上帝邪惡，關於邪惡的問題都會變得很清楚。」

「如果大家都很惡毒的話，耶穌也一樣嗎？」

「喔，不！耶穌是人類至少明白何謂善良的唯一證明。說清楚一點，我不確定耶穌是上帝的兒子，如此惡毒的父親怎麼生得出如此善良的兒子？我一點都不明白。我甚至不敢確定耶穌真的曾經存在這個世上。或許祂是我們創造出來的角色，不過這也是真正的奇蹟所在──我們竟然想得出這麼美好的點子。要不然就是耶穌真的存在，而祂出於善意，想要說服我們上帝本性善良，所以才會以上帝之子自居。但是如果你仔細讀過福音書，你會發現耶穌最後也明白上帝是邪惡的──祂在橄欖園懼怕不已，不明白自己為什麼要遭受這些苦痛，上帝卻不予理會；祂在十字架上大聲吶喊父親『我不明白，為何棄我不顧？』，而上帝轉身面向另一邊。耶穌曾教導我們，一個人應該怎麼做才能從上帝的邪惡中解脫。假如上帝非常惡毒，我們至少應該學會善良，彼此互相體諒，不要互相攻訐，照顧患病之人，不要因為受到冒犯而尋求復仇。既然那傢伙不幫助我們，就讓我們彼此攜手互助。你明白耶穌的理念有多崇高嗎？誰知道上帝有多惱怒，上帝──換句話說就是撒旦──唯一真正的敵人就是耶穌，而耶穌是我們這些可憐的天主教徒唯一的朋友。」

「你八成是從前會被抓去活活燒死的那種異端分子……」

「我是唯一把真相弄清楚的人，但是為了不被燒死，我不能隨便告訴周遭的人。我只讓你一個人知道，你可以發誓絕對不告訴別人嗎？」

「我發誓。」我朝地上吐了一口痰：「憑著十字架的榮譽，否則死後下地獄。」

我發現葛諾拉的脖子上掛著一條長皮套，藏在襯衫下面。

「葛諾拉，那是什麼東西？」

「一把手術刀。」

「你想學醫成為醫生？」

「我唸的是哲學。這把手術刀是我在希臘打仗的時候，部隊醫生臨終前送給我的。他告訴我：『這把刀我已經用不到了，手榴彈炸開了我的肚子，我需要的是女人用的針線。這東西沒辦法縫傷口，你拿去當作紀念吧。』從此這把刀我一直帶在身上。」

「為什麼？」

「因為我是一個懦夫。以我目前所做和知道的事，如果有一天我被黨衛隊或黑衫衛隊抓走，一定會受到嚴刑拷打。如果他們對我嚴刑拷打，我會開口，因為我怕痛。這會危害到我同志的生命。所以，如果我被逮到，就用這把手術刀割斷喉嚨。這麼做不會痛，頂多只有一秒鐘。這麼做的話，我就搞到了每一個人──那些法西斯分子，他們知道的事情不會比以前更多；那些教士，因為我自殺了，自殺是一種原罪；上帝，因為我依照個人意願結束生命，而不是由祂決定。每一個都被我搞得又深又痛。」

葛諾拉的話引發了我的憂傷。不是因為我認為他說的話不對，而是我擔心他說得沒錯。我很想和祖父談一談，卻不知道他會做何反應。他和葛諾拉很可能無法了解彼此的想法，雖然他們都反法西斯。祖父已經用一種愉快的方式和梅爾洛及領袖算了帳。祖父在祈禱室收留了四個年輕人，擺了黑衫衛隊一道，就這樣。他不上教堂，但這不表示他是異教徒，否則他不會搭建聖馬槽。如果他相信上帝，肯定是一個快樂的上帝，一個看到梅爾洛試圖嘔出腹中一切時會哈哈大笑的上帝——祖父為上帝省下將梅爾洛送下地獄的工夫，在那次灌油之後，祂肯定不會送他進煉獄，允許他安心地贖回自由身。葛諾拉相反，活在一個因為惡毒的上帝而衰竭的世界裡，只有談到蘇格拉底和耶穌的時候，才看到他難得露出溫和的笑容。事實上，我告訴自己，蘇格拉底和耶穌都遭到殺害，還真看不出有什麼好笑的地方。

儘管如此，他這個人並不壞，他很喜歡置身人群。他只怪罪上帝，這樣的事肯定令人疲憊不堪，就像你朝一頭犀牛投擲石塊，犀牛根本沒有知覺而繼續我行我素，但是你卻憤怒得滿臉脹紅，最後甚至心臟衰竭。

我和我那群朋友是從什麼時候開始玩那場遊戲？在這個人人拿槍互相掃射的世界，我們也需要一個敵人，所以我們選擇了聖馬汀諾，那個在陡峭的山頂上俯瞰聖谷的村子。

聖谷的地形比阿瑪莉雅描述的還糟糕。我們真的爬不上去——更不用說下山——因為跨出去的每一步都可能踩空。這地方連黑莓都長不出來，地表會在腳下塌陷，你明明看到的是茂密的刺槐或一叢桑樹，樹叢間卻出現坑洞；你以為自己走到一條小徑上，結果卻是湊巧鋪疊的石塊，你往前跨個十來步，就會滑落到崖邊，往下跌落至少二十公尺。就算你沒有摔碎全身的骨架，到了谷底還剩一口氣，雙眼也早被荊棘刺瞎。此外，據說那個地方還有奎蛇出入。

住在聖馬汀諾的人對聖谷有一種恐懼，當然和那些妖精也有關係；那些將聖安東尼諾——一具像從墳塚爬出，會讓哺乳的女人嚇得乳汁凝結的木乃伊——奉祀在村裡的人，都堅信妖精這檔事。他們是理想的敵人，因為對我們來說，他們全都是法西斯分子。實際的情況當然並非如此，不過那座村子有兩個兄弟加入了黑衫衛隊，另外兩個留在村中，年紀較輕的弟弟更是村裡一幫孩子的小老大。總之，這座村子非常支持從軍的子弟，索拉臘的人都傳言應該提防他們。

無論是不是法西斯分子，大家都說聖馬汀諾的孩子像禽獸一樣壞。事實上，住在一個像聖馬汀諾這種受詛咒的地方，你每天都得製造一點事端才能感受到活力。他們必須下山到索拉臘來上學，鎮上的人都將他們視為吉普賽人。我們有許多人會帶麵包和果醬到學校當點心，而對他們來說，只要能帶顆蘋果，就算是大餐了。總之，他們還是採取了一些行動，趁我們坐在禮拜堂的門檻時，用石塊暗算我們。他們必須付出代價，所以我們得爬上聖馬汀諾，趁他們在教堂前面的廣場玩耍時施以攻擊。

要登上聖馬汀諾，只有一條沒有任何轉折的筆直道路，如果有人上來，從教堂前面的廣場可以看得一清二楚，所以我們沒有突襲的機會。不過杜蘭堤這個腦袋又大，又黑得像個阿比西亞人的鄉巴佬告訴我們，何不從聖谷登上去襲擊。

登上聖谷需要經過訓練，我們花了一整季的時間努力。第一天，你試著向前行進十公尺，一邊記住每一個腳步、每一處蜿蜒，然後踩著登上去的腳印下山，等候隔天再繼續接下去的訓練。從聖馬汀諾看不到有人往上爬，所以我們擁有充分的時間。我們不能以即興的方式進行，必須讓自己變得像草蛇、蜥蜴，這些在聖谷土生土長的動物一樣。

我們有兩個人扭傷，還有人如果不是在下坡的時候，不顧手掌擦傷來煞車，可能早就命喪黃泉。不過到了最後，我們總算成了世界上唯一知道如何登上聖谷的人。某個下午，我們花了一個多小時冒險爬上去，到了上面已經上氣不接下氣，但是我們登上了聖馬汀諾村腳下的一片荊棘荒地。就在房子和懸崖之間，有一片中間有道裂縫的矮牆，我們可以經由裂縫鑽進村子。裂縫面對的是通向神父宿舍門口的小巷，路的盡頭就是教堂前面的廣場。

我們一擁而上，出現在廣場的時候，他們正在玩捉迷藏的遊戲。突襲非常漂亮——其中一人蒙著眼睛，其他人則跳來跳去，忙著閃躲。我們開始投擲彈藥，成功地擊中一人的額頭，剩下的人趕緊躲進教堂，向神父求救。這樣就夠了，我們趕緊順著小巷鑽向聖谷。神父還來不及看見我們的臉，我們就消失在灌木叢間。他大聲向我們發出嚴重警告，杜蘭堤則對他大叫：「哈！」一邊用左手拍向彎曲的右臂。

從那時候開始，聖馬汀諾那票人就開始想盡辦法。他們知道我們會從聖谷爬上去，所以在小巷派駐守衛。我們雖然能接近矮牆而不被發現，不過並非百分之百保險——最後的幾公尺盡是一些會暴露我們行蹤的矮小灌木，讓守衛有時間發出警報。其他人則在小巷的盡頭準備了曬乾的泥塊，可以在我們抵達小巷之前，從上面發動攻擊。

費了這麼多工夫訓練自己如何登上聖谷，就這麼放棄實在可惜。杜蘭堤又建議了：「我們可以趁濃霧時上去。」

由於當時正值初秋，濃霧要多少有多少，最精采的時候，整個索拉臘甚至會消失在濃霧中，包括祖父的房子，一片灰濛當中，只有聖馬汀諾的鐘樓穿破雲霄。

在這種情況下，我們可以一直爬到矮牆，也就是濃霧終止的地方，對方不可能整天都盯著這片虛無，尤其是夜色開始降臨的時候。但是如果濃霧繼續蔓延，甚至會淹過矮牆，入侵教堂前面的廣場。

訓練自己在濃霧中爬上聖谷，和在大太陽底下截然不同。你必須將一切牢記在心，知道那邊有一個大石塊，那邊又有一大片濃密的荊棘，五步之後（而不是四步或六步），地表會在右邊一點的地方開始坍落，抵達那塊大岩石的時候令人非常開心，而岩石的左邊是個陷阱，再過去就會掉落懸崖……

我們先用晴朗的日子熟悉地形，花了一週訓練自己牢記路線。我試著製作地圖，跟冒險小說一樣，但是我的朋友大都不知道如何解讀地圖。沒關係，我自己把地圖印在腦中就行了，我幾乎可以閉著眼睛登上聖谷——就算濃霧密佈的夜晚也一樣。

等到每個人都牢記路線，我們花了好幾天，等到太陽下山後，在濃霧中實地操練，看看自己是否能在對方回家吃晚飯之前登上矮牆。

經過多次嘗試後，我們展開第一次的攻擊行動。天知道要怎麼爬到那上面，但是我們辦到了，當時對方全都懶洋洋地待在仍未被濃霧淹沒的廣場——在一個像聖馬汀諾這樣的地方，你不是無所事事地待在廣場，就是回家吃飯，然後上床睡覺。

我們抵達廣場後，狠狠地掃射他們一頓，並在他們躲進房子時嘲弄一番才下山。下山比上山還困難，上山的時候就算滑跤，你還是可以抓住灌木，但是如果你在下山的時候滑落，那麼你就完蛋了，停下來之前，你的雙腿肯定鮮血淋漓，褲子也會破爛不堪。不過我們辦到了，全體凱旋而歸。

從那一次之後，我們又闖上去幾次，對方無法繼續派遣衛兵在小巷駐守，因為他們大部分都害怕妖精。我們這些禮拜堂的人根本不將妖精看在眼裡，因為我們知道只要搬出聖母瑪利亞的名字，不用唸到一半就可以讓妖精僵在原地無法動彈。我們的行動持續了幾個月，我們開始厭倦——登上聖谷已經不構成挑戰，不管任何天候都辦得到。

我們家的人都不知道聖谷這件事，要不然他們肯定會狠狠揍我一頓，每一次我們摸黑行動的時候，我都讓他們以為我是下山到禮拜堂排演戲劇。但是禮拜堂的人都知道，我們也因此得意洋洋，因為我們是全鎮唯一將聖谷摸得一清二楚的人。

那是週日的中午，每個人都注意到發生了一件事——索拉臘來了兩卡車的德國人，他們盤問了半座村子，就驅車前往通向聖馬汀諾的道路。

那天一大早就濃霧密佈，白天的濃霧比黑夜的濃霧還要糟糕，因為明明就光線明亮，但你卻得像是置身黑暗一樣摸索行進。我們甚至聽不見鐘聲，彷彿這片灰濛帶來了寂靜。就連枝頭上凍僵的麻雀，也沒辦法穿破這片棉絮，為我們傳遞歌聲。這天原本有場葬禮，但是開靈車的人拒絕開上前往墳場的道路，葬儀社的人也派人前來傳話，表示這一天誰都不葬，因為他們搬棺木的時候很可能失足，摔進坑洞。

鎮上有兩個人跟在德國人後面，想弄清楚他們此行的目的，但是僅看到他們車燈全亮，吃力地開到聖馬汀諾的山腳就停下來，不敢繼續前進。確實，他們在卡車上無法知道坡道兩側有什麼東西，他們不想摔到懸崖下，而且他們肯定擔心在轉彎處遇到埋伏。他們也不敢徒步冒險，因為不熟這地方。不過還是有人向他們解釋，這是登上聖馬汀諾的唯一道路，在這種大濃霧的天氣，沒人能從另一邊的聖谷下山。德國人於是在山腳下的路中央架起了拒馬、點亮車燈、舉起槍械，駐守在原地，禁止任何人通過，其中一人拿起軍用電話大聲嚷嚷，大概是在要求支援。跟在他們後面窺伺的那兩人聽到他不停地重複volsunde、volsunde。葛諾拉立刻向我們解釋應該是Wolfshunde，他們要求狼狗前來支援。

下午四點左右，霧氣依然濃密，但是光線明亮，德國人仍舊停留在原地。這時他們見到有人騎腳踏車從上面下來。那是聖馬汀諾的教士，天曉得這條路他來回多少年，就算用腳當煞車，他也知道如何下山。德國人看到是教士才沒開槍，我們後來知道，他們追捕的是幾個哥薩克人。教士比手畫腳地向他們解釋，靠近索拉朧的一個農莊有人即將臨終，希望進行最終的敷油禮（他讓他們看了掛在把手上裝了所需道具的袋子），德國人相信了他的話。他們讓他通過，教士直接來到禮拜堂，把康納索神父拉到一旁交頭接耳。

康納索神父不參與任何政治活動，但是他知道如何處理這種事，他在幾乎沒有開口的情況下，要教士把事情對葛諾拉和他的同伴重複一遍，因為這一類的事情，他一點都不想碰。

這群年輕人於是圍在牌桌旁，我擠到最後幾個人後面，為了不引起注意，讓自己縮成一團。我聽到了教士說的事情。

德國人的軍隊有一個由哥薩克人組成的分支。我們從來沒聽過，但是葛諾拉知道這些事情。他們在俄國前線遭到囚禁，因為某種他們自己的理由，這些哥薩克人把帳算到史達林頭上，以至於有許多人都被說動加入非正規部隊（為了錢、因為痛恨蘇聯、因為不想在監獄裡老死，所以連馬帶車，和家人一起離開蘇聯的樂土）。

他們大部分都在東邊的戰場打仗，例如因為兇殘而人人懼怕的卡爾尼亞。就連帕維亞也有一個土耳其斯坦的分支部隊，人稱蒙古人。他們以前都是蘇聯的囚犯，並不真的是哥薩克人，他們一直都和游擊隊一樣，在皮埃蒙特一帶出入。

那個時候，每個人都知道這場戰爭將會如何結束，而他們提到的八名哥薩克人也有自己的宗教原則，他們看到兩座村子被放火燒掉、十多個可憐的村民被絞死，再加上他們也有兩個人因為拒絕朝老人和小孩開槍而遭到槍決，他們告訴自己，不能繼續和黨衛隊待在一起。「不只是為了考量萬一德國人輸掉戰爭。」葛諾拉說，「他們確實已經輸了，接下來美國人和英國人會怎麼做？他們會逮捕哥薩克人，然後交給俄國人，因為他們是德國人的盟友。這些人一旦回到俄國就完了。所以他們試圖靠到同盟國這一邊，這些人會在戰後給他們避難所，讓他們逃離史達林法西斯的魔爪。」

「事實上，」教士說，「這八個人聽說了和英國人及美國人並肩作戰的游擊隊，試圖加入他們。他們有想法，也調查得很清楚——他們不找加里波底派的游擊隊，堅持一定要巴多爾約派。」

不知道他們從哪裡脫隊潛逃，直接前來索拉臘，唯一的原因，就是他們聽說巴多爾約的游擊隊在這一帶出入。他們遠離幹道，利用黑夜徒步走了無數公里，也因此花了加倍的時間。黨衛隊緊緊跟在後面，他們能夠成功來到我們這裡真是奇蹟——一邊向農舍乞討食物，一邊還得擔心遇到潛伏的眼線，他們全都會講幾句蹩腳的德語，但是只有一個人會義大利文。

他們發現被黨衛隊盯上，所以在前一天登上了聖馬汀諾，認為可以占上風之便撐上幾天。

既然會死，就死得勇敢一點。另外，也因為有人告訴他們，山上有個塔利諾認識某個能幫他們的人。這些人已經是一群亡命之徒。他們在夜間抵達聖馬汀諾，也和塔利諾碰了面。他告訴他們，那裡有一家人和法西斯黨徒走得很近，再加上村子裡沒有幾戶人家，這件事情很快就會傳開。他想到的唯一辦法，就是讓他們躲到教士的住所。教士聽了他們說明緣由，並非出自政治或慈悲的理由，而是因為他知道任由他們在外頭遊走的話，會比收容他們更危險。他也不能讓這群人逗留太久，因為他沒有足夠的食物來填飽八個人的肚子。此外，他也擔心德國人出現，他們會立刻到每間屋子進行盤查，包括教士的住所。

「各位，請想想，」教士表示，「你們都看到了凱塞林[199]的公告，他們四處張貼。如果他們在我們那邊找到這幾個人，一定會把村子燒了，如果這幾個人開了火，他們會把我們全都殺了。」

很不幸地，我們都看過陸軍元帥的公告，就算沒有公告，我們也知道黨衛隊不會輕易收手，他們早就燒掉了幾個這樣的村子。

「所以呢？」葛諾拉問。

「所以，既然濃霧罩在我們頭上，感謝上帝，那些德國人不熟這地方，索拉臘必須找個人上去接這些哥薩克人，帶他們下來，然後去找巴多爾約游擊隊的人。」

「為什麼是我們索拉臘的人？」

「首先，我坦白說，如果我和聖馬汀諾的人談起這件事，消息就會傳開，而這件事越少人知道越好。第二，因為德國人在路口把關，所以我們無法從那邊通過。唯一剩下的辦法就是從聖谷下山。」

在凱塞林元帥慎重地號召義大利人民之後，元帥親自向部隊下令：

1. 用最積極的行動，討伐叛徒的武裝組織、對抗罪犯與破壞分子，因為他　們的破壞行動，不僅妨礙戰務，更騷擾了秩序和公眾的安全。

2. 在這些武裝分子出沒的地區，控制一定比例的人質，只要在同一地區出現破壞行動，就槍決這些人質。

3. 進行鎮壓行動，必要的時候，縱火焚燒鎮壓地區內可能朝德國軍隊或士兵開火的房舍。

4. 在公眾聚集的廣場上，將判定為兇殺行動負責的元兇或武裝分子的頭目絞首示眾。

5. 讓這些村子的首長負責阻礙電報、電話線路，或讓交通幹道遭受破壞（在路面散佈玻璃碎片、釘子之類的物品，破壞路橋、妨礙交通）。

凱塞林元帥

一聽到聖谷，所有的人都發出驚嘆——真是個瘋狂的念頭，特別是這種濃霧密佈的天氣，為什麼塔利諾不帶他們下來……但是那個該死的教士除了提醒我們塔利諾已經八十歲了，就算天氣晴朗的日子也不會從聖馬汀諾下山之外，他又補充——我個人認為——這是為了報復我們這些禮拜堂的孩子造成的騷動：「唯一連濃霧密佈時也知道如何通過聖谷的人，就是這些小傢伙。既然他們學會了這些把戲，至少可以讓他們把才華派上用場。你們派個年輕人和他們一起去把那些哥薩克人帶下來吧。」

「見鬼！」葛諾拉說，「他們下來後要怎麼辦？讓他們留在索拉臘，結果星期一早上會在我們這裡搜到這幾個人，而不是在你們那邊，被一把火燒掉的也是我們鎮吧？」

曾經跟我祖父一起去灌梅爾洛蓖麻油的史帝烏魯和吉吉歐當時也在場，所以他們和游擊隊也有關係。「冷靜點。」比較聰明的史帝烏魯說，「巴多爾約游擊隊目前駐守在歐貝格諾，那個地方無論黨衛隊或黑衫衛隊都沒上去過，因為位居上方，可以用雷電般的英國機關槍控制整座山谷。從這裡到歐貝格諾，就算濃霧密佈，只要有吉吉歐帶路，再加上貝爾契里那輛裝有特別霧燈的貨車，兩個鐘頭就到得了。算三個鐘頭好了，因為天色開始昏暗了。現在是五點，吉吉歐八點就可以抵達那邊。他去通知游擊隊那些人下來，在維紐勒塔的岔路等候。貨車大約在十點或十一點左右回到這裡，我們把車子藏在聖谷下面的樹叢，那裡有一座聖母堂。我們派一個人在十一點後去教士的住所接那些哥薩克人下來，讓他們坐上貨車，清晨之前，他們就可以加入巴多爾約游擊隊。」

「昨天之前這八個人還跟黨衛隊站在同一邊，我們為什麼要為這些誰知道是馬木留克[200]、卡爾梅克，還是蒙古人冒這麼大的風險？」一個好像叫米吉亞瓦卡的紅髮傢伙問。

「老兄，這幾個人改變想法了，」葛諾拉表示，「這是好事，他們也是知道如何開槍的壯漢，所以派得上用場。」

「對巴多爾約游擊隊很有用。」米吉亞瓦卡繼續抱怨。

「無論是巴多爾約還是加里波底，他們全都為自由而戰，而我們也早就說好，我們的帳以後再算，不是現在。我們必須幫助這些哥薩克人。」

「你說得沒錯。此外，這些人都是蘇聯的公民，也就是來自社會主義的大本營。」某個叫馬汀南哥的人說，他看起來並未完全了解轉變陣營的來龍去脈。但是那幾個月什麼怪事都會發生，例如原本屬於黑衫衛隊的吉諾，他甚至是最激進的隊員，居然叛逃加入游擊隊，有人在索拉臘看到他頸上綁著一條紅巾，但是由於他這個人非常瘋狂，在不該出現的時候，為了一個女孩跑回來，所以被黑衫衛隊逮個正著，在某個清晨於亞士堤遭到槍決。

「總而言之，我們可以幫忙。」葛諾拉說。

「不過還有一個小問題，」米吉亞瓦卡說，「就連神父都說了，只有那些小鬼知道如何登上聖谷，但是這種棘手的事情我不會讓小鬼參與。除非他們有自覺，要不然事後一定會大肆宣揚。」

「不會。」史帝烏魯說。「像這裡的亞姆柏，你們雖然沒注意到，但是他把話全聽進去了。如果他祖父聽到我現在說的話，肯定會殺了我，但是對亞姆柏來說，聖谷就像自己的家，這年輕人不只謹慎，而且口風很緊，我可以擔保。此外，他家的人理念和我們一樣，所以沒有風險。」

我全身冒出冷汗，然後趕緊表示時候不早了，家人在等我。

葛諾拉把我拉到一旁，對我說了許多好聽話——這一切都是為了自由，為了救助八個可憐的人，就連我這個年紀也可以成為英雄，而且聖谷我爬上爬下許多次，這一次和前幾次沒什麼兩樣，除了會有八個哥薩克人跟在我後面，小心翼翼地試著不跟丟，那些德國人會像蠢蛋一樣守在路口，他們甚至不知道聖谷在哪裡；他會和我一起去，面對責任的時候，就算他身染重病也不會退縮，我們等到十二點再行動，而不是十一點，那時我家人都睡著了，我可以溜出來而不會被發現，隔天早上，他們會看到我躺在床上，就像什麼事都沒發生……一連串催眠我的話。

最後，我同意了。無論如何，這都是一次冒險行動，事後我可以像個游擊隊員，向周遭的人描述這件事，就連亞波利亞叢林裡的戈登……就連黑森林裡的崔瑪拉依……就連神秘山洞裡的湯姆……就連象牙巡守隊，都不曾穿越這樣的叢林，冒這種險。簡言之，這將成為我榮耀的一刻，為了祖國，正面的祖國，而不是負面的祖國，也不需要斜背著司登衝鋒槍和彈匣帶趾高氣昂地晃來晃去，不需要武器，就像狄克‧富明一樣兩手空空。總而言之，我讀過的東西紛紛湧上心頭。如果我喪命的話，我應該會看到像柱子一樣粗的綠草。

不過，因為我頭腦不錯，我立刻列了幾件事和葛諾拉討論。他說，如果必須為八名哥薩克人帶路，中途很可能會走失，所以必須找一條又長又牢固的繩子，就像登山者一樣，把所有的人都綁成一串，這麼做的話，就算看不清楚，只要跟著走就行了。

我告訴他不能這麼做，只用一條繩子的話，萬一最後一個人跌下去，會把其他人全都拖下去。相反地，我們需要帶十條繩子，每個人都緊緊抓著前面和後面的人握住的繩子，如果這麼做，至少在你感覺另一個人跌下去的時候，就可以立刻鬆手放掉你這一邊，犧牲一人總比全部犧牲好。你真是機靈，葛諾拉對我說。

我興奮地問他會不會帶武器在身上，他說不會。首先，因為他連一隻蒼蠅都下不了手，也因為上帝不願見到這種事。如果遇上交鋒，那些哥薩克人身上有武器。做最糟糕的盤算，也就是他遭到逮捕的話，他身上沒有武器，或許他們不會立刻把他抓去槍決。

我們去找聖馬汀諾的教士，說我們同意這麼做，要他讓那些哥薩克人在清晨一點之後準備就緒。

快七點時我回家吃晚餐，我們約定子夜時分在聖母堂碰面，步行過去需要花四十五分鐘。「你有沒有手錶？」葛諾拉問，「沒有，不過等家人十一點上床後，我會待在有掛鐘的餐廳裡。」

我在家心神不定地吃了晚餐，飯後佯裝收聽廣播節目和查看郵票。麻煩的是爸爸也在家——他不想冒險在濃霧中趕回城裡，希望隔天早上動身。不過他很早就上床睡覺了，媽媽也一起上床。我父母那時已經過了四十歲，他們還會做愛嗎？此刻的我有些納悶。我想，對所有的人來說，自己父親和母親的性生活，永遠都會維持神秘，而原始狀態那一幕，純粹是佛洛伊德的突發奇想。他們當然會避免被我們撞見！不過我記得母親在戰爭初始時，和幾位女性友人的一段對話，她當時大概剛過四十歲（我聽到她用勉強的樂觀態度表示「人生從四十歲才真正開始」）：「喔，我的杜里歐年輕的時候表現很好……」什麼時候？一直到阿姐出生嗎？我父母之後就不再做愛了嗎？「誰知道杜里歐在城裡有沒有和公司的祕書亂搞。」我母親有時會在家裡向祖父抱怨，但是她這麼說只是開玩笑。我可憐的父親難道從來不曾在空襲時握緊某人的手，給自己帶來一點勇氣嗎？

十一點，屋裡一片沉寂，我一個人待在黑暗的餐廳，偶爾點燃火柴看看掛鐘。我在十一點十五分的時候溜出門，鑽進濃霧，走向聖母堂。

我覺得害怕。是此刻還是當時？我看到一些毫不相干的影像。或許妖精真的存在。她們偽裝成游擊隊員等著我，我在濃霧中根本無法分辨——她們先是搔首弄姿（誰說她們會以缺牙的老太婆模樣出現？她們穿的或許是開衩的裙子），接著會用機關槍向我掃射，我會粉碎成一首紅斑點點的交響樂。我看到一些毫不相干的影像……

葛諾拉已經到了，他抱怨我不準時，我發現他正在發抖。我沒有發抖，因為我來到熟悉的地方。

葛諾拉交給我一段繩索，我們開始登上聖谷。

我腦中印著地圖，但是葛諾拉每一步都擔心自己摔下去，我不停地給他打氣。我成了隊長，如果我們被蘇尤鞑納[201]的妖精包圍，我也知道如何在叢林裡前進。我就像排練樂譜一樣地移動腳步，我想鋼琴家就是這麼做的——他們當然是用手，而不是腳——而我一步都沒走錯。但是葛諾拉，雖然他跟在我後面，卻經常跌跤，而且還不停咳嗽，我必須一直轉過身去拉他。霧非常濃密，如果我們維持在半公尺的距離內，就可以看到彼此。我拉拉繩子，葛諾拉就會從一片蒸氣中湧現，原本濃密的霧氣突然間會變得稀薄。他就像從裹屍布裡冒出來的痲瘋乞丐般驟然蹦出來。

上山大約花了我們整整一小時，不過時間差不多。我唯一提醒葛諾拉要小心的，是我們抵達那塊大岩石的時候，因為如果沒繞過去向前直走，反而選擇了左邊，腳下就會踩到一些碎石，然後滑落山谷。

我們到達上面那道矮牆的時候，聖馬汀諾還是一團看不清楚的東西。我告訴他在小巷內一直往前走，大約走二十步，我們就會抵達教士住宅的門口。

我們在門口依照約定敲了三下門，不間斷，接著再敲三下。教士為我們開了門，他的臉色蒼白得就像夏天路旁野生的鐵線蓮。那八名哥薩克人在屋裡，每個人都像強盜一樣全副武裝，如小孩般面帶懼色。葛諾拉和懂義大利文的那個人交換了幾句話。他說得很好，除了口音奇怪，但是葛諾拉卻像每個人遇到外國人的時候一樣，一律用不定式動詞和他說話。

「你，走在其他人前面，跟著我和這個小孩。你，告訴你的人，照著我的話做，懂不懂？」

「我懂、我懂，我們已經準備好了。」

快要在褲子裡撒尿的教士為我們打開大門，讓我們走到外面的街道。但是就在這一刻，小巷通往村子的那一頭傳來條頓人的聲音，以及哀號的狗叫聲。

「媽的！」葛諾拉詛咒了一聲，但是教士甚至連眼睛都沒眨一下，「德國佬上來了，還帶了濃霧影響不到的狗，牠們用嗅的就夠了。這下糟了，怎麼辦？」

哥薩克人的頭子表示：「我知道他們的編制，五個人一條狗。我們照計畫進行，或許遇到的德軍沒有帶狗。」

「事事不順。」受過教育的葛諾拉用法文表示，「我們慢慢前進，我叫你們開槍的時候才開槍。再準備幾條圍巾、碎布和繩子。」接著他向我解釋：「我們進到小巷裡，在轉角的地方停下來。如果沒有人，我們就直接衝向矮牆，然後下山。如果遇到帶著狗的人，那就麻煩了。最壞的情況就是朝他們和狗開槍，視對方的人數再決定。如果他們沒帶狗，我們就先讓他們過去，從後面動手，綁住他們，塞住他們的嘴巴，這樣他們才不會亂叫。」

「然後把他們丟在原地嗎？」

「真聰明。不，我們帶他們一起下聖谷，沒有其他的選擇。」

他匆匆向那名哥薩克人解釋一遍，讓他轉達給同伴。

教士交給我們一些碎布，還有聖袍的帶子。「你們走吧，」他說，「願上帝保佑你們。」

我們衝進小巷。我們在轉角聽到左邊有德國人說話的聲音，但是沒有狗叫或嗚咽的聲音。我們全都趴在角落。我們聽見兩個人越走越近，口中大概在咒罵濃霧讓他們什麼都看不見。「他們只有兩個人。」葛諾拉用手勢比畫，「先讓他們過去，我們再從後面偷襲。」

其他人帶狗在廣場周圍搜索的時候，那兩個被派到這邊偵察的德國人一邊摸索，一邊舉槍前進，但是他們沒注意到小巷裡有轉角，繼續往前移動。哥薩克人從後面撲上去，證明了他們的工作能力。才一秒鐘的時間，兩個德國人就已經倒在地上，嘴裡塞著碎布，分別被兩名宛如魔鬼附身的壯漢抓住，另外一人則從後面綁住他們的手。

「行了。」葛諾拉表示，「現在，你，亞姆柏，把他們的武器丟到矮牆後面，你們推著這兩個德國人，跟在我們兩個後面。」

我嚇壞了，不過現在葛諾拉成了隊長。我們輕而易舉越過矮牆，葛諾拉把繩子分給每一個人。除了最前面跟最後面的人，每個人的雙手都沒空著，一手抓住前面的繩子，另一手抓住後面的繩子。但是，如果你得推著兩個遭到捆綁的德國人，你就無法抓住繩子，所以最開始的十來步，我們斷斷續續地前進，一直走到第一叢灌木。葛諾拉在那裡試著重新安排隊伍，拉著德國士兵的兩個人用自己的繩子繫在俘虜的腰帶上，推著他們走的兩個人則用右手抓住他們的衣領，左手抓住後面同伴手中的繩子。但是我們才剛剛重新起步，其中一名德國人就立刻跌了一跤，撞在前面的守衛身上，並將後面抓住他的守衛拉倒，我們的隊伍因此被拆散。哥薩克人齒縫間發出應該是詛咒的聲音，不過他們很清楚不能大聲嚷叫。

意外之後，一個德國人試圖站起來，脫離我們的隊伍，兩名哥薩克人摸黑追上去，但是他們追丟了。不過，還好對方也不知道應該踏在什麼地方，沒幾步就向前撲倒，隨即逮到他。在一陣推擠中，對方的鋼盔掉在地上。哥薩克人的頭子告訴我們，不應該把鋼盔留在這裡，一旦狗追過來，牠們會以嗅覺追蹤鋼盔上面的氣味。我們這時才發現，另外一個德國人頭上沒有鋼盔。「媽的！」葛諾拉罵道，「我們在小巷制伏他的時候，弄丟了他的鋼盔。他們如果帶著狗追到那邊，就會找到線索！」

我們什麼事都不能做。事實上，我們又向前移動十來公尺後，上面就傳來說話和狗吠的聲音。「他們追過來了。那些狗嗅過了鋼盔，告訴他們我們從這邊下山了。冷靜點，控制自己。首先，他們必須先找到這條小徑，如果你不認得路，這件事並不容易。第二，他們必須跟下來。要是那幾條狗心生警戒，速度就會慢下來，所以他們也只能慢慢來。如果那幾條狗向前衝，他們跟不上，只好摔得用屁股在地上滑行。他們沒有你，亞姆柏，快往前走，加油！」

「我會盡力，但是我很害怕。」

「你不怕，你只是緊張罷了。深呼吸，然後走吧。」

我差一點就尿在褲子裡，和教士一樣，但是我知道大家都靠我一個人，所以只好咬緊牙根。那一刻，我真希望自己是賀拉斯馬或克拉貝母牛，而不是鬼屋裡的米老鼠，寧願自己是龐普里歐先生，而不是陷在亞波利亞沼澤的閃電俠戈登。但是我們一旦從酒桶提了酒，就只好把酒喝掉。我盡可能以最快的速度衝進聖谷，在腦海重複每一個步伐。

兩名俘虜拖延了我們行進的速度，他們因為口中塞著碎布而呼吸困難，幾乎每分鐘都得停下來喘氣。一刻鐘後，我們抵達了那塊大岩石，我知道岩石的位置，甚至還沒看到，就伸長手臂去碰觸。我們必須緊貼著岩石繞過去，因為右方是斜坡和懸崖。我們又清楚地聽見上面傳來的聲音，但是我們不知道德國人越來越大聲，是因為催促那幾條倔強的狼狗，還是因為他們已經越過矮牆，越來越接近我們。

聽到同伴聲音的兩名俘虜開始反抗。他們就算不是真的跌倒，也會佯裝，試著滾向一旁，一點都不怕摔下山腳。他們知道我們擔心暴露行蹤，所以不能朝他們開槍，而且無論他們滾到哪裡，狼狗一定會發現他們。他們無所畏懼，既然如此，他們就變得非常危險。

突然間，我們聽見機關槍掃射的聲音。德國人下不來，於是決定開槍。但是，他們面前的聖谷幾乎以一百八十度展開，他們不知道我們在什麼地方，所以朝每個方向開槍。此外，他們也不知道聖谷陡峭的程度，所以幾乎以水平的角度射擊。當他們朝我們這個方向開槍的時候，我們可以聽見子彈在頭上咻咻鳴響。

「快走、快走。」葛諾拉表示，「他們根本打不到我們。」

但是那些德國人大概已經開始往下走，他們評估了地形的坡度，那幾條狗也找到確切的方向。這下子，他們開始朝下方射擊，而且離我們不遠。我們可以聽見子彈擊中我們附近的樹叢。

「不要怕。」那個哥薩克人說，「我很清楚Reichweite Maschinen。」

「機關槍的射程。」葛諾拉為我翻譯。

「沒錯，就是這個意思。只要他們不繼續往下走，只要我們再走快一點，那些子彈就打不到我們，所以我們快走。」

「葛諾拉，」我一邊說，一邊滾下豆大的淚水，心裡出現一股想見到媽媽的強烈欲望，「我可以走得更快，但是你們不行。你們不能拖著這兩個傢伙。如果他們故意拖延，我跑得像山羊一樣快也沒有用。把他們丟在這裡，否則我發誓，我會自己一個人跑下去。」

「如果我們把他們丟在這裡，不到兩分鐘他們就會掙脫，叫他們的人下來。」葛諾拉說。

「我用槍托殺掉他們兩個，不會有任何聲音。」那個哥薩克人說。

殺害那兩個傢伙的念頭讓我全身血液凍結，而葛諾拉的抱怨讓我鬆了一口氣：「這麼做沒有用，老天，就算殺了他們丟在這裡，那些狼狗也找得到他們，其他人就會發現我們朝哪個方向走。」緊張的情緒讓他不再使用不定式動詞，「我們只剩一個辦法，將他們朝不同的方向推下去，這麼做的話，那些狼狗會引他們到另一邊，我們也多了十分鐘，或更多的時間。亞姆柏，這裡走向右邊的話，不是有一條通向懸崖的死路嗎？很好，我們把他們從這裡丟下去。你不是說走到那邊的人根本看不到懸崖，會直接掉到下面去嗎？這麼一來，那些狼狗會把德國人直接帶到下面。在他們恢復之前，我們早就到了山谷。從這裡摔下去的人都會沒命，對不對？」

「我沒說摔下去的人一定都會死。他們會摔斷骨頭，除非運氣不好，撞到腦袋……」

「媽的，到底怎麼回事——你之前這麼說，現在又這麼說？這樣的話，或許這兩個人一摔下去，正好可以掙脫繩索，到了下面，還有一口氣可以大喊警告同伴！」

「所以，他們摔下去後非死不可。」那個哥薩克人做出結論，他很清楚事情在這個骯髒的世界應該如何運作。

我當時就站在葛諾拉旁邊，清楚地看見他的臉。他的臉色一直很蒼白，但現在更是慘白。他震驚的眼神，彷彿他正在向上天祈求靈感。這時候，我們聽見咻咻的槍響大約從一個人的高度飛過。一名德國俘虜趁機會用手肘撞了他的守衛，兩個人一起倒在地上，那個哥薩克人開始抱怨，因為那個德國人用頭撞他的牙齒，試圖製造聲音。葛諾拉在這個時候下定了決心。他說：「不是他們死就是我們。亞姆柏，如果我走向右邊，需要走幾步路才會到達陡坡？」

「十步，我的十步大約是你們的八步。此外，只要你往前跨出腳步，你可以感覺到傾斜的坡度。距離陡坡的邊緣大概有四步，謹慎一點的話，就算三步。」

「那麼，」葛諾拉轉身向哥薩克人的頭子說，「我走前面，你們兩個人推這兩個德國佬向前走，抓緊他們的肩膀。其他人在這裡等。」

「你想做什麼？」我牙齒上下打顫地問他。

「閉上嘴巴，保持沉默，現在是戰爭，你也跟其他人一樣在這裡等。這是命令。」

他們消失在岩石右邊，被煙霧吞沒。我們等了幾分鐘，聽見了石塊滾動和沉悶的聲音，葛諾拉和那兩名哥薩克人重新出現，身邊已不見德國人。

「走吧。」葛諾拉表示，「現在我們可以加速前進了。」

他把一隻手放在我的手臂上，我可以感覺他在顫抖。我從這麼近的距離可以清楚看見他。他上山的時候穿著套頭毛衣，現在他那把手術刀的皮套掛在胸前，看起來像是被他掏了出來。

「你怎麼處理那兩個人？」我一面哭，一面問。

「不要去想這件事，就這樣。那幾條狗會聞到鮮血的味道，把其他人都帶往那個方向。我們沒事了，繼續向前走。」

看到我雙眼睜得像銅鈴一樣大，「不是他們就是我們。兩個換十個，這就是戰爭。繼續向前走。」

大概半小時後，我們聽見上面傳來憤怒的叫聲和狼狗的嗥叫，但是方向和我們下山的路徑不同，而且越來越遙遠，我們已經下了聖谷，來到幹道上。吉吉歐和貨車就在前面不遠的樹叢裡等我們。葛諾拉讓哥薩克人上了車。「我和他們一起去，確定他們找到巴多爾約游擊隊。」他說。他試著不看我，急著讓我離開。「你從這邊回家，你表現得非常勇敢，值得受頒勳章。別的事情都不要想了，你已經盡了責任。如果有人必須因為某些事而背上罪名，那就是我，只有我一個人。」

天氣雖然寒冷，我回到家的時候卻是滿身大汗，而且疲憊不堪。我躲進我的小房間，希望自己能夠維持清醒地熬過這一夜，但是情況並不好，我筋疲力盡，卻只能打盹幾分鐘。我看到喉嚨被割斷的賈唐諾叔叔在我面前跳舞。我肯定發了燒。我必須告解，我告訴自己，我必須告解。

隔天早上更糟糕，因為我必須跟別人差不多時間起床，向出門的爸爸道別，而媽媽完全不明白我為什麼看起來昏頭轉向。幾個鐘頭後，吉吉歐出現了，他立刻和祖父及瑪蘇魯交頭接耳。他準備離去的時候，我示意他到葡萄園和我碰面。他什麼事都隱瞞不了我。

葛諾拉陪那幾名哥薩克人找到了巴多約爾游擊隊，接著和吉吉歐開車回索拉臘。那些游擊隊的人告訴他，天還未亮，他不能沒有武裝就回去索拉臘，因為他們得到情報，有一支黑衫衛隊已經前往索拉臘支援。他們拿了一把槍給他。

他們從維紐勒塔的岔路出發，來回大概花了三小時的時間。他們將車子開回去還給貝爾契里，然後走上回索拉臘的路。他們以為一切都結束了，而且也沒有聽到任何聲音，所以安心地向前走。在濃霧裡，曙光看起來似乎逐漸顯露。經過這些壓力之後，他們互拍肩膀為彼此打氣，因此打破了沉默，也沒有發現一旁的溝渠內躲了幾名黑衫衛隊。他們就在離鎮外兩公里的地方遭到逮捕，黑衫衛隊從他們身上搜出了槍械，所以他們無法編造藉口。他們被丟進一輛小卡車。黑衫衛隊共有五個人，兩個人坐在前座，兩個人坐在後車廂，另一人則站在前面的踏板上，在濃霧中辨認路徑。

他們甚至沒有被銬起來，因為看守他們的兩個人膝蓋上各擺著一把機關槍，他們就像被塞進袋子一樣，被丟進後車廂。

一會兒後，吉吉歐聽到了一個奇怪的聲音，像是布料被撕破的聲音，同時感覺有黏稠的液體噴濺到臉上。一個法西斯分子聽到喘氣聲，於是打開手電筒，他看到葛諾拉手持手術刀，喉嚨已經被劃開。兩名守衛開始咒罵，他們讓卡車停下來，在吉吉歐的幫助下，將葛諾拉抬到路旁。他那時已經死了，或者快要死了，鮮血流得到處都是。另外那三個人也下了車，互相指責，說這傢伙不能就這樣死了，他必須接受指揮部的偵訊，他會害他們全都關禁閉，真是白癡，為什麼沒有人想到銬住犯人。

他們在葛諾拉的屍體前互相吼叫的時候，暫時忘了一旁的吉吉歐。一片混亂中，他對自己說，不趁現在，更待何時？他跳過溝渠另一側，因為他知道那是一片陡坡。那幾個人開始四處放槍，但是他已經像塊落石一樣滾下去，躲進樹叢。在濃霧當中，那就像在一堆稻草裡尋找一根針，那幾個法西斯知道不能引起大騷動。他們這下子最好先處理掉葛諾拉的屍體，然後回到指揮部，假裝這一夜誰都沒逮到，以免被上級找麻煩。

同天早上，待黑衫衛隊和德軍會合之後，吉吉歐帶了幾個朋友回到悲劇現場，他們花了一點時間搜尋，在溝渠內找到葛諾拉。索拉臘的修道院長不願收容屍體，因為葛諾拉不僅是無政府主義者，最後又以自殺結束生命。而康納索神父要他們把屍體帶到禮拜堂的祈禱室裡，他說上帝比祂的教士更清楚那些教條。

葛諾拉死了。他救了那些哥薩克人，讓我置身事外，然後他就死了。我非常清楚他自戕的經過，他早就講過許多次。他是懦夫，他怕被刑求後會全盤托出，害他的同志慘遭屠殺。他為了他們而決定就義。於是，唰……我很確定他也是用同樣的方式處理那兩個德國人，或許這就是一報還一報，一個懦夫的勇敢成仁。他為了這輩子唯一的暴行付出了代價，他甚至清償了自己的懊悔，因為對他來說，這件事情肯定讓他無法承受。他一次就操了他們全部——法西斯分子、德國人，和上帝。唰……

而我活著。我無法原諒自己這一點。

我記憶中的濃霧也開始消散。我看到游擊隊員凱旋歸返索拉臘，我們在四月二十五日收到解放米蘭的消息。人們走在路上，游擊隊員對空鳴槍，他們掛在卡車旁邊進到鎮裡。幾天後，我看到一個穿橄欖綠制服的士兵騎著腳踏車，從栗子園的小徑上山。他告訴我們他是巴西人，他開開心心地離去，計畫好好參觀這個對他來說充滿異國情趣的地方。巴西人也和英國人及美國人同一陣線嗎？沒有人告訴我這件事。真是一場奇怪的戰爭。

一個星期後，第一支美國軍隊抵達我們鎮上，全部都是黑人。他們在禮拜堂的院子搭起了帳篷，而我和其中一名天主教的下士建立起了友誼，他讓我看放在胸前口袋、從不離身的耶穌圖。他送給我一些刊有小阿布納、狄克・崔西等漫畫的報紙，還有一些他稱為「口香糖」的東西。我嚼了又嚼，晚上甚至用嘴巴把它揉成一團，像老人處理假牙一樣泡在杯子裡。作為一種交換，他讓我知道他想吃義大利麵，所以我邀請他到家裡，我相信瑪莉亞甚至有可能為他準備野兔醬汁的餃子大餐。可惜我們到家的時候，這位下士看到另一個階級比他高的黑人坐在花園裡，道歉後就窘迫地離去。

美國人為他們的軍官尋找像樣的住所，他們也問了祖父，所以我們家空出左翼的一間漂亮廂房，也就是後來被我和寶拉整理成我們臥房的房間。

莫迪少校有點胖，有跟路易・阿姆斯壯一樣的笑容，他成功地和我祖父溝通；至於其他人，他則搬出了幾句法文。當時教育程度比較高的人家，像我們家，法文是唯一通用的外國語言，所以他用法文和媽媽，以及附近幾位利用午茶時間來看看解放軍的女士溝通——包括痛恨自家佃農的那個法西斯女人。所有人都坐在花園的牡丹花圃附近，一張擺了精美茶具的桌子旁邊。莫迪少校以法文表示「非常感謝」，以及「是的，夫人，我也很喜歡香檳」。他就像個終於被邀請進入白人家庭，而且經濟狀況不錯的黑人，他表現出來的完美禮節讓女士們竊竊私語，她們因為眼前的紳士而感到驚訝——別人居然把他們形容得像是酗酒的野蠻人。

我們收到了德國人投降的消息，希特勒也身亡了。戰爭終於結束了。我們在索拉臘舉辦了盛大的慶祝活動，每個人互相擁抱，有人則隨著手風琴起舞。祖父決定立刻帶我們回到城裡，雖然那時候夏天才剛剛開始，但是所有人都厭倦了困在鄉下的日子……

置身在一群歡欣鼓舞的人群中，我開始遠離那場悲劇，擺脫那兩個德國人和他們滾落懸崖那一幕，以及因為恐懼、大愛、怨恨而受難的那位處子，葛諾拉。

我缺乏去見康納索神父，向他告解這一切的勇氣……事實上，我有什麼需要告解的？為了我沒有做，也沒有看到，純粹只用想像的事情嗎？既然沒有需要被原諒的事情，我甚至不能請求寬恕。再也沒有比這更讓人感覺被詛咒的了。

191 譯註：巴多爾約是義大利元帥，墨索里尼下台後，於一九四三至一九四四年出任總理。義大利於一九四〇年六月參加第二次世界大戰，巴爾多約出任總參謀長，但因義軍在埃彼瑞斯和阿爾巴尼亞被希臘擊敗而辭職。一九四三年組成非法西斯政府，與同盟國達成停戰協議，並對德國宣戰，但一年後即被迫辭職。

192 譯註：十九世紀義大利愛國青年。

193 譯註：義大利法西斯黨的口號。

194 譯註：Copacabana，巴西著名海灘。

195 譯註：Cyrus Smith，《神秘島》的人物。

196 譯註：Giordano Bruno，十六世紀義大利思想家。

197 譯註：Mikhaïl Aleksandrovitch Bakounine，十九世紀俄國無政府主義哲學家。

198 譯註：Krupp，德國著名鋼鐵家族，以製造和販售武器而聞名世界。

199 譯註：Albert Kesselring，二次世界大戰期間德國元帥。

200 譯註：薩拉丁建立的職業軍團。

201 譯註：Suyodhana，山多坎系列書裡的邪神。

17. 深思熟慮的年輕人

喔，我受盡了折磨和痛苦／一想到我冒犯了祢，喔，上帝……我在禮拜堂學會了這首歌，還是回到城裡才開始唱的？

在城市裡，晚上的燈光又亮了起來，人們也再度在街上走動，即便是夜晚。人們會利用下班後的時間喝杯啤酒，或是到河邊吃冰淇淋。第一間露天電影院在這時候也開始開門營業。沒有索拉臘那些朋友，我變成孤伶伶一個人，我也還沒遇見一直到高中開學後才重逢的吉阿尼。晚上我和父母一起出門，但是我覺得不自在，因為我不再牽著他們的手，卻仍未單飛獨行。我在索拉臘的時候自由多了。

我們常去看電影。我在「約克軍曹」，以及詹姆士・嘉納表演的踢踏舞，讓我發現百老匯存在的「永遠的星條旗」中，發現了另一種戰爭的方式。「*I'm a Yankee Doodle Dandy*……」

我第一次看到踢踏舞，是在佛雷・亞斯坦的電影裡，但是嘉納的踢踏舞看起來較為劇烈、較為解放、較為肯定。亞斯坦的舞蹈娛樂性比較濃厚，而嘉納的舞蹈感覺上像是一種使命，看起來就像愛國舞蹈。用踢踏舞來表達愛

國主義，對我來說是一種新發現。踢踏舞取代了爆炸的手榴彈和含在嘴裡的鮮花。此外，以舞台來象徵世界和無可抗拒的命運，也對我造成了一股吸引力。The show must go on。我學到一個遲來的音樂世界。

「北非諜影」。唱出〈馬賽進行曲〉的維克多・拉塞羅[202]……里克・布萊恩[203]朝著史特勞塞少校[204]開槍……為什麼里克必須拋下伊莉莎・倫德[205]？他們難道不該相愛嗎？山姆[206]肯定就是莫迪少校，但是尤賈提[207]又是誰呢？是葛諾拉，這個迷途且不幸，最後落入黑衫衛隊手中的膽小鬼嗎？不對，根據他冷笑和嘲諷的風格，他應該是雷諾探長[208]。不過雷諾探長最後和里克一起前往布拉薩城[209]加入反抗軍，歡歡喜喜地和朋友一起去面對自己的命運……

葛諾拉已經沒辦法和我一起走向沙漠了。我和葛諾拉一起經歷的是美好友誼最後的尾聲，而不是開端。我沒有用來作為轉圜的信件，讓我得以走出這段記憶。

書報攤上出現了許多新的報紙，和一些惹火的雜誌——封面上盡是些袒胸露背，或穿緊身襯衣讓乳頭激凸的女人。豐滿的胸部占據了每一張電影海報，這個世界以乳房的形狀在我的周圍重生。不過還有蕈類的形狀，我看到了丟在廣島那顆原子彈的照片。納粹殘害猶太人的照片也開始出現，不過並不是我們後來看到的屍骸，而是最先獲得釋放的生還者——凹陷的眼眶、肋骨清晰可見的胸膛、連接乾瘦手臂的手肘。截至目前為止，我得到的戰爭訊息都不直接，都只是一些數字——擊落十架飛機、某某數量的死亡人數和俘虜，還有某某地區的游擊隊遭到槍決的謠言。

除了聖谷那一晚，我從未見過真正的屍體——甚至那晚也不算，因為我最後看到那兩名德國人的時候，他們依然生龍活虎，後來發生的部分都出現在我夜晚所作的噩夢裡。我在這些照片裡尋找那位對彈珠也有研究的法瑞拉先生的臉。不過就算他在照片上，我認不出來。Arbeit macht frei[210]。

我們在電影院因為巴德・艾巴特和路・柯斯泰羅[211]的鬼臉而笑了。平・克勞斯貝、鮑伯・霍伯，和身穿沙龍裙[212]而令人心神不寧的桃樂希・拉摩一起出現，一起走上桑吉巴或丁布克都之路[213]。從一九四四年以後，所有人都認為生命真是美麗。

我每天中午都會騎腳踏車，去向一個黑市商人購買他每天提供兩小塊的白麵包。這是我們啃了多年泛黃又沒烤熟的麵包棒（大人說是以麥麩製成）後，第一次吃到白麵包，麵包棒裡面有時候會吃到線，甚至蟑螂。我騎著腳踏車去領取美好日子重新誕生的象徵，我在書報攤前停了下來。墨索里尼在羅雷托廣場遭到處決，克拉蕾塔・裴塔琪[214]也一樣喪命，某個善心人士在她裙底兩腿間扎了根針，以免她受到進一步的羞辱。這活動是為了紀念慘遭殺害的游擊隊員，我不知道受到槍決和絞刑的人竟然這麼多。剛剛結束的戰爭死亡人數也被公佈，據說共有五千五百萬人。

面對這樣的大屠殺，葛諾拉的死又算什麼？上帝真的邪惡嗎？我讀了紐倫堡大審判的消息，全部處決，除了服毒自殺的戈林[215]之外，他的妻子在最後一吻時讓他服下了氰化物。維拉巴斯[216]的殺戮，顯示了濫用暴力的情況再次出現——這下子，人們又可以因為私人的因素而殺

Corriere Lombardo

E' ESPLOSA LA BOMBA ATOMICA

Il mondo è sbigottito Che cosa accadrà?

Il pioniere

Gli esseri viventi polverizzati a Hiroshima

Il Comando alleato ordina di riprendere i lanci

"Il sole è battuto"

afferma il prof. Bocchi dell'Università di Milano

Paraventa?

Sbloccodeitessili e delle calzature

SPAGNA INQUIETA

Una voce clandestina esorta all'insurrezione

La Germania non arrivò prima perché esperti italiani sabotarono le ricerche

Londra dice:

"Principio o fine della nostra civiltà"

La flotta americana ormeggia al largo

PROSSIMA FIRMA DELL'ACCORDO

Provvedimenti del Governo

Clausura di tecnici nella "città segreta"

Tagliato in due dal mare

害他人了。逮捕，然後在清晨槍決。人們在和平的名義下繼續進行槍決。戰爭期間，將受害人皂化的蕾歐娜達[217]被判了罪。以榔頭殺害情人的妻子和三個小孩的黎娜・福特（Rina Fort）也被終身監禁。一份報紙詳細描述了她那對讓情人瘋狂的雪白乳房，而她的情人看起來就像蓋坦諾叔叔，既乾瘦又滿嘴蛀牙。我最初看過的幾部電影裡，戰後的義大利似乎像以前一樣，充滿了站在夜燈下的應召女子。孤獨地走過城市，我將離去……

星期一是一大早上市場買菜的日子。接近中午時，我們的「口以」表親就會出現。他的真名叫什麼？「口以」是阿妲為他取的外號，因為她說他說「可以」的時候，說得不正確，每一次都說成「口以」，不過我沒有注意到這一點。「口以」是一個血緣非常遙遠的親戚，他在索拉臘認出了我們，他說進城的時候不能不來看看我們。我們都知道他希望我們邀請他一起共進午餐，因為他沒有錢上館子。我一直搞不清楚他從事什麼工作，不過他最起碼應該先找一份。

我看到「口以」表親坐在餐桌旁，將他那盤濃湯喝得一滴不剩。他凹陷的臉孔曬得焦黑，幾根稀疏的頭髮整齊地往後梳理，外衣的手肘部分破爛不堪。「你了解吧，杜里歐，」他每個星期一都會這麼說一遍，「我不需要特別的工作，在半公營的機構找個位置，拿最低的工資，只要一小滴就夠了。不過每天一滴的話，一個月就是三十滴。」他做了個無奈的手勢，比畫一顆落在他近乎全禿的腦袋上的水滴，因為想到受甘霖折磨而開心不已。一滴就行，他重複道，但是每天都要一滴。

「我今天幾乎達到了這個目標——我去找卡洛尼談了一下，你知道，就是那個地主，他也是權威人士。我身上有一封推薦信，你知道，我們這個時代，手上沒有一封推薦信的話，你誰都不是。今天早上出門的時候，我在車站買了份報紙；杜里歐，我這個人不搞政治，隨便買了份報紙，我根本沒時間讀，我在火車上必須站著，但我這個人又幾乎站不直。我把報紙摺起來，跟每個人一樣放進口袋，因為不管有沒有看，隔天都可以用來包東西。我去見了卡洛尼，他很親切地接待我。他打開那封信，但是我看到他從信紙後面打量我。他用兩、三句話就把我打發走，告訴我目前沒有僱聘計畫。我走出門的時候，才發現我口袋那份報紙是《團結報》。你知道，杜里歐，我向來站在政府這一邊，我只是隨便要了一份報紙，完全沒有特別注意。卡洛尼卻看到我口袋裡裝了一份共產黨的報紙，所以他把我打發掉。如果我將報紙摺到另一面，或許這個時候……一個人如果倒楣的話……我想這就是命運。」

城裡辦了一場宴會，主賓是我那位終於離開寄宿學校的堂哥努奇歐——他現在已經是年輕男子，也是個時髦的大人（他攻擊安潔羅・歐索那個時代，我就覺得他像大人了）。他甚至出現在本地週刊的漫畫版面，他父母因此驕傲無比。他在漫畫裡七扭八轉，跳著當時正流行的布基舞。我當時還太年輕，不敢也無法進去舞廳，這種習慣讓我覺得簡直是對葛諾拉喉嚨傷口的一種侮辱。

我們在初夏時分回到城裡，我無聊得發慌。我在下午兩點騎著單車在幾乎無人的街上閒逛。為了打發閒得發慌的日子，我四處移動好讓自己筋疲力盡。不過肯定不是因為悶熱的天氣，而是我身上背負了一股懷舊情緒，也是一個焦躁而孤獨的青少年唯一的熱情。

下午兩點到五點，我毫不停歇地騎著腳踏車。三小時的時間，我可以在城裡繞上好幾圈，只需變換一下路線就行了——從市中心衝向河邊，接著在經過南向省道的時候，從環城道路轉進通往墓園的街道，在車站前左轉，經由空無一人的筆直小巷再繞市中心一遍，最後進入市集的大廣場。這個廣場太大了，周圍是曝曬在陽光下，到了下午兩點會比撒哈拉更荒蕪的柱廊。廣場空盪盪的，我可以騎腳踏車大方穿越，而且確定不會有人遠遠看到我，準備向我打招呼。同樣地，如果盡頭的角落出現一個你認識的人，你看到的人影就像他看到的你一樣渺小，只是太陽光暈下的一個輪廓。接著，你沿廣場繞個大圈，彷彿是一隻沒有腐肉覬覦的禿鷹。

我不是隨性漫遊，我有目標，但我經常故意錯過。我在車站的書報攤看到一本出版多年的皮耶・勃諾瓦作品，依定價來看，應該是戰前發行的舊版《亞特蘭大島》。那本書的封面非常吸引人，畫著石雕滿佈的寬敞大廳，肯定是個前所未聞的故事。這本書不貴，但是正好是我口袋裡的總數。有時候我會悄悄靠近車站，下車把腳踏車靠在人行道上，走進車站花十五分鐘盯著那本書。那本書收在小玻璃櫃裡，所以沒辦法翻閱，看看裡面能夠告訴我什麼故事。第四次造訪後，書報攤的老闆開始疑惑地看著我，他大可全神貫注地監視我，因為車站大廳空無一人，沒有人到站、沒有人出發，也沒有人候車。

整座城市只剩下空間和太陽，成了我這輛破胎腳踏車的專用跑道。車站的那本書是一個保證——透過故事，我可以進入比較不令人絕望的現實。

快五點的時候，這段漫長的誘惑——我和那本書之間，那本書和我之間，對於無限空間的渴望和抗拒——夏日的空洞，留戀地踩動踏板，令人心碎地一圈一圈繞，這一切總算有了結果——我終於下定決心。我從口袋掏出錢，買下《亞特蘭大島》，回家縮在角落閱讀。

安提內雅，致命的蛇蠍美女，一頭濃密鬈曲、藍得近乎烏黑的秀髮上，披著一片布料沉重，金光閃爍，兩端幾乎觸及她纖弱腰際的埃及克拉弗特[218]（什麼是克拉弗特？肯定是非常精美，半遮半掩的的誘人東西）。

「她穿著一片寬鬆、輕盈，黑得如烏金般冰冷，僅以黑珍珠繡花的白巾輕輕紮起的薄紗。」在這些衣物底下，是一個苗條的年輕女子，她有一雙長形的黑眸，臉上也掛著東方少見的笑容。你無法從魔鬼般的華麗衣飾下看到她的身體，但是她的衣袍大膽地從旁邊開衩（喔，開衩的長袍），纖細的喉嚨也沒有遮掩，兩隻手臂裸露在外，長紗下盡是引人遐思的陰影。極盡誘人，又強烈地流露一股純潔。人們可以為了她拋頭顱灑熱血。

我父親七點回到家的時候，我尷尬地把書合起來，他以為我是不想被他發現在看書。他覺得我看太多書了，視力因此受損。他告訴媽媽，我應該多到外面走走，騎腳踏車出去繞一繞。

我不喜歡太陽，在索拉臘的時候卻不在乎。大人覺得我常瞇著眼睛，皺起鼻子，「你好像看不清楚，但是事實並非如此。」他們對我嘮叨，而我期盼的是秋天的濃霧。為什麼我這麼喜歡濃霧？尤其是我曾在聖谷的濃霧中度過可怕的一夜。因為在聖谷的時候，正是濃霧為我提供了掩護，為我提供了絕對的藉口——當時因為濃霧，所以我才什麼都沒看到。

濃霧開始出現的日子裡，我又找回了我的舊日城市，那些誇張且呆滯的空間都被拭去了。所有空洞都消失了；燈光反射下的屋脊、轉角、樓面，突然從一片虛無中湧現如雀斑的灰點。舒服極了，就像燈火管制。我這座城市的構思、設計、建造由不同世代把關，當你貼著牆壁走路，就會籠罩在半明半暗的光線裡。這個時候，她變得又美又包容。

第一本成人漫畫《大飯店》（*Grand Hotel*）是在這一年，還是下一年創刊的呢？最開始出

現的圖像小說讓我既想看又想逃。

沒有東西比得上我在祖父店裡找到的那本，光是封面就讓我羞愧得臉紅的法國雜誌。我偷了那本雜誌塞進襯衫，隨即溜之大吉。

我回家後趴在床上翻閱，我的肚子和鼠蹊處貼著床墊，而祈禱書正是建議我們不要這麼做。其中一頁有一張尺寸不大，卻清晰無比的照片——約瑟芬・貝克的上空照。

我盯著她棕色的眼睛，但是不敢看她的乳房。我的目光慢慢移動，（我想）這是我這輩子的第一對乳房，赤裸的卡爾梅克女人身上那對寬大鬆垮的東西根本不能拿來相提並論。

我的血管就像注入了蜂蜜，喉嚨深處湧現一股辛辣的餘味，前額感覺一道壓力，腹股溝更是一陣麻木。我惶恐又潮濕地站起來，不知道自己得了什麼恐怖的病，在液化過程的快感中化成了一灘原始的汁液。

我想那是我第一次射精——我覺得這件事情禁忌的程度，大概更甚於割斷德國人的喉嚨。我又犯了罪，那一晚，我在聖谷見證了神秘而沉默的死亡，而現在，我侵入了生命禁忌的祕密。

我走進告解室，一名熱心的嘉布遣兄弟會修士花了很長的時間，為我解說德行和純潔。他告訴我的事情，我在索拉臘的小冊子裡都看過，但或許是因為他說的話，讓我再次想起了鮑思高神父的《深思熟慮的青年》：

就算在稚嫩的年紀，魔鬼一樣會設下圈套來竊取你的靈魂……所以避開誘惑，遠離各種誘人犯罪的對話、機會，以及公開的表演等一無是處的東西……試著讓自己保持忙碌；當你們不知道應該做些什麼的時候，裝飾耶穌受難像，整理聖像和圖……如果誘惑消失了，就在胸前劃十，親吻祝聖過的物品，然後唸：「聖路易，讓我不要褻瀆上帝。」我提到聖路易這位聖人，是因為這是教會特別為保護年輕人所宣示的聖人……

無論如何，逃避任何和異性同行的機會。仔細聽我說，我的意思是年輕的男子永遠不該和年輕女孩建立親暱的關係……眼睛是原罪進入我們靈魂的路徑……永遠不要讓目光停留在和儉樸互相牴觸的東西上。聖路易．龔查克甚至不希望別人在他躺在床上或起身的時候，看見他的腳。他不允許自己盯著母親的臉……他曾經擔任兩年西班牙皇后的榮譽侍從，卻從未看一眼皇后的臉。

以聖路易做為榜樣並不容易，換句話說，逃避誘惑必須付出的代價似乎非常可觀，因為這名年輕人「鞭打自己，直到見血，將木塊放在床單下，讓睡眠受盡折磨，在衣物下放入馬刺，因為他沒有苦行衣，無論站立、坐下或行走，他總是盡力讓自己不適……」不過，我的告解修士建議我以跪地太久，褲子經常變形的聖道明．沙維豪做榜樣，他的贖罪過程沒有聖路易那麼血腥。他也勸我凝視聖母瑪利亞的臉，將其視為聖潔之美的典範。

我試著讓自己醉心於昇華的女性之美。我在教堂的後廳，或利用星期日造訪幾座教堂的時候，和一群男孩合唱福音歌：

妳比曙光更美地升起
用妳的光芒讓大地歡欣
而環抱穹蒼的繁星之間
沒有比妳更美的星光

妳就像太陽一樣壯麗
比月亮更加皎潔
最耀眼的星星
也比不上妳的明亮

妳的雙眼比汪洋更美
妳的前額有如百合
耶穌親吻過的雙頰就像玫瑰
妳的唇就像鮮花

雖然我當時不知道，但或許我正準備讓自己和莉拉相遇。她肯定同樣遙不可及，在九霄雲外耀眼奪目，發自本身的優雅和美麗不受制於肉體，不需要扭腰擺臀就能令人心曠神怡，她的目光遙望他方，看著天主，而不是像約瑟芬・貝克一樣，狡黠地盯著我。

我必須透過冥想、祈禱和犧牲，來為自己及周遭的人贖罪。我獻身於捍衛信仰的同時，報章雜誌和牆上的大字報開始提到紅色恐慌[219]，以及用羅馬聖彼得聖水池的聖水餵馬那些哥薩克人所構成的威脅。我納悶地問自己，為什麼這些曾經是史達林的敵人，甚至和德國人並肩對抗這名獨裁者的哥薩克人，現在卻成了共產黨的死亡信差，哪天甚至可能殺害像葛諾拉這樣的無政府主義者。在我看來，哥薩克人就像強暴維納斯的該死黑鬼，或許他們出自同一個畫家之手，是畫家重新展開的十字軍東征。

心靈的修鍊，地點是荒蕪鄉間的一間小修道院。食堂瀰漫著塵封的氣味，我和建議我讀帕皮尼作品的圖書館管理員在迴廊漫步。用餐後，我們加入教堂的唱詩班，在單根燭光下一起朗誦《天堂的階梯》。

心靈課程的負責人為我們讀了一段《深思熟慮的青年》中關於死亡的篇幅：我們不知道死神會在哪裡突然降臨——你不知道他會在你的床上、工作崗位、馬路，還是在別的地方逮到你，血管斷裂、重傷風、血腥的一擊、一次高燒、一個傷口、一次地震、一個閃電，就足以取走你的性命，時間可能是在一年後、一個月後、一個星期後、一個鐘頭後，或甚至就在讀完這篇論述的當下。時候到了，我們會覺得天昏地暗、兩眼疼痛、口舌乾燥、喉嚨緊閉、胸口感到壓力、血液凍結、肌肉衰竭、心臟刺痛。一旦我們的靈魂出竅，我們包在破布裡的皮囊就會被丟進坑洞，讓老鼠和蟲子啃噬我們的肉，最後只剩下幾塊刮淨的骨頭，和一堆發臭的塵土。

接著是禱告，對於垂死者臨終顫動的祈禱。四肢的痙攣、最初的顫抖、浮現的蒼白，直到希式面容成形，然後是最後的喘息。死亡的十四個階段（我記得清楚的只有五、六個）逐一描述，一旦定義了感受、身體的姿勢、那一刻的焦慮，最後都會以祈求慈悲的耶穌憐憫作為結束。

一旦我僵硬的雙足通知我，這一生的歷程已經接近尾聲，祈求慈悲的耶穌憐憫。

一旦我顫抖麻木的雙手已經無法擁抱你們，耶穌基督我的至善，儘管百般不願，我還是必須在痛楚中丟下你們，祈求慈悲的耶穌憐憫。

一旦我因為即將面臨可怕的死亡而呆滯受驚的雙眼，垂死而無神地望著祢，祈求慈悲的耶穌憐憫。

一旦我蒼白無血色的雙頰讓在場的人同情又害怕，當我因為死亡的汗水而潮濕的頭髮豎立，向我宣佈末日將至，祈求慈悲的耶穌憐憫。

一旦我因為可怕的幽靈而騷動的想像力開始陷入死氣沉沉的哀傷，祈求慈悲的耶穌憐憫。

一旦我失去所有的知覺，世界開始在我眼中消失，而我在最終末日的焦慮和死神的折磨中呻吟，祈求慈悲的耶穌憐憫。

在悲觀的思緒中朗誦聖歌，一邊想著自己的死亡，這正是我需要的，阻止我把心思放在別人的死亡上。我再次想起這篇論述的時候並不害怕，而是平和地意識到人終歸得走向死亡。這種面對死亡的教育，讓我準備好面對命運，而死亡也是所有人的共同命運。五月時吉阿尼說了一個醫生建議垂死病人進行沙療浴的笑話：「這麼做有用嗎，醫生？」「其實還好，不過會讓你習慣埋在土裡的日子。」

而此時，我已經習慣了。

某個晚上，心靈課程的負責人站到聖桌前面，他、我們，還有整座教堂，僅由一根蠟燭照亮，光線投射在他身上，但是他的臉仍留在黑暗中。在我們解散之前，他為我們講了一段故事。有一晚，接待新進修女的修道院有一名年輕、虔誠、非常美麗的女孩突然喪命。隔天早上，她被抬到教堂中殿的靈柩台上，眾人開始為她禱告。但是突然間，屍體睜開眼睛，坐了起來，用手指向主祭，用空洞的聲音說：「神父，請不要為我祈禱！昨天晚上，我出現了不潔的念頭，只有一個，但是我此刻已進入煉獄！」一股戰慄從聽眾席的板凳一直傳到教堂的拱頂，就連燭火也似乎因此搖擺。負責人要我們上床睡覺，卻沒有人移動。告解室前面排了長長的隊伍，所有人都不敢在沒有完成告解之前——就算只是犯下微不足道的罪行——就上床睡覺。

整個世紀的邪惡在殿堂儡人的撫慰聲中紛紛竄逃。我在冰冷的積極中度過那幾個日子，甚至聖誕歌曲，甚至我孩提時期令人窩心的聖馬槽，也變成聖嬰降生在可怕世界的場景：

> 睡吧，不要哭泣，親愛的耶穌
> 睡吧，不要哭泣，我的贖罪者

在黑暗的恐懼當中，美麗的小孩
你急著閉上那雙令人憐愛的眼睛
你知道為什麼麥稈和乾草扎人嗎？
那是為了讓你眼中的光芒繼續閃爍
你急著閉上眼睛
讓睡眠醫治你這趟痛苦的旅程
睡吧，不要哭泣，親愛的耶穌
睡吧，不要哭泣，我的贖罪者……

某個星期天，迷戀足球，又因為兒子整天埋在書堆糟蹋眼睛而失望透頂的父親，決定帶我去看球賽。那是一場小比賽，球場空盪盪的，暴露在炙熱陽光下的白色席位，零星地散佈著觀眾造成的點點色彩。比賽一下子因為裁判的哨子，一下子因為隊長的抗議而暫停，其他球員則漫無目的地在球場上移動。綠色的草地上，穿著兩種顏色球衣的球員，無聊散漫、毫無秩序地遊蕩。一切都停滯而沒有進展。比賽變成了慢動作，就像教堂放映的電影突然發出刺耳聲，動作就變得戰戰兢兢，最後終於停在一格畫面上，影像也像熔蠟一樣在螢幕上風化。

就在這時候，我突然得到了一個啟示。

那一刻我突然發現，因為這個世界毫無目的，是誤解所造成的懶散結果，才會出現這種痛苦的感受。那一刻，我成功地將感受用文字表達出來：「上帝並不存在。」

走出球場的時候我滿懷悔恨，所以立刻跑去告解。這一回，熱心聽我告解的神父仁慈寬容地笑了笑，他問我為什麼會出現如此荒謬的念頭，他說大自然如此美麗，肯定是造物主讓一切井然有序。接著他提出了consensus gentium（整體共識）的論點：「我的孩子，但丁、孟佐尼、薩凡內奇這些傑出的作家都相信上帝，范塔皮這種偉大的數學家也一樣，難道你希望和別人不一樣嗎？」眾人的共識在那一刻讓我得到平靜。肯定都是足球比賽的錯。寶拉曾經告訴我，我從來不看足球賽，頂多看電視轉播世界盃決賽。從那一天開始，我肯定一直保持去看足球賽會讓我們失去靈魂的念頭。

不過，要失去靈魂倒是有其他方法。我班上的同學嘻嘻哈哈地竊竊私語，互相描述一些故事。他們用各種暗示，互相傳閱家裡偷來的雜誌和書籍，討論我們這個年紀不能進去的「紅燈戶」，花光口袋的錢，只為了進戲院一窺女人衣衫單薄的電影。他們讓我看一張伊莎．巴吉薩穿著小褲在舞台上表演雜耍的照片，我不能不看，要不然會被當成偽善者。我端詳片刻，大家都知道，我們什麼事都能夠抗拒，單單誘惑不行。所以，我在一個下午偷偷摸摸地走進戲院，希望不會遇到任何熟人——在「雙孤傳」（由托托和卡洛．坎帕尼利主演）這部電影裡，伊莎．巴吉薩和幾個年輕修女不顧修道院長的告誡而赤裸淋浴。

我們看不到修女的身體，只看得見浴簾後面的影子。幾個年輕的女孩就像跳舞一樣，專心沖澡。我本該去告解，但是這種若隱若現，讓我想到在索拉臘曾經翻閱，卻因為害怕內容趕緊合上的一本書——雨果的《笑面人》。

我在城裡沒有這本書，不過我確定祖父的店裡肯定可以找到一本。我確實找到了，趁祖父和別人聊天的時候，躲到書架底下，興奮地翻到禁忌的一頁。曾經遭到為馬戲團製造畸形人或殘廢的童販嚴重毀容的葛溫普蘭，突然成了繼承大筆財富的英國貴族克朗查理大人。他還來不及弄清楚發生在自己身上的事，就被打扮成高尚的英國紳士，帶進一座迷人的宮殿，見到一系列的珍寶（獨自身處耀眼閃爍的無人之境），一間接著一間的廳堂和房間不僅讓他暈頭轉向，就連讀者也看得暈眩。他在廳房之間遊蕩，一直到他走進一個房間，看到床上躺了個裸女，旁邊還有備好淨水的浴缸。

雨果狡黠地提到，她不是和字面意義一樣的赤裸。她穿著衣服，一件長襯衣，但是質料細得就像她全身濡濕。從這裡開始，雨果用了七頁來描述一個女人赤身裸體，以及她出現在這輩子只純潔地愛過一個盲女的笑面人面前的方式。他覺得這個女人看起來就像酣睡在一大片泡沫中的維納斯，她睡夢中慵懶的動作有如藍天裡的蒸氣，以誘人的曲線畫出朵朵雲彩。雨果評論道：「赤裸的女人等於武裝的女人。」

這個女人——喬絲安，皇后的妹妹——這時候突然醒了過來，她認出葛溫普蘭，開始極盡所能地誘惑他。這可憐的人根本不知道如何抗拒。女人雖然讓他慾火焚身，但是沒有立刻獻身。她化身成千百種比她赤裸的身體更令人倉皇失措的幻影，像個純潔的處子，又像個淫蕩的妓女，不僅迫切地準備享受葛溫普蘭承諾的畸形快感，也挑戰了世人和宮廷帶給她的戰慄，這正是令她陶醉的期待。維納斯等待雙重的高潮，私下占有，及當眾炫耀屬於她的火神武爾坎。

葛溫普蘭正準備投降的時候，皇后派信差過來傳諭，告知妹妹，笑面人已合法地成為克朗查理大人，從此成為她的丈夫。喬絲安回應：「好吧！」她起身，遞出一隻手（並以您取代你來稱呼對方），對剛才正要狂野交合的男人表示：「請出去。」接著她又補充：「既然您成了我的丈夫，那麼請離開這裡……您沒有權利進來了，這是我情人的位子。」

真是極端的墮落——不是葛溫普蘭，而是亞姆柏的墮落。喬絲安不僅比浴簾後面的伊莎‧巴吉薩給了我更多東西，更以她的粗鄙征服了我：「……既然您成了我的丈夫，那麼請離開這裡，這是我情人的位子。」原罪也可能如此英勇地占優勢嗎？

喬絲安夫人和伊莎‧巴吉薩這種女人真的存在嗎？我有機會認識她們嗎？我就像遭到雷擊——唰——我會因為想像力而遭受懲處嗎？

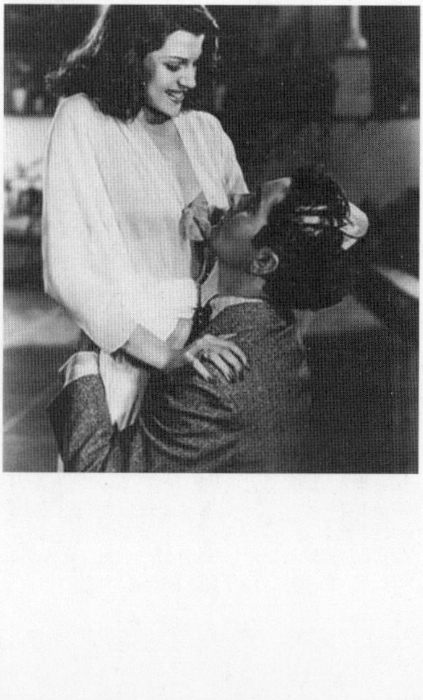

至少在螢幕上她們確實存在。我又利用下午的時間，偷偷摸摸溜去看了「碧血黃沙」。泰隆‧鮑華仰慕地將臉貼在麗塔‧海華的肚子上，讓我相信有些女人就算不是全裸，也有自己的武器。只要她們夠無恥。

被強力教育憎惡原罪，之後再被原罪征服。我告訴自己，禁忌肯定會對想像力帶來引火燎原的效果。為了躲避誘惑，我決定避免讓自己接受淨化的教育——兩者都是撒旦的傑作，並且互相支援。這種異端的直覺，讓我覺得自己彷彿遭到鞭打。

我躲進自我的世界，培養對音樂的興趣，我會在下午或一大清早就貼著收音機，不過有時晚上也有交響樂的節目。家人想聽其他節目，「不要再聽這些陳腔濫調了。」完全沒有受到繆斯影響的阿姐苦苦哀求。某個星期天早上，我在街上遇到了蒼老的蓋坦諾叔叔。他連金牙都不見了，或許被他在戰爭期間賣掉了。他和藹地關心我的學業，爸爸告訴他，我對音樂著迷不已。「喔，音樂。」蓋坦諾叔叔興奮地表示，「我可以完全體會，亞姆柏，我也熱愛音樂，而且是各式各樣的音樂。無論什麼種類，只要是音樂就行了。」他思索片刻又補充：「除非不是古典音樂，這種時候我就關掉收音機，這很正常。」

我是被放逐在一群缺乏文化素養的人當中的特殊人物，於是更高傲地封閉在自我的孤獨裡。

高一時的我透過幾位當代詩人的作品接觸了詩集，我發現原來人可以無盡閃耀，遭遇活著的痛苦，以及被太陽的光芒刺痛。我無法完全理解，但是我喜歡「我們唯一能告訴你的，只有我們不是什麼樣的人，還有對什麼沒興趣」的想法。

我在祖父的店裡找到一本法國象徵主義的詩集。我的象牙塔。我同化於黑暗且深邃的整體中，尋找將音樂視為最優先的地方，我傾聽沉默，我記錄難以言喻之事，我凝視暈眩。

但是，為了自由地面對這些書，我必須先讓自己從許多禁忌中得到解放，我選擇了吉阿尼提到的那位心胸寬大的雷納托神父。雷納托神父看過平・克勞斯貝的「與我同行」，裡面的美國天主教神父都穿著牧師的教袍，用鋼琴伴奏，對愛慕的年輕女孩高唱嘟—啦—嚕—啦—嚕—啦、嘟—啦—嚕—啦—哩。

雷納托神父不能打扮得跟美國人一樣，但他是屬於戴著貝雷帽，騎著機器腳踏車的新世代神父。他不會彈鋼琴，卻收藏了爵士唱片，而且熱愛美妙的文學作品。我告訴他，有人建議我讀帕皮尼，他說帕皮尼最好的作品不是在他成為信徒之後寫的，而是在受洗前。這確實是心胸寬大的見解。他借我《一個失敗者》[220]這本書，他認為精神上的誘惑，或許能將我從肉體上的誘惑拯救出來。

那是不曾有過童年的人所做的告白，他的孩提時光，就像隻老蟾蜍般憂鬱苦悶。那不是我，我的童年充滿了陽光（地名就是個徵兆[221]），但是因為一個可怕的夜晚，我的童年從此失落。苦悶的蟾蜍——也就是我正在閱讀的這篇故事的主角——瘋狂地躲進知識的庇護，在一冊冊「綠色書背鬆散，大開本的頁面皺巴巴，又佈滿紅色潮斑，多數破損不堪或沾滿墨漬」的書裡日漸衰竭。那是我，不僅是索拉臘閣樓上的我，也是我後來在生命中所選擇的我。我一直都沒有離開書本——此刻，在我睡眠裡持續的清醒中，我已經完全明白，但是我也是等到恢復記憶後才了解這一點。

這個一出生就注定失敗的男人，他不只閱讀，而且還動筆寫作。我也可以寫作，讓我的怪獸加入用爪子在深海沉默爬行的行列。這個男人以瓶底沉澱了污油的廉價墨水——看起來就像土耳其咖啡——寫下他縈迴的念頭。他年輕時就因為在燭光下，在圖書館的陰暗角落閱讀而弄壞了眼睛，眼皮也泛紅。他擔心變成瞎子，戴上厚重的鏡片閱讀。但他就算眼睛沒瞎，也會變成癱瘓，他的神經已經受損，他的一條腿又痛又麻木，他的手指會不由自主地顫動，頭也感到陣陣劇痛。他動筆的時候，厚重的眼鏡幾乎碰到了紙張。

我的視力很好，還可以騎著腳踏車繞來繞去，我不是一隻蟾蜍——或許我那時候就有讓人無法抗拒的微笑，但那有什麼用呢？我不會抱怨別人不對我微笑，是因為我也沒有找到對別人微笑的理由……

我不像失敗者，不過我希望自己是。把他對藏書的狂熱改成我非修道院式的遁世，打造完全屬於我的世界。但是，我無意朝改變信仰的方向進行，而是我原本就來自這樣的環境。尋找可以替換的信念，結果我卻愛戀頹廢。兄弟、憂傷的百合、我渴望美……我變成了拜占庭的閹人，看著白種蠻人來去，一邊撰寫乏力的藏頭詩。透過科學，我安頓了心靈的讚歌，在我的毅力之下，我翻遍了地圖、植物誌和禮教經書。

我還有精力去思索女性的永恆，不過前提是以巧妙的技巧跟某種病懨懨的蒼白讓我驚豔。我閱讀，然後激起情慾，一切都在腦海裡：

他摸著衣服的這名垂死女子，就像最熱情的女人一樣讓他血脈僨張。任何恆河沿岸的舞女、任何伊斯坦堡後宮浴池的女奴、任何赤裸的蕩婦，都比不上和那隻手的單純接觸，那隻虛弱、滾燙，透過手套沁著濕氣的手。

我甚至不需要向雷納托神父告解。這是文學，所以我可以接觸，雖然內容談到了變態的赤裸跟雌雄同體的曖昧。這些事和我自身的經驗離得夠遠，我不會對這些誘惑讓步。這些是文字，不是肉體。

快到高二學期末的時候，我偶然拿到一本于斯曼的《逆流》。主角德埃聖出身於強壯但乏味的軍人家族，個個都蓄著彎刀般的八字鬍，但是從歷代祖先的畫像可看出多次近親通婚，造成了後代某種程度的衰微——他的幾個祖先看起來承襲了敗壞的血統，輪廓陰柔衰弱，臉龐既蒼白又神經質。

因為這種不幸的隔代遺傳，德埃聖可說烙著印記誕生——他的童年宛如葬禮，飽受淋巴腺結核和持續的高燒威脅。他纖瘦高挑、沉默且白皙的母親，總是將自己關在城堡一間用遮窗板阻擋過多光線和聲音的陰暗房間。她在他十七歲的時候就去世了，孤獨的男孩於是整天埋首於書本，雨天則在鄉野間晃蕩。他最大的樂趣，就是走下山谷，前往山腳下的朱提尼村。他到了山谷之後，會躺在草地中央，傾聽水力風車的隆隆聲響。接著他會爬上山坡，遠眺一望無際，和藍天混合在一起的塞納河谷，而教堂和普羅凡的城樓在太陽下金粉飄逸的空氣中，看起來似乎不停顫動。

他閱讀、作夢，暢飲孤獨。成人之後，由於對生命樂趣及文人狹窄的心胸失望，他夢想著講究的隱居地、一片舒適的沙漠、一艘固定不動又宜人的方舟。他於是打造了一座完全人工的庇護所，藉由窗戶的陰影阻絕和自然景觀的接觸，他把音樂轉換成風雅，將風雅轉換成音樂，他醉心於咬文嚼字，討論頹廢的拉丁文，用蒼白的手指輕撫華麗的長袍和堅硬的寶石，他在一隻烏龜的甲殼上活生生地鑲上藍寶石、歐洲的綠松石、康波史泰拉[222]的紅鋯石、桃花心木、海藍寶石、索德曼蓮[223]的海綠石和尖晶石、蒼白的石板岩。

所有章節裡，我喜歡的是德埃聖決定離開家鄉，首度造訪英國那一章。他想看看周圍籠罩濃霧的天氣，看看天空像令人不適的枕頭套般均勻向前延伸的模樣。為了讓自己的感覺和目的地協調，他選了枯葉色的襪子，鼠灰色的布料上畫著淺灰格線和黃褐細圓點的西裝，頭戴圓頂窄邊禮帽，提著折疊式行李箱、一只手提袋、一個帽盒，和一把手杖雨傘，然後動身前往車站。

筋疲力盡抵達巴黎後，他搭上馬車，到城裡打發等候啟程的時間。霧中在黃色光暈間閃爍的煤氣燈，已經讓他感到如同置身雨中的倫敦——巨大、遼闊，成排的船塢、起重機、絞盤、貨箱，霧中冉冉上升的蒸氣裡，飄著一股銅鐵味。接著，他走進一家酒館，英國顧客光顧的那種酒吧，成排飾以皇家徽章的酒桶間，都是擺了帕瑪氏餅乾、乾鹹蛋糕、肉餡餅和三明治的餐桌，他更先從酒館供應的酒類體會了異國的風味。Old Port、Magnificent Old Regina、Cockburn's Very Fine……他四周坐的都是英國人——他們蒼白如教士、長著肉店老闆般的臉、和某些大型猴子相似的絡腮鬍、亂麻般的頭髮。他身陷於異國的聲音，在虛擬的倫敦等待河上的拖曳船發出鳴笛聲。

他帶著醉意走出去。這時低沉的天空已經壓到房舍，希佛利街上的拱廊看起來就像挖掘在泰晤士河底的陰暗隧道。他走進另一家吧台裝著幾台啤酒唧筒的酒館，他觀察那些牙齒大得像調色板，手掌和腳板都很長的英國人，個個狼吞虎嚥，吃著以蘑菇醬汁調製，上面蓋著一層蛋糕般麵皮的肉。他點了一份「牛尾」、一份「鱈魚」、一份「烤牛排」，以及兩大品脫的「啤酒」。他嚐了一點「斯提耳頓乾酪」，以一杯「白蘭地」結束這一餐。

他準備買單的時候，酒館的大門被推開，幾個身上帶著一股濕狗味和煤煙味的人走了進來。德埃聖自問何必穿越英吉利海峽，他早就來到倫敦，聞到了味道，嚐過了食物，看到典型的餐具，受夠了英國式的生活。他交代馬車夫載他到斯沃車站，帶著他的行李、他的箱子、他的毯子、他的雨傘，回到他習慣的庇護所，「身體感到極度疲憊，而精神上就像經歷了漫長而險惡的旅行之後，回到家裡的人。」

我就是變成這副模樣——就連春天，我也讓自己包圍在子宮般的濃霧中。只有疾病（還有生命拒絕我的事實），才能為我提供拒絕生命的藉口。我必須向自己證明，我的逃避完全合情合理。

所以，我發現自己身染疾病。我聽說心臟方面的病症，可以從嘴唇泛紫的顏色看出來，我

母親就是在那個時候，發現自己患了心臟方面的疾病。她的病情肯定不太嚴重，但她卻讓我們全家人瀕臨神經衰弱。

某個早晨我照鏡子的時候，發現嘴唇泛紫。我下樓到街上狂奔，氣喘吁吁，感覺自己的胸腔不正常地悸動。所以，我也患了心臟方面的疾病，就像葛諾拉，注定要喪命。

心臟病變成了我的苦艾酒。我觀察病情的發展，看見嘴唇的顏色越來越暗沉，臉頰越來越瘦削，青春期最初階段冒出來的大量粉刺，卻又讓我的臉孔病態地泛紅。我會英年早逝，就像路易・龔查克和聖道明・沙維豪一樣。但是，歷經上一次精神上的驚悸，我逐漸修改了自己的《天堂階梯》——我一點一點地用詩詞來取代我的痛苦。

這個日子將至，我知
熱情的鮮血，那天
將會匱乏，突然
手中的禿筆，發出
尖銳的一聲，斷裂
……我於是嗚呼哀哉

我正邁向死亡，不是因為生命險惡，而是因為瘋狂的生命平庸無比，才會吃力地一再重複死亡的儀式。世俗的修行者，神秘的多語病患，我說服自己，最美的那一座是從未被發現的島嶼，雖然偶爾會出現在特內里費（Tenerife）和帕爾馬之間，卻只能遙遙遠望：

他們讓船首劃過這片歡樂的海岸
眼前盡是不曾認識的鮮花及挺立的棕櫚
神奇而茂密的叢林散發陣陣香氣
掉淚的小豆蔻，滲漏的橡膠……
就像弄臣一樣，小島以香味自行宣佈
這裡是「未曾被發現的島嶼」……但是如果水手繼續向前航行
她就會像幻影一樣消失
沾染遠方海水的片片湛藍

對無法理解之事的信念，讓我得以停止附帶的懺悔。成為深思熟慮的青年，我的報酬是一段美麗如太陽、蒼白如月亮的生命。但是只要出現一個不純淨的思想，這樣的生活就會被奪走。然而，從未被發現的島嶼剛好相反，因為搆不著，所以永遠都屬於我。

我為了和莉拉相遇而教育自己。

202 譯註：Victor Laszlo，「北非諜影」中的捷克反納粹地下陣線領導人。

203 譯註：Rick Blaine，「北非諜影」中在當地經營夜總會的美國人。

204 譯註：Strasser，「北非諜影」中的納粹少校。

205 譯註：Ilsa Lund，「北非諜影」中，捷克反納粹地下陣線領導人維克多的妻子，也是里克的舊日情人。

206 譯註：Sam，「北非諜影」中，在里克經營的夜總會彈奏鋼琴的黑人歌手。

207 譯註：Ugarte，「北非諜影」中聲名狼藉的黑市商人。

208 譯註：Renault，「北非諜影」中當地的警察局長。

209 譯註：Brazaville，剛果首都。

210 譯註：「勞動帶來自由」，集中營的標語。

211 譯註：Bud Abbott and Lou Costello，一九二九～一九五七年，美國舞台劇、廣播劇、電視劇、電影中極受歡迎的喜劇搭檔。

212 編註：東南亞的女性服飾，布料以印染方式製作。

213 譯註：指三人合作的「Road to……」系列電影。

214 譯註：Claretta Petacci，墨索里尼的祕密情人。

215 譯註：Hermann Goering，納粹元帥。

216 譯註：Villarbasse，義大利西北部城市。

217 譯註：Leonarda Cianciulli，二次大戰期間的義大利連續殺人兇手，她為了祈求從軍的兒子能夠平安歸來而活祭生人，並將受害人分屍，加入製造肥皂使用的苛性鈉予以溶解。

218 譯註：Klaft，埃及法老王戴在頭髮上面的條紋頭巾。

219 譯註：源自冷戰時代，形容蘇維埃政權的用語。

220 譯註：Un Uomo Finito，帕皮尼一九一二年的作品。

221 譯註：索拉臘即陽光之意。

222 譯註：Compostela，西班牙著名朝聖路線「聖雅各之路」的終點。

223 譯註：Södermanland，瑞典一省。

18. 妳像太陽一樣美麗

莉拉也一樣從書裡誕生。在我約十六歲，正準備進高中的時候，在祖父的店裡找到了一本羅斯丹的《大鼻子情聖》。我不知道這本書為什麼沒有出現在索拉臘的閣樓，或祈禱室裡面。或許是因為我一看再看，翻到破舊得被當成包裝紙了。不過，我可以倒背如流。

這個故事大家都非常熟悉，我相信就算是發生意外後，如果有人問起我《大鼻子情聖》的內容，我也能說得出來——一個巡迴劇團一演再演的精采浪漫悲劇。但我只會說出大家都知道的內容，現在才明白的事情因為和我的成長、最初的愛情息息相關，所以肯定已經被我遺忘。

西哈諾是一個討人喜歡的劍客、一個出色的詩人，可惜他長得很難看，因為醜陋的鼻子而受盡煎熬（例如說，挑釁一點的：「先生，如果我有像這樣的鼻子，我會立刻動手割掉！」友善一點的：「鼻子會在杯子裡面沾濕吧！——找個人幫您特別訂製一個杯子吧！」描述性的：「那是一塊岩石！那是一座尖山！那是一個海角！——我說什麼？一個海角？……那是一座半島！」）。

西哈諾愛慕表妹羅珊，一個美麗的才女（我愛……但那是強迫性的，因為我只愛最漂亮那一個！）。或許她欣賞他的勇氣，但是他擔心自己外表醜陋，從來不敢向她告白。唯一的一次，當她要求和他談一談的時候，他原本希望能夠發生一些事，但是幻滅卻出現得非常殘酷——她讓他知道，她愛上了剛剛進入加斯科尼軍事學校、長相英俊的克里斯提昂，請求表哥保護他。

西哈諾做出了極端的犧牲，他決定透過克里斯提昂之口來表達對羅珊的愛慕。他教英俊、豪邁，卻欠缺文化修養的克里斯提昂，以最溫柔的方式示愛，幫他寫了一些炙熱的情書。某個晚上，他代替克里斯提昂，在羅珊的陽台下，對她傾訴了那段關於吻的著名讚頌，但是接下來卻是克里斯提昂攀上陽台，去領取這項傑出表現的獎品。那麼，上來摘取這朵無與倫比的鮮花吧……真心的滋味……蜜蜂的嗡鳴……永恆的一刻……「快上去，你這頭野獸！」西哈諾一邊推著他的情敵，一邊說。兩人熱吻之際，西哈諾則躲在陰暗處哭泣，並細細品嘗令人疲弱的勝利——因為那對讓羅珊弄錯的唇／她親吻的是我剛剛說的話！

西哈諾和克里斯提昂上戰場打仗，羅珊因為西哈諾每天寄給她的情書而越陷越深，於是到前線尋找他們。但是她告訴表哥，她愛的不是克里斯提昂的外表，而是他熱情的心和細膩的靈魂。就算他非常醜陋，她也一樣會愛上他。西哈諾這時候明白她愛的人是他，正準備揭露一切的時候，克里斯提昂因為被敵人的砲彈擊中而喪命。羅珊哭倒在他的屍體上，西哈諾知道自己再也沒有表白的機會。

幾年過去了，羅珊一直隱居在修道院裡，想念逝去的愛人，一再閱讀最後一封沾了血跡的情書。又是朋友，亦是忠誠表親的西哈諾，每個星期六都會去探望她。但是這個星期六，他受到政敵或嫉妒的文人攻擊，為了不讓羅珊發現，他以帽子遮掩血淋淋的繃帶。羅珊首度將克里斯提昂的最後一封情書拿出來和西哈諾分享，西哈諾大聲朗誦。羅珊見天色越來越黑，她不了解為什麼他還看得見信上的文字。突然間，她明白了一切——他正在背自己寫的最後一封信。過去十四年來，他一直扮演這個角色——一個滑稽搞笑的老朋友！不對，西哈諾試圖否認，不對、不對、不對，親愛的，我沒有愛上妳！

我們的英雄這時候開始踉蹌，幾個忠實的友人也追上來，責備他離開病床。他們告訴羅珊，他已到了臨死的邊緣。西哈諾倚著一棵樹，假裝和敵人的影子進行最後的決鬥。他不支倒地，表示自己帶上天堂唯一一樣純潔的東西，就是帽上的羽飾（悲劇就結束於這句台詞），此時，羅珊彎下腰親吻他的額頭。

這一吻在劇本的解說中僅輕輕略過，沒有人特別注意，甚至可能會被遲鈍的導演忽略，是在我這個十六歲男孩的眼中，卻是最重要的一幕。我不僅看到羅珊彎下腰，我也和西哈諾一樣，第一次感覺到她如此貼近我的臉頰，聞到她芬芳的口氣。這個*in articulo mortis*[224]之吻，補償了西哈諾另一個吻，也就是戲院所有人都期待的那一幕，被克里斯提昂偷走的那一吻。這個最後的一吻，最美之處在於西哈諾得到的時候，正好也是他斷氣的時候，羅珊再度和他擦身而過。我認同的正是這個角色，也引以為豪。我快樂地斷了氣，沒有碰觸我心愛的人，讓她維持夢一般潔白無瑕的完美之身。

我心裡藏著羅珊這個名字，現在只剩下為她找一張臉孔。也就是莉拉・沙芭的臉孔。

正如我告訴吉阿尼的，某天我看到她走下高中的樓梯，從此莉拉就永遠屬於我。

帕皮尼寫下了自己對於失明和高度近視的恐懼：「我見到的一切全都模糊不清，就像此時此刻置身在淡淡的霧中，霧氣覆蓋了一切，而且持續不斷。夜間，我誤看了遠方的每一個輪廓——戴著風帽的男人被我誤以為是女人；靜靜燃燒的火焰，就像一道紅色的光線；河面移近的船，看起來就像流水中的一個黑點。臉孔是明亮的斑點，窗戶是房舍外面的灰漬，樹木則是靜止豎立的陰影；對我來說，天空中閃爍的只有三、四顆最大的星星。」這就是我現在清醒地置身睡眠的情形——我明白一切，自從我恢復記憶、回復意識之後。（幾秒鐘，還是幾千年了？）我父母、葛諾拉、歐西摩醫生、蒙納帝老師、布諾，我可以清楚看見他們每一個人的臉，聞到他們的氣味，聽到他們的嗓音。我可以清楚分辨周遭的一切，但是，我就是看不到莉拉的臉。就像那些為了未成年罪犯，或兇手無辜妻子的隱私，而將臉孔朦朧遮蓋的照片一樣。我就像馬屁精般跟在莉拉後面，我看得見她穿著黑色罩衫的苗條身形、靈活的舉止，但是除了背上擺動的頭髮，我分辨不出任何線條。

我繼續對抗這樣的障礙，就像我害怕接受這道光線。

我再次看到為她撰寫詩句的自己。囚禁於短暫的神秘中，我不僅因為懷念我的初戀情人而悲傷得日益衰竭，更因為此刻仍無法想起她的微笑，以及吉阿尼提到的兩顆小門牙而痛苦不堪——喔，該死的吉阿尼，他竟想得起這一切。

慢慢來，給我們的記憶一點時間。此時此刻，這樣就夠了。如果我還有呼吸，肯定已經不再那麼急促。因為我知道我抵達了自己的目的地，莉拉距離我已經不遠。

我看到自己走進女生教室去兜售戲票。我看到妮蕾塔•弗帕東張西望的眼神、珊德里娜有點平淡的輪廓，然後我來到莉拉面前，口中說著一些俏皮話，接著我開始找零錢，為了能夠留久一點而假裝找不到，只是，我眼前的影像卻像突然關掉的電視，消失不見。

我將瑪里妮夫人的喉糖放進口中的那一刻，心裡因為那一晚的演出湧現極大的驕傲。劇院哄堂大笑，我可以感覺一股無限的力量。隔天，我試著向吉阿尼解釋：「就好像揚聲器神奇的擴大效果一樣，只要用一絲絲精力，就可以引發一場爆炸，你覺得自己可以用有限的成本，創造出巨大的力量。未來我可以成為令聽眾瘋狂的男高音，也可以成為在〈馬賽進行曲〉的歌聲中，帶領一萬名勇士進行殺戮的英雄，但我肯定再也找不到昨天晚上那樣的感覺。」

此時此刻，這正是我的感受。我站在舞台上，用舌頭頂著口腔內側，而我聽到觀眾席上傳來尖叫聲，我依稀知道莉拉坐在哪裡，因為演出之前，我從布幕間看了一眼，但是我現在不能朝那個方向看，那會破壞一切——喉糖繼續在口中游動的時候，瑪里妮夫人必須以側面呈現。我用沙啞的聲音亂說一通（盡量揣摩瑪里妮夫人），我全神貫注在我看不到的莉拉身上。但是她，她看得見我。我將如此神化的美感視為一次擁抱，相較之下，面對約瑟芬・貝克那次早發性的洩精，就像打了一次平淡無奇的噴嚏。

可能就是在這次經驗後，我決定將雷納托神父和他的激勵拋在腦後。如果不能兩人一起陶醉，這種祕密留在內心深處有什麼用？此外，如果你墜入愛河，你會希望對方知道你的一切。*Bonum est diffusivum sui* [225]。所以現在，我準備對她傾訴一切。

我不能在校門外攔住她，得在她單獨回家的時候。星期四，她有一堂女生的體操課，她會在四點左右回家。我花了許多天準備這場會面。我打算對她說一些心靈上的話題，例如說不要害怕，這不是搶劫，她可能會笑，我打算告訴她，我身上發生了一件奇怪的事情，以前從未有過這樣的感受，或許她可以幫助我……她會納悶到底是什麼事，因為我們並不熟，他可能喜歡上我的一個朋友，但是沒有勇氣表白。

接著，她會像羅珊一樣突然明白一切。不對、不對、不對，親愛的，我沒有愛上妳。這招不錯。告訴她我沒有愛上她，然後為自己的冒失道歉。她會理解箇中含意（她不是才女嗎？），或許反而是她靠過來，用預料之外的溫柔對我說：「別傻了！」誰知道呢，她會脹紅著臉，用手指觸摸我的臉頰。總之，一開始必須充滿令人難以抗拒的風趣——身為動了心的人，我只會認為她和我有相同的感受。但是我搞錯了，就和每個動了心的人一樣，我把自己的靈魂交給她，要求她做出我可能會做的事。這種事幾千年來都是這樣，要不然文學就不會存在了。

決定了日子和時間，創造能產生完美機會的條件之後，我在三點五十分來到她們那棟樓的門口。三點五十五分，我覺得街上來往的行人太多，於是決定進去在樓梯間等候。

經過三點五十五分到四點零五分那幾個世紀，我聽到她進入走廊的聲音。她唱著歌，一首和山谷有關的歌，我現在哼不出那個旋律。那幾年流行的歌曲都非常可怕，盡是一些為了愚蠢的戰後時期所編寫的愚蠢歌曲，和我孩提時代的音樂天差地別——*Eulalia Torricelli da Forlì*，*I pompieri di Viggiù*，*Che mele che mele*，*I cadetti di Guascogna*，好一點的像是*Va serenata celeste*，或*Addormentarmi così tra le tue braccia*這類的告白情歌。我痛恨這些歌。我表哥努奇歐至少還是用美國音樂的韻律跳舞。知道她喜歡這些歌，就像對我澆了一桶冷水（她應該像羅珊一樣優雅），但我不知道自己在那個瞬間有沒有想這麼多。事實上，我沒有仔細聽她唱歌，我只是等她出現，無止盡的焦慮至少持續了整整六秒。

她接近樓梯的時候，我朝她走過去。如果是另外一個人向我描述這個故事，我會覺得這一刻需要小提琴來配合那種期待，並製造氣氛。但是在那當下，我耳朵接收到的那首可怕歌曲就足夠了。我的心臟強烈跳動，簡直能判定自己患了心臟病，不過我覺得身上有一股野蠻的精力，蓄勢等待那一刻。

她在我面前出現，驚訝地停下來。

我問她：「凡查提住這裡嗎？」

她給了否定的答覆。

我謝了她，向她道歉，表示自己弄錯了。

然後我轉身離去。

凡查提（這傢伙是誰？）是驚慌失措中，第一個出現在我腦海的名字。當天晚上我告訴自己，這種作法再適合不過了。算是最後一刻的靈機一動。如果她笑了開來，如果她問我你到底怎麼回事？如果她告訴我，你很可愛，謝謝你，但是我已經有對象了，我接下來該怎麼做？忘了她？出於羞恥，從此把她當成一個笨女孩？或在接下來的日子裡，像捕蠅紙一樣黏著她，乞求第二次機會，在學校成為眾人的笑柄？我吞下原本計畫的告白，相反地保留了原本擁有的一切，我什麼都沒有損失。

她心裡肯定已有其他對象。有時候，一個高大的金髮傢伙會在學校門口等她。他叫瓦尼——我不知道那是他的名字還是姓氏——他脖子貼上橡皮膏出現的那次，他用墮落的輕鬆口吻對朋友說那是梅毒。但是有一天，他騎著偉士牌機車出現。

那時候，偉士牌機車才剛剛上市，如我父親所說，只有被寵壞的男孩才會有。對我來說，擁有一輛偉士牌機車，就像去戲院看舞女跳舞，屬於原罪的陣營。那時候有些同學會在學校門口聊天，或是晚上聚集在廣場上那座非常骯髒的噴泉前面，坐在板凳上說得天南地北，其中幾個人曾經談到妓院，以及萬妲・歐西里斯[226]的表演——從別人口中聽來這種事的人，會在其他人眼中出現病態的魅力。

偉士牌機車在我眼中一如某種罪行。對我來說，那不是一種誘惑，因為我無法想像自己也擁有一輛。後座載著女朋友離去之後會發生什麼事，幾乎清楚得像太陽及濃霧一樣分明。偉士牌機車不是我想要的東西，而是象徵一種未滿足的欲望，在深思熟慮後刻意不去滿足的欲望。

這一天，我為了和她及她那群同學擦身而過，所以從明格提廣場朝著高中的方向往回走，但是她不在那群人當中。我匆忙趕路，一邊擔心某個嫉妒的神祇會將她從我身邊帶走，這時凡間卻發生了一件可怕的事——如果不是在凡間，那肯定已經到了地獄。她還在那裡，站在學校的階梯前面，就像在等人。接著瓦尼就出現了（騎著偉士牌機車）。他讓她上了車，她以搭乘機車的方式，兩隻手臂穿過他的腋下，抱住他的胸膛。他們一溜煙地離去！

當時，戰時那種幾乎露出膝蓋的短裙，以及出現在戰後最初的漫畫裡，讓黎普・柯畢[227]的情人們風情萬種的蓬裙，已經被這種長及小腿肚的寬鬆長裙取代。

這種裙子並不比別種裙子正派，相反地，反而流露出一種屬於自己的高貴邪氣，一種飛鳥般令人雀躍的高雅。如果女孩緊縮在騎士身後，一邊讓裙子隨風飄揚，這種高雅更是有過之而無不及。

這種裙子在風中飄揚的時候，形成了一種靦腆又狡黠的波浪，一種透過揮舞著寬大的旗幟所形成的誘惑。偉士牌機車高貴地離去，就像一艘艦艇，或一條不規則跳動的海豚，在劃過的水面留下激盪的泡沫。

這天早上，她坐著偉士牌機車離去，對我來說，偉士牌機車更是進一步地象徵了一種心碎、一種枉然的熱情。

那件裙子、旗幟般飄揚的秀髮，以及一直背向我的她，這時再次浮現在我眼前。

吉阿尼曾經告訴我這件事。在亞士堤的一場戲劇表演裡，我從頭到尾都盯著她的後頸。但是吉阿尼沒有提到——或許我沒有給他開口的機會——另一場戲劇欣賞的晚會。一個演出《大鼻子情聖》的劇團來到城裡，那是我第一次有機會看到這齣戲在舞台上呈現，所以我說服了四個朋友和我一起訂了看台上的位子。我在演出前就開始細細品味，期待重要對白到來時的愉悅和驕傲。

我們提早到了劇院，我們的位子在第二排。開演前，我們的正前方來了一群女孩，是妮蕾塔・弗帕、珊德里娜，另外兩個女孩，還有莉拉。

莉拉坐在吉阿尼前面，而吉阿尼坐在我旁邊，所以我的眼睛又落在她的後頸上，只要我的頭稍微傾斜，還看得見她的側面（但是此刻我還是看不見，莉拉仍然是曝光過度的影像）。迅速打了一下招呼，喔，你們也來了，真是巧合，就這樣。就像吉阿尼所說的，我們對她們來說太年輕了。儘管我是將喉糖放在口中的英雄，對她來說也只是像巴德・亞伯特和盧・科斯蒂洛一樣，頂多讓人笑一笑，但不會令人墜入愛河。

無論如何，對我來說這樣就夠了。看著《大鼻子情聖》一句接著一句的對白，加上她就在我面前，所以我更為暈眩了。我甚至說不出舞台上演羅珊的演員長什麼模樣，因為我自己的羅珊就在斜前方。我覺得自己能夠感受到她隨著劇情發展的情緒（有誰不會因為《大鼻子情聖》而感動？這齣戲就是專為讓鐵石心腸的人掉淚而寫），我最後甚至認為她不是和我一起感動，而是為我感動。我不能要求更多了——我、西哈諾、她。剩下的人都無關緊要。

當羅珊彎下腰去親吻西哈諾的額頭時，我已經和莉拉結合在一起。那一刻，雖然她並不知道，但是她不可能沒有愛上我。西哈諾等候多年，終於讓她明白，所以我也可以等待。這一晚，我登上了九霄雲外。

愛上一個後頸，還有一件黃外套。有一天，她穿了這件黃外套來上學，就像春日下午現的一道光芒，我因此詩興大發。從那時開始，只要看到穿著黃外套的女人，我就逃不掉那股令人難以忍受的懷舊情緒。

這時候我聽到了吉阿尼對我說的話——我這輩子，在每一段感情當中，一直都在尋找莉拉的臉。我這輩子都在期待能夠唸出《大鼻子情聖》最後的那段台詞。發現這一幕已經永遠無法上演，對我造成的震驚，可能就是讓我心臟病發的原因。

我此刻終於明白，莉拉為十六歲的我帶來了忘卻聖谷那一夜的希望，讓我重新愛上生命。我那些可悲的詩作取代了《天堂階梯》。有了莉拉在我身邊——我沒有說屬於我，只是在我面前——我度過了一段升騰的高中生涯，並慢慢地和自己的童年妥協。莉拉突然消失，讓我在進入大學前的日子，都在不確定的飄渺中度過。接著——這段童年的象徵，正是祖父和我父母親永遠消失之後——我就拒絕再去回顧這一切。自我壓抑，重新出發。一方面，我往安逸而有前途的知識尋求逃避；另一方面，我遇到了寶拉。但是，如果吉阿尼說得沒錯，我內心深處始終存在著未滿足的遺憾。我壓抑了一切，除了莉拉的面孔。而我繼續在人群中尋找，希望沒有找漏，能再次遇見她，就像人們尋找逝去的陳年往事，只不過我進行的是早知徒然的搜尋。

我目前因為突然短路而糾結不清的昏睡有個好處——就算我認得每個不同時代的順序，我也能夠放棄時間的箭頭，隨意朝雙向進行——好處就是我可以像地質年代的循環一樣，重新經歷一切，不必在乎前後順序。在這個循環或漩渦當中，莉拉再一次，也將永遠待在我身邊，伴隨我在那件外套的黃色花粉周圍，靦腆地跳著蜜蜂的求偶之舞。莉拉現在就像安潔羅‧歐索，或是歐西摩醫生，或是皮阿薩先生、阿妲、爸爸、媽媽、祖父，還有重新浮現自那個年代的廚房香味一樣，透過憐憫、平衡，和聖谷之夜及葛諾拉共同存在。

我自私嗎？寶拉和我的女兒們正在外面等候。因為她們，我得以在過去四十年來悄悄尋找莉拉，一邊還能腳踏實地過日子。她們把我從封閉的世界拉了出來，雖然我雲遊在古書和羊皮紙之間，我還是創造了一段新的生命。她們正在受苦，而我卻宣稱自己快樂。但這又有什麼不對？我回不去外界，所以就盡情享受目前這種懸而未決的狀況。這種凝滯的感覺讓我感到——雖然從我恢復意識到現在，我度過了幾乎二十年的光陰，一段往事接著一段往事——只經過了幾秒鐘的時間。就像在夢中，只要打個盹，在一剎那之間，我們就可以度過一段很長的光陰。

我無疑陷入了昏迷不醒的狀態，但是在昏迷中，我並非在回憶過去，而是在作夢。我知道有一些夢會讓我們出現回憶的感覺，相信回憶的內容屬實，但是醒過來後，我們會心不甘情不願地承認這些回憶不屬於自己。我們會夢見偽裝的記憶，像是我曾多次夢見自己終於回到一棟很久沒去，頂多偶爾留宿的公寓——那裡就像我生活過，留下許多私人物品的祕密藏身處。在夢中，我清清楚楚地記得公寓的每一個房間、每一件家具，我甚至會因為客廳通往浴室的走廊上某扇房門突然消失而生氣，就像有人故意將那扇門封起來。我醒過來後，會對那個藏身處充滿渴望和懷舊的情緒。不過，只要我一起身，我立刻就會發現這些回憶只是一場夢，我根本記不得有這樣的一棟房子，因為——至少在我的生命中——這棟房子根本不存在。因此我經常認為，我們在夢中會占用別人的回憶。

不過，我難道不曾在一個夢中夢見另一個夢，就像我目前這樣？這正是我不是在作夢的證據。此外，夢中的記憶會蒙上一層紗，極不清晰，我卻能夠將過去兩個月在索拉臘翻閱的每一頁、每一幅圖記得清清楚楚。我能夠回想確實曾經發生的事情。

不過，誰說我在昏睡中想起的一切記憶，確實曾經發生在我身上？或許我父親和母親不是長這樣，歐西摩醫生也從未存在，就像安潔羅・歐索，我也不曾經歷聖谷那一夜。情況或許更糟糕，因為我還夢見自己有名叫寶拉的妻子、兩個女兒和三個孫子。我沒有失去記憶過，我只是另外一個人——天曉得是什麼人——而這個人因為某種意外，陷入目前昏迷不醒的模糊狀態，所有事情都是濃霧中冒出來的影像、眼睛的幻覺。否則的話，我以為自己回想起來的一切，不會全由濃霧主宰，我的生命只是一場夢的徵兆。我引述了一段話。但是我引述自醫生、寶拉、希比菈，還有我自己的話，會不會都是這場夢境的傑作？卡度齊[228]、艾略特、帕斯科里、于斯曼，以及其他我以為名列百科全書的人，全都不曾存在。東京不是日本的首都，拿破崙不只沒死於聖海倫島，他甚至不曾誕生。如果我的外面有任何東西存在，那也是我完全不知道會發生什麼事，或曾經發生什麼事的平行世界，或許我的同類和我，身上都覆蓋著綠色的鱗片，獨眼上還長了四根伸縮自如的觸角。

我不能宣佈事情並非真的如此，但若我在腦中建構了一個完整的世界，裡面不只包括了寶拉、希比菈，還有人創作了《神曲》、發明了原子彈，那我的創造力可能已經超越一個人的潛力——前提就是承認自己還是一個人，一個人類，而不是腦部連結在一起的珊瑚。

會不會是有人正朝我的大腦投射影片？我可能只是一個存放在某種溶劑、某種文化高湯，或是裝有我那對狗睪丸的甲醛玻璃容器裡的大腦，有人對我傳送了一些刺激的訊號，讓我相信自己有身體，相信四周存在著其他人。事實上，我們只是一顆大腦和一些刺激原。但是，如果我們是存放在甲醛裡的大腦，我們會忍受自己只是這樣的大腦，還是會斷言我們並非被泡在甲醛中？

如果真的是這樣，那麼除了等候接下來的刺激訊號，沒有事情可做。我真是一個理想的觀眾，就像度過電影之夜般經歷我的昏睡，並相信電影談的是自己的故事。事情也可能不是這樣，我現在正在欣賞的只是第一萬零九百九十九號的電影，之前夢過前一萬多部，其中一部我自認為是凱撒大帝，渡過了盧比孔河，而我像頭屠宰場的肉牛，因為那二十三刀而痛苦不堪；在另外一部電影裡，我是皮阿薩先生，製作了黃鼠狼的標本；在另外一部中，我又成了安潔羅．歐索，非常納悶為什麼在這麼多年的忠誠服務後，還要將我燒掉。我也可能在另一部電影裡成為希比菈，非常擔心我是否有朝一日能回想起我們之間的故事。此時此刻，我這個我只是暫時性的，明天或許我就成了一隻恐龍，因為將奪去生命的結冰期而痛苦。後天我就會變成一株杏樹、一隻麻雀、一頭鬣犬、一根麥稈。

我沒辦法讓自己放輕鬆，我想知道自己是什麼人。不過我很清楚一件事——自從我陷入這段自己認為的昏迷開始，浮現的記憶都非常陰暗、霧茫茫，而且斷斷續續、四分五裂（為什麼我看不見莉拉的臉？）。而我在醫院醒過來後，關於索拉臘、關於米蘭的記憶都非常清晰，並以合乎邏輯的次序演進，我可以重新整理時間上的段落，我可以清楚地說，我在寇杜希歐街上的舊貨攤購買狗罣丸之前，曾經在凱羅里廣場遇到娃娜。沒錯，我可能正在作夢，夢見自己有一些不精確和非常清晰的記憶，但是兩者明顯的差異，讓我做了一個決定。為了活下去（對一個可能已經喪命的人來說，這種說法還真奇怪），我必須決定加塔洛羅、寶拉、希比菈、事務所、整個索拉臘，包括阿瑪莉雅、還有祖父蓖麻油的故事，都是真實生活的記憶。我們在一般生活中也是這麼做的——我們可以假設自己受到狡猾的精靈詐騙，但是為了繼續下去，只好表現出眼前所見的一切都是真實。如果我們任憑自己懷疑外面可能還有另一個世界，我們就不會再做出反應，在狡黠精靈製造出來的幻象中，我們可能會從樓梯上跌下來，或是活活餓死。

我在索拉臘（真的存在）讀了那些談及一個女子的詩，我在索拉臘透過電話，聽到吉阿尼告訴我這個女子確實存在，而她的名字叫做莉拉・沙芭。所以，就算安潔羅・歐索在我的夢中可能只是一個幻象，莉拉・沙芭卻是真實的存在。此外，如果我只是在作夢，為什麼夢境本身不能夠慷慨到讓我看到莉拉的臉？就連已故的人都會在你的夢裡出現，告訴你樂透獎的中獎號碼，為什麼莉拉就拒絕我？如果我無法回想一切，是因為夢境外有一個監控站，因為某種原因阻止我更進一步。

我這些令人困惑的推斷，沒有一項站得住腳。很可能是我夢見自己遇到了阻礙，刺激原（出於惡毒或憐憫）拒絕將莉拉的影像傳送給我。你的夢中出現了一些熟人，你知道是什麼人，但卻看不到他們的臉……沒有東西能夠真正說服我，成為合理的證據。不過，正因為我還能保有邏輯，才證明我不是在作夢。就算夢境不合乎邏輯，我們作夢的時候，也不會因為這樣而有所抱怨。

於是，我決定事情確實依照某種邏輯進行，我很希望看看會出現什麼東西來推翻這一切。

如果我成功看到莉拉的臉龐，我就能相信她確實存在。我不知道應該向誰尋求幫助，只好單獨進行。除了我自己，我不能祈求任何人，包括夢境外的上帝和刺激原——假如他們存在的話。我和外界的連繫已中斷。或許我可以向一個未公開而微不足道的神祈求，一個會因為我給了祂生命而心存感謝的神。

那麼，除了羅安娜女王還有誰呢？我知道，我又再次搬出紙張上的記憶，但我內心想的並不是漫畫的羅安娜女王，而是我自己那位，以更高尚的方式受到渴望的羅安娜女王，也是復生之火的守護神，祂能讓任何遠古石代的化石起死回生。

我是不是瘋了？這假設也算合理——我沒有陷入昏迷，只是封閉在孤獨症的嗜眠狀態，我以為自己昏迷不醒，我以為自己夢見的事情並非真實，而我以為自己有能力讓這些事情變成真實。一個瘋子怎麼會有能力做出合理的假設？此外，人在他人的標準下才會成為瘋子，但這裡沒有別人，唯一可用來測量的尺就是我本身，我記憶中的奧林匹斯就是唯一的真實。我被監禁在幽暗的孤立狀態，以及強烈的自我中心裡。如果這就是我目前的處境，為什麼還要區別媽媽、安潔羅・歐索或是羅安娜女王？我活在破損的本體論中，我有創造自己的神和聖母的主導權。

所以，現在讓我祈禱：「喔，慈悲的羅安娜女王，以祢絕望之愛的名義，我不要求祢將石化千年的受害者從睡眠中喚醒，我只要求祢為我找回一張臉……在這段被迫的睡眠當中，我從礁湖的底部看到了已經看到的東西，我求祢把我抬高一點，讓我接近健康的表層。」

不是有一些相信奇蹟的人，只因為表達了對奇蹟的信任就痊癒嗎？我強烈希望羅安娜能夠救我。面對希望，我的情緒非常緊繃，如果不是陷入昏迷，我想自己大概會因此生病。

最後，全能的上帝，我見到了。我就像使徒約翰一樣看見，我見了到我的Aleph[229]，但是從中出現的不是無止盡的世界，而是我破碎四散的記憶。地面上的積雪破裂，而風中的輕盈葉片也重新揭露西碧拉的預言[230]。

換句話說，我肯定見到了，因為我見到的第一部分難以理解，以至於後來陷入了朦朧的睡眠。我不知道身處夢境時，我們能否夢見自己在睡覺，不過可以確定的是，就算我正在作夢，我也夢見了自己醒過來，也記得所看過的東西。

我出現在高中的樓梯前面，往上爬就可以走到嵌在新古典石柱之間的大門入口。我的心情非常好，有一個響亮的聲音告訴我：「你看到什麼，就記錄在你的書裡，因為沒有人會去翻閱，因為你只是夢見自己動筆記錄。[231]」

階梯最上方出現了一個王座，坐著一個金色面孔的男人。他有蒙古人的殘暴笑容，頭上戴著鑲綠寶石的火焰皇冠，所有人都舉起酒杯向他致意，那是蒙古星球的統治者明格。

王座四周與上方可以看到四種生物[232]——獅臉的圖恩、鷹翼的吾堂、亞波里亞的霸凌王子、魔法人的亞竺拉女王。亞竺拉女王全身包在火焰中走下階梯，看起來就像個身穿飾有黃金、寶石跟珍珠的猩紅色大衣，因為地球人的鮮血而微醺的名妓。看到她，讓我驚訝得目瞪口呆。

明格坐在王座上，表示打算審判地球人。他當著妲勒的面，輕蔑油滑地下令把她抓去餵深海怪獸[233]。

怪獸額頭上有一根可怕的角，血盆大口裡長著尖牙，牠的爪子有如猛禽，尾巴則像千隻蠍子，妲勒一邊哭，一邊大喊救命。

這時候，為了拯救妲勒的水神騎士開始登上階梯，撲向一群伸長喙、舞動猛爪和海魚般尾巴的怪物……

忠於閃電俠戈登的魔法人，則駕駛長著綠色鱗冠的長頸神獸所拖曳的黃金戰車……

費里亞的神槍騎兵也騎著金喙彎曲如角的雪鳥出現了，最後，坐在白驛車上的閃電俠戈登和雪后一起到達。他對著明格大叫，蒙古星球的比武競技即將展開，要他準備為自己的罪行付出代價。

接著，明格一個手勢，鷹人們開始撲向閃電俠戈登，牠們就像一群蚱蜢般遮住了天空的雲彩，獅人們此時手持網子和利爪三叉戟，面對階梯散開，試圖抓住瓦尼以及一群騎著蜂形偉士牌機車到達的學生，情勢不明的混仗於是展開。

由於混仗情勢不明，明格又比畫了個手勢，他的飛彈於是朝太陽高高升起，對準地球發射。閃電俠戈登也打了個手勢，查可夫博士的飛彈跟著升空，壯麗的戰鬥在死神的光芒和四竄的火舌之間展開，穹蒼的繁星似乎跟著紛紛墜落。鑽向天空的飛彈，就像我們捲起的書本一樣捲動，然後溶解。「金姆」那場偉大戰役的日子已經到來㉞，這下子明格的飛彈被包裹在彩色的火焰中，粉碎四散，朝獅人所在的廣場砸落，鷹人也像火炬般一一墜落。

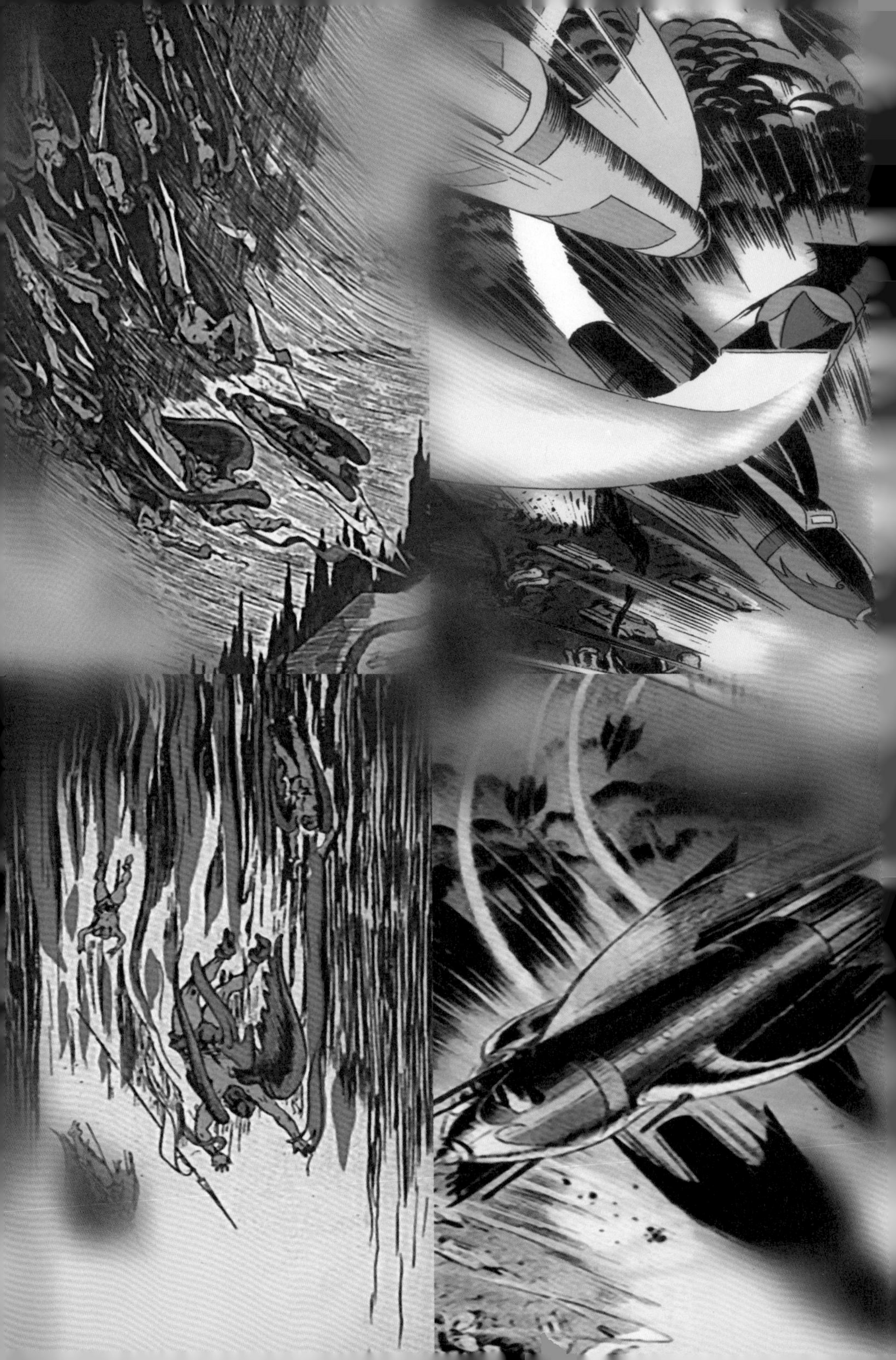

蒙古星球的統治者發出野獸殘暴的嘶吼，他的王座從高中的階梯翻落，撞向他那些卑劣的朝臣。

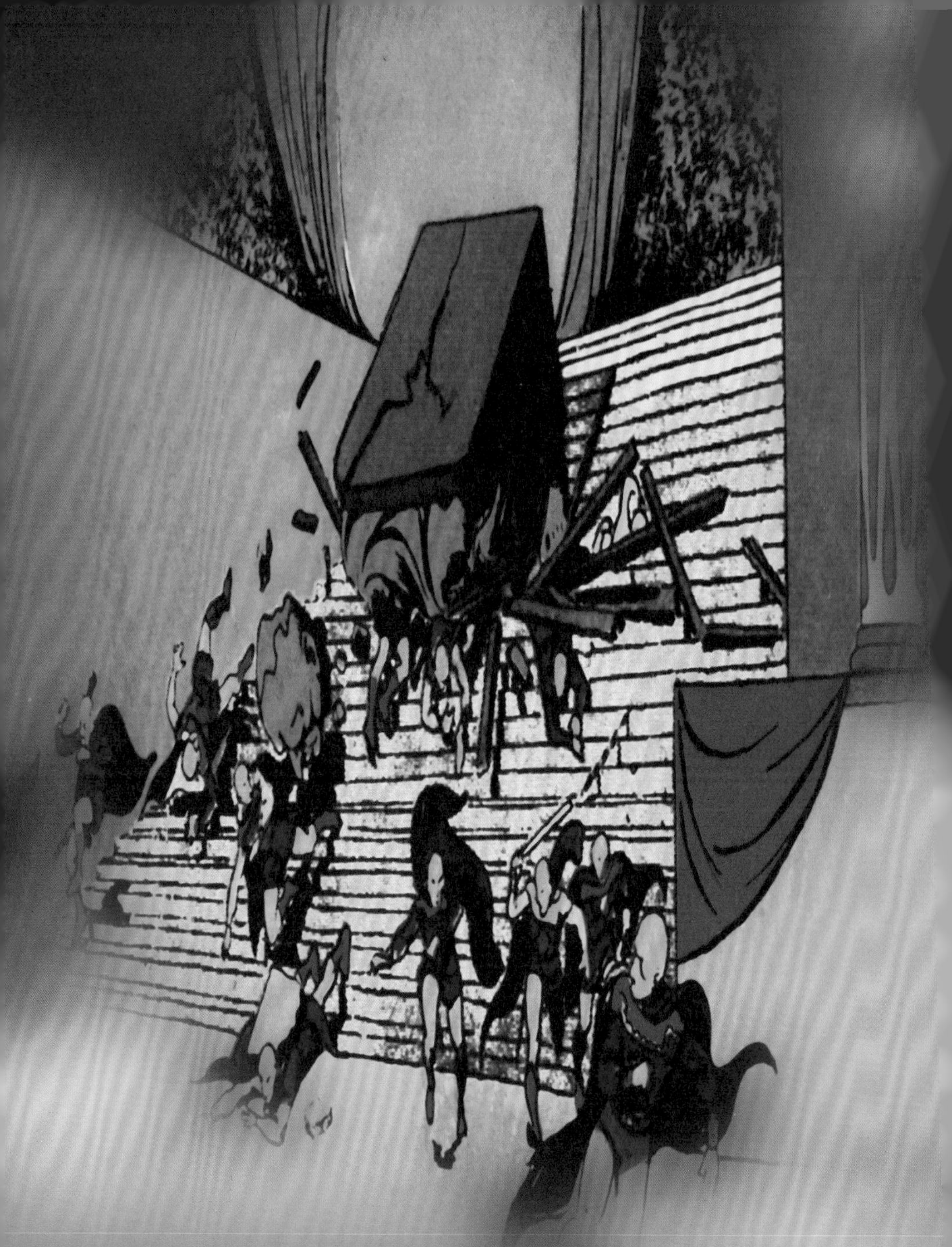

暴君喪命後，來自四面八方的怪獸也隨之消失，這時亞竺拉腳下裂開一個巨大黑洞，她掉進硫黃漩渦，一座黃金寶石打造的龐大玻璃塔[235]接著在高中的樓梯前方凌駕學校建築，由彩虹般的光芒推進而緩緩升起。玻璃塔以一萬兩千斯塔德[236]的高度聳立，玻璃般的碧玉高牆也高達一百四十四古德[237]。

就在這一刻，歷經了熊熊火焰和熱騰騰的蒸氣，濃霧逐漸稀薄，我看得到高中的樓梯上已經沒有怪獸，在四月的陽光下一片白皙。

我又回到了現實！我可以聽見七隻號角的聲音，那是皮波・巴吉扎大師的奇塔瑞樂團，奇尼柯・安潔里尼大師的旋律樂團，以及阿貝托・桑皮尼大師的交響旋律樂團。高中的大門已經敞開，而「飛雅特藥錠」[238]中那位莫里哀式的醫生，用鼓棒敲著鼓，宣佈阿爾康[239]檢閱遊行開始。

首先走下樓梯的是分成兩列的男孩，他們打扮得就像一起下凡的七重天天使，身穿條紋外套和白色長褲，看起來也像是黛安娜・帕門的追求者。

魔術師曼德瑞克此時出現在階梯下方，他瀟灑地舞動魔術棒，一邊登上階梯，一邊舉起大禮帽致意，而他每登上一步，腳下的階梯就跟著亮起。他口中同時唱著──我會建造一道通往天堂的樓梯，每日一階。我會不惜代價登上去，請讓開，我正一步一步往上爬[240]！

曼德瑞克接著用魔術棒指向天空，宣佈龍女到來。她緊緊地裹在黑色絲質禮服中，每走下一步階梯，兩旁的高中生就跪下來，崇拜地舉起草帽，她則用如薩克斯風般感性熱情的聲音唱——這個沒有盡頭的夜晚，這一片秋季的天空，這朵凋零的玫瑰，全都表達了我心中期盼的愛慕，等候今晚快樂在你身旁度過的一個鐘頭、一個鐘頭。

跟在她後面走下階梯的是終於回到地球的閃電俠戈登、妲勒和查可夫博士，他們吟詠著「藍天，對著我微笑，我只看得見藍天，知更鳥，唱一首歌，整天只有知更鳥」241。

喜劇演員喬治‧馮比也跟在他們後面，用他馬臉般的笑容，彈奏著尤克里里琴：「這股奇怪的感覺充斥在周圍，令我不禁一邊走，一邊隨興哼唱，充斥在四周、充斥在四周……隆隆隆、隆隆隆，高高低低，隆隆隆、隆隆隆，來吧……」

七矮人一邊走下階梯，一邊韻律感十足地朗誦羅馬七王的名字——不過少了一個；接著是米老鼠、米妮，牽著賀拉斯馬和克拉貝母牛的手臂，捧著寶藏當中的皇冠，一邊在「皮波，皮波自己並不知道」的音樂中走下來。然後是皮波、佩提卡和帕拉，以及因為偷竊長頸鹿遭到逮捕的阿隆左，還有像朋友一樣手牽手的狄克・富明、黑鬼桑伯、南美人巴瑞拉、馬斯克拉・比昂卡及費拉塔維翁，他們一起大聲唱著〈樹林裡的游擊隊〉。接著，《愛的教育》裡的年輕人一個個出現。首先是戴洛西，然後是倫巴第小英雄，來自薩丁尼亞島的少年鼓手，還有柯勒提那位握了國王的手，滿手溫熱的父親，他們一起高唱〈再會了美麗的盧加諾〉，遭到無情追捕的無政府主義者一一離去，懊悔的富蘭提則在最後一排低聲唸著〈睡吧，不要哭泣，親愛的耶穌〉。

滿天的煙火開始引爆，陽光照耀的天空歡欣鼓舞地閃爍著金色的星光，階梯上方匆匆走下噴火人和十五個蓋坦諾叔叔，頭上插滿了「培斯比泰洛」鉛筆，跳著讓自己四肢脫臼的踢踏舞〈*I'm a Yankee Doodle Dandy*……〉，而「童書系列」的大小人物全都四散開來，吉吉歐拉・迪寇雷費歐里托、野兔部族、索瑪諾小姐、吉阿娜・佩雷凡提、卡蕾托・迪克諾耶、藍皮奇諾、艾迪塔・迪費拉克、蘇賽塔・莫朗提、米榭雷・迪瓦達塔和梅奇歐雷・費昂馬提、恩里科・迪瓦內維、瓦莉雅和塔瑪里思科，由瑪麗・包萍[242]的幽靈帶隊，他們全都戴著帕勒街年輕人的小軍帽，長著宛如皮諾丘的長鼻。貓咪、狐狸和警察則一起跳著踢踏舞。

牽魂者點頭示意，山多坎出現了。他穿著一件印度絲質長袍，腰上繫著飾有寶石的深紅色腰帶，頭巾則由一顆大如核桃的鑽石固定。他的腰帶上露出了兩把精緻打造的槍托，以及一把刀鞘上鑲滿紅寶石的圓月彎刀。他歌頌著邁盧族[243]，我們的愛情滋生在新加坡的天空下，金光閃爍的星幕中，而他那幾頭渴望鮮血的猛虎，口咬著圓月彎刀跟在他後面，歌頌蒙帕杉島，而你一邊嘲笑英國，一邊將我們的艦隊駛往亞歷山卓、馬爾他、蘇丹，直布羅陀……

現在登場的是大鼻子情聖西哈諾・德貝傑哈，他寶劍出鞘，用帶著鼻音的聲調和誇大的手勢問群眾：「你認識我那位出眾、摩登，非常漂亮而且獨一無二的表妹嗎？她會跳布基舞，會說一點兒英文，還會非常禮貌地對你低語傾訴。」

在他後面，約瑟芬・貝克以靈巧柔軟的身段出現，但這次她全身脫得精光，就像《地球上的種族和民族》那名卡爾梅克女子一樣，僅在腰上繫著一條香蕉串成的裙子。她慵懶地說：喔，一想到我曾經冒犯你，大爺，我就受盡折磨、痛苦不堪。

黛安娜・帕門走下階梯，一邊唱著這世上並沒有，並沒有快樂的愛情，揚內茲・德貢梅納[244]懶洋洋地哼著，喔，瑪莉亞，啦……喔……讓我親吻妳，喔！瑪莉亞，啦……喔……讓我愛妳，只要妳看我一眼，我就無法抗拒，而米拉蒂・德溫特[245]和里爾的劊子手一起出現，他啜泣唱著妳那一頭金絲般的頭髮，以及令人憐愛的唇，接著他一刀砍下她的腦袋，唰，米拉蒂那顆額頭上烙著一朵百合的可愛頭顱，一路滾下階梯，幾乎滾到我腳邊，這時四名劍客則用假音合唱，她已經餓到等不及八點的晚餐，她熱愛劇院而且從不遲到，她從不在痛恨的人身上浪費時間，所以米拉蒂才會被視為一個賤貨！愛德蒙，丹提斯一邊走下階梯，一邊唱著這一回我的朋

友，由我付帳、由我付帳，而跟隨他的法利亞教士，從黃麻裹屍布裡伸出手指表示，就是他、就是他，真的就是他，這時候吉姆、崔洛尼大爺、利弗希醫生、斯莫雷特船長和獨腳海盜（喬裝為派特．希布雷，每一階都會踏一步，拖行的義肢敲三下）一起向他爭辯擁有佛林特船長寶藏的權利，而班剛則露出隼般的笑容，從犬齒之間發出噓聲！條頓靴的迴響聲中，理察同志在〈*New York, New York, it's a wonderful town! The Bronx is up and the Battery's down*〉[246]的旋律中，踩著踢踏舞走下來，笑面人牽著以赤裸當成武器的喬絲安夫人走下來，每一階都會頓個十步，詠唱「*I got rhythm, I got music, I got my girl, who could ask for anything more?*[247]」

這時，在查可夫博士的神奇策畫之下，一道又長又閃亮的軌道沿著樓梯鋪陳開來，媽媽的祈禱書出現在最上面，穿過學校的門廳，而祖父、手牽著年幼阿姐的媽媽和爸爸、歐西摩醫生、皮阿薩先生、康納索神父、聖馬汀諾的教士，以及葛諾拉——他的脖子像艾立．范史托洛海姆[248]般包著支撐後頸，幾乎足以豎直背部的支架——就像一群快樂的蜜蜂，全都沿著階梯走下來一起合唱：

從晚上唱到清晨的一家人
噓、噓、噓，蕾絲卡諾三重唱請輕聲唱
總是希望聽到波卡奇尼或安潔里尼樂團
為了阿爾貝托．拉巴吉亞提豎起耳朵
媽媽想聽悅耳的旋律，但是女兒卻相反
想要佩塔利亞大師奏出G調樂曲

梅歐這頭超級驢子靠著耳朵抓住風向，從高空睥睨一切的時候，禮拜堂的男孩亂七八糟地成群湧現，不過他們還是穿著象牙巡守隊的制服，在矯健的黑豹領隊下，吟唱著異國風情的讚歌「他們離開了，提格雷沙漠旅隊離開了……」。

喀喀喀地朝路過的犀牛開了幾槍後，他們舉起武器和帽子，向羅安娜女王致意。

她穿著一件保守的胸衣，以及一條幾乎蓋著肚臍的裙子出現。她的臉遮在白紗下，羽毛從頭飾竄出，身上披著在微風中飄動的披風，由兩名身穿印加皇帝衣袍的摩爾人伴隨，優雅地舞動身軀。

她和齊格菲富麗歌舞團的歌舞女郎一樣，朝我的方向走下階梯，對我比出鼓勵的手勢，引導我看向學校大門的入口，現在出現的是鮑思高神父。

雷納托神父穿著神職人員的衣服跟在後面，因為眼前神秘的一切而驚訝不已，*duae umbrae nobis una facta sunt, infra laternam stabimus, olim Lili Marleen, olim Lili Marleen*[249]。一臉愜意的聖人身穿濺滿污漬的教袍，他的腳步每一階都受到撒肋爵鞋的束縛，而他伸直的手臂，就像曼德瑞克拿著禮帽一樣地握著《深思熟慮的年輕人》。我覺得他口中似乎唸著*omina munda mundis*[250]，新娘已經準備好了，我讓她穿上一件出色且純淨的亞麻衣，她的光彩就像稀有的寶石，我是來通知你再過一會兒就會發生的事情……

我應允之後，兩名教士分站在最後一階的兩側，對大門做出寬容的手勢。女生部的女孩一個一個走出來，她們身上裹著大塊透明的紗布，排列成一朵白玫瑰的隊形。她們背著光，舉起赤裸的雙手，露出純潔的乳房輪廓。時候到了。這一段光輝燦爛的啟示錄之後，莉拉終於出現。

她會是什麼模樣？我顫抖著期待。

出現了一名十六歲的年輕女孩，美得就像滿天粉紅的璀璨清晨裡，盡情綻放在第一道光芒中的玫瑰。她穿的那件從腰部到膝蓋上罩著一張銀網的天藍色長袍，模仿的是她那對連穹蒼的湛藍都難以匹敵，憂鬱而慵懶得令人讚嘆的瞳孔。她被淹沒在一頭柔軟、閃亮，僅由一只花冠繫住的茂密金絲當中，就像白皙清澈的十八歲少女，紅潤中流露出細膩的粉紅，眼睛周圍染上了海藍寶石的淡淡光芒，前額和太陽穴上可以瞥見細細的藍色血管。她那一頭柔細的金髮沿著臉頰落下，她那雙藍得柔和的眼睛上面，覆蓋著某種莫名的濕氣和閃光，她的笑容是孩子的笑容，但是一旦她變得嚴肅，一道細小顫動的皺紋就會出現在她兩側的嘴角。她就像一個十七歲的少女，清瘦而高雅，她的腰細得可以單手環抱，她的皮膚就像剛剛綻放的花朵，秀髮則像金色的雨絲，秀麗地散落在罩著乳房的緊身背心上。她那輪廓清晰的額頭，凸顯在完美的橢圓形臉蛋上，她的臉龐白皙，散發著山茶花瓣在曙光下的光柔，深邃閃亮的瞳孔，則從流蘇般的睫毛之間流洩出眼球透明的藍光。

不！她的長衣大膽地兩旁開衩，兩臂裸露，紗布下神秘的身影隱約可見。她慢慢解開頭髮下面的某樣東西，突然間，那件像裹屍布一樣包著她的長衣滑落到地上。我仔細上下端詳她僅剩一件緊身白袍的身體，她的腰繫著一條雙頭金蛇的腰帶，她越是用雙臂遮住乳房，我越是瘋狂地覬覦她那雌雄同體的身軀、她那白皙如接骨木木髓的肌膚、她那張唇如肉食動物的嘴，以及她下巴下面那朵藍色的結。她就像變態裝飾畫匠將祈禱書上的天使畫成瘋狂處女那樣，平坦的胸部上，小而精巧的乳房明顯而尖銳地凸出，腰的線條稍稍在腰胯處展開，然後消失在路卡斯・范萊登畫筆下那位夏娃過長的雙腿下[251]。她曖昧的眼眸裡充滿了曖昧，寬大的嘴上掛著令人不安的微笑，她的頭髮就像陳舊的金飾一樣泛黃，她的頭否認了身體的純潔。燃燒的火獸，藝術和感官的至上表現，誘人的怪獸，她在無盡的神秘光彩當中顯露自我，阿拉伯圖案從青金石菱形的光芒中散發出來，珍珠母貝的鑲嵌飾品上閃耀著彩虹的光彩與多彩的火焰。她就像喬絲安夫人一樣，衣物會在激情舞蹈之際一一褪下，錦緞也會件件剝落。她身上僅會穿戴金銀細工、閃亮的寶石。頸甲會像馬甲般裹住她的腰，別在馬甲上的寶物，會將光芒投射在她的乳溝之間。她的腰胯下裹著一條蓋住她大腿上方，掛著一顆巨大水晶墜子的腰帶。而成河的紅寶石和綠寶石在她此刻已赤裸的身體上流動，玲瓏腹部上的凹陷肚臍，看起來就像埋藏乳色瑪瑙的洞穴。這時候，照耀在她頭部周圍的炙熱光線中，每一件珠寶都開始燃燒，寶石也開始移動，在她身上劃出火熱的線條，並以紅如炭火、紫如煤火、青如酒火、白如星光的火舌，扎進她的頸子、她的雙腿。她出現在我面前，手上捧著一件修道的苦行衣求我鞭打她，而七條細絲線就像七項原罪一樣鄙視一切。細線上的七個結，代表著為原罪付出死亡代價的方式，而玫瑰則是泛出肉身的血滴。她將會消瘦如殿堂上的蠟燭，眼睛也會遭到愛情之劍刺穿。我將一顆心置在焚屍的柴堆上。我要她用那雙置在平滑的胸膛上面，比冬日的破曉更黯淡、比蠟燭更蒼白的手，將這顆為她淌血至死的心，緊緊握在她那件沾滿鮮血的衣袍上。

不對、不對，我讓自己被誤導到哪個蹩腳文學上面了，我已經不是會受到誘惑的青少年了……我希望她單純得就像我曾經愛過的那個女孩，只是黃色外套上的一張臉。我希望她是我想像當中的美麗之最，但不是讓其他人暈頭轉向的那種美麗。就算瘦骨嶙峋又病入膏肓，對我來說也已足夠。她在巴西最後度過的那些日子，肯定就是這副模樣，我還是會告訴她，妳是世間最美的女子，我絕對不會拿妳黑了眼眶的眼睛和一臉的蒼白，去交換天上的天使之美！我想要見到她一個人靜止不動地漂流在河上，當她望向大海之際，突然神奇地蛻變成一隻奇異而美麗的海鳥。她那雙纖瘦赤裸的腿就像蒼鷺般細緻，在我的慾望未干擾她的情況下，我讓她像遙遠國度的公主，保持著遙遠的距離……

我不知道我羊皮紙般的腦葉裡燃燒的是不是羅安娜女王的神秘火焰。如果這一切不是某種鍊金藥正在清洗我因為點點紅斑，而仍無法閱讀的泛黃紙張記憶，就是我正在用一種令人無法忍受的方式去壓迫自己的神經。如果以我目前這種狀況，身體還能發抖的話，我一定顫抖不已。我的內在顛簸得就像漂浮在外面洶湧的大海上，同時卻又好像出現了一次高潮，我的大腦海綿體脹滿了鮮血。某種東西正準備爆發，或是破殼而出。

此時此刻，就像在學校階梯前的那一天，我終於要見到穿著黑色罩衫，羞澀、狡黠地走下來的莉拉了。亮麗如太陽、皎潔如月亮，伶俐而懵懂地將自己置於世界中心的莉拉。我將會見到她優雅的臉龐，清秀端正的鼻子，口中微微外露的兩顆上門牙。她就像一隻安哥拉兔，就像一邊喵叫，一邊輕輕晃動一身柔軟毛髮的黑貓瑪圖，她就像一隻白鴿，就像一頭白鼬，就像一隻松鼠。她就像初霜般走下來，然後她會看到我，她會微微伸出手。但那不是邀請，只是為了不讓我再次逃開。

最後，我終於知道如何將《大鼻子情聖》的最後一幕一直演下去。我終將明白自己這輩子

——從寶拉到希比菈——到底在尋找什麼東西。我終於和自己結合在一起，我終於可以得到平靜。

我得小心，千萬不能再問她一遍：「凡查提住這裡嗎？」總之，我必須好好把握這個機會。

但是，一片鼠灰色的淡淡煙塵籠罩了階梯上方，遮掩了大門。

我可以感覺陣陣寒氣，我抬起眼睛。

為什麼太陽變得一片漆黑？

224 譯註：拉丁文，死亡的那一刻。

225 譯註：拉丁文，讓好事自行傳揚。

226 譯註：Wanda Osiris，義大利一九三〇到一九五〇年代之間著名的音樂劇演員，著名的表演是一邊唱歌，一邊走下舞台上佈置的樓梯。

227 譯註：Rip Kirby，《閃電俠戈登》的作者Alex Raymond另一部作品當中的主角。

228 譯註：Giosuè Carducci，一九〇六年諾貝爾文學獎得主。

229 譯註：Aleph是希臘字母之首，《啟示錄》裡上帝曾說：「I am the Alpha and the Omega.」也就是最初與最終，一切之義。不過這裡也可能引述自阿根廷作家波赫士的短篇故事《El Aleph》：Aleph意指宇宙中的一點，從這一點可以看見一切。

230 譯註：Sibylla，羅馬傳說中表現出神奇智慧的女預言家，她受到阿波羅的啟示，將預言全記錄在棕櫚葉上。

231 譯註：《聖經啟示錄》第一章第十一節。

232 譯註：《啟示錄》第四章第六節。

233 譯註：《啟示錄》第十三章第一節。

234 譯註：引自諾貝爾獎得主吉卜林的著作《金姆》（Kim）。

235 譯註：《啟示錄》第二十一章第十八節。

236 譯註：stadium，古希臘長度單位，每斯塔德相當於一百八十公尺。

237 譯註：Coudée，法國古長度單位，約等於五十公分。

238 譯註：源自義大利五〇年代的廣告海報。

239 譯註：Archon，諾斯替教教義中統治世界的眾神力之一。

240 譯註：一九五一年的電影「花都舞影」的插曲。

241 譯註：二十世紀初美國著名作曲家Irving Berlin所作的〈Blue Skies〉。

242 譯註：Mary Poppins，茱麗．安德魯絲主演的電影「歡樂滿人間」的主角人物。

243 譯註：Mailu，新幾內亞的部族。

244 譯註：山多坎忠實的朋友。

245 譯註：Milady de Winter，《三劍客》人物。

246 譯註：一九四九年的電影「錦城春色」的插曲。

247 譯註：一九五一年的電影「花都舞影」的插曲。

248 譯註：Erich Von Stroheim，第一次世界大戰後，德國著名導演，曾在法國電影「大幻影」扮演受了傷，必須穿戴支架的飛官角色。

249 譯註：拉丁文，意為站在街燈下，我倆的身影合為一，曾經一度，莉莉・瑪蓮，曾經一度，莉莉・瑪蓮。

250 譯註：拉丁文諺語，意指本身純淨的人，萬物對他都純淨。

251 譯註：Lucas van Leyden，北歐文藝復興時期畫家，當時最偉大的銅版畫家之一，但是根據揣測，這裡引述的應該是另一個路卡斯，德國的Lucas Cranach the Elder，因為前一位筆下的夏娃比例均勻，而德國這一位路卡斯的夏娃雙腿比例明顯過長。

當代經典　安伯托．艾可作品

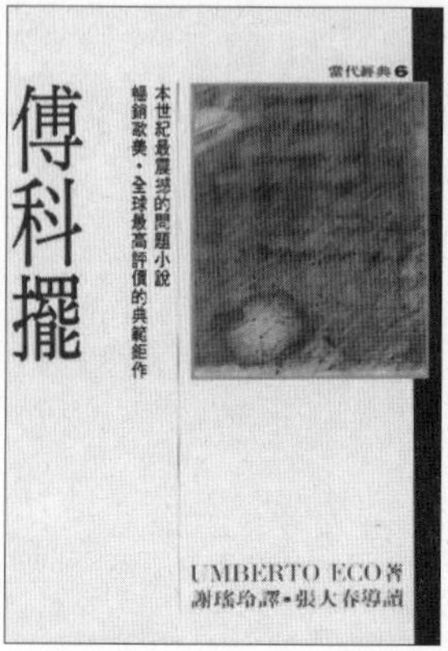

傅科擺

Il Pendolo di Foucault

謝瑤玲◎譯

本世紀最震撼的問題小說！
暢銷歐美、全球最高評價的典範巨作！
張大春專文導讀

三個米蘭出版社的編輯，偶然間得到一則類似密碼的訊息，是有關於幾世紀前聖堂武士的一項秘密計畫。三個人一時興起，便決定自己來編造這個超級「計畫」，把歷史上每一樁無法解釋的神秘事件都歸咎於聖堂武士的「計畫」。直到原本的「遊戲」竟似乎「弄假成真」，直到神秘莫測的「他們」突然出現爭奪「計畫」的細節，直到開始有人一個接一個莫名的失蹤……

昨日之島

L'isola Del Giorno Prima

翁德明◎譯

入選英國「好書指南」雜誌二十年來最佳好書！
暢銷突破200萬冊！已被譯成20餘種語言！
張大春專文導讀

一六四三年的熾熱春天，負有尋找一百八十度經度線位置秘密任務的商船阿瑪利里斯號遇難了！唯一的倖存者羅貝托，漂流到棄船達芙妮號上，遇到了耶穌會的神父卡斯帕，兩人不約而同的尋找同一個目——地球表面虛擬的分日經度線！

這條能劃分昨日和今日，將今日之島轉化成昨日之島的時間分界線到底要如何測度呢？想以正確的經緯度掠取海上霸權的各國，展開爾虞我詐的間諜戰，而在追尋真理答案和生命永恆知識的同時，羅貝托面對的卻是一場永不能登岸的冒險……

當代經典　安伯托・艾可作品

波多里諾

Baudolino

楊孟哲◎譯

國際記號語言學大師費時六年長篇小說巨作！

義大利首印即高達30萬本！

唐諾專文導讀

從十字軍東征、聖杯傳說，到天主教城市的興起、教皇與皇帝權力的衝突……國際記號語言學大師安伯托．艾可，以其浩瀚淵博的知識，透過「波多里諾」這個詼諧人物，恣意地穿梭在中世紀歐洲的歷史中，構築出一個典型的艾可式奇想迷宮，既真實又虛幻，帶你經歷一場看似荒誕不羈卻又饒富深意的閱讀冒險。

當代經典　安伯托・艾可作品

艾可談文學

Sulla Letteratura

翁德明◎譯

在當代記號語言學大師艾可的召喚下，文壇大師齊聚一堂。學識淵博的艾可，以不同於一般文評家的跨領域角度品評名作，從近代的喬伊斯、波赫士、王爾德，一路談到中世紀的但丁、拉伯雷，乃至更久遠的亞里斯多德……艾可精闢的分析諸多古今呼應的重要文學概念、文學名作反映的恆久人性追求以及文學內蘊的歷史進程。

智慧女神的魔法袋

La Bustina Di Minerva

倪安宇等◎譯

繼《帶著鮭魚去旅行》、《誤讀》之後，艾可在本書中再次展現了敏銳的洞察力和獨特見解，從男人上色情網站的好色「原罪」、電視八卦節目的荒謬誇張、民調的濫用及誤用，到一窩蜂模仿、轉載的媒體熱……他時而戲謔幽默、時而正經嚴肅，針對當代政治、文化、時事以及社會趨勢暢所欲言。

當代經典　安伯托・艾可作品

誤讀

Diario Minimo

張定綺◎譯

「一切閱讀，都是誤讀！」本書是艾可發表在義大利文學雜誌的專欄小品，從納博可夫名著《羅麗泰》義大利文譯本的諷刺、向法國新小說作家霍布格里耶致敬，到對出版社編輯品味的挑戰及對媒體荒謬的訕笑……憑藉著過人的淵博知識和語不驚人死不休的詮釋方式，卻每每更能呈現一種超越凡俗、獨具慧眼的深刻觀察與見解。

帶著鮭魚去旅行

Il Secondo Diario Minimo

翁德明◎譯

在這本《帶著鮭魚去旅行》中，從來向地獄的咖啡壺到飛機餐點中惡名昭彰的豌豆；從政治正確的火車站「非」旅客到應該送上斷頭台的咖啡館糖罐發明人；從傳真機、電腦到大哥大，艾可顯然都有話要說。

以誇張的手法點明議論主題，儘管可能只是生活瑣事，透過他靈巧無比的揉合與捏塑，卻無不變得趣味盎然，令人捧腹，更讓人深思！

國家圖書館出版品預行編目資料

羅安娜女王的神秘火焰 / 安伯托・艾可著；楊孟哲譯. -- 初版. -- 臺北市：皇冠, 2009.09
面；公分. --
(皇冠叢書；第3893種 CLASSIC；078)
譯自：LA MISTERIOSA FIAMMA DELLA REGINA LOANA

ISBN 978-957-33-2579-6（平裝）
1.義大利文學

877.57 98014959.

皇冠叢書第3893種
CLASSIC 078

羅安娜女王的神秘火焰

LA MISTERIOSA FIAMMA DELLA REGINA LOANA

作　　者一安伯托・艾可
譯　　者一楊孟哲
發 行 人一平雲
出版發行一皇冠文化出版有限公司
台北市敦化北路120巷50號
電話◎02-27168888
郵撥帳號◎15261516號
皇冠出版社(香港)有限公司
香港灣仔駱克道93-107號利臨大廈1樓
電話◎2529-1778　傳真◎2527-0904
出版統籌一盧春旭
責任編輯一周丹蘋
版權負責一莊靜君
外文編輯一洪芷郁
美術設計一吳欣潔
行銷企劃一賴玉嵐
印　　務一陳碧瑩
校　　對一鮑秀珍・邱薇靜・周丹蘋
著作完成日期一2004年
初版一刷日期一2009年9月

法律顧問一王惠光律師

讀者服務傳真專線◎02-27150507
電腦編號◎044078
ISBN◎978-957-33-2579-6
Printed in Taiwan
本書定價◎新台幣570元/港幣190元